EDAF
MADRID

MÁXIMO GORKI

LA MADRE

Prólogo de ANDRÉS SOREL

BIBLIOTECA EDAF
63

Traducción de:
Alexis Marcokv

Depósito Legal: M. 1079-1997
I.S.B.N.: 84-7166-417-8

PRINTED IN SPAIN   IMPRESO EN ESPAÑA

Gráficas COFÁS, S. A. - Pol. Ind. Prado Regordoño - Móstoles (Madrid)

ÍNDICE

PRÓLOGO

Más allá de la teoría está la emoción. Antes del análisis se sitúa el drama. Hay obras sin tiempo. Otras deben analizarse en un contexto determinado. La ambición política de Macbeth es tan eterna como la lucha del hombre por diferenciarse en la tierra de las otras especies animales, por ser él superior, por acumular riqueza y poder. El dolor, la angustia moral y existencial de José K, se circunscribe a una época histórica, determinada, que sin embargo, más allá de las coyunturalidades políticas o localistas, se refleja fielmente en el cuadro literario de una novela entonces escrita. Los juicios de valor son a posteriori. Las definiciones globales sobre la obra parten muchas veces de presupuestos simplistas, de prejuicios o de motivaciones extraliterarios. ¿Es el capitán Ahab reaccionario? ¿Es la ballena símbolo del diablo, del mal? Lo que importa es la aventura, la tensión dramática narrada en una nueva y emocionante batalla no histórica, no montada sobre frases rituales o textos militares, sino sobre el dolor del hombre. El dolor del hombre se encuentra ahí, como se encuentra en la especial singladura de Bartleby el escribiente. No juzgamos textos históricos, filosóficos, tratados de política o economía: juzgamos novelas. Novelas que hablan de historias épicas o cuentan pesadillas oníricas. Novelas que comunican la heroicidad de un protagonista o su aburrimiento, el amor o la soledad de sus héroes o de sus antihéroes. Buscamos la belleza del lenguaje, la precisión de las palabras, el paisaje o el autorretrato, en suma, la literatura que nunca necesitó de definiciones académicas para existir y perpetuarse. Es más, antes del estilo existió la palabra, la palabra contando historias. La palabra pura y desnuda que, a falta de otro vehículo capaz de memorizar,

9

iba enlazando unas generaciones con otras. Palabra que no era mercancía, sino canción, tradición, cuento y rito, enlace de unos hombres con sus antepasados y a su vez con los por venir. Surgían los cuentos narrados a la luz de la luna o al calor de la lumbre, los cantos guerreros, los poemas amorosos, los recitales públicos, los cantares de gesta, la literatura oral. Sin duda Gutenberg, los Gutenberg del mundo, de las distintas culturas del mundo, comenzaron a crear las condiciones diferenciales de la literatura y, al mismo tiempo, a sentar las bases de la absoluta mercantilización de ésta, alcanzando su cenit en el siglo XIX, y primera mitad del XX, cuando la literatura juega no sólo un papel creativo, sino didáctico. Una novela es a su vez un periódico que no sólo cuenta, sino informa, opina, crea estado de juicio político. Y de cara a la lucha por el poder, Gobierno y oposición juegan con parecidas armas, o al menos no tan diferenciadas como en el presente: un periódico, un libro, para alienar-desalienar a las masas. Algo que, indudablemente, en la era de la televisión, no vale.

Pero hablamos de novela. En plena marea de crítica literaria. Aunque uno piense, como Cernuda, que muchas veces la crítica, el doctrinarismo profesoral, lejos de orientar, desorientan, más que hacer lectores, contribuyen a la huida de los mismos. De todas formas, frente a la etiquetación o al apriorismo a una escuela, estilo, ismo determinado, uno igualmente, más receptivo, no cree en parcelaciones, en formas puras, en definiciones matemáticas. Lo importante es leer. Engancharse a la lectura. Correr con ella por mundos internos o externos que despiertan nuestra sensibilidad, que nos fijan a la narración. Tanto placer siento al leer una novela épica, como ante el atormentado relato de una crisis personal.

¿Realismo, surrealismo? Los dos. Textos para emocionarse o para reflexionar. Palabra como belleza, palabra como cadena voluntariamente asumida, de cristal, de nube, de agua marina, que nos subyuga. Reflexión y emoción. No hay antítesis. Y la síntesis es sólo el milagro de la literatura. Heroínas de Stendhal o Flaubert. Vagabundos de Gorki y Knut Hamsun: seres humanos en suma. La lucha de clases va por una lado; la literatura por otro. Aquélla contrapone ambos tipos, los enfrenta en un análisis científico; ésta simplemente los detiene, instantaneíza, aísla, interioriza, refleja. El cañón dispara y produce ruido y sangre. El cuadro busca sólo las luces y sombras que dan reflejos al cañón o a la sangre. Aquél juega con la política, la ambición; éste con el dolor, la emoción, el arte. Son terrenos a no confundir, a analizar en sus propias reglas; lo que muchas veces se olvida. Otra es la historia del gusto artístico, de la preferencia literaria, también, sin embargo, cambiante. Tan dogmático un juicio de Zdanov cargándose a Apollinaire, como, por poner un ejemplo de nuestros días, una afirmación de Juan Benet descalificando la obra de Dostoievski.

* * *

Una obra como *La Madre*, ¿es revolucionaria, o anticipa la instauración del comunismo dogmático? Insistimos: lo que importa es la aventura, el placer de caminar por mundos que entremezclan fantasía y realidad en el único reino literario posible: el de la imaginación:

«La sirena de la fábrica lanzaba su clamor estridente, cada día, al aire ahumado y grave del arrabal obrero. Entonces, un gentío tristón, de músculos todavía cansados, salía con rapidez de las casitas grises, corriendo como las cucarachas llenas de susto... Por encima del arrabal, a semejanza de bastones, sombrías y repelentes como centinelas, perfilábanse las altas chimeneas negruzcas.»

Comienza la historia. Una aventura que desde las primeras líneas sabemos es tan diferente como real, tan lejana en el tiempo como cercana en nuestra imaginación. Nos sumergimos en ella. Difícil nos va a resultar, a partir de aquí, salir del pantano, del espejo por el que vamos a caminar largas horas. Y conjugará el ambiente, el fresco histórico, con los interiores, a veces torrenciales de palabras, otros meramente insinuados, de vidas atormentadas. Hablamos de un país, de una lucha, una generación, pero también de soliloquios, silencios, insinuaciones, angustias de gentes que vivieron sin apenas vivir, y aun, aunque se olvide, siguen viviendo en otras latitudes históricas. Es una novela.

* * *

La Madre fue escrita en el curso de un viaje efectuado por Máximo Gorki a los Estados Unidos de América. Ya había sido la revolución de 1905. Obreros salvajemente asesinados por las tropas del Zar. Paisajes de todos los tiempos y luchas históricas. Gorki realizaba una gira buscando fondos para ayudar a la causa revolucionaria rusa. Un tiempo, verano de 1906, descansa en la casa de los Martin, amigos suyos, allá en los montes Adirondacks. Allí escribe *La Madre*, en noches tranquilas de seguros recuerdos.

El 4 de marzo de 1901 se había celebrado una manifestación estudiantil ante la catedral de Nuestra Señora de Nazan, en Petersburgo. La policía cumple su función: carga contra los manifestantes y mata un núcleo de ellos. Nadie, entre los poseedores del capital o sus legisladores, llama terrorismo a estos asesinatos. Gorki firma con otros intelectuales un manifiesto de protesta. El 1 de mayo de 1901, hay una manifestación en el suburbio obrero de Sormovo. Gorki es detenido, acusado de haber mimeografiado octavillas distribuidas en este suburbio obrero. (Recordemos el personaje de Nicolás en la novela.) La fábrica, sus arrabales, los hombres y mujeres con los que habla, en la calle o en la taberna, en las reuniones clandestinas o en los círculos intelectuales, le dan los tipos con los que después, ya en el recuerdo, apresurada, afiebradamente, construye su novela, *La Madre*. Pero Pelagia Nilovna escapa a una configuración típica: deviene madre universal de una época, de unos hechos, de unos sentimientos. Ella es quien da vida al entramado en que se mueven las otras marionetas de la tragedia. «Alta de estatura, ligeramente encorvada; el corpachón pesado, roto por el quehacer incesante y los malos tratos, movíase sin rumor, oblicuo, como si temiera tropezar en alguna parte.» *La Madre* es más búsqueda mística, religiosa, que política, de la justicia social y humana. Búsqueda que no es sino un trasplante de la llevada a lo largo de su vida por el propio Gorki. En 1918, año vital en su vida y en la vida del propio pueblo ruso, diría: «En todas partes me siento hereje. Seguramente es fácil encontrar muchas contradicciones en mis opiniones políticas; estas contradicciones ni puedo ni quiero conciliarlas, pues siento que en pro de la armonía de mi alma, de mi comodidad y de mi tranquilidad de espíritu, tendría que matar precisamente parte de mi alma que, apasionada y dolorosamente, ama al hombre ruso, al hombre ruso vivo, pecador, y —pido perdón por la palabra— lamentable.»

Pelagia irá de un irracionalismo fanático de ortodoxia absoluta en la religión alienante que esclaviza a su pueblo, a una reivindicación total del Jesucristo revolucionario, asesinado por la propia

Iglesia, y predicador de la justicia social y la lucha contra los poderosos y fariseos. Pasa del rezo a la acción, en una palabra.

Junto a Pelagia, personaje y protagonista absorbente de la obra, el marido, reflejo apenas pincelado, arquetípico borracho desclasado y víctima de sus condiciones de trabajo y vida: «La vida era siempre igual; manaba, no se sabe de dónde, regular y lenta como un río de fango», dice Mijaíl Vlasov, el que muere una mañana mientras ronca la sirena de la fábrica llamando al trabajo. Junto a ellos, Pavel Vlasov, el hijo, quizá el más falso y desdibujado de todos los intérpretes del drama, el más aséptico, acartonado, a fuerza de ser configurado como héroe absoluto del socialismo en plena expansión, del partido obrero en creciente desarrollo, el hijo que aparece siempre como sombra, telón de fondo de la auténtica humanidad de la madre. Y los revoluciona-rios: Andrés Onisimov, el pequeño ruso de la ciudad de Kaniev, Natacha Vasilievna, Sachenka, el ya mencionado Nicolás Ivano-vich y su hermana Sofía, todos provenientes de una clase supe-rior, hombres de cultura que forman la vanguardia intelectual y propagandística del partido; Ribyn, introducción del campesi-nado en el fresco revolucionario, y al fin Vosorchikov, cercano a lo que después será el trostkysmo revolucionario y violento.

Y tras los personajes, la historia.

En 1905, el 11 de enero, Gorki es encarcelado en la fortaleza de Pedro y Pablo, dos días después del sangriento domingo, la matanza despiadada llevada a cabo sobre los trabajadores que marchaban, sin armas, en manifestación sobre el Palacio de Invierno. Por presiones de la opinión pública, Gorki es puesto en libertad. Ante la amenaza de una nueva detención, sus amigos socialistas le hacen atravesar la frontera por Finlandia y embarcar hacia los Estados Unidos. El conocimiento de esta realidad le ha radicalizado, llevado a gestar una historia que al par que reflejar los hechos conocidos, aliente a los trabajadores en su lucha contra la autocracia. Y ha de ser una historia emocional, viva, llena a veces de largos panfletos y discusiones apasionadas, pero otras insinuadora de seres cuyos rostros puedan tocarse con las manos. Una historia en la que las lágrimas broten fácilmente del lector, no para ser lloradas, sino para convertirse en armas de odio y acción contra quienes las provocan.

La Madre se divide en dos partes claramente diferenciadas. Desde el principio al fin asistimos a la larga toma de conciencia, social que no política, del personaje central. Un Calvario que conduce al Gólgota final: crucifixión de Pelagia, que da su sermón cristiano-socialista en una estación de ferrocarril y es apaleada brutal y salvajemente por la policía, hasta el ahogo del sacrificio definitivo.

Eje de la acción en la primera parte es, junto a la descripción de la aldea, de sus personajes y sobre todo de los protagonistas centrales, la gestación de la huelga y manifestación del 1.º de Mayo. Pero Gorki no se olvida, en la misma, de narrar. No asistimos a un panfleto simplista. Las proclamas, los mítines, las conversaciones, son la encarnación de una transcripción literaria, que en los momentos culminantes de la acción se detiene y recrea en las imágenes creadoras de un ambiente intimista, tamizadoras, con el reposo y la paralización, sosiego de la acción, de la vorágine política.

«Un rayo de sol matinal atravesó alegre la vidriera. Y la madre llevó la mano hacia él; cuando se le posó en los dedos, lo acarició suavemente con la otra mano, con sonrisa pensativa.»

Sin estos detalles, sin estos contrastes, la otra novela quizá no tendría razón de ser. Gracias a ellos, precisamente, se fuerza el patetismo que va a llevar, desde la efímera paz y la vida que tan bella y acariciante puede ser, a la desesperada acción conducente al martirio.

Igual ocurrirá en la segunda parte, protagonizada ya no sólo en la interiorización sufriente, sino en la lucha político-social, casi en exclusiva por Pelagia Nilovna. Ante una interpretación al piano de Sofía Ivanovich, que toca una partitura de Grieg, el autor recurre a una ensoñación de *La Madre* que es una auténtica recreación simbolista y surreal de su subconsciente, de la lucha entablada entre las vidas que fueron, que son, y las que pudieran ser, entre la realidad y el deseo, la afirmación y la duda, la voluntad y el miedo. Y aquí Gorki vuelve a dar, frente al texto escrito, el máximo valor al otro texto, el vital, la realidad conocida en su peregrinaje entre los vagabundos y ex hombres de su infancia y juventud, sus otras Universidades.

«Yo creía conocer esta vida —dijo Nicolás pensativo—. ¡Pero cuando ya no son impresiones sueltas, ni es un libro el que habla, sino un ser humano, en persona, es terrible! Y también son terribles los pormenores, las naderías, los segundos de que se hacen los años...»

De las peregrinaciones que en el proceso revolucionario ha de conocer, en esta segunda parte de la obra, el hijo ya encarcelado, la Madre, es sin duda la más sugerente; el encanto vence a la emoción en toda la secuencia de la visita que realiza, en compañía de Sofía, a los campesinos. Es una vez más la literatura volviéndonos a la infancia. Recuperación de la infancia, la sencillez, la aventura: viajar a los mundos del descubrimiento. Se puede hacer con Julio Verne, se puede hacer con Mark Twain y se puede hacer con Máximo Gorki. ¿Existen el capitán Nemo, los silencios absolutos de los cementerios marinos, allí en las profundidades inolladas por el hombre? ¿Existe Tom Sawyer, Huck, tesoros escondidos por lejanos piratas, pequeños barcos que acuden a orillas del Mississippi para descubrir fantásticas grutas, cuevas profundas y misteriosas? ¿Existen campesinos que se reúnen al calor del fuego, ante cuencos de leche recién ordeñada, para escuchar las palabras —agoniza en el entretanto un tísico castigado por el trabajo y la represión— de una joven culta, elegante, bella pese al disfraz, semiaristócrata, que habla de revolución, de fraternidad universal, de justicia pura e igualitaria? Leyendo, ni nos lo planteamos siquiera. Existe la literatura, el poder del escritor narrando, llevándonos, arrastrándonos... a nuestra propia infancia, la infancia del hombre recuperada por la magia de la palabra, por la emoción del relato. Como a la muerte de Yagor, como en su entierro. Infancia incluso para nosotros no tan lejana.

* * *

La Madre se publica en primera versión en una revista norteamericana, en 1906. Como libro sale inmediatamente después en Nueva York y Londres. En ruso es una editorial berlinesa quien la da por primera vez a la luz. Pronto sus ejemplares se venden por millones: periódicos, revistas, novelas por entregas, era igual. Un público ávido de una literatura tan directamente enraizada con las luchas sociales de la época, veía en el libro algo más que una obra literaria: era una llamada a la revolución popular. Juega así un papel extraliterario. Ya Lenin ha declarado: «Llega en el momento oportuno.» Y recreará después el propio Gorki, escribiendo sobre sus recuerdos del artífice del partido socialdemócrata ruso:

«Me habló inmediatamente de los defectos de mi libro *La Madre*, cuyo manuscrito le había dejado Ladyrhnikov. Y yo le dije que no lo había escrito con prisas; aún no había acabado de darle la razón cuando Lenin, con una inclinación de cabeza aprobadora, me dijo que el libro era útil, que muchos obreros habían tomado parte en el movimiento revolucionario inconsciente y espontáneamente, y que ahora leerían *La Madre* con gran provecho. Es un libro muy actual. Fue el único elogio que me dirigió, pero fue muy valioso.»

En Rusia, muy censurada, se publica en 1907 la primera parte. Es secuestrada. La censura define, sin más, la novela de la siguiente forma: «Una obra que incita a cometer delitos, que provoca la hostilidad de los obreros hacia las clases poseedoras e incita al motín y a la rebelión.» Se venderá clandestinamente la edición rusa publicada en Berlín, distribuyéndose a lo largo de todas las Rusias miles y miles de ejemplares.

Gorki, con *La Madre*, culmina su consagración de escritor. Ha dejado en los caminos ya el vagabundaje que sirve para descubrir la razón de ser de los marginados, en los que se nutrió de historias y tipos humanos para relatar el resto de sus días. «El hombre, escribe Gorki, es la única maravilla sobre la tierra; todo lo demás es producto de su imaginación, de su inteligencia, de su voluntad creadora.»

Gorki, que nació y se crió en un ambiente de aberración moral y religiosa, en la explotación salvaje del pueblo por una corrompida clase aristocrática, que conoció el odio, la injusticia, el dolor, desde muy niño, ha sobrevivido sin embargo gracias al hombre. El hombre, los hombres que Gorki se encuentra en sus peregrinaciones por las tierras rusas o por el mundo, siempre, ancho aunque para él no ajeno. El de la escritura. Gorki, el escritor y el hombre, hasta que el estalinismo —no confundir con la revolución, por mucho que ésta le engendrara— le consagra, fue un sincero revolucionario. Lo es ya en su vida, presupuesto para que como tal se muestre en su obra. Su obra está fundada, ligada indisolublemente a la descripción del ser humano, por el que ha apostado, con el que convive. Camina para conocer al hombre. Vive con él, estudiando sus reacciones emocionales, sus hablas populares, reflejadas hasta el abundamiento en el curso de su obra, tan pletórica de conversaciones, chistes, sentencias, tacos, versos ripiosos, sin importarle por ello descuidar la elaboración de un lenguaje culto, aportador de imágenes y símbolos creadores, en aras del vulgarismo, reconocimiento fotográfico de sus trasposiciones realistas. Sin duda, junto al desprecio por el viejo mundo explotador, en el que fue víctima, y su deseo romántico de uno nuevo, igualitario e idealista, por el que luchaban sus héroes positivos y revolucionarios, se une al ansia por comunicarse con la mayor cantidad de gente posible, por salir, él, que se sabe inteligente y audaz, de la miseria y el anonimato, y fundirse en la admiración y el fervor popular. Él es el verdadero héroe, que al vencer a la muerte ha de ser reconocido como alimentador de los tiempos nuevos por los que se combate... La deformación de Gorki fue una deformación política. La valoración de los escritores viene dada casi siempre en razón de un mercado. El mercado lo crean e imponen quienes, o detentan los medios de producción, o aspiran a detentarlos. Hasta los malditos, los rebeldes, acaban en el museo. El museo de la aristocracia, que los exhibe y vende en sus lujosos salones, el museo de los aparatos de partido, que los usa y maneja a su servicio. Deformación que a su vez parcializa al escritor. Toda cita es interesada. Toda valoración de un aspecto de la vida o de la obra de un hombre está en función de los intereses que con ella se busca apoyar o defender. La rebeldía, real, de Gorki, del Gorki no oficializado, se encauzaba emocionalmente en el sentido justo de luchas de clases, y parcial de opción por la construcción del poder soviético. Pero Gorki, no lo olvidemos, además de *La Madre*, escribió artículos, panfletos, pensamientos inoportunos, que distan mucho de ser asimilados por quienes pretenden hacer de los escritores meros burócratas u hombres fieles a los todopoderosos aparatos de partido.

Hablamos, pues, del Gorki escritor. Sin otros calificativos. Los títulos de sus obras nos dan, significativamente, su concepto de la literatura, la savia nutricia de sus argumentos, el verdadero significado del por qué escribía y para quién escribía. Estas son las fundamentales: *Los ex hombres; La Madre; Los bajos fondos; Los degenerados; Días de infancia; En prisión; Páginas de un descontento; Por el mundo; Mis Universidades; Los vagabundos...*

* * *

Pero hoy, tres cuartos de siglo transcurridos desde su aparición, ¿cómo explicar esa continua, ininterrumpida lectura de *La Madre?* Ninguna de las condiciones sociales o políticas, incluso culturales, que refleja la novela se da, al menos miméticamente, en nuestro presente histórico, en las «circunstancias» de los actuales lectores de la obra. Y, sin embargo, quienes la compran y devoran, edición tras edición, con avidez, jóvenes sobre todo, siguen identificándose con sus personajes. Pelagia continúa siendo el «héroe positivo» que buscan en este tipo de literatura. Héroe positivo que enlaza con el obrero revolucionario en el marco de una simple, diáfana, clara explotación económica y vital. Es decir, sienten la realidad de unos seres humanos a los que, por encima de diferencias y atipicidades, buscan con una unción casi religiosa. La misma búsqueda que se da en quienes devoran una y otra vez las obras de Herman Hesse, el misticismo de quienes rechazan un tipo de civilización, una estructura social y cultural burguesa, y se entregan a la huida individual o a la fraternidad colectiva. Gorki y Hesse siguen siendo, en ese sentido, profetas, alimentadores de sueños, trascendiendo su reflejo literario en «mensaje», incluso en conductas y normas de vida que sin duda ellos no buscaban. La literatura, espejo del camino o espejo del alma, recrea emociones, luchas o angustias que, precisamente por su carácter universal, intemporal, sobreviven a quienes la crearon, incluso aunque el mundo haya, en el entretanto, evolucionado vertiginosamente. Porque, además, nunca el hombre se sintió más solo, angustiado, impotente, ante la máquina fría y deshumanizadora de la ciencia o del Estado, desarmado ante un poder cada vez más omnímodo y concentrado en mínimas áreas de decisión multinacional. Por eso la lectura de una obra como La Madre, o Shidartta, encuentra eco angustioso y emocionado en jóvenes trabajadores que pueden vivir en una barriada de Madrid, Varsovia o Bogotá.

* * *

Muy diversas y contrastadas han sido las reacciones ante La Madre a lo largo de los tiempos. Veamos algunos ejemplos.

Para Lukács, que define la obra de Gorki, en general, como «La Comedia Humana de la Rusia prerrevolucionaria», en «La Madre se configura ya el efecto formador del marxismo sobre el movimiento obrero... La gran vivencia de Nilovna que ha perdido a golpes todo el recuerdo del pasado, es que adquiere una clara visión de toda su vida en el contexto de los revolucionarios.»

Marc Slonim considera que «es la primera descripción amable de los revolucionarios; se convirtió en modelo de muchos libros sobre el mismo tema e inició una larga serie de lo que podríamos denominar «novelas de fe».

Veamos ahora un juicio de un hombre no ligado al marxismo, de uno de los mejores novelistas contemporáneos, antípoda, por la descripción, frialdad, exactitud, realismo viviseccional y analítico de sus novelas, de Gorki. Nos referimos a Thomas Mann: «Si Máximo Gorki fuese únicamente un maestro de producciones amenas, un creador de historias arrebatadoras, el mundo no conmemoraría su sexagenario con tanta solemnidad como se propone hacerlo... Gorki pertenece a esa sociedad espiritual de Europa cuyos miembros, sin estar vinculados entre sí en la mayoría de los casos, se hallan hace tiempo en la esfera superior, realizando ya en el terreno del espíritu la unidad por la que lucha esta parte del mundo.» (1928.)

Por último, el testimonio de un escritor de nuestros días, Manuel Andújar, que confiesa cómo «leyó por primera vez, magnetizado, las obras directamente autobiográficas de Máximo Gorki». Y añade: *«La Madre* es una poliforme presencia. Gorki recurre a un modelo idealizable, ensaya múltiples más concordes y versiones de un vaso de limpios bordes y encantadora transparencia, además de reflejar la dinámica de sus semejantes y en las que participa, cobija su fluyente acopio de arengas y discursos en su pocera dimensión sin fondo. Gorki ha sacrificado en *La Madre* su habitual conducta novelística, arrastrado por el afán de resaltar una crónica noble, un alegato apasionado y un panorama testimonial. Pese a condicionamientos intencionales de tanto peso, apuntalan esta rapsodia no pocas ráfagas de la mejor índole artística, posos en mi memoria que el cotejo de ahora acendra y eleva. Así, *La Madre*, verificada la crucial manifestación del Primero de Mayo, se nos dibuja más corpórea y realzada por la reacción onírica, intransferible, que el álgido acontecer le provoca. Y al ser tensa espectadora del juicio a que su hijo, Pavel, es sometido, y de los camaradas que en el trance hondamente le acompañan, se convierte en espejo implacable de unos magistrados que se transmutan en fantasmas de sí mismos, elementos de una decoración corrupta, funeraria, recipientes del enorme dislate de un dominio residual.»

Andújar está continuando el juicio de quienes muchos años atrás, desde posiciones no marxistas, defendían esta literatura, como si la historia fuera circular: porque circular es, al menos, el mundo de los sentimientos, esos sentimientos que, aun en una tercera o cuarta lectura, embargan al lector, cualquier lector, que se acerque desprejuiciado a esta obra. Juicio como el de Julián Zugazagoitia, albores de la terrible tragedia que asoló España:

«Puede haber, aun no existiendo una concepción marxista de la belleza, un arte para proletarios. Y si creemos en las palabras de Gorki ese arte existe ya. Un arte que sin ser marxista, ni falta que le hace para ser arte, tiene en cuenta al pueblo y ha roto con las maneras burguesas, con el repertorio de los viejos moldes.»

* * *

Hasta aquí la obra. Sólo nos queda referirnos breve, casi telegráficamente, al hombre que la creó, Máximo Gorki.

Alexei Masimovich Peckov, que adoptó el seudónimo de Gorki, es decir, «El Amargo», nació un día del mes de marzo del año 1868.

«No guardo ningún recuerdo personal de este acontecimiento, pero mi abuela me contó que cuando nací, lancé un grito. Quiero creer fue éste un grito de indignación y de protesta.»

Huérfano desde los cinco años, recuerdos de un abuelo que le azota sin piedad, hasta la pérdida del conocimiento. No gustó de la escuela: apenas asiste siete meses a ella. Pronto comienza la lucha por la vida: se gana la vida como trapero. Lee desde muy joven: Gogol, Flaubert, Dumas, Goncourt, Pushkin.

Intenta suicidarse a los diecinueve años de edad. Padecerá una incipiente tuberculosis en 1896. Discípulo de Korolenko, éste le anima a escribir. Llora con las representaciones de Chejov. Y en 1899 publica su primera novela: *Foma Gordoiev*. Detenido en 1898 por la policía zarista, ya el hombre y el místico revolucionario van a fundirse con el escritor de por vida. Tan célebre, desde joven, que incluso antes de su exilio, en 1906, será elegido miembro de Bellas Artes de la Academia de Ciencias.

Apenas triunfado el leninismo, se exilia. Volvería, en triunfo, en 1928. Hasta su muerte, será un héroe en la Unión Soviética. Pero cuando muera, 18 de junio de 1936, se hablará de envenenamiento. Dos meses más tarde se iniciarán los procesos contra Kamenev y Zinoviev, contra miles de viejos bolcheviques y comunistas.

Dejemos la historia que investigue. Quedémonos con el escritor. Y con sus palabras. Éstas por ejemplo:

«Debemos asegurarnos de que junto a la educación política del pueblo se lleve a cabo sin interrupción su educación moral y estética; sólo con esta condición el pueblo logrará liberarse completamente del yugo de su desgarrada historia, sólo por ese camino logrará huir de la prisión de la antigua vida, sólo por la aparición de nuevos sentimientos, de nuevas ideas, comprenderá e impondrá conscientemente a su voluntad, fines claros, sensatos y realizables. La política, la haga quien la haga, es siempre repugnante porque va acompañada sin falta por la mentira, la calumnia y la violencia. Y como ésta es la verdad, todo el mundo debe saberla, y a su vez, esta certidumbre debe respirar la conciencia del predominio del trabajo cultural sobre el trabajo político.» Moscú, 1918.

Andrés SOREL

CRONOLOGÍA

Alexei Masimovich Pechkof, hijo de un ebanista, nació en Nijni Novgorod el 14 de marzo de 1868.

A los 5 años quedó huérfano y fue recogido por su abuelo, que lo dedicó al oficio de zapatero. Muchas y variadas profesiones: pintor, pinche de cocina, vendedor ambulante, etc.

A los 17 años se marcha a Kazán, donde entabla relación con el mundo estudiantil. Se le despierta un desmesurado afán por aprender. Trabaja en una panadería.

1888. Grave enfermedad que lo lleva al borde del suicidio. Pierde el puesto de trabajo. Regresa a su pueblo y pasa a ser escribiente de un abogado.

1891. Recorre Rusia y se empapa de cultura popular.

1892. Conoce a Korolenko, quien le aconseja que se dedique a la literatura. Envía un cuento al *Mensajero del Norte*, revista de San Petersburgo, donde se lo publican con el seudónimo de *Gorki* (amargo).

1902. Elegido miembro de la Academia de Ciencias. Fue expulsado poco después por sus ideas políticas.

1905. Se afilió al partido socialdemócrata. Fue arrestado y estuvo preso durante un año. Rápidamente alcanza la fama y su firma se hace muy popular. Antes de cumplir los treinta años ya era comparado con Tolstoi. Pese a su fama siempre mantuvo ciertos hábitos de su época de vagabundo. Se dedicó con ardor a la política: defendió ideas radicales y sufrió numerosas persecuciones.

1906. Después de un largo viaje por Europa se embarca hacia América del Norte. Residió durante un tiempo en Capri, donde era visitado con frecuencia por sus seguidores.

1917. Se muestra entusiasta con la revolución bolchevique. Fue temporalmente ministro de Bellas Artes, aunque después de la destitución de Kerenski mostró su disconformidad y más tarde acabó yéndose al extranjero.

1921-28. Residió en Italia por razones de salud, según las informaciones oficiales. Su personalidad siempre fue muy controvertida. Dedicó sus últimos años a la educación de los nuevos escritores comunistas.

1934. Preside el I Congreso de Escritores Soviéticos, donde se consagran las líneas maestras de realismo social.

1936. Fallece en Moscú. En su honor se le dio el nombre de Gorki a su ciudad natal.

OBRAS:

1892. *Makar Cudra.*
1895. *Celkas.*
1897. *Komoválov.*
1898. *Los vagabundos* y *Varenka Olesova.*
1899. *Fomá Gorfeiev.*
1902. *Tres hombres, Los bajos fondos* y *Los pequeños burgueses.*
1905. *Hijos del sol.*
1906. *La ciudad del diablo amarillo.*
1907. *Camaradas* y *La madre* (primera versión).
1922. Versión definitiva de *La madre.* Eisenstein hizo una película de gran éxito, y Brecht, una versión dramática muy celebrada.
1913-15. *Mi infancia.*
1915-16. *Entre los hombres.*
1917. *En el mundo.*
1918. *Ganándome el pan.*
1920. *Reminiscencias del conde León Tolstoi.*
1923. *Mis universidades.*
1924. *Lenin.*
1925. *Los Artamónov.*
1927-36. *La vida de Klim Samgin.*

Dramas: *Los hijos del sol, Veraneantes, Nadnie, Los bajos fondos* y *El asilo nocturno.*

OTRAS OBRAS:

Cuentos y narraciones, *La estepa, Un lector, La familia Orlov, El mujik, Troya, Malva, Acerca del demonio, Más cerca del demonio, La vida de un hombre innecesario, En la cárcel* y *Entre el pueblo.*

LA MADRE

PRIMERA PARTE

I

L A sirena de la fábrica lanzaba su clamor estridente, cada día, al aire ahumado y grave del arrabal obrero. Entonces, un gentío tristón, de músculos todavía cansados, salía con rapidez de las casitas grises, corriendo como las cucarachas llenas de susto. A la media luz fría, íbanse por la calleja angosta hacia los paredones altos de la fábrica que los esperaba segura, alumbrando la calzada fangosa con sus innumerables ojos cuadrados, amarillos y viscosos. Bajo los pies chascaba el barro. Voces dormidas resonaban en roncas exclamaciones, injurias rasgaban el aire, y una oleada de ruidos sordos acogía a los obreros: el sonar pesado de las máquinas, el gruñido del vapor. Por encima del arrabal, a semejanza de bastones, sombrías y repelentes como centinelas, perfilábanse las altas chimeneas negruzcas.

Al anochecer, cuando se ponía el sol y sus rayos rojos brillaban en las vidrieras de las casas, vomitaba la fábrica de sus entrañas de piedra toda la escoria humana, y los trabajadores, ennegrecidos de humo, volvían a desparramarse por la calle, dejando detrás húmedos relentes de grasa de máquinas, centelleándoles las dentaduras hambrientas. Había a la sazón en sus voces animación y hasta alegría; se acabaron por unas horas los trabajos forzados; cena y descanso estaban esperándolos en casa.

La fábrica se había tragado una jornada y las máquinas habían chupado de los músculos del ·hombre todas las fuerzas necesarias para ellas. La jornada se había borrado de la vida, sin dejar rastro; sin advertirlo, los hombres habían dado un paso más hacia la sepultura; pero ya podían entregarse a gozar el descanso, a los placeres de la taberna sórdida, y estaban satisfechos.

Los días de fiesta, por la mañana, dormían hasta las diez; luego, la gente seria y cansada se ponía los trajes mejores y se marchaba a misa, echando en cara al mocerío su indiferencia en punto a religión. Al volver de la iglesia comían empanadas y vuelta a acostarse hasta la noche.

La fatiga reconcentrada de largos años quitaba las ganas de comer; para tolerar algún alimento había que beber mucho, y excitarse el estómago con las agudas quemaduras del alcohol.

Llegada la noche, a pasearse perezosamente por las calles; los que tenían chanclos, se los ponían aunque no lloviera; los dueños de un paraguas lo sacaban aunque hiciese buen sol. No todos pueden tener chanclos ni paraguas, y cada cual quiere, sea como sea, llevarle ventaja al vecino.

Cuando los encontraban los conocidos, hablaban de la fábrica, de las máquinas, denostaban a los contramaestres. Palabras y pensamientos no se referían más que a lo tocante al trabajo. El entendimiento, torpe e impotente, lanzaba sólo chispas aisladas, débiles resplandores en la monotonía del tiempo.

De vuelta en casa, los maridos reñían a las mujeres, pegándoles a menudo, sin escatimar fuerzas. Los mozos se quedaban en la taberna o hacían reuniones, ya en casa de uno, ya de otro, tocando el acordeón, cantando estúpidos e innobles cantares, bailando, contándose cuentos obscenos y bebiendo con hartura. Extenuados por el trabajo, embriagábanse con facilidad, y en cada pecho se iba desarrollando una sobreexcitación enfermiza, incomprensible, que buscaba desahogo hasta que, con un pretexto cualquiera, se acometían unos a otros como fieras irritadas, produciéndose riñas sangrientas.

El mismo sentimiento de animosidad en acecho dominaba en las relaciones mutuas de los trabajadores, tan inveterado como la fatiga de los músculos. Son seres que nacen con esa enfermedad del alma, herencia de los padres, que como negra sombra los acompañan hasta el sepulcro, impulsándolos a cometer actos espantosos por su crueldad inútil.

Los días de fiesta se recogían tarde los jóvenes, con el vestido en jirones, cubiertos de barro y de polvo; lleno de señales el rostro, envanecíanse de los golpes que asestaran al camarada; los insultos que soportaron los irritaban o los hacían llorar, y estaban lastimosos y ebrios, infelices y repugnantes. A veces eran los padres los que llevaban a casa a los hijos, por habérselos encontrado borrachos perdidos en la calle o en la taberna. Insultos y golpes llovían sobre los mozos embrutecidos o excitados por el aguardiente; los echaban en la cama, con más o menos cuidado, y, de mañanita los despertaban en cuanto el mugido de la sirena rasgaba el aire.

Aunque insultaran y pegaran a los chicos, los padres encontraban natural su borrachera y sus reyertas; ellos también, cuando eran jóvenes, bebían y se peleaban, y lo mismo los corregían el padre y la madre. La vida era siempre igual; manaba, no se sabe de dónde, regular y lenta como un río de fango.

A veces surgían en el arrabal forasteros que empezaban por llamar la atención, sólo porque nadie los conocía; mas pronto se acostumbraban a ellos y pasaban inadvertidos. Por sus relatos se echaba de ver que en todas partes la vida del trabajador es la misma y, puesto que es así, ¿para qué hablar de ella?

Había, sin embargo, algunos que decían cosas todavía nuevas para el arrabal. Nadie discutía con ellos; sólo se prestaba atención incrédula a sus expresiones raras, que iban suscitando en unos irritación ciega, en otros una especie de inquietud, al paso que otros más sentíanse perturbados por una vaga esperanza, y, para desechar la emoción, se daban a beber todavía más de lo acostumbrado.

Si el forastero se señalaba por algún rasgo extra-vagante, los moradores del arrabal le tenían a distancia durante mucho tiempo, tratándole con repulsión instintiva, como si temieran que por él entrara en su existencia algo capaz de entorpecer su curso penoso, pero tranquilo. Aquella gente, acostumbrada a que el vivir la oprimiera, consideraba toda mudanza posible como propia, nada más que para hacerle más pesado todavía el yugo. Resignadà, iba haciendo el vacío en derredor de los que proferían expresiones raras. Éstos, entonces, desaparecían, sin que nadie supiera por dónde; el que se quedaba en la fábrica, vivía aparte y no llegaba a fundirse con la muchedumbre uniforme de los obreros. Y después de vivir así una cincuentena de años, el hombre se moría.

II

Así vivía el cerrajero Mijail Vlasov, ser sombrío, de ojuelos recelosos y malos, al abrigo de unas cejas tupidas. Era el cerrajero mejor de la fábrica, el hércules del arrabal. Pero se mostraba grosero con sus jefes y por eso ganaba poco. No se pasaba domingo sin que diese una paliza, y así era temido de todos, querido de nadie. Más de una vez intentaron molerle a palos, sin conseguirlo. En cuanto Vlasov preveía un ataque, agarraba una piedra, una tabla, un trozo de hierro, y plantándose con solidez sobre las piernas abiertas, esperaba callado al enemigo. Su cara, cubierta de ojos a cuello por negra barba, sus manazas velludas, causaban terror general. Daban miedo singularmente sus ojos penetrantes y agudos, que azotaban a los contrarios como puntas de acero; cuando se tropezaba con su mirada, sentíase la presencia de una fuerza salvaje, inaccesible a temores, pronta a herir sin piedad.

—¡Ea, fuera de ahí, canallas!—decía sordamente.

En la tupida pelambrera del rostro, los dientes, grandes y amarillos, brillaban feroces. Los adversarios, sin dejar de insultarle, retrocedían.

—¡Canallas!—seguía gritándoles, y el sarcasmo centelleaba en sus ojos de acero como una lezna.

Luego, irguiendo la cabeza con ademán retador, íbase detrás de los enemigos, gritando de tiempo en tiempo:

—A ver, ¿quién quiere morir?

Nadie quería.

Era poco hablador. Su expresión favorita, "canalla". De tales tachaba a los jefes de la fábrica y a la policía; interpelaba a su mujer con el propio epíteto.

—Canalla, ¿no ves el desgarrón de estos pantalones?

Cuando su hijo Pavel hubo cumplido catorce años, le entraron ganas a Vlasov de tirarle una vez más de los pelos. Pavel, empero, agarrando un pesado martillo. saltó brevemente:

—No me toques...

—¿Cómo?—preguntó el padre, caminando hacia el chico, de formas esbeltas y graciosas (era como la sombra que cae sobre un álamo).

—¡Basta!—dijo Pavel—. No te lo consiento...

Y agitó el martillo, agrandándosele los ojazos negros.

Miróle el padre, se escondió a la espalda las manos velludas, y dijo burlón:

—Bueno está...—añadiendo con suspiro profundo—: ¡Ah, canalla!

Pronto hubo de declararle a su mujer:

—Se acabó el dinero... para que comáis Pavel y tú.

—¿Vas a bebértelo todo?—se atrevió ella a preguntar.

Dió él un puñetazo en la mesa, exclamando:

—A ti no te importa, canalla... Me echaré una querida.

No llegó a echarse una querida; pero, desde aquel instante hasta su muerte, cosa de dos años, no volvió a mirar a su hijo ni le dirigió una vez la palabra.

Tenía un perro, como él de gordo y peludo. Por las mañanas el animal se iba con él hasta la fábrica y le esperaba hasta el anochecer. Los días festivos Vlasov se iba a la taberna. Caminaba sin despegar los labios, como si algo buscara, arañando con la mirada a los transeúntes. Todo el día iba el perro tras él, gacha la cola espesa. Cuando volvía a casa, Vlasov, borracho, cenaba y daba de comer en su mismo plato al perro. No pegaba nunca al animal, pero tampoco le decía palabrotas ni lo acariciaba. Después de comer, si la mujer no andaba lista para quitar el servicio en tiempo oportuno, tiraba la vajilla al suelo, se ponía delante una botella de aguardiente, y, recostado en la pared, abriendo mucho la boca y cerrando los ojos, canturreaba sordamente una tonado melancólica. Los discordes sonidos se le enredaban en los bigotes, de los que iban cayendo migajas de pan; el cerrajero, atusándose con sus dedazos la barba, seguía cantando. La letra del canto era incomprensible, se arrastraba, y el tono recordaba el aullido del lobo en invierno. Iba cantando mientras quedaba aguardiente en la botella. Luego, se tendía en el banco o apoyaba la cabeza en la mesa, y así se dormía, hasta que la sirena llamaba. El perro se echaba a su lado.

Murió de hernia, tras larga agonía. Cinco días estuvo, ennegrecido por los dolores, agitándose continuamente en la cama, cerrados los ojos, rechinando los dientes. A ratos, le decía a su mujer:

—Dame arsénico... Envenéname.

Mandó ella venir al médico, que recetó unas cataplasmas, diciendo que era indispensable la operación y que había que trasladarle al hospital aquel mismo día.

—Vete al diablo..., canalla..., ya me moriré solo —fué la respuesta de Vlasov.

Cuando el doctor se hubo marchado, su mujer, llorando, quiso exhortarle para que se sometiera a la operación. Mijail le declaró, amenazándola con el puño:

—No lo intentes... ¡Si me curo, te ha de costar caro!

Se murió una mañana, cuando la sirena llamaba al trabajo a los obreros. Le tendieron en el ataúd; tenía el seño fruncido y abierta la boca. Le llevaron a la última morada su mujer, su hijo y su perro, así como Danilo Vesovchikov, un ladrón viejo y borracho, despedido de la fábrica, y otros pobretes del arrabal. La mujer lloró un poco. Pavel conservó los ojos secos. Los que se cruzaban con el cortejo fúnebre se detenían, persignándose y diciendo:

—Claro que Pelagia estará contenta de que se le haya muerto el marido.

Alguno corrigió:

—No se ha muerto; ha reventado.

Ya en tierra el ataúd, volviéronse todos. El perro se quedó, echado en la tierra recién removida y husmeando durante mucho tiempo. A los pocos días le mataron, no se sabe quién.

III

Un domingo, quince días después de muerto su padre, Pavel volvió borracho a casa. Llegó tambaleándose a la primera pieza y le gritó a su madre, pegando un puñetazo en la mesa, como hacía Mijail:

—De cenar...

Acercósele Pelagia, se le sentó al lado, y abrazándole, apoyó en su pecho la cabeza del hijo. Rechazóla él, poniéndole el brazo en el hombro, y dijo:

—¡Vivo, madre!

—Tontito—contestó ella, con voz triste y acariciadora.

—También yo quiero fumar... Dame la pipa del padre...—gruñó él, moviendo con trabajo la lengua rebelde.

Era la primera vez que se emborrachaba. El alcohol le había debilitado el cuerpo, sin apagarle la conciencia. Preguntábase:

—¿Estoy borracho?... ¿Estoy borracho?

Las caricias de la madre le llenaban de confusión; conmovíale la tristeza de su mirada. Le entraron ganas de llorar, y, para dominarse, fingía estar más borracho de lo que verdaderamente estaba.

Y la madre le acariciaba el cabello, revuelto y sudoroso, diciéndole bajito:

—No deberías hacerlo...

Pavel empezaba a sentir náuseas. Después de varios vómitos le llevó la madre a acostar, poniéndole una toalla húmeda en la frente pálida. Se rehizo él un poco; pero todo le daba vueltas, en derredor y debajo. Le pesaban los párpados; tenía en la boca un sabor repugnante y amargo; miraba la faz de su madre y pensaba cosas incoherentes.

—Aún es temprano para mí... Los demás beben y no se ponen malos; yo tengo náuseas.

La voz dulce de la madre le llegaba a los oídos, como de lejos:

—¿Cómo vas a sostenerme, si te das a beber?

Cerró él los ojos y dijo:

—Todos beben.

Pelagia dió un suspiro profundo. Tenía razón. Ya sabía él que a los hombres no les quedaba más que la taberna para estar a su gusto ni tienen otro goce que el alcohol. Le dijo, sin embargo:

—Tú no necesitas beber... Ya bebió el padre por ti... y bien me atormentaba... Podrías tener lástima de tu madre.

Al oír tales palabras de melancolía y resignación. Pavel pensó en la existencia silenciosa y nula de aquella mujer, siempre en espera de los golpes de su marido. Últimamente, Pavel estaba poco en casa para no ver al padre, y su madre se le había olvidado un poco; al paso que volvía al estado normal, iba examinándola.

Era alta de estatura, ligeramente encorvada; el corpachón pesado, roto por el quehacer incesante y los malos tratos, movíase sin rumor, oblicuo, como si temiera tropezar en alguna parte. El ancho rostro oval, recortado por las arrugas, e hinchado levemente, iluminábase por unos ojos negros de expresión triste e inquieta, como suele darse en las mujeres del arrabal. En la frente, una cicatriz honda levantaba un tanto la ceja derecha, y la oreja del mismo lado parecía así más alta que la otra, dando al rostro un aire de timidez... Entre los espesos cabellos negros había mechones canosos, como señales de golpetazos terribles... Toda su persona respiraba dulzura, resignación dolorosa.

Mejillas abajo, le corrían lentas las lágrimas...

—¡Espera! ¡No llores!—suplicó Pavel en voz baja—. ¡Dame de beber!

—Voy a traerte agua con hielo.

Cuando volvió, ya él dormía. Se quedó inmóvil un instante, conteniendo la respiración. Temblábale el bote en la mano y los pedazos de hielo chocaban contra el metal. Después de colocar el utensilio en la mesa, Pelagia se arrodilló ante las santas imágenes, rezando silenciosamente. Los cristales de la ventana recibían temblando las ondas sonoras de la vida exterior, oscura y ebria. En las tinieblas y la humedad de una noche de otoño, rechinaba un acordeón; alguien cantaba a voz en cuello; se oían palabras viles y obscenas; voces de mujer resonaban, con alarma o cólera.

* * *

En la casita de los Vlasov iba transcurriendo la vida uniforme, pero más tranquila y apacible que antes, apartándose así de la existencia corriente del arrabal. Estaba en el extremo de la calle mayor, en lo alto de una cuesta corta y muy pina, al pie de la cual había una charca.

La cocina se llevaba el tercio de la vivienda; un tabique delgado, que no llegaba al techo, la separaba del cuartito que servía de alcoba a la madre. Lo demás era una habitación en cuadro, con dos ventanas; en un rincón, la cama de Pavel, y en otro, dos bancos y una mesa. Unas cuantas sillas, una cómoda para la ropa blanca, un espejito, un baúl con trajes, un reloj y dos estampas de santos: nada más.

Pavel trataba de vivir como los otros vivían, haciendo lo que es natural en un mozo: se compró un acordeón, una camisa de pechera planchada, una corbata llamativa, unos chanclos y un bastón. En apariencia, era como todos los muchachos de su edad. Iba a reuniones, y aprendía a bailar cuadrillas y polcas. Los domingos volvía borracho a casa. Al día siguiente le dolía la cabeza, se consumía de calentura y tenía cara de lividez y abatimiento.

Un día le preguntó su madre:

—Bueno, y anoche, ¿te divertiste?

Contestó él, con irritación sombría:

—¡Me aburrí de un modo atroz! Mis camaradas son como máquinas, todos... Yo prefiero irme a pescar, o comprarme una escopeta.

Trabajaba con celo; jamás le pusieron multa ni se dió a la holganza. Era taciturno. Sus ojos azules, rasgados como los de su madre, tenían expresión descontenta. No llegó a comprar escopeta ni se fué a pescar; pero abandonó el camino trillado que seguían sus camaradas, frecuentó reuniones, cada vez menos, y aunque seguía saliendo los domingos, volvía siempre despejado. Contemplábale Pelagia calladamente, y veía el rostro atezado de Pavel descamarse de día en día, ponérsele más grave la mirada y apretársele los labios con extrema severidad. Parecía atacado por una enfermedad o ira misteriosa. Al principio, visitábanle los camaradas, pero como no estaba en casa nunca, dejaron de ir. Veía con gusto la madre que su hijo no imitaba a los muchachos de la fábrica; pero cuando echó de ver su obstinación en alejarse del torrente oscuro de

la vida monótona, sintió invadida el alma por vaga
inquietud.

Pavel traía libros; empezó tratando de leerlos a
escondidas. A veces copiaba algo en un pedazo de
papel.

—¿No estás bueno, hijo?—preguntóle un día Pelagia.

—Sí, estoy bueno—contestó.

—¡Te has puesto tan delgado!—suspiró ella.

Él nada dijo.

Hablaban poco y apenas se veían. Por la mañana,
el chico tomaba silencioso su té y se iba al trabajo.
Al mediodía llegaba a comer y en la mesa sólo cruzaban expresiones insignificantes; luego volvía a
desaparecer, hasta la noche. Acabado el trabajo, se
lavaba cuidadosamente, cenaba y se ponía a leer sus
libros. Los domingos salía de mañana para no volver hasta por la noche, ya tarde. Sabía la madre
que se iba a la ciudad, que frecuentaba el teatro;
pero nadie de la ciudad iba a verle. Parecíale que
cuantos más días pasaban tanto menos le dirigía la
palabra su hijo; y, a la vez, advertía ella que de
manera creciente iba él empleando expresiones graves nuevas, para ella incomprensibles, al paso que
de su habla iban desapareciendo los terminachos
groseros de costumbre.

Cuidaba más de la limpieza de cuerpo y vestidos;
movíase con mayor facilidad y holgura; cobró aspecto más sencillo, más dulce, inquietando a su madre. Tratábala de modo nuevo, hacíase él mismo la
cama los domingos y, en general, sin aspavientos ni
ostentaciones, se esforzaba por hacerla a ella más
leve la tarea. Nadie obraba así en el arrabal...

Un día trajo un cuadro y lo colgó en la pared. Representaba a tres personajes de rasgos henchidos
de resolución valerosa.

—Es Cristo resucitado, yendo a Emaús—explicó
el mozo.

Le gustó el cuadro a Pelagia, pero, pensó: "Hon-
ras a Cristo y no vas a la iglesia..."

Otros cuadros vinieron después a adornar las paredes; aumentaron los libros en el lindo estante que
un carpintero, camarada de Pavel, vino a colocar.
La habitación fué tomando aspecto agradable.

El muchacho solía tratar de "usted" a su madre.

llamándola "mamá". A veces le dirigía breves palabras:

—Madre, no esté inquieta, por favor: esta noche volveré tarde...

En tales palabras sentía ella latir algo fuerte y serio que le gustaba. Pero seguía creciendo su ansiedad, y como no llegaba a explicarse con Pavel, se le iba formando como el presentimiento de algo extraordinario, que le apretaba cada vez más el corazón. A ratos pensaba:

—Los demás viven como criaturas humanas; él es como un monje... Demasiado serio... No es propio de sus años...

Y se preguntaba:

—¿Tendrá tal vez una amiga?

Pero hace falta dinero para que las muchachas le quieran a uno, y él le daba casi todo el salario.

Así fueron pasando semanas, meses, casi dos años, de vida rara y silenciosa, llena de pensamientos, de temores confusos y crecientes de continuo.

IV

UNA noche, después de cenar, Pavel, corriendo las cortinas de las ventanas, sentóse en un rincón y se puso a leer, después de haber colgado de la pared, por encima de su cabeza, una lámpara de estaño. La madre acababa de recoger los platos en la cocina y se le acercó. Levantó él la cabeza y la miró con ademán interrogativo.

—¡No es nada, Pavel, es... eso mismo!—profirió vivamente.

Y se alejó, moviendo las cejas con expresión confusa. Pero, después de quedarse inmóvil un rato, en medio de la cocina, se lavó las manos y volvió atrás, pensativa y preocupada.

—Quería preguntarte qué es lo que lees sin descansar—dijo con voz sumisa.

Él dejó el libro.

—Siéntate, madre...

Sentóse pesadamente Pelagia a su lado y se irguió, presto el oído, en espera de algo grave.

—Leo libros prohibidos. No los dejan leer, porque dicen la verdad acerca de nuestra vida, la del pueblo... Se imprimen a escondidas, y si los encontrasen en casa me llevarían a la cárcel..., a la cárcel, por haber querido saber la verdad. ¿Entiendes?

Sintió ella de pronto trabajo al respirar y clavó los ojos huraños en su hijo, que le pareció cambiado, extraño a ella. Tenía otra voz más espesa, baja y sonora. Con los dedos afilados se retorcía el bigote sedeño, y miraba de un modo raro, hacia abajo. A ella le dió miedo.

—¿Y por qué has de hacerlo, Pavel?—le dijo.

Levantó él la cabeza, la contempló y contestó tranquilo:

—Quiero saber la verdad.

Tenía la voz baja, pero firme, y en los ojos le relucía un deseo obstinado. Pelagia comprendió que su hijo estaba consagrado para siempre a un algo misterioso y terrible. En la vida, todo le había parecido siempre inevitable; se había acostumbrado a someterse sin reflexionar; se echó a llorar dulcemente, sin encontrar palabras en su corazón, apretado por la angustia y la pena.

—¡No llores!—dijo Pavel con voz acariciadora que a la madre le pareció una despedida—. ¡Reflexiona qué vida es la nuestra! Tú tienes cuarenta años y, dime, ¿has vivido de veras? Padre te pegaba... Ahora entiendo que su pesar era lo que expresaba sobre tu cuerpo..., el pesar de una existencia que le oprimía, sin que él mismo supiera de dónde llegaba. Trabajó treinta años; empezó cuando la fábrica no ocupaba más que dos cuerpos de edificio, y hoy cuenta siete. Las fábricas se desarrollan y la gente se muere, trabajando para ellas.

Oíale Pelagia con temor y avidez a un tiempo. Los ojos claros y hermosos del muchacho centelleaban; apoyando el pecho en la mesa, habíase acercado a su madre, y casi tocándole el rostro bañado en lágrimas, le iba soltando su primer discurso sobre la verdad, tal como él la entendía. Con la sencillez de los jóvenes y el ardor de un escolar, orgulloso de sus conocimientos y sinceramente convencido de su importancia, iba hablando de todo lo que le parecía tan evidente, y hablaba, tanto para vigilarse a sí mismo como para convencer a su madre. A veces, cuando le faltaban palabras, se detenía, y entonces veía el rostro inquieto en que brillaban unos ojos de bondad. Tuvo lástima de su madre, y de nuevo le habló de ella misma.

—¿Qué goces has conocido tú?—preguntóle—. ¿Qué hay en tu pasado de bueno?

Agachó ella tristemente la cabeza, con un sentimiento nuevo, desconocido aún, doloroso y gozoso a la vez, que le acariciaba dulcemente el corazón dolorido. Por primera vez alguien le hablaba de ella y de su propia vida, y despertándose en su interior unos pensamientos vagos, adormecidos desde muy allá, reanimaban sentimientos apagados de incierta desazón, los pensamientos y los recuerdos de su juventud lejana. Habló de su vida, de sus amigas; habló largamente de todo. Pero, como los demás, sólo sabía quejarse: nadie explicaba por qué el vivir es tan penoso y tan duro... Y ahora, su hijo estaba sentado frente a ella, y cuanto de ella le iban diciendo los ojos de Pavel, su rostro, sus palabras, le sobrecogía el corazón, llenándola de orgullo; era su hijo, el suyo, que había comprendido la existencia de su madre y le decía la verdad de sus sentimientos, compadeciéndola.

No se suele compadecer a las madres.

Sabíalo ella y no comprendía que Pavel no hablaba de ella tan sólo, sino que cuanto dijo de la vida de las mujeres era la verdad, la verdad cruel. Por eso le parecía que en el pecho se le agitaba una turba de sensaciones, calentándola como una caricia desconocida.

—¿Y qué vas a hacer?—le preguntó interrumpiéndole.

—Aprender, y luego enseñar a los otros. Nosotros tenemos que aprender, tenemos que saber, tenemos que entender por qué la vida, para nosotros, es tan penosa.

Era grato para la madre ver los ojos azules del hijo, siempre serio y severo, relucir de ternura, iluminando dentro de él algo para ella raro. Una sonrisa de satisfacción asomóse a los labios de Pelagia, a pesar de que aún tenía lágrimas en las arrugas de las mejillas. Un doble sentimiento dividía su ser: estaba orgullosa del hijo, ansioso de la felicidad de todos los hombres, que los compadecía a todos viendo el dolor de la vida; y a la vez no podía olvidar que era muy mozo, que no hablaba como sus camaradas, que estaba resuelto a entrar solo en lucha contra la existencia rutinaria de ella y de los demás. Tuvo comezón de decirle:

"¡Hijo mío! ¿Qué podrás conseguir? Te verás aplastado..., perecerás."

Pero estaba temerosa de no admirar ya al joven que de pronto se le había revelado tan inteligente, tan cambiado... y un poco extraño también.

Pavel veía en los labios de su madre la sonrisa y la atención que ella le prestaba, el amor que le estallaba en los ojos, y creyó haberle dado a entender la verdad por él descubierta. El juvenil orgullo de la fuerza de su palabra exaltó la fe que tenía en sí mismo. Lleno de excitación, seguía hablando, y ya reía, ya fruncía el ceño. A ratos, el odio resonaba en su voz, y cuando Pelagia oía esos acentos rudos, meneaba la cabeza instintivamente y preguntaba a media voz:

—¿Y eso es bueno?

—¡Sí!—replicaba él en tono fuerte y firme.

Y le hablaba de los que querían el bien del pueblo, de los que sembraban la verdad, viéndose acosados como fieras, metidos en la cárcel, desterrados en el presidio por los enemigos de la vida...

—¡Gente así he visto!—exclamó ardoroso—. ¡Las almas mejores de la tierra!

Aquellos seres despertaban el terror de la madre, y le entraban deseos de preguntar otra vez a su hijo:

"¿Y eso es bueno?".

Pero no se decidía, oyéndole celebrar a gentes no comprendidas por ella, que habían enseñado a su hijo maneras de pensar y de hablar tan peligrosas para él.

—Pronto aclarará... Si te fueras a acostar..., a dormir. Mañana hay que ir al trabajo.

—Voy a acostarme—consintió él.

E inclinándose hacia ella, preguntó:

—¿Me entendiste?

—¡Sí!—suspiró ella.

Nuevamente saltaron las lágrimas en sus ojos, y añadió sollozando:

—¡Perecerás!

Levantóse, y empezó a ir y venir por el cuarto.

Bueno; ¡ahora ya sabes lo que hago y adónd^

40

voy! Ya te lo dije todo. Madre, te lo suplico, si me quieres, no me detengas.

—Querido mío—exclamó ella—. Quizá hubiera sido mejor no decirme nada.

Le tomó la mano, apretándola con fuerza entre las suyas.

A ella le chocó la palabra "madre", pronunciada con ardor juvenil, y aquel apretón de manos, raro y nuevo.

—Nada haré que te contraríe—le dijo con voz entrecortada—, sólo que, ¡ten cuidado contigo! ¡Ten cuidado!...

Y sin saber de qué había él de tener cuidado, añadió tristemente:

—Estás más flaco cada día.

Y envolviendo en una mirada acariciadora el cuerpo robusto y armonioso del joven, le dijo en voz baja:

—¡Que Dios vaya contigo! ¡Vive como quieras, no te lo impediré! No te pido más que una cosa: no hables a la ligera. Hay que desconfiar de la gente; todos se odian. Viven para la codicia, viven para la envidia. Todos se sienten dichosos haciendo el mal... Cuando quieras acusarlos, juzgarlos, te aborrecerán, te harán perecer.

Parado en el umbral, oía Pavel estas palabras dolorosas. Contestó sonriendo:

—La gente es mala, sí... Pero cuando supe que había una verdad en la tierra, todos me parecieron mejores.

—¡Yo mismo no entiendo cómo ha sucedido! En la niñez, todos me daban miedo... Cuando crecí, empecé a odiarlos... a unos, por cobardes; a otros, no sé por qué... Ahora ya no es lo mismo: creo que me dan lástima... No entiendo cómo, pero el corazón se me puso más tierno cuando supe que había una verdad para los hombres y que no todos tienen la culpa de lo ignominioso de su vida...

Calló un instante, como para escuchar algo dentro de sí, y luego continuó, pensativo:

—¡Así respira la verdad!

La madre le lanzó una ojeada y dijo en voz débil:

—¡Has cambiado de manera peligrosa, ay, Dios mío!

Cuando se durmió, levantóse sin ruido Pelagia y

se acercó al lecho de Pavel. El rostro curtido, de rasgos severos y obstinados, dibujábase netamente en la blanca almohada. Juntas las manos sobre el pecho, descalza y en camisa, la madre permaneció allí, moviendo silenciosa los labios, y de los ojos se le escaparon lentamente unos lagrimones turbios...

V

OTRA vez empezaron a vivir; de nuevo estaban próximos y lejanos.

Una vez, un día de fiesta, entre semana, Pavel dijo a su madre, ya a punto de salir:

—El sábado vendrá gente a casa.

—¿Qué gente?

—Unos, de aquí...; otros, de la ciudad.

—De la ciudad...—repitió la madre, meneando la cabeza.

De repente, rompió en sollozos.

—¿Por qué lloras, madre?—exclamó Pavel desazonado—. ¿Por qué?

Bajando la voz y secándose las lágrimas, contestó ella:

—No sé..., porque sí.

Anduvo él unos pasos en la habitación, y, poniéndose delante, preguntó:

—¿Te da miedo?

—¡Sí!—confesó ella—. Esa gente de la ciudad..., ¿se sabe quién es?

Inclinóse él y prorrumpió en tono irritado, como su padre:

—¡Por ese miedo nos estamos muriendo todos! Y los que mandan se aprovechan de ese miedo para atemorizarnos más aún. Entérate bien: mientras la gente tenga miedo, se pudrirá, como los abedules ahí, en el pantano—y se alejó, añadiendo—: No importa..., vendrán a reunirse en casa.

La madre lloró:

—¡No me lo lleves a mal! ¿Cómo no tener miedo? Me he pasado la vida entera llena de temor... Tengo llena de temor el alma.

Él, a media voz, más dulcemente, dijo:

—¡Perdóname! ¡No puede ser de otro modo!

Y salió.

Tres días se pasó Pelagia temblando; se le paraba el corazón cada vez que pensaba en los extraños que vendrían a la casa. No llegaba a figurárselos, pero le parecía que habrían de ser terribles. Eran los que habían enseñado a su hijo el camino que iba siguiendo...

El sábado por la noche, Pavel volvió de la fábrica, se lavoteó, se mudó de traje y salió, diciéndole a su madre, sin mirarla:

—Si vienen, di que estaré de vuelta en seguida... Que me esperen..., y no tengas miedo, por favor... Son personas como las demás...

Dejóse ella caer sobre un banco. La miró su hijo, funciendo el ceño, y propuso:

—¿No prefieres salir?

Se sintió ofendida. Meneando negativamente la cabeza, dijo:

—¡No!... Lo mismo da... ¿Para qué voy a salir?

Era a fines de noviembre. Durante el día, una nieve fría y seca había ido cayendo en el suelo helado, y se la oía rechinar bajo los pies de Pavel cuando se marchó. Espesas tinieblas pegábanse a los vidrios de las ventanas. La madre, desplomada en el banco, esperaba, vueltos los ojos a la puerta.

Parecíale que, en la oscuridad, seres silenciosos de rara vestimenta se dirigían a la casa, desde todas partes, y avanzaban disimulándose, encorvados, mirando a un lado y a otro. Alguno estaba ya junto a la casa, apoyándose en la pared.

Oyóse de pronto serpentear en el silencio un silbido, como una delgada red, melodioso y triste; iba errante por el desierto de la noche, se aproximaba... De repente desapareció bajo la ventana, como si hubiera penetrado en la madera del tabique.

Resonaron pasos; la madre se levantó, estremecida, dilatados los ojos.

Abrieron la puerta. Primero apareció una cabezota tocada con gorro de piel; luego, un corpachón encorvado se deslizó poco a poco, se irguió, alzó el brazo derecho sin apresurarse, y suspiró ruidosamente, con voz de pecho:

—¡Buenas noches!

La madre se inclinó, sin decir palabra.

—¿No volvió todavía Pavel?

Quitóse el hombre con lentitud un chaquetón de pieles, levantó el pie, se sacudió con el gorro la nieve que le cubría el calzado, repitió el ademán con la otra bota, tiró el gorro a un rincón y entró en el cuarto, pavoneándose sobre las piernas larguiruchas. Acercó una silla, la examinó, como para estar seguro de su solidez, acabó por sentarse, y rompió a bostezar, tapándose la boca con la mano. Tenía la cabeza redonda y rapada, afeitadas las mejillas, y largos bigotes de puntas caídas. Después de contemplar la habitación con sus ojazos saltones y agrisados, cruzó las piernas y preguntó, columpiándose en la silla:

—¿La choza es vuestra o la tenéis alquilada?

La madre, sentada frente a él, contestó:

—Alquilada.

—¡No es un encanto!—observó el hombre.

—Pavel estará de vuelta en seguida, espérele—dijo en tono débil Pelagia.

—Eso hago—contestó él con tranquilidad.

Su calma, su voz dulce, la sencillez de su rostro devolvieron ánimos a la madre. Mirábala él francamente, con aspecto benévolo. Un chispazo de alegría brillaba en la hondura de sus ojos transparentes, y en aquella criatura angulosa y encorvada, que se encaramaba en unas largas piernas, había un no sé qué divertido y simpático. Vestía el hombre pantalón negro, cuya parte baja se metía en las botas, y blusa azul. La madre sentía tentación de preguntarle quién era, de dónde venía, si conocía de mucho tiempo a su hijo; pero él, de pronto, agitándose, le hizo una pregunta:

—¿Quién te agujereó la frente, madrecita?

Hablaba con voz acariciadora, luciéndole los ojos. Pero la pregunta irritó a la mujer. Apretó los labios, y, tras un instante de silencio, inquirió con frialdad cortés:

—¿Y eso, a ti, qué te importa, padrecito?

Volvióse él hacia ella con todo el cuerpo:

—¡Vaya, no te enfades! Te lo pregunté porque mi madre adoptiva tenía también rota la cabeza como tú. ¡Su cónyuge lo hizo, al pegarle, con una horma! Era zapatero y ella planchadora. Me habían adoptado ya cuando, para desdicha suya, tropezó quién sabe dónde con aquel borracho, que le pegaba, y no digo más. Tanto miedo me daba, que me crujía la piel.

Sintióse desarmada Pelagia por la franqueza, y se dijo que a Pavel quizá no le gustara verla mostrarse desatenta con aquel estrafalario. Prosiguió, con sonrisa confusa:

—No me enfado..., pero me sorprendiste. ¡Regalo de mi marido, que de Dios goce! ¿No eres tártaro, tú?

Estiró el hombre las piernas, con una sonrisa tan ancha que hasta las orejas parecieron írsele a la nuca. Luego dijo con gravedad:

—Todavía no..., no soy tártaro.

—Pues tu habla no es del todo rusa—explicó sonriendo la madre, entendiendo la broma.

—Mi lengua vale más que el ruso—exclamó alegre el visitante meneando la cabeza—. Soy pequeño-ruso, de la ciudad de Kaniev.

—¿Hace mucho que estás aquí?

—Llevo en la ciudad cosa de un año..., un mes hará que vine a la fábrica... Encontré buena gente..., tu hijo... y otros..., pero no muchos. Quiero quedarme aquí—añadió retorciéndose el bigote.

Pelagia le iba encontrando agradable, y para agradecerle el elogio de Pavel que acababa de oírle, propuso:

—¿Quieres té?

—¿Cómo? ¿Yo solo lo voy a tomar?—respondió él, encogiéndose de hombros—. Cuando estemos todos reunidos podrás ofrecérnoslo...

Nuevamente se oyeron pasos, la puerta se abrió con brusquedad y se levantó la madre. Pero, con gran asombro suyo, quien entró en la cocina fue una muchacha, vestida ligera y pobremente, baja de estatura, con rostro de campesina. La visitante, cuyo pelo rubio formaba tupida trenza, preguntó:

—¿No llego tarde?

—¡Nada de eso!—contestó el pequeño-ruso, que no se había movido del cuarto—. ¿Viniste a pie?

—¡Claro está! ¿Es usted la madre de Pavel Mijailovich? Buenas noches. Yo me llamo Natacha.

—¿Y por el nombre de tu padre?—preguntó la madre.

—Vasilievna. ¿Y usted?

—Pelagia Nilovna.

—Pues, ea, ya estamos presentadas.

—Sí—dijo la madre con un leve suspiro.
Y examinó, sonriente, a la moza.
El pequeño-ruso preguntó:
—¿Hace frío?
—Sí, mucho frío en el campo. Hace viento.
Tenía la voz muelle, clara; la boca, chiquita y redonda, y toda la persona carnosita y fresca. Después de quitarse el manto se frotó enérgicamente las mejillas coloradas con las manecitas rojas de frío, mientras caminaba por la habitación con rápido andar; los tacones de sus botitas hacían resonar el entarimado.
"¡No tiene chanclos!", pensó la madre.
—¡Sí!—dijo la moza, arrastrando las palabras—. Estoy arrecida, helada.
—Voy a disponer en seguida el samovar, en seguida—dijo vivamente la madre.
Y salió.
Parecíale que conocía a la muchacha desde muy atrás y que la quería de veras, con cariño de madre. La veía con gusto; pensando en los ojos azules, pestañeantes, de su huésped, sonreía satisfecha. Puso oídos a la conversación.
—¿Por qué estás triste, Andrés?—preguntó la muchacha.
—¡Porque sí!—respondió a media voz el pequeño-ruso—. La viuda tiene ojos de bondad, y yo estaba pensando que tal vez los de mi madre se le parecen... Pienso a menudo en mi madre, ya lo sabes tú..., me parece que aún está viva...
—Dijiste que se había muerto...
—No, ésa es mi madre adoptiva... Yo hablo de mi verdadera madre... Me figuro que pide limosna en alguna parte, en Kiev, y que bebe aguardiente...
—¿Por qué?
—Porque sí... Y cuando está borracha, los de la policía le dan de bofetones...
"¡Ay, pobrecillo!"—pensó la madre, suspirando.
Natacha comenzó a hablar rápidamente, pero a media voz. Luego, la voz sonora del pequeño-ruso volvió a resonar:
—¡Tú eres joven todavía, tienes poca experiencia! Cada cual tiene su madre, y sin embargo, la gente es mala. Es difícil parir, pero es más difícil enseñar el bien a los hombres.
—¡Hay que ver!—exclamó para sí la madre.

Hubiera querido contestar al pequeño-ruso para decirle que a ella, por ejemplo, le hubiera gustado enseñar el bien a su hijo, pero que ni ella lo sabía.

Se abrió de nuevo la puerta y dió paso a Vesovchikov, hijo de aquel ladrón viejo, Danilo, misántropo famoso en todo el arrabal. Andaba siempre solo y todos se burlaban de él, por lo mismo. La madre preguntó, asombrada:

—¿Qué quieres?

Miróla él con sus ojillos grises, se enjugó con la mano la cara aterida de anchos pómulos, y, sin contestar al saludo de Pelagia, preguntó con voz sorda:

—¿Está en casa Pavel?

—No.

Echó una ojeada al cuarto y entró diciendo:

—Buenas noches, camaradas...

"¡También éste!... ¿Será posible?", pensó la madre con hostilidad.

Y se quedó muy asombrada al ver que Natacha tendía la mano al recién llegado con expresión alegre y afectuosa.

Sobrevinieron después otros dos muchachos, niños casi. La madre conocía a uno de ellos: el sobrino de Fiodor Sizov, viejo trabajador de la fábrica; tenía facciones agudas, frente muy despejada y pelo rizado. El otro, de cabello lacio, era desconocido para ella, pero no la atemorizaba; parecía modesto.

Volvió por fin Pavel, en compañía de los camaradas en los que ella reconoció a dos obreros de la fábrica. Su hijo le preguntó amablemente:

—¿Has preparado el té? ¡Gracias!

—¿Hay que ir por aguardiente?—propuso ella, sin saber cómo expresarle su gratitud por algo que aún no entendía.

—No, es inútil—contestó Pavel, quitándose el abrigo y sonriéndole con bondad.

De pronto se le ocurrió la idea de que su hijo había exagerado los peligros de la reunión para burlarse de ella.

—¿Y ésta es la gente peligrosa?

—¡Claro que sí!—dijo Pavel, pasando a la habitación.

—¡Ah!—dijo la madre, siguiéndole con mirada acariciadora.

Y para sus adentros siguió pensando:

"¡Aún es un chiquillo!"

VI

Cuando el agua del samovar estuvo hirviendo lo entró ella en la habitación. Los huéspedes se habían sentado en derredor de la mesa; Natacha, con un libro en la mano, había ido a ponerse en el rincón, debajo de la lámpara.

—Para entender por qué la gente vive tan mal... —decía Natacha.

—Y por qué es tan mala...—intervino el pequeño-ruso.

—Hay que ver cómo empezó a vivir...

—Mirad, hijos, mirad—cuchicheó la madre, preparando el té.

Callaron todos.

—¿Qué dices, mamá?—preguntó Pavel frunciendo el ceño.

—¿Yo?

Viendo los ojos de todos fijos en ella, explicó torpemente:

—Hablaba conmigo misma... Dije: ¡mirad!

Echóse a reír Natacha, y también Pavel; el pequeño-ruso exclamó:

—Gracias por el té, madrecita.

—¡Aún no lo habéis tomado y ya dais las gracias! —replicó ella.

Y añadió, mirando a su hijo:

—¿No os estorbo?

Fué Natacha quien contestó:

—¿Cómo puede estorbar a sus invitados, siendo la dueña de la casa?

Y exclamó con voz infantil y quejumbrosa:

—¡Alma buena! Déme pronto té. Estoy temblando de frío... Tengo los pies helados...

—En seguida, en seguida—dijo con viveza Pelagia.

Después de haber sorbido el té, Natacha dió un ruidoso suspiro, se echó la trenza a la espalda y abrió un librote ilustrado, de cubierta amarilla. La madre iba llenando los vasos, esforzándose para que no chocaran, y escuchaba, con toda la atención de que era capaz su cerebro, poco hecho al trabajo la lectura armoniosa de la muchacha. La sonora voz de Natacha uníase con el cantarcillo pensativo del samóvar, y en la habitación iba desarrollándose y temblequeando como una cinta magnífica la historia simple y clara de unos salvajes que vivían en cuevas y mataban animales a pedradas. Era como una leyenda; más de una vez, la madre lanzó una ojeada a su hijo, deseosa de saber qué estaría prohibido en aquella historia de salvajes. Pero pronto cesó de escuchar, y, sin que lo advirtieran, se puso a examinar a sus huéspedes.

Pavel sentábase junto a Natacha; era el más guapo de todos. La joven, inclinada sobre el libro, se subía de repente los cabellos finos y rizosos que le iban cayendo por la frente. A ratos, sacudía la cabeza, y echando una mirada cariñosa a los oyentes, añadía unas observaciones, bajando la voz. El pequeño-ruso apoyaba el ancho pecho en el ángulo de la mesa y se estiraba el bigote, cuyas puntas trataba de mirar, bizcando los ojos. Vesovchikov estaba sentado en una silla, tieso como un monigote, puestas las manos en las rodillas; el rostro aterido, sin cejas, adornado con una sombra de bigote, permanecía inmóvil, como una máscara. Sin mover los ojos estrechos, contemplaba obstinadamente sus facciones, reflejadas por el cobre reluciente del samovar, y parecía estar sin respiro.

El muchacho Fedia oía la lectura moviendo los labios, como si repitiera las palabras del libro; su camarada del cabello rizado se inclinaba, de codos en las rodillas, y sonreía pensativo, apoyado el rostro en las manos. Uno de los chicos que vinieron con Pavel era bermejo, rizoso y flaco; sus ojos verdes tenían expresión de alegría; estaba deseoso de decir algo y hacía gestos impacientes; el otro, de pelo rubio y corto, se acariciaba la cabeza mirando al entarimado; no se le veía la cara.

Hacía calor en el cuarto, y ello era especialmente agradable en aquella noche. Al gorjeo de la voz de Natacha, junto con la canción temblorosa del samovar, iba recordando la madre aquellas veladas ruidosas de su juventud, las palabrotas groseras de los mozos, que apestaban a alcohol, sus bromas cínicas.

Con tales recuerdos, el corazón humillado se le apretaba de lástima por ella misma.

Volvió a vivir con el pensamiento el instante en

que su difunto marido la pidió en matrimonio. Fué una noche; la detuvo en un corredor oscuro, la apretó con toda su fuerza contra la pared, y le propuso con sorda voz irritada:

—¿Quieres casarte conmigo?

Sintióse ella ultrajada; le hacía daño, apretujándole el pecho con sus dedazos; relinchaba él, echándole a la cara el aliento caliente y húmedo. Intentó desprenderse de su abrazo, escapar de él...

—¿Adónde vas?—aulló—. ¡Primero contesta!

Guardó ella silencio, jadeando de vergüenza y de ira.

—¡No pongas dificultades, tonta! ¡Si os conoceré yo! En el fondo, poco contenta que estás...

Como alguien abriese una puerta, soltó a la muchacha sin apresurarse, diciendo:

—El domingo haré que te pidan.

Y sostuvo su palabra.

Pelagia cerró los ojos y suspiró hondamente.

—No necesito saber cómo han vivido los hombres, sino cómo hay que vivir—dijo de repente, Vesovchikov, en tono sordo y descontento.

—¡Dice bien!—añadió el mozo bermejo, poniéndose en pie.

—¡No estoy conforme!—exclamó Fedia—. Si queremos ir adelante, tenemos que saberlo todo.

—¡Verdad!—dijo a media voz el de los rizos.

Siguióse una discusión animada. La madre no entendía el porqué de tanto grito. Las caras estaban rojas de excitación, pero nadie estaba irritado; no se oían las palabras bruscas y groseras de que tenía costumbre.

"Les da vergüenza, delante de la chica" sacó en conclusión.

La encantaba el rostro serio de Natacha, que iba mirando a todos atentamente, como si para ella los muchachos presentes fueran niños.

—¡Esperad, camaradas!—dijo de pronto la moza.

Todos callaron, vueltos los ojos hacia ella.

—Los que dicen que debemos saberlo todo, están en lo cierto. Tenemos que encendernos en la llama de la razón, para que la gente oscura nos vea; tenemos que contestar a todo con honradez, con verdad. Hay que conocer toda la verdad, toda la mentira.

Meneaba la cabeza el pequeño-ruso, al compás de

las palabras de Natacha. Vesovchikov, el muchacho bermejo, y el obrero que vino con Pavel, formaban grupo destacado; no le gustaban a la madre, sin que ella supiera por qué.

Cuando hubo terminado Natacha, Pavel se levantó, preguntando tranquilamente:

—¿No queremos ser más que hartos? ¡No!—se contestó al punto, mirando con firmeza al trío—; queremos ser hombres. Tenemos que enseñar a los que nos explotan y nos cierran los ojos, que todo lo vemos, que no somos ni idiotas ni brutos, y que no queremos sólo comer, sino vivir como cumple a los hombres. Tenemos que enseñar a los enemigos que la vida de presidio que nos han dado no nos impide medirnos con ellos en inteligencia y aventajarlos por la mente...

La madre oía tales palabras, temblando de orgullo por lo bien que hablaba su hijo.

—¡Hay mucha gente harta, pero ninguno es honrado!—dijo el pequeño-ruso—. Construyamos un puente que salve el pantano de nuestra vida infecta y nos conduzca al reino futuro de la sincera verdad: tal es nuestro deber, camaradas.

—Cuando llega el momento de pegar, no queda tiempo para vendarse la mano—replicó sordamente Vesovchikov.

—Y encima, nos romperán los huesos, y a seguir la batalla—exclamó en tono alegre el pequeño-ruso.

Iba más de mediada la noche cuando el círculo se dispersó. El muchacho bermejo y Vesovchikov se fueron antes que los demás, con desagrado de la madre.

"¡Mira qué prisa llevan!"—pensó, al saludarlos.

—¿Me acompañas, Andrés?—preguntó Natacha.

—¡No faltaba más!—replicó el pequeño-ruso.

Mientras Natacha se arreglaba en la cocina, la madre dijo:

—¡Muy delgadas medias llevas para el tiempo que hace! Si me lo permites, yo te daré un par de lana.

—Gracias, Pelagia Nilovna; las medias de lana hacen cosquillas—contestó la moza, riéndose.

—Yo te haré unas que no hagan cosquillas—dijo la madre.

Natacha la contempló, pestañeando un poco; y aquella mirada fija azoró a la madre.

—Dispénseme la tontería..., era de corazón...
—añadió en voz baja.

—¡Qué buena es usted!—replicó Natacha, a media voz también, apretándole la mano.

—¡Buenas noches, madrecita!—dijo el pequeño-ruso mirándola a la cara; y salió, agachándose, detrás de Natacha.

La madre echó una ojeada a su hijo; de pie, en el umbral del cuarto, sonreía.

—¿Por qué te ríes?—le preguntó ella, confusa.

—Porque sí... Estoy contento.

—Soy vieja y tonta..., ya lo sé..., pero, de todos modos, lo que está bien ya lo entiendo—explicó, molesta.

—Y tienes razón—replicó él, sacudiendo la cabeza—. Anda a acostarte..., ya es hora...

—Y para ti también... Me voy a la cama en seguida.

Daba vueltas en derredor de la mesa, quitando los cacharros. Sentíase feliz; todo había salido bien y acabado en paz.

—Buena idea tuviste, hijo; es buena gente... ¡El pequeño-ruso es tan simpático! Y la señorita... ¡Ay, qué inteligente! ¿Quién es?

—Maestra de escuela—contestó brevemente Pavel, a trancos por la habitación.

—¡Por eso es tan pobre! ¡Ay, qué mal vestida va! Le dará una pulmonía. ¿En dónde están sus padres?

—En Moscú.

Y Pavel, parado junto a su madre, le dijo con voz baja y seria:

—Su padre es riquísimo; es comerciante en hierro y dueño de varias casas. La echó por tomó este camino... Se educó entre lujos, y todos la mimaban, dándole cuanto quería... y en este momento anda siete kilómetros a pie, sola...

Estos pormenores sobrecogieron a Pelagia. De pie, en medio de la habitación, miraba callando a su hijo, levantadas de asombro las cejas.

Preguntó luego a media voz:

—¿A la ciudad se marcha?

—Sí.

—¡Ay! ¿Y no le da miedo?

—No, no le da miedo—dijo sonriendo Pavel.

—Pero, ¿por qué? Hubiera podido pasar la noche aquí... Se habría acostado conmigo.

—No era posible. La hubiesen visto mañana por la mañana, y no tenemos necesidad ninguna, ni ella tampoco.

Acodóse la madre, miró a la ventana con rostro pensativo y prosiguió dulcemente:

—No entiendo qué peligro puede haber, qué es lo prohibido... En nada de esto hay mal, ¿verdad, hijo?

No estaba segura y hubiera querido una contestación negativa de Pavel. La miró él con calma y declaró, con tono firme:

—Ni hacemos ni haremos nada malo. Mas, con todo, la cárcel nos aguarda, entérate.

A Pelagia empezaron a temblarle las manos. Con voz quebrada, inquirió:

—Acaso... Dios permitirá que no ocurra eso.

—¡No!—dijo Pável, en tono acariciador, pero seguro—. No quiero engañarte. No puede ser de otro modo.

Sonrió, añadiendo:

—¡Acuéstate! Estás cansada. Buenas noches.

Cuando se quedó sola, acercándose a la ventana, la madre echó una mirada a la calle. Soplaba el viento, llevándose la nieve del techo de las casitas dormidas; azotaba las paredes cuchicheando quién sabe qué; bajaba a tierra y hacía correr a lo largo de la calle blancas nubes de copos secos.

—¡Jesucristo, ten compasión de nosotros!—rezó en voz baja.

Las lágrimas se le agolpaban en el corazón; la espera de esa desgracia que mentaba su hijo con tanta tranquilidad y certeza temblaba dentro de su ser como una mariposa nocturna. Abríase ante sus ojos un llano cubierto de nieve. El viento despeinado silbaba en él, formando torbellinos. En medio del llano, el contorno menudo de una muchacha iba caminando, solitario y vacilante. Arrollábasele el viento a las piernas, hinchándole las faldas y echándole a la cara copos restallantes. Dificultoso era el andar para los piececitos que se hundían en nieve. Hacía frío, las tinieblas eran espantosas. Inclinábase la joven como brizna de hierba sacudida por la ráfaga veloz del viento de otoño. A su derecha, en el pantano, alzábase la sombría muralla de un bos-

que...; los abedules y los flacos abetos temblaban y
daban rumor triste. A lo lejos, delante de ella, chispeaban las luces de la ciudad.

—¡Señor! ¡Tened compasión de nosotros!—repitió la madre, temblando de frío y de miedo.

VII

R ESBALABAN los días, uno tras otro; como las bo-
las de un tablero, iban sumándose en semanas
y meses. Todos los sábados reuníanse los camaradas en casa de Pavel; y cada sesión era como el
peldaño de una larga escalera en pendiente suave
que llevaba muy lejos, nadie sabía adónde, alzando
poco a poco a los que subían, sin que nadie viera
el final.

Nuevas figuras aparecían de continuo. El cuartito de los Vlasov era ya harto estrecho. Seguía yendo Natacha, transida de frío, de fatiga, pero siempre alegre y animada. La madre le había hecho unas
medias que quiso poner por sí misma en sus piececitos. Natacha empezó por reírse, y luego se calló;
y después de reflexionar un instante, dijo en voz
baja:

—Una criada tuve..., ¡también era fiel, de manera
asombrosa! Qué raro, Pelagia Nilovna: el pueblo
lleva vida tan dura, tan llena de privaciones... y,
sin embargo, tiene más corazón, más bondad que...
los otros.

Agitó el brazo como indicando un lugar muy alejado de ella.

—Pues, ¿y tú?—le dijo la madre de Pavel—. Tú
sacrificaste a tus padres y todo lo demás...

No completó su pensamiento; suspiró y calló, mirando a Natacha. Le tenía agradecimiento, sin saber
por qué, y permanecía sentada en el suelo, ante la
joven que, sonriente y pensativa, bajaba la cabeza.

—Sacrifiqué a mis padres...—había repetido Natacha—. No es eso lo que más me duele. Mi padre
es tan estúpido y grosero..., mi hermano lo mismo..., y bebe. Mi hermana mayor es infeliz, da lástima. Está casada con un hombre de más años que

ella, riquísimo, avaro y fastidioso... A quien echo de menos es a mamá. Sencilla, como usted, pequeñita como un ratón... Siempre correteando, asustada de todos... Tengo a veces unos deseos de ver a mi madre...

—¡Pobrecilla!—dijo la madre de Pavel, moviendo tristemente la cabeza.

La muchacha se irguió de repente, exclamando:

—¡Oh, no! Hay momentos en que me llena tanta alegría, tanta felicidad...

Se le había puesto la cara pálida y le chispeaban los ojos azules. Y, puesta la mano en el hombro de Pelagia, dijo con voz profunda, con acento que le salía del corazón:

—Si usted supiera..., si pudiera comprender qué obra de alegría y grandeza llevamos a cabo... ¡Ya podrá sentirlo!—exclamó.

Una sensación cercana a la envidia se apoderó del corazón de la madre. Se levantó y dijo tristemente:

—Soy ya demasiado vieja para eso..., demasiado ignorante, demasiado vieja.

* * *

Pavel hablaba mucho, discutía con ardor creciente sin cesar... y enflaquecía. Pelagia creyó notar que cuando hablaba con Natacha o la contemplaba, se volvía dulce su mirar severo, se hacía su voz más cariñosa, se volvía él más sencillo.

"¡Quiéralo Dios!"—pensaba. Y sonreía ante el pensamiento de que Natacha llegara a ser su nuera.

Cuando en las reuniones tomaba la discusión carácter demasiado fogoso, el pequeño-ruso se ponía en pie, y balanceándose como badajo de campana, profería con voz sonora palabras claras y sencillas que hacían renacer la calma. El taciturno Vesovchikov impulsaba constantemente a sus camaradas a cometer actos mal definidos; él y Samoilov, el muchacho bermejo, eran los que encendían siempre las discusiones. Partidario suyo era Ivan Bukin, el muchacho de cabeza redonda y cejas blancas que parecía desteñido al sol. Jacobo Somov, modesto, siempre limpio y bien peinado, hablaba poco y con brevedad, en voz baja y seria. Como Fedia Mazin, el mozalbete de ancha frente, era siempre del parecer de Pavel y el pequeño-ruso.

A veces, en lugar de Natacha, venía de la ciudad Nicolás Ivanovich. Llevaba anteojos y gastaba una barbita rubia. Originario de lejana provincia, discurría con acento particular y cantarín, sobre temas sencillísimos, la vida familiar, los niños, el comercio, la policía, los precios de la carne y el pan, sobre lo que es el vivir de cada día. Y en todo iba descubriendo errores, confusión, estupideces, a ratos divertidas, pero siempre nocivas para los hombres. A la madre le parecía que Nicolás Ivanovich había venido de lejos, de otro reino en que la existencia era fácil y honrada, y que todo aquí le era desagradable. Tenía tez amarillenta; unas arruguitas le irradiaban de los ojos, y su voz era baja y sus manos estaban siempre calientes. Cuando saludaba a la madre de Vlasov le rodeaba la mano con sus largos y vigorosos dedos, ademán que llevaba alivio al alma de Pelagia.

Venían, además, otras personas de la población: una señorita de talle esbelto, dos ojos grandes y faz enjuta y pálida. Llamábanla Sachenka. Algo varonil había en sus ademanes y porte; fruncía las negras cejas con aspecto irritado; cuando hablaba, las delgadas aletas de su bien dibujada nariz se estremecían.

Ella fué la primera que dijo un día:

—Nosotros, los socialistas...

Cuando la madre oyó estas palabras, miró a la joven con terror silencioso.

Sabía que los socialistas mataron a un zar. Fué cuando ella era joven; y entonces dijeron que los terratenientes, irritados contra el emperador que libertó a los siervos, habían jurado no cortarse el pelo mientras no le asesinaran. Así, no podía comprender por qué su hijo y sus camaradas se habían hecho socialistas.

Cuando todos se hubieron ido, le preguntó a Pavel:

—Pavlucha, ¿es verdad que eres socialista?

—Sí—contestó él, firme y franco, lo mismo que siempre.

La madre dió un hondo suspiro y prosiguió, bajando los ojos:

—¿Y está eso bien, hijo?... Porque van contra el zar... ¡Ya han matado a uno!

Pavel empezó a ir y venir por el cuarto, acariciándose la mejilla, y dijo después, sonriendo:

—Nosotros no necesitamos hacer eso.

Le habló mucho rato, en tono serio. Ella le contemplaba, reflexionando. Luego la palabra terrible se repitió, cada vez más frecuente, y se hizo tan familiar a los oídos de la madre como una porción de términos, incomprensibles para ella. Pero Sachenka no le era agradable; cuando estaba ella, la madre se sentía a disgusto, con ansia...

Una noche, le dijo al pequeño-ruso, con un mohín de desagrado:

—¡Muy severa es Sachenka! Nunca deja de mandar: haced esto, haced lo otro.

El pequeño-ruso se echó a reír ruidosamente.

—¡Verdad es! ¡Has dado en el hito! ¿No es así, Pavel?

Y guiñando el ojo, dijo con tono burlón:

—¡La nobleza!

Pavel replicó secamente:

—Es una muchacha valerosa.

Y pareció sentirse molesto.

—¡Verdad también!—confirmó el pequeño-ruso—. Sólo que no se da cuenta de que ella es quien debe y nosotros los que queremos y podemos.

Advirtió asimismo la madre que Sachenka se mostraba severa, en particular con Pavel, a quien a veces regañaba. Pavel se sonreía, en silencio, y contemplaba a la joven con la mirada dulce que antes tenía para Natacha. A Pelagia no le satisfacía aquello.

Reuníanse dos veces por semana; y cuando la madre veía con qué apasionada atención escuchaban los jóvenes cada discurso de su hijo y del pequeño-ruso, los interesantes relatos de Natacha, de Sachenka, de Nicolás Ivanovich y de los demás visitantes de la ciudad, olvidaba sus inquietudes y, al recordar los fastidiosos días de su mocedad, agachaba tristemente la cabeza.

A menudo, sorprendíale a la madre los accesos de alegría tumultuosa que arrebataban de repente a los jóvenes. El hecho solía producirse cuando leían en los periódicos noticias de la clase obrera en el extranjero. Era una felicidad rara, como infantil; cada cual se reía con risa clara y alegre, y daba golpes amistosos al vecino en el hombro.

—¡Buen trabajo el de los camaradas alemanes!
—proclamaba cualquiera, como embriagado en éxtasis.

—¡Vivan los compañeros de Italia!—exclamaban
otra vez.

Y cuando enviaban, de lejos, tales aclamaciones a
los amigos desconocidos, parecían seguros de que
éstos los oían, compartiendo su entusiasmo.

El pequeño-ruso, lleno de un amor que abarcaba
a todos los seres, declaraba:

—¿Verdad que habría que escribirles, camaradas,
para que sepan que en la lejana Rusia unos amigos,
obreros que profesan su misma religión, camaradas
que tienen sus mismos propósitos, se regocijan con
sus victorias?...

Y, con la sonrisa en los labios, hablaban largamente de los franceses, los ingleses, los suecos,
como de seres queridos, en cuya felicidad y sufrimientos participaban.

Y en la habitación reducida iba naciendo el sentimiento de un parentesco espiritual que unía a los
obreros de esta tierra, de la cual eran a la vez dueños y esclavos. Esta confraternidad, que les daba
un alma sola, sobrecogía a la madre, y aunque permaneciera inaccesible para ella, le hacía erguirse
ante aquella fuerza gozosa y triunfal, embriagadora
y juvenil, acariciadora y henchida de esperanzas.

—De todas maneras, cómo sois—dijo un día al
pequeño-ruso—. Para vosotros, todos son camaradas...: judíos, armenios, austríacos... Habláis de
ellos como si fuesen amigos; con todos os alegráis
o entristecéis.

—Con todos, madrecita, con todos—exclamó él—.
¡Nuestro es el mundo! ¡El mundo es de los obreros!
Para nosotros no hay naciones ni razas; sólo hay
camaradas... y enemigos. Todos los obreros son
nuestros amigos; todos los ricos, todos los que detentan autoridad, nuestros enemigos. Cuando se
mira la tierra con ojos de bondad, cuando se ve el
número de nosotros, los obreros, el poderío espiritual que representamos, alegría y ventura invaden
el corazón, como si se celebrara fiesta solemne. Y
el francés y el alemán sienten lo mismo, y los italianos también se regocijan. Somos todos hijos de la
misma madre, de toda la fraternidad grande, invencible de los obreros, de todos los países de la tierra

Se va desarrollando, nos comunica su calor, es el segundo sol en el cielo de la justicia; y ese cielo está en el corazón del obrero. Sea quien fuere, llámese como se llame, el socialista es hermano nuestro en espíritu, siempre, ahora y jamás, por los siglos de los siglos.

Esta exuberancia infantil, esta fe luminosa e inquebrantable se manifestaban cada vez más a menudo en el grupito, con fuerza creciente...

Y cuando Pelagia veía tanto gozo, sentía por instinto que, en verdad, algo grandioso y radiante había nacido en el mundo, como un sol parecido al que ella veía en el cielo.

Solían cantar; cantaban alegres, a plena voz, canciones familiares; a veces aprendían otras nuevas, melodiosas también, pero con tonadas melancólicas y extrañas. Bajaban entonces la voz, las caras iban poniéndose graves, pensativas, como para un himno religioso. Los rostros empalidecían, animábanse los cantores y sentían todos una gran fuerza oculta en las palabras sonoras. Entre todas las canciones nuevas, una sobre todo turbaba e inquietaba a la madre. No expresaba los gemidos, las perplejidades del alma ultrajada que va errando solitaria por las sendas oscuras de las incertidumbres dolorosas, ni los gritos del alma incolora e informe, asaltada por la miseria, embrutecida por el miedo. No repetía los suspiros lánguidos del ser codicioso de espacio, ni los retos de la audacia fogosa, pronta a destruir lo malo y lo bueno, indiferente. Faltábale el sentimiento ciego de la venganza y del odio, capaz de aniquilarlo todo, impotente para crear nada; no había en aquella canción como una fuerza inmensa que ahogaba sonido y letra, despertando en el corazón el presentimiento de algo demasiado grande para la mente. La madre veía ese algo en las caras, en los ojos de los jóvenes, y cediendo al poderío misterioso, escuchaba siempre el canto con atención redoblada, con inquietud profunda.

—¡Ya sería tiempo de cantarla en la calle!—decía el sombrío Vesovchikov, en los primeros días de la primavera naciente.

Cuando a su padre se lo llevaron, una vez más, a la cárcel, por robo, declaró tranquilamente:

—Ahora, ya podremos reunirnos en casa...

Casi todos los días, después del trabajo, uno u

otro de los camaradas iba a casa de Pavel; leían juntos, copiaban páginas en cuadernillos. Estaban preocupados y ni de lavarse tenían tiempo. Cenaban y tomaban el té sin dejar los libros; y sus conceptos se le hacían cada vez más incomprensibles a la madre...

—Necesitamos un periódico—solía repetir Pavel.

La vida se iba volviendo febril y agitada; las personas corrían más rápidamente unas hacia otras cada día; iban de un libro en otro, como abejas volando de flor en flor.

—Empezamos a dar que hablar—dijo Vesovchikov una noche—. Probablemente nos prenderán en seguida.

—Las codornices se hicieron para caer en las redes—profirió el pequeño-ruso.

Cada día le gustaba más éste a Pelagia. Cuando la llamaba "madrecita", era como si le acariciara las mejillas la mano suave de un niño. Los domingos, si Pavel tenía quehacer, él cortaba leña; un día llegó con una tabla, tomó el hacha y sustituyó con habilidad un peldaño podrido de la escalerilla; otra vez arregló la empalizada ruinosa. Sin dejar la tarea, iba silbando tonadas bonitas y melancólicas...

La madre le dijo un día a Pavel:

—¿Y si diéramos hospedaje al pequeño-ruso? Sería más cómodo para vosotros: no tendríais que estar corriendo siempre para buscaros.

—¿Para qué tomarte molestias?—preguntó Pavel, encogiéndose de hombros.

—¡Qué idea! Me he pasado la vida atormentándome sin saber por qué; bien puedo hacer algo por un buen hombre.

—Haz lo que gustes—replicó Pavel—. Si acepta, yo tan contento.

Y el pequeño-ruso se fué a vivir con ellos...

VIII

L A casita del extremo del arrabal iba llamando la atención, y ya muchas miradas de recelo habían traspasado sus muros. Por encima de ella se agitaban las alas del rumor público, y algunos intentaban descubrir qué misterio ocultaba. De noche, iban a mirar por las vidrieras; alguien golpeaba un vidrio y escapaba en seguida.

Un día, el tabernero Begunzev paró en la calle a la madre de Pavel. Era un viejecito atildado, siempre con un pañuelo de seda negra en el cuello rojo, lleno de arrugas. Unas gafas de concha cabalgaban en su nariz reluciente y puntiaguda, por lo que le apodaron *Ojos de hueso*.

Sin tomar resuello ni esperar respuesta, sorprendió a Pelagia con un alud de palabras secas y chispeantes:

—¿Cómo va, Pelagia Nilovna? ¿Y el hijo? ¿No le casa todavía? Ya va estando el chico en edad de tomar mujer. Los padres que casan a sus hijos temprano están más tranquilos. El hombre que hace vida familiar se mantiene más sano, de cuerpo y de espíritu, conservándose como seta en vinagre. Yo, en su lugar, le casaría. Los tiempos actuales exigen vigilancia sobre el ser humano; si no, la gente se da a vivir según sus ideas y se entrega a toda especie de actos vituperables. Ya no se ve a los mozos en el templo de Dios, se alejan de los sitios públicos para reunirse a escondidas y cuchichear por los rincones. Déjeme que le pregunte: ¿para qué cuchichean? ¿Por qué se ocultan? ¿Qué es lo que un hombre no se atreve a decir en público, en la taberna, por ejemplo? Misterio todo. Pero el lugar de los misterios está en nuestra santa iglesia apostólica. Todos los demás misterios, realizados a escondidas, vienen de la mente devariada. Tenga usted buenos días.

Levantó su gorra con ademán presuntuoso, la agitó en el aire y se fué, dejando llena de perplejidad a la madre.

Otra vez, María Korsunova, la vecina de los Vlasov. viuda de un herrero, que vendía comestibles en la fábrica, se encontró con Pelagia en el mercado y le dijo:

—¡Vigila a tu muchacho, Pelagia!

—¿Por qué?

—Corren hablillas a propósito de él—cuchicheó María con aire misterioso—. ¡Cosas feas! Dicen que organiza una especie de corporación, por el estilo de los flagelantes. Sectas lo llaman. Se dan de latigazos unos a otros, como los flagelantes.

—Basta de bobadas, María.

—Al que hace las bobadas has de reñirle, no a quien te las cuenta—replicó la vendedora.

La madre comunicó las hablillas a su hijo. Se encogió él de hombros, sin contestar. El pequeño-ruso se echó a reír, soltando su risotada benévola.

—También las chicas están irritadas contra vosotros—dijo la madre—. Sois buenos partidos, sabéis trabajar, no bebéis... ¡Y ni siquiera miráis a las muchachas! Dicen que vienen a veros de la ciudad personas de mala reputación...

—¡Por supuesto!—exclamó Pavel, con mueca de repugnancia.

—En un pantano huele todo a podrido—dijo, suspirando, el pequeño-ruso—. Mejor sería que explicaras a esas tontuelas lo que es el matrimonio, madrecita, y no se apremiarían tanto a dejarse romper las costillas.

—¡Ay!—exclamó Pelagia—. Bien lo saben; pero, ¿cómo van a prescindir de ello?

—No entienden, porque si entendieran, otra cosa encontrarían—dijo Pavel.

La madre echó una ojeada al rostro irritado de su hijo.

—¡Pues enseñádselo vosotros! Invitad a las más listas...

—No es posible—contestó Pavel con sequedad.

—¡Si lo intentaras!—apoyó el pequeño-ruso.

Después de un instante de silencio, Pavel contestó:

—Empezarán a formarse parejas, se casarán algunos, y se acabó.

Sumergióse en reflexiones la madre. Desconcertábale la austeridad monacal de su hijo. Veía que sus camaradas, aun los mayores que él, por ejemplo, el pequeño-ruso, se le mostraban obedientes, pero que despertaba en todos temor y no cariño, por sus maneras frías.

Una vez, estando acostada, mientras que Pavel y el pequeño-ruso seguía leyendo, prestó atención a lo que hablaban, a través del delgado tabique.

—¿Sabes que me gusta Natacha?—dijo de pronto el pequeño-ruso.

—Sí, ya lo sé...

Pavel no había contestado inmediatamente.

La madre oyó que el pequeño-ruso se levantaba y empezaba a dar trancos por la habitación, arrastrando por el suelo los pies descalzos. Silboteó una tonada triste, y nuevamente se oyó el sonido de su voz:

—¿Lo habrá notado ella?

Pavel guardó silencio.

—¿Qué te parece a ti?—preguntó el camarada, bajando la voz.

—Que sí, que lo ha notado—respondió Pavel—. Por eso ya no viene...

Siguió andando con pesadez el pequeño-ruso, poniéndose a silbar de nuevo. Prosiguió:

—¿Y si yo le dijera...?

—¿Qué?

—Que yo...—prosiguió el pequeño-ruso, en voz baja

—¿Para qué decírselo?—interrumpió Pavel.

La madre oyó reír al pequeño-ruso.

—Pues, mira, yo creo que cuando se quiere a una chica, hay que decírselo; si no, ningún resultado se alcanza...

Pavel cerró el libro con estrépito y preguntó:

—¿Y tú, qué resultado esperas?

Callaron los dos unos cuantos minutos.

—¿Qué resultado?—preguntó el pequeño-ruso.

—Hay que pensar claramente lo que uno busca, Andrés—prosiguió Pavel con lentitud—, supongamos que ella también te quiere... Yo no lo creo, pero supongámoslo. Os casáis. Unión interesante, la de una muchacha instruída con un obrero... Nacerán chiquillos..., tendrás que trabajar solo... y mucho. Vuestra vida será la de todos: lucharéis para ganaros el sustento, para la vivienda vuestra y de los hijos... Y os habréis perdido para la obra, los dos.

Hubo un silencio, y Pavel continuó en voz más dulce:

—¡Déjate de esas cosas, Andrés! Cállate, y no la perturbes...

—A pesar de todo, Nicolás Ivanovich predicaba la necesidad de vivir la vida íntegra, con todas las fuerzas del alma y del cuerpo..., ¿no te acuerdas?

—Sí, pero no para nosotros—respondió Pavel—. ¿Cómo alcanzarías tú la integridad? Para ti no existe. Cuando se aspira a lo por venir, hay que renunciar a todo lo presente... ¡a todo, hermano!

—¡Trabajo cuesta!—replicó el pequeño-ruso con voz ahogada.

—¿Cómo puede ser de otro modo? Reflexiona.

Nuevamente hubo silencio. No se oía más que el péndulo del reloj que llevaba el compás, cortando en segundos el tiempo.

Dijo el pequeño-ruso:

—Medio corazón quiere y otro medio detesta... ¿Puede llamarse corazón a eso, di?

—Te pregunto: ¿cómo puede ser de otro modo?

El ruido de un libro hojeado: será que Pavel ha vuelto a leer. La madre seguía echada, cerrando los ojos, sin atreverse a hacer un movimiento. Causábale profunda compasión el pequeño-ruso, pero más todavía su hijo. Decía: "Cariño mío..., mi mártir sacrificado..."

De repente, el pequeño-ruso continuó:

—¿De modo que debo callarme?

—Es más honrado, Andrés—dijo Pavel en voz baja.

—Pues ¡ea!, echaremos por ese camino—decidió el pequeño-ruso.

Un momento después, agregó tristemente:

—Ya padecerás tú, Pavel, cuando te llegue la vez...

—Ya me ha llegado, y ya padezco... con crueldad...

—¿También tú?

Soplaba el viento en derredor de la casa.

—¡No es caso de broma!—pronunció el pequeño-ruso con lentitud.

Pelagia hundió el rostro en los almohadas, llorando.

A la mañana siguiente, Andrés le pareció como achicado en lo físico, y le sintió más cerca de su corazón. Su hijo, como siempre, se erguía, flaco, silencioso y tieso. Hasta entonces, ella había llamado al pequeño-ruso Andrés Onisimovich; aquel día, inadvertidamente, le dijo:

—Tendrías que remendarte las botas, Andrés, hijo mío; si no, se te van a enfriar los pies...

—Me compraré otras, cuando cobre—le contestó.

Y, echándose a reír le preguntó brusco, poniéndole uno larga mano en el hombro:

—¿Será usted mi madre verdadera? Pero no querrá confesarlo porque me encuentra muy feo, ¿verdad?

Sin decir palabra, le dió ella un golpecito en la mano. Hubiera querido decirle palabra cariñosas, pero se le apretaba el corazón de lástima y la lengua no quería obedecerle...

IX

E N el arrabal iban empezando a ocuparse de los socialistas que repartían por todas partes hojas escritas con tinta azul. Hablaban esas páginas con malevolencia de los reglamentos impuestos a los trabajadores, de las huelgas de Petersburgo y Rusia meridional; exhortaban a los obreros a coligarse y luchar en defensa de sus intereses.

Las personas de cierta edad, con buenos puestos en la fábrica, irritábanse contra tales proclamas, diciendo:

—A esos agitadores habrá que darles una paliza.

Y llevaban las hojitas al jefe.

Los jóvenes, entusiasmados con aquellos escritos, exclamaban con ardor:

—¡Dicen verdad!

Los más de los obreros, reventados de trabajar, indiferentes a todo, pensaban, perezosamente.

—No va a servir para nada...

Sin embargo, a todos les interesaban las hojas volantes, y, en cuanto faltaban, decíanse unos a otros:

—Hoy no las hay: han dejado de publicarlas.

Pero cuando, llegado el lunes, reaparecían, los obreros volvían a agitarse sordamente.

En la fábrica y en las tabernas veíanse gentes no conocidas por nadie. Preguntaban, examinaban, husmeaban y llamaban la atención por su prudencia sospechosa.

Sabía la madre que toda aquella agitación era obra de su hijo. Veía a la gente apretujarse en derredor de él; y no estaba solo, y así el peligro era menor. Y el orgullo de tener tal hijo se juntaba en ella con la ansiedad de lo por venir: eran los trabajos misteriosos del joven que se vertían como un arroyo claro en el torrente fangoso de la vida...

Una noche María Korsunova tocó en la vidriera y, cuando la madre abrió el cierre, la vecina cuchicheó:

—¡Eh, Pelagia, prepárate! Ya se les acabó la risa a tus pichones. Esta noche van a registrar tu casa, la de Mazin, la de Vesovchikov...

No oyó la madre más que las primeras palabras, porque las últimas se fundieron con rumor sordo y amenazador.

Los labios espesos de María chascaban con rapidez, su nariz puntiaguda daba resoplidos, guiñaba los ojos, bizcándolos a uno y otro lado, como si buscara a alguno en la calle.

—Y yo, nada sé y nada he dicho, amiguita; ni siquiera te he visto hoy, ¿entiendes?

Desapareció.

Pelagia cerró la ventana, se dejó caer en la silla, vacía la cabeza, agotada. Pero la conciencia del riesgo que amenazaba a su hijo la movió a levantarse de súbito; se vistió apresuradamente, se envolvió la cabeza en un chal, y corrió a casa de Fedia Mazin, que estaba enfermo y no salía de la habitación. Al entrar, le vió sentado junto a la ventana, leyendo y meciendo con la mano izquierda la derecha, cuyo pulgar se mantenía apartado de los otros dedos. En cuanto oyó la mala noticia se levantó vivamente y la cara se le puso lívida.

—¡Qué percance!... ¡Y yo, que tengo hinchado este dedo!—gruñó.

—¿Qué vamos a hacer?—preguntó la madre, enjugándose con mano temblorosa el sudor del rostro.

—Espere..., no tenga miedo—replicó Fedia, acariciándose los cabellos rizados con su mano válida.

—¡Pero si tú también lo tienes!—exclamó ella.

—¿Miedo, yo?

Ruborizóse bruscamente el muchacho, y dijo, sonriéndose, con azoramiento:

—¡Sí que es verdad, voto al diablo!... ¡Hay que

avisar a Pavel!... Voy a enviarle una persona...
Vuélvase a casa: nada sucederá... ¡No van a pegarnos, a ver!...

En cuanto estuvo en casa, hizo Pelagia un montón
con todos los libros, los tomó en peso y los paseó
por toda la vivienda, buscando un rincón donde esconderlos; miró debajo de la estufa, en la hornilla,
en el tubo del samovar y hasta en el barril lleno de
agua. Imaginábase que Pavel dejaría el trabajo y
volvería inmediatamente, pero no le veía llegar. Por
último, vencida por el cansancio, sentóse en un banco de la cocina, acomodó los libros bajo sus faldas
y se quedó sentada allí, sin moverse, a esperar la
vuelta de su hijo y del pequeño-ruso.

—¿Sabéis...?—exclamó sin levantarse.

—Sabemos—contestó Pavel con tranquila sonrisa—. ¿Tienes miedo?

—Sí, mucho miedo.

—No hay que tener miedo—dijo Andrés—. Para
nada sirve.

—Ni siquiera preparaste el samovar—exclamó Pavel.

Púsose en pie la madre y, mostrando los libros,
explicó aturdida:

—Por esto ha sido...

El pequeño-ruso y Pavel soltaron la risa, con lo
que se tranquilizó Pelagia. Luego, el hijo agarró
unos tomos y salió a esconderlos en el patio; Andrés tomó a su cargo encender el samovar, y dijo:

—Esto no tiene nada de terrible; pero da vergüenza pensar que la gente se ocupa de tales tonterías. Vendrán unos hombres grises, con sable al
costado, espuelas en los tacones, y lo registrarán todo. Miran debajo de la cama y en la estufa; si hay
bodega, bajan; si hay desván, suben. Les caen las
telarañas en el morro y cocean. Les entra el aburrimiento, se quedan avergonzados, y por eso aparen-
tan maldad y muestran ira contra la gente. Tienen
un quehacer sucio y lo saben. Una vez vinieron a
registrar mi casa, no encontraron nada y se fueron... Otra vez, me llevaron a mí. Luego, me metieron en la cárcel y estuve en ella cuatro meses. De
tiempo en tiempo venían a sacarme y me hacían
atravesar calles con escolta de soldados, para preguntarme toda clase de cosas. No son seres inteligentes y ni saben hablar de modo razonable: luego,

me mandaban otra vez a la cárcel, con los soldados. Y así lo hacen a uno ir y venir: tienen que ganarse el sueldo. Por fin me dejaron libre, y se acabó.

—¡Qué manera de hablar, Andrés, hijo mío!—exclamó la madre, con descontento.

Arrodillado delante del samovar, el pequeño-ruso resoplaba en el tubo con toda su fuerza; levantó la cara, enrojecida por el esfuerzo, y preguntó, atusándose el bigote con ambas manos:

—¿Cómo hablo yo?

—Como si nadie te hubiera ofendido nunca.

Levantóse, fué junto a la madre, y, después de sacudir la cabeza, prosiguió sonriendo:

—¿Hay en el mundo un alma que no haya sentido ofensa? A mí me han ultrajado ya tanto, que me cansé de montar en cólera. ¿Qué hará uno, si la gente no puede obrar de otro modo? Las injurias me molestan mucho, me impiden trabajar..., pero no puede uno evitarlas, y si se detiene a pensarlo, es tiempo que pierde. ¡Así es la vida! Tiempo atrás me enfadaba con todos..., luego vino la reflexión y vi que todos tenían el corazón hecho pedazos. Cada cual teme el golpe del vecino y trata de golpearle primero. ¡La vida es así, madrecita!

Fluían tranquilamente sus frases, disipando la ansiedad de la madre. Los ojos abultados del hombre sonreían, luminosos y tristes. Toda su persona era flexible y elástica, en su desgalichamiento.

La madre suspiró y dijo, ardorosa:

—¡Dios te haga feliz, Andrés, hijo!

Volvió al samovar el pequeño-ruso y, en cuclillas de nuevo, murmuró:

—Si me hace feliz, no he de negarme a serlo, pero nunca pediré ni tomaré por mi mano la dicha.

Y se puso a silbar.

Volvió Pavel del patio.

—¡Nada encontrarán!—dijo en tono seguro.

Empezó a arreglarse. Y añadió, enjugándose cuidosamente las manos.

—Si les dejáis ver que sentís miedo, mamá, se dirán que hay algo. Y todavía no hemos hecho nada..., ¡nada! Usted ya lo sabe: nada malo queremos. La verdad y la justicia están de nuestra parte; por ellas trabajaremos toda la vida: tal es nuestro crimen. ¿Por qué temblar?

—Yo tendré valor, Pavel—prometió ella.

Y luego, en seguida, exclamó con angustia:

—Si vinieran "ellos" ahora mismo, siquiera...

Pero "ellos" no llegaron aquella noche. A la mañana siguiente, previendo que iban a darle broma por sus terrores, la madre fué la primera en tomarlos a risa.

X.

ELLOS se presentaron cuando nadie los esperaba, casi un mes más tarde. Vesovchikov, Andrés y Pavel estaban reunidos y hablaban del periódico. Era ya tarde, casi medianoche. La madre se había acostado, iba adormeciéndose, y oía vagamente las voces preocupadas y bajas de los muchachos. Andrés se puso en pie de repente, atravesó la cocina de puntillas y cerró sin ruido la puerta detrás de sí. En el corredor sonó el ruido de un cubo derribado. Abrióse de par en par la puerta, y el pequeño-ruso dijo en voz alta:

—¿Oís qué ruido de espuelas en la calle?

Levantóse bruscamente la madre, tomó la bata con mano temblorosa; pero Pavel, surgiendo en el umbral, exclamó tranquilo:

—Quédate acostada..., no estás buena...

Oyéronse voces furtivas bajo el alero. Pavel se acercó a la puerta, y, golpeándola con la mano, preguntó:

—¿Quién está ahí?

Rápido como un relámpago, un alto contorno se destacó en el umbral; otro más había; los dos guardias rechazaron al joven, colocándole entre uno y otro; resonó una voz aguda e irritada:

—No son los que esperabais, ¿verdad?

Hablaba un oficial joven, alto y flaco, de bigote negro. Fediakin, el agente de policía del arrabal, se dirigió al lecho de la madre. Llevándose una mano a la visera de la gorra, señaló con la otra a la mujer tendida, diciendo con mirada terrible:

—Aquí está su madre, mi teniente.

Y agitando el brazo en dirección de Pavel, añadió:

—Y ahí está él en persona.

—¿Pavel Vlasov?—preguntó el oficial, pestañeando.

Como el joven meneara la cabeza afirmativamente, continuó, atusándose el bigote:

—Tengo que registrarte la casa... ¡Levántate, vieja! ¿Quién está ahí?

Y echando una ojeada al cuarto, entró a zancadas.

—¿Su nombre?—le oyeron preguntar.

Presentáronse otros dos personajes: eran Tveriakov, fundidor viejo, y su inquilino, el fogonero Rybin, hombre de pelo negro y buena conducta; se les había requerido como testigos por la policía.

Rybin exclamó con voz espesa y fuerte:

—¡Buenas noches, Pelagia!

Estaba vistiéndose la mujer, y para darse ánimo iba diciendo para sí:

"¡Vaya, vaya!... ¡Venir de noche!... Cuando la gente está acostada... Ahí los tienen."

Parecía pequeña la habitación y estaba llena de un fuerte olor a betún. Los dos guardias y el comisario de policía del distrito, Riskin, iban sacando ruidosamente los libros de los estantes y amontonándolos sobre la mesa, delante del oficial. Daban los otros dos puñetazos a la pared, miraban debajo de las sillas; uno se encaramó trabajosamente en la estufa. El pequeño-ruso y Vesovchikov, apretados uno contra otro, se mantenían de pie, en un rincón; la faz del segundo, picada de viruelas, estaba cubierta de manchas rojas, y sus ojillos grises no podían apartarse del oficial. El pequeño-ruso se retorcía el bigote, y cuando la madre entró en el cuarto, la hizo con la cabeza una señal amistosa.

Para esconder su terror, movíase ella, no de costado, como tenía por costumbre, sino sacando el pecho, como dándose aires de importancia afectada y ridícula. Andaba metiendo ruido y le temblaban las cejas.

Iba cogiendo el oficial rápidamente los libros con la punta de los dedos blancos y afilados; los ojeaba, los sacudía y, con ademán hábil, los ponía a un lado. A veces, un tomo iba al suelo con ruidito. Callaban todos, oyéndose sólo los resoplidos de los guardias sofocados y el tintineo de las espuelas; de tiempo en tiempo, una voz preguntaba:

—¿Miraste aquí?

La madre fué a colocarse junto a Pavel, de espaldas a la pared; como él, cruzó los brazos sobre el pecho y quiso examinar al oficial. Le temblaban las rodillas y una niebla le velaba los ojos.

De repente, la voz de Vesovchikov resonó, cortante:

—¿Para qué tirar los libros al suelo?

Se estremeció la madre. Tveriakov agachó la cabeza, como si le hubiesen dado un golpe en la nuca: gruñó Rybin y contempló atentamente al culpable.

El oficial guiñó los ojos y hundió la mirada en el rostro picado de viruela e inmóvil del muchacho... Después, sus dedos hojearon todavía con mayor rapidez las páginas de los libros. Por momentos, abría tanto los ojos grises que se podía creer que padecía atrozmente, que iba a gritar de dolor, impotente y furioso.

—¡Soldado!—volvió a decir Vesovchikov—. Recoge los libros...

Volviéronse todos los guardias hacia él y miraron luego al oficial. Éste levantó otra vez la cabeza, y, lanzando una ojeada escrutadora al picado de viruelas, ordenó gangoso:

—¡Ea, recoged los libros!

Agachóse un guardia, y sin dejar de examinar a Vesovchikov con el rabillo del ojo, empezó a levantar los libros desencuadernados.

—Mejor sería que se callara—cuchicheó la madre, dirigiéndose a su hijo.

Éste se encogió de hombros. El pequeño-ruso alargó el cuello.

—¿Quién cuchichea por ahí? Os ruego que calléis. ¿Quién es el que lee aquí la *Biblia?*

—¡Yo!—dijo Pavel.

—¡Ah!... ¿Y de quién son todos estos libros?

—Míos—insistió.

—¡Bueno!—dijo el oficial, apoyándose en el respaldo de la silla.

Hizo chascar los dedos de la mano blanca, estiró los pies por debajo de la mesa, se atusó el bigote e interpeló a Vesovchikov:

—¿Eres tú Andrés Najodka?

—Yo soy—exclamó el picado de viruelas dando un paso adelante.

El pequeño-ruso extendió el brazo, le agarró por el hombro y le hizo retroceder.

—¡Le engaña! Yo soy Andrés...

71

Levantó el oficial la mano, y amenazando a Vesovchikov con el dedo meñique, le dijo:

—¡Cuidado!

Y se puso a hurgar en sus papeles.

Con ojos indiferentes, la noche luminosa y clara miraba por los cristales. Alguien iba y venía por delante de la casa, y sus pasos hacían crujir la nieve.

—¿Has estado ya perseguido por delito político, Najodka?—preguntó el oficial.

—Sí, en Rostov y en Saratov... Pero allí los guardias me trataban de usted.

Guiñó el oficial el ojo derecho, se lo restregó, y siguió después, descubriendo sus dientecillos:

—Bueno, Najodka, ¿conoce sin duda, eso es, conoce a los malvados que van repartiendo en la fábrica folletos y proclamas prohibidos?

El pequeño-ruso se agitó, e iba a decir algo con ancha sonrisa, cuando la voz inquietante de Vesovchikov resonó de nuevo:

—¡Hasta ahora no habíamos visto ningún malvado!

Hubo silencio, un instante, no más.

La cicatriz de la madre palideció, al paso que la ceja derecha se levantaba. La barba negra de Rybin empezó a temblar de un modo extraño; bajó la cabeza y se tiró lentamente del bigote:

—¡Que saquen de ahí a ese animal!—ordenó el teniente.

Dos guardias agarraron al joven por debajo de los brazos y lo arrastraron hasta la cocina. Allí consiguió detenerse, y apoyándose en el suelo con toda la fuera de los pies, volvió diciendo:

—¡Esperad que me ponga el abrigo!

El comisario de policía, que había ido a registrar en el patio, volvió diciendo:

—No hay nada; hemos mirado por todas partes.

—¡Claro está!—exclamó el oficial con ironía—. ¡Eso ya lo sabía yo! ¡Tenemos que habérnoslas con un hombre experimentado!

Oía la madre aquella voz débil, temblorosa y cortante; y cuando contemplaba el rostro amarillento del hombre, sentíale enemigo, enemigo despiadado, con un corazón henchido de desdén para el pueblo. Antes había visto poca gente así, y en los años últimos hasta se había olvidado de que existieran.

"¡A ésos los inquietamos!"—pensó.

—Señor Andrés Onisimov Najodka, hijo de padre desconocido, queda usted detenido.

—¿Por qué?

—Más tarde se le dirá—respondió el oficial con urbanidad malévola.

Y volviéndose a Pelagia le gritó:

—¿Sabes leer y escribir?

—No—intervino Pavel.

—¡A ti no te pregunto!—lanzó severo el oficial; y continuó:

—Responde, vieja, ¿sabes leer y escribir?

Invadida por un sentimiento de odio instintivo contra aquel hombre, la madre se irguió de repente, como si se hubiera sumergido en un río helado; la cicatriz se le puso de color escarlata y la ceja se le bajó.

—¡No grite!—dijo tendiendo un brazo hacia el oficial—. Aún es usted joven, y no sabe lo que es sufrir...

—¡Cálmese, mamá!—interrumpió su hijo.

—¡Más vale apretarse el corazón y callar!—aconsejó el pequeño-ruso.

—¡Espera, Pavel!—exclamó la madre con un impulso que la llevó hasta la mesa...—¿Por qué detenéis a la gente?

—Eso no le importa..., cállese—gritó el oficial levantándose—. ¡Que traigan a Vesovchikov!

Y se puso a leer un papel, levantándolo a la altura del rostro.

—Introdujeron al muchacho.

—¡Quítate la gorra!—gritó el oficial, interrumpiendo su lectura.

Rybin se acercó a Pelagia y, empujándola con el hombro, le dijo, bajando la voz:

—¡No te exasperes, madre!

—¿Cómo puedo quitarme la gorra si me sujetan las manos?—preguntó Vesovchikov.

El oficial echó el atestado sobre la mesa.

—¡A firmar!—ordenó brevemente.

La madre vió a los presentes firmar el documento. Había decaído su excitación y el valor le faltaba; lágrimas amargas de impotencia y humillación le subían a los ojos. Durante sus veinte años de vida conyugal, había llorado lágrimas como aquéllas; pero había olvidado casi el escozor de su quemadura desde su viudez. Miróla el oficial y profirió con mohín desdeñoso:

—¡Aúlla demasiado, buena mujer! Ya verá como no le quedan lágrimas bastantes para lo venidero.

Ella le contestó, irritada otra vez:

—¡Las madres tienen lágrimas bastantes para todo..., para todo! ¡Si tiene usted madre, de seguro lo sabrá!

Colocó el oficial vivamente los papelotes en una cartera nuevecita, de cerradura relumbrante, y dijo, dirigiéndose al comisario de policía:

—¡Son todos de una independencia asquerosa, unos y otros!...

—¡Qué insolencia!—murmuró el comisario.

—¡Marchen!—mandó el oficial.

—¡Hasta la vista, Andrés; hasta la vista, Nicolás!—dijo Pavel con calor, estrechando la mano de sus camaradas.

—Eso es, magnífico, hasta la vista—declaró el oficial, irónicamente.

Sin hablar, Vesovchikov apretaba la mano de la madre con sus dedazos cortos. Respiraba con mucho trabajo; el gordo cuello estaba congestionado; los ojos relucían de rabia. El pequeño-ruso se sonreía, meneando la cabeza; dijo unas palabras a Pelagia; persignóle ella, contestándole:

—¡Dios reconoce a los justos!

Por último, el tropel de hombres con capote gris desapareció tras la esquina de la casa, con un tintineo de espuelas. Rybin fué el último que salió, escrutando a Pavel con sus ojos negros, y diciendo, como pensativo:

—Pues ¡ea!, adiós.

Y se fué sin apresurarse, tosiendo detrás de su barba.

Cruzadas a la espalda las manos, Pavel empezó a ir y venir, a paso lento, por entre los montones de ropa blanca y de libros tirados por tierra, exclamando con voz sombría:

—¿Ya viste cómo pasa?

Considerando la habitación en desorden, como desconcertada, la madre cuchicheó, llena de angustia:

—¡Te llevarán también..., te llevarán también!...
¿Por qué estuvo tan grosero Vesovchikov?...

—¡Lo probable es que tuviera miedo!...—dijo Pavel en voz baja—. No se les debe hablar..., ¡no se consigue nada de ellos! Son incapaces de comprender...

—Vinieron, le cogieron, se lo llevaron—cuchicheó la madre, meneando los brazos.

Quedábale su hijo. El corazón de Pelagia empezó a latir más tranquilo; se le inmovilizaba el pensamiento ante una acción que no alcanzaba a concebir.

—Se burla de nosotros ese hombre amarillo; nos amenaza...

—Basta, madre—dijo de pronto Pavel con resolución—. Ven, recojamos todo esto...

La había llamado "madre" y de "tú", como solía hacerlo cuando quería ser más demostrativo. Acercósele ella, le miró a la cara, y, en voz baja, le preguntó:

—¿Te humillaron?

—Sí—replicó él—. Es doloroso... Hubiera preferido ir con ellos...

A la madre le pareció que tenía lágrimas en los ojos; y para consolarle en su pena, que adivinaba con vaguedad, dijo, suspirando:

—¡Paciencia..., ya te llevarán también!

—Ya lo sé—respondió.

Tras un instante de silencio, la madre añadió con acento de tristeza:

—¡Qué cruel eres, hijo! Si me calmaras no más... Pero no, digo cosas terribles, y son más terribles las que me contestas tú.

Echóle él una ojeada, y acercándosele, le dijo en voz baja:

—¡No sé contestarle, mamá! No puedo mentir... Tendrá que acostumbrarse...

Suspiró ella y calló, para seguir luego, estremecida:

—¿Y quién sabe? Dicen que atormentan a la gente, que le desgarran el cuerpo en jirones y le rompen los huesos. Cuando pienso en esas cosas... me da miedo, Pavel, querido mío...

—Quieren aplastar el alma, no el cuerpo... Duele más que el tormento aún, cuando tocan el alma con manos sucias.

XI

AL otro día, por la mañana, se supo que Bukin, Samoilov, Somov y cinco personas más estaban también detenidas. Por la noche acudió Fedia Mazin: asimismo le habían registrado la casa, y estaba tan satisfecho que se tenía por héroe.

—¿Tuviste miedo, Fedia?—preguntó la madre.

Palideció él, se le demudó el rostro y le temblaron las aletas de su nariz.

—¡Tuve miedo de que el oficial me pegara! Era uno de barba oscura, grueso; con dedos velludos y anteojos negros: parecía no tener ojos. Gritó pataleando: "¡Voy a meterte en la cárcel, para que te pudras!", me dijo... Y a mí jamás me pegaron, ni mi padre ni mi madre, porque he sido hijo único y me querían... A todos les pegan, pero a mí, nunca me han tocado...

Cerró un instante los ojos enrojecidos y apretó los labios: con rápido ademán echóse atrás el cabello y dijo, mirando a Pavel:

—Si alguien me pega, me clavo en él como un cuchillo y le desgarro con los dientes... ¡Mejor sería que me dejara en el sitio de un golpe!...

—¡Delgaducho y flojo como estás!—exclamó la madre—. ¿Cómo pelearías tú?

—Pues pelearé—contestó Fedia en voz baja.

Cuando se hubo marchado, dijo la madre al hijo:

—Le harán pedazos antes que a los demás...

Pavel guardó silencio.

Unos minutos más tarde se abrió lentamente la puerta de la cocina y entró Rybin.

—¡Buenas noches!—dijo, sonriendo—: aquí estoy otra vez. Anoche me obligaron a venir; esta noche vengo yo por gusto.

Sacudió con fuerza la mano de Pavel, agarró a la madre por el hombro y preguntó:

—¿Me darás té?

Pavel examinó en silencio el ancho rostro atezado de su huésped, su barba negra, cerrada, y sus ojos inteligentes. Algo grave había en su mirar tranquilo; la persona entera del recién llegado, de complexión atlética, inspiraba simpatía por su firmeza segura.

Fuése la madre a la cocina para disponer el samovar. Sentóse Rybin, se atusó el bigote, echándose de codos en la mesa, envolvió con la mirada a Pavel.

—Así, pues...—empezó, como si continuase una conversación interrumpida—. Tengo que hablarte francamente. Antes de venir a tu casa, te he examinado mucho. Somos casi vecinos; he visto que recibías a mucha gente y que nadie se emborrachaba ni metía barullo. Eso es lo primero. Cuando la gente se porta bien, se la ve en seguida y en seguida se sabe lo que vale. Yo también llamo la atención por vivir apartado, sin cometer villanías...

Hablaba lentamente, con facilidad; tenía acentos que despertaban confianza.

—Así, pues, todos hablan de ti. Mi casero te llama "hereje" porque no vas a la iglesia. Tampoco voy yo. Y luego han surgido esas hojitas, esos papeles... ¿Idea tuya, verdad?

—¡Sí!—contestó Pavel sin quitar ojo de la cara de Rybin.

También éste le miraba con fijeza.

—¡Vaya!—exclamó la madre, inquieta, saliendo de la cocina—. No has sido tú solo...

Pavel sonrió y Rybin hizo otro tanto.

—¡Ah!—exclamó éste.

Resopló ruidosamente la madre, un poco irritada por el poco caso que hacían de sus palabras.

—Buena idea, la de las hojas... Inquietan al pueblo... ¿Diecinueve han sido?

—Sí—respondió Pavel.

—Entonces las he leído todas. Bueno... Hay en ellas cosas incomprensibles, superfluas; cuando un hombre habla mucho, suele no decir nada...

Rybin sonrió; tenía dientes blancos y sanos.

—Luego este registro fué lo que me previno en favor tuyo. Y tú, como el pequeño-ruso y Vesovchicov, los tres habéis estado...

No encontró el término que buscaba; calló, volvió los ojos a la ventana y dió unos golpes con el dedo en la mesa.

—Habéis dejado ver vuestra resolución. Era como si dijerais: "Haga su señoría el trabajo que le corresponde; ya haremos nosotros el nuestro..." El pequeño-ruso es también buen chico. A veces, oyéndole hablar en la fábrica, he pensado yo: "A éste no podrán apabullarle; sólo le vencerá la muerte." ¡Vaya músculos, los del tipo! ¿Me crees, Pavel?

—Sí—contestó el joven, meneando la cabeza.

—Bueno... Cuarenta años tengo, el doble que tú, y he leído veinte veces más cosas que tú. Fuí más de tres años soldado; me casé dos veces, la primera mujer se me murió y a la otra yo la he dejado. Estuve en el Cáucaso, vi a los Dujobors... ¡No han sabido vencer a la vida, no, hermano!

La madre iba oyendo con avidez esas palabras; le era grato ver a un hombre, respetable por su edad, acudir a su hijo como para confesarse. Mas le parecía que Pavel trataba al huésped con harta sequedad, y, para borrar la impresión, fué a preguntarle a Rybin:

—¿Querrías algo de comer, Mijail Ivanovich?

—No, gracias, madre. Ya he cenado. ¿Así, pues, Pavel, tú crees que la vida no anda como es debido?

Levantóse el muchacho y dió unas zancadas por la habitación, cruzados los brazos a la espalda.

—No anda bien—contestó—. Así, le atrajo a mí ahora que tiene usted abierta el alma. Va uniendo poco a poco a los que trabajamos sin cesar; ¡tiempo ha de venir en que a todos nos una! Las cosas están dispuestas de modo injusto y difícil para nosotros; pero nos abre los ojos la vida misma, y nos descubre su amargo sentido: ella es la que enseña al hombre cómo tiene que dirigirla.

—¡Verdad! Pero ¡aguarda!—interrumpió Rybin—. Hay que renovar al hombre, eso es lo que creo. Cuando se pesca la tiña, se baña uno, se lava uno, se pone uno ropa limpia y se cura, ¿verdad? Y cuando el atacado es el corazón, hay que arrancarle la piel, aunque eche sangre, lavarlo y vestirlo de nuevo, ¿verdad? Pero ¿cómo se purifica al hombre por dentro, eh?

Habló Pavel con fuego de Dios, del emperador, de las autoridades, de la fábrica, de la resistencia que los trabajadores extranjeros oponían a los que intentaban limitarles los derechos. Rybin se sonreía de cuando en cuando y daba con el dedo en la mesa, como para puntuar el discurso de Pavel. Pero ni una vez exclamó: "¡Eso mismo!"

Sin embargo, dijo a media voz, con una risita prolongada:

—¡Bah!, todavía eres joven... No conoces a la gente.

Pavel, de pie frente a él, replicó con gravedad:

—No hablemos de juventud ni de vejez. Veamos qué parecer es mejor.

—¿Así, pues, en opinión tuya, del mismo Dios han ido a servirse para engañarnos? Eso es. Yo también creo que nuestra religión es perjudicial y errónea.

La madre intervino. Cuando el hijo hablaba de Dios, de las cosas sagradas y queridas tocantes a la fe que ella tenía en su creador, intentaba siempre buscar los ojos de Pavel para pedirle tácitamente que no le desgarrara el corazón con palabras de incredulidad, cortantes y agudas. Pero sentía que, a pesar de su escepticismo, el mozo era creyente, y con ello se tranquilizaba.

"¿Cómo voy yo a entender sus pensamientos"?, decía para sí.

Figurábase que había de ser ingrato e insultante para Rybin, hombre de edad madura, el oír las palabras de Pavel. Pero cuando el huésped hubo hecho con tranquilidad aquella pregunta a Pavel, perdió la paciencia:

—¡Sed más prudentes para hablar de Dios!—dijo en tono breve pero obstinado—. Haced lo que queráis...

Y, después de haber tomado aliento, prosiguió, con mayor fuerza todavía:

—Si me quitáis a mi Dios, a mí, que soy tan vieja, ¿en quién encontrarán apoyo mis penas?

Se le arrasaron los ojos en lágrimas. Iba fregando la vajilla con dedos temblorosos.

—¡No me ha entendido, mamá!—dijo dulcemente Pavel.

—¡Perdona, madre!—añadió Rybin con voz lenta y espesa, echándole a Pavel una ojeada y sonriendo—. ¡Olvidé que eres demasiado vieja para que te corten las verrugas!

—No hablaba del Dios bueno y misericordioso en quien usted cree—continuó Pavel—sino de aquel con quien los sacerdotes nos amenazan como con un palo..., en nombre de quien tratan de forzar a

todos los hombres para que se sometan a la mala
voluntad de unos cuantos...

—¡Eso mismo, sí!—exclamó Rybin, dando con el
dedo en la mesa—. Al mismo Dios nos le han cambiado; todo lo que manejan lo vuelven los enemigos contra nosotros. Acuérdate, madre: Dios creó
al hombre a imagen suya, luego se parece al hombre, si el hombre se le parece... Pero nosotros ya no
nos parecemos a Dios, sino a las bestias salvajes...
En la iglesia, en lugar suyo, nos hacen ver un es-
pantajo... ¡Hay que transformar a Dios, madre, hay
que purificarlo! Le han revestido de mentira y calumnia, le han mutilado el rostro para matarnos el
alma...

Iba hablando en voz baja, pero con nitidez asombrosa; cada palabra suya era un golpe doloroso
para la madre. Asustábale aquella caraza taciturna,
con marco de barba negra, y se le hacía insoportable el brillo de sus ojos.

—¡No, prefiero marcharme!—dijo, meneando la
cabeza—. No tengo ánimo para escuchar tales cosas..., no puedo...

Y huyó a la cocina, mientras Rybin exclamaba:

—¡Ya lo estás viendo, Pavel! No hay que empezar por la cabeza, sino por el corazón... El corazón
es un terreno del alma humana en que no brota
más que...

—¡Mas que la razón!—concluyó Pavel con firmeza—. Sólo la razón libertará al hombre.

—Lo razón no da poderío—replicó Rybin, con voz
vibrante y obstinada—. ¡El corazón da fuerza y no
el cerebro!

Habíase desnudado y acostado ya la madre sin
rezar sus oraciones. Notaba frío y malestar. Rybin,
que le pareció tan sensato y juicioso al principio,
excitaba sorda hostilidad en ella.

"¡Hereje! ¡Agitador!"—pensaba, dando oídos a
la voz sonora que salía con facilidad de un pecho
ancho y prominente—. ¡Qué necesidad tendría de
venir!

Y Rybin iba diciendo, tranquilo y seguro:

—Un lugar santo no puede quedarse vacío. Han
atacado el lugar en que vive Dios dentro de nosotros. ¡Si se cae del alma, se formará una llaga,
eso es! Hay que inventar una fe nueva, Pavel...
Hay que crear un Dios justo para todos, un Dios

que no sea juez, ni guerrero, sino amigo de los hombres.

—¡Pues así fué Jesús!—exclamó Pavel.

—¡Espera! Jesús no tenía firme el ánimo... "Aparta de mí este cáliz", dijo. Y reconoció a César... ¡Dios no puede reconocer autoridad humana que reine sobre los hombres, porque él es la omnipotencia! No tuvo dividida el alma en parte divina y parte humana, y, pues confirmó su divinidad, de nada humano necesita. Jesús reconoció también como legítimos el comercio... y el matrimonio... Y condenó injustamente el alma a la hoguera: ¿tuvo ella la culpa de su esterilidad? No es culpa propia si el alma no da buen fruto... ¿Sembraré yo el mal que hay en ella? Así, pues...

Las dos voces resonaban sin interrupción en el cuarto, como si se enlazaran y combatieran en juego animado y apasionante. Pavel iba y venía a trancos, y el entarimado rechinaba debajo de sus pies. Cuando hablaba, todos los sonidos se fundían en el ruido de su voz; cuando Rybin replicaba con calma y tranquilidad, oíase el tictac del péndulo y el crujir seco del hielo que rozaba con garras agudas las paredes de la casa.

—Voy a hablarte como buen fogonero que soy: Dios se parece al fuego. Sí, eso es. No da firmeza a nada, porque no puede... Quema y funde, al alumbrar... Alumbra las iglesias, pero no las construye. Vive en el corazón. Se ha dicho: "Dios es el verbo", y el verbo es el espíritu.

—La razón—corrigió Pavel, obstinado.

—Así mismo es. Luego Dios está en el corazón, y en la razón, pero no en la iglesia. Y ésta es la miseria, el dolor, y toda la desdicha del hombre: a todos nos arrancan de nosotros mismos. El corazón se ve rechazado por la razón, y la razón se ha ido... El hombre ya no es uno... Dios junta el hombre en un todo... en un globo... Dios creó siempre cosas redondas: así son la tierra, las estrellas... todo lo visible... Todo lo que es agudo, el hombre lo hizo... La iglesia... es el sepulcro de Dios y del hombre...

La madre se quedó dormida y no oyó salir a Rybin...

Volvió éste a menudo. Cuando se encontraba con uno u otro de los camaradas de Pavel, sentábase el fogonero en un rincón y permanecía silencioso; de tiempo en tiempo decía:

—Eso... ¡Eso es!

Una vez, paseando la negra mirada sobre los asistentes, exclamó en tono descontento:

—¡Hay que hablar de lo que es; lo que ha de ser, no lo sabemos! Cuando el pueblo sea libre, ya verá de por sí lo que más le conviene... ¡Le han metido en la cabeza tantas cosas que no quería! Basta, con eso. ¡Que se entere por sí! Puede que lo rechace todo, toda la vida y todas las ciencias; puede que lo vea todo dirigido en contra suya... Como, por ejemplo, el Dios de la iglesia. ¡Ponedle todos los libros en la mano, y ya contestará él, ea! Pero tendría que darse cuenta de que cuanto más estrecho es el collar, más penoso es el trabajo.

Cuando Pavel estaba solo, Rybin y él empezaban en seguida a discutir, pausada y largamente. La madre los escuchaba, inquieta, siguiéndolos con la mirada, en silencio, tratando de comprender. A veces le parecía que los dos se habían quedado ciegos. En la oscuridad, entre las paredes del cuartito, iban errantes de un lado a otro, en busca de luz o salida; se agarraban a todo con manos vigorosas, pero inhábiles: lo agitaban todo, dejaban caer cosas para pisotearlas en seguida. Tropezaban por todas partes, iban a tientas y lo rechazaban todo, sin prisas, sin perder la esperanza ni la fe...

La tenían ya acostumbrada a oír multitud de palabras terribles por su sencillez y su audacia; pero ya no la oprimían con la violencia del comienzo. Rybin no era grato para la madre; sin embargo, la repulsión que le inspirara al principio se había disipado.

Una vez por semana, Pelagia iba a la cárcel para llevar ropa y libros al pequeño-ruso; un día tuvo autorización para verle, y al volver a casa refirió con ternura:

—Sigue lo mismo que en casa. Es simpático a todos, y todos bromean con él. Parece siempre tener de fiesta el corazón... La vida es dura para él, padece, pero no quiere aparentarlo.

—¡Así ha de hacerse!—replicó Rybin—. Todos vamos envueltos en pena como en una segunda piel..., respiramos pena, nos revestimos de pena... Pero no hay que alardear de ello... No a todos les han sacado los ojos; hay quien se complace en cerrarlos..., ¡eso es! Pero cuando se es una bestia... hay que esperar padecimientos...

L A vieja casita gris de los Vlasov llamaba cada vez más la atención del arrabal. A veces llegaba allí un obrero, y, después de mirar a todos lados, decíale a Pavel:

—Bueno, hermano, tú que lees libros, tienes que conocer las leyes. Así pues, explícame...

Y relataba una injusticia policial o administrativa de la fábrica. En los casos complicados, Pavel enviaba al visitante con dos letras de recomendación a un abogado amigo suyo, y, cuando podía, daba consejos él mismo.

Poco a poco los habitantes del arrabal fueron experimentando un sentimiento de respeto por aquel joven ordenado que hablaba de todo con sencillez y atrevimiento, casi nunca se reía, lo miraba y escuchaba todo con atención, y buscaba en el embrollo de cada asunto particular para descubrir siempre el hilo que une a las personas entre sí con miles de nudos tenaces...

Veía la madre crecer el influjo de su hijo y empezaba a percibir el sentido de los trabajos de Pavel, que, una vez comprendido, le causaba alegría infantil.

Creció todavía más Pavel en la pública estima cuando ocurrió lo de la "Copeca del pantano".

Un ancho pantano con plantación de abetos y abedules rodeaba la fábrica como de una fosa infecta. En verano, un vaho amarillento y opaco desprendíase de él, con nubes de mosquitos que se derramaban por el arrabal sembrando calenturas. El pantano pertenecía a la fábrica; el nuevo director, ansioso de sacar partido, concibió el proyecto de desecarlo, y, a la vez, extraer la turba; operación, dijo a los obreros, que sanearía los alrededores mejorando las condiciones de existencia para todos. De manera que mandó descontar una copeca por rublo en los salarios, para la desecación del pantano.

Agitáronse los obreros; irritábales. sobre todo, el hecho de que el flamante impuesto no se aplicara a los empleados...

El sábado, cuando los carteles anunciaron lo resuelto por el director, Pavel estaba enfermo y no había ido a trabajar ni sabía nada del asunto. A la mañana siguiente, después de misa, el fundidor Sizov, viejo guapo, y el cerrajero Majotin, hombre de alta estatura, muy irascible, fueron a contarle a su casa lo que ocurría.

—Los de más edad entre los nuestros—dijo pausadamente Sizov—se han reunido, y hemos tenido discusión; y, mira, los camaradas nos mandan a ti para preguntarte, como hombre de luces que eres, si existe una ley que permita al director combatir a los mosquitos con dinero nuestro.

—Y acuérdate—añadió Majotin, dando vuelta a sus ojos ribeteados—de que cuatro años atrás, esos ladrones hicieron colecta para construir un establecimiento de baños... Recogieron tres mil ochocientos rublos... ¿En dónde están, y en dónde los baños?

Explicóles Pavel que el impuesto era injusto, y que el proyecto era muy ventajoso para la fábrica. Con lo cual, los obreros se marcharon con aspecto gruñón. Después de acompañarlos y despedirlos, la madre exclamó sonriendo:

—¡Ahí tienes unos viejos que vienen a tu casa para proveerse de talento, Pavel!

Sin contestar, sentóse el chico y empezó a escribir, como preocupado. Unos instantes después, dijo a su madre:

—Te agradeceré. que vayas inmediatamente a la ciudad a llevar esta esquela...

—¿Es peligrosa?—preguntó.

—Sí. Allí nos imprimen el periódico... Es necesario que el asunto de la copeca aparezca en el próximo número.

—Bueno, bueno—replicó ella, vistiéndose con premura—. Allí voy...

Era el primer encargo que le daba su hijo. Sintióse dichosa al ver que le decía con franqueza de qué se trataba, y de poder serle útil en su obra.

—Ya entiendo, Pavel...—continuó—. Es un robo...
¿Cómo se llama: Yegor Ivanovich?

Volvió tarde, y de noche, fatigada, pero contenta.

—¡Vi a Sachenka!—le contó a su hijo—. Te envía
saludos. ¡Qué divertido es el tal Yegor! Siempre
está de broma.

—Me encanta que te gusten—respondió Pavel a
media voz.

—¡Qué gente tan sencilla! ¡Es tan agradable la
gente sencilla!... Y todos te aprecian, todos...

El lunes no pudo Pavel ir a la fábrica, porque le
dolía la cabeza. Pero, hacia las doce, se presentó
Fedia Mazin, agitado y dichoso, anunciando con voz
sin aliento:

—¡La fábrica entera está sublevada! ¡Me mandan
a buscarte! Sizov y Majotin dicen que tú explicarás
las cosas mejor que nadie. ¡Si vieras lo que está
pasando allí!

Pavel se vistió sin decir palabra.

—Las mujeres se han reunido y pían...

—¡También yo voy!—declaró la madre—. Tú no
estás bueno y puede haber peligro. ¿Qué hacen por
allí? Quiero ir...

—¡Anda!—dijo Pavel brevemente.

Salieron rápidos, sin cambiar una palabra. La madre, jadeando conmovida, presentía algo grave. A la
entrada de la fábrica, unas mujeres en grupo aullaban peleándose. Vió Pelagia que todas las cabezas se
habían vuelto a una parte, hacia la pared de las
fraguas. Allí, Sizov, Majotin, Vlasov y otros cinco
obreros influyentes, de edad madura, se habían encaramado en un montón de hierro viejo; sus violentos ademanes se destacaban sobre el fondo de
rojos ladrillos.

—¡Ahí viene Vlasov!—exclamó alguno.

—¡Vlasov! ¡Por aquí!

Empujaron a Pavel, obligándole a adelantar. La
madre se quedó sola.

—¡Silencio!—gritaron simultáneamente en varios
lugares.

Muy cerca de Pelagia resonó la voz igual de Rybin:

—No es por la copeca por lo que debemos resistir,
sino por la justicia, ¡eso es! No es nuestra copeca
lo que queremos, pues no es más redonda que las

otras, aunque más pese: hay en ella más sangre humana que en un solo rublo del director.

Sus palabras iban cayendo con fuerza sobre la muchedumbre y levantaban ardientes exclamaciones:

—¡Verdad! ¡Bravo, Rybin!

—¡Callarse, diablos!

—¡Tienes razón, fogonero!

—¡Ahí está Vlasov!

Fundiéronse las voces en un torbellino ruidoso que ahogaba el sordo estrépito de las máquinas y los suspiros del vapor. De todas parte acudía gente que se ponía a discutir, agitando los brazos, excitándose recíprocamente con palabras febriles y cáusticas. La irritación que dormía en los pechos fatigados estaba ya despierta, se escapaba de los labios y se echaba a volar triunfante. Por encima de la multitud se cernía una nube de polvo y hollín; las caras, cubiertas de sudor, echaban fuego, y la piel de las mejillas lloraba lágrimas negras. Sobre el fondo oscuro de las fisonomías centelleaban los ojos y los dientes.

Por fin, Pavel surgió al lado de Sizov y Majotin; se oyó su grito:

—¡Camaradas!

Vió la madre que el rostro del joven estaba pálido y que los labios le temblaban; involuntariamente quiso adelantarse abriéndose camino entre la multitud. Le decían en tono acre:

—¡Estate quieta en tu sitio, vieja!

La empujaban, pero no se desanimó. Con los hombros y los codos iba apartando a la gente y se acercaba con lentitud a su hijo, impulsada por el deseo de ir a situarse a su lado.

Y Pavel, después de pronunciar palabras en las que solía poner un sentido profundo, sintió que se le apretaba la garganta en el espasmo de la alegría de luchar. Le invadió el deseo de entregarse a la fuerza de su creencia, de echar a las gentes su corazón consumido por el ensueño ardiente de la justicia.

—¡Camaradas!—replicó, sacando del apóstrofe energía y entusiasmo—. Somos los que construyen iglesias y fábricas, los que funden la plata y forja' las cadenas... Somos la fuerza vital que nutre a t(

dos y los anima, desde la cuna hasta el sepulcro...

—¡Eso es!—exclamó Rybin.

—Siempre y en todas partes somos los primeros en el trabajo, y en cambio nos relegan a los últimos puestos de la vida. ¿Quién se ocupa de nosotros? ¿Quién nos estima? ¿Quién nos considera como a hombres? ¡Nadie!

—¡Nadie!—repitió una voz parecida a un eco.

Volviendo a adueñarse de sí, Pavel empezó a hablar con mayor sencillez y calma. La multitud avanzaba lentamente hacia él, como un cuerpo sombrío de mil cabezas. Miraba al joven con centenares de ojos atentos, aspirando sus palabras, el rumor se apaciguaba un tanto.

—No tendremos porción más grande mientras no nos sintamos solidarios, mientras no formemos una sola familia de amigos, ligados estrechamente por un mismo deseo..., el de luchar por nuestros derechos...

—¡Al grano, al grano!—exclamó una voz ruda al lado de la madre.

—¡No le interrumpáis! ¡Callaos!—replicaron de diversos lugares.

Los rostros ennegrecidos tenían expresión de incredulidad tristona; sólo algunas miradas fueron a posarse con gravedad sobre Pavel.

—¡Es un socialista, pero no es tonto!—dijo alguno.

—¡Es un revolucionario!—dijo otro.

—¡Qué atrevido habla!—exclamó un obrero, un mocetón tuerto, empujando con el hombro a la madre.

—¡Camaradas! Ha llegado el momento de resistir a la fuerza codiciosa que vive de nuestro trabajo, ha llegado el momento de defenderse; todos tenemos que comprender que nadie acudirá en socorro nuestro más que nosotros mismos. Uno para todos, todos para uno, tal ha de ser nuestra fe, si queremos vencer al enemigo...

—¡Dice verdad, hermanos!—exclamó Majotin—. ¡Oíd la verdad!

Y con amplio ademán agitó el puño apretado.

—Hay que hacer que el director venga inmediatamente—continuó Pavel—. Hay que pedirle...

De pronto, hubiérase creído que un huracán se desataba sobre la multitud. Se encorvó, como la ola

en la ráfaga, y unas decenas de voces gritaron
juntas:

—¡Que venga el director!...

—¡Que explique!...

—¡Traedle!...

—Enviémosle diputados...

—¡No!

Puesta ya en primera fila, miraba la madre al
hijo que la dominaba. Sentíase llena de orgullo:
allí estaba Pavel, en medio de los trabajadores viejos más estimados, y todos le escuchaban y aproba-
ban. Admirábase Pelagia de su sangre fría, de su
sencillez; hablaba sin incomodarse ni jurar, como
hacían los otros.

Las exclamaciones, los gritos de descontento, las
invectivas llovían como granizos en un techo de
cinc. Miraba Pavel a la multitud y, con los ojos
muy abiertos, parecía buscar algo entre los grupos.

—¡Diputados!

—¡Que hable Sizov!

—¡Vlasov!

—¡Rybin! ¡Tiene unos dientes terribles!

Por último, designaron a Pavel, Sizov y Rybin
como portavoces, e iban a mandar a buscar al director, cuando repentinas, sonaron unas débiles exclamaciones.

—¡Ya viene él solo!

—¡El director!

—¡Ah, ah!

Entreabríase la multitud para dar paso a un personaje alto y seco, de cara alargada y barba en
punta.

—¡Permitan!—decía apartando a la multitud con
un ademán corto, pero sin rozarla. Hacía guiños, y
con mirar de experto en el manejo de hombres, iba
escrutando caras de obreros. Inclinábanse éstos, quitándose la gorra para saludarle. Sin contestar a estas señales de respeto, sembraba en derredor silencio y cortedad; ya se iba sintiendo, en las sonrisas
cohibidas y el tono ensordecido de las palabras, como un arrepentimiento de chiquillos conscientes
que han hecho tonterías.

El director pasó por delante de la madre, le lanzó
una ojeada severa y se detuvo ante el montón de
chatarra. Alguien le tendió una mano desde arriba;
sin tomarla, con movimiento vigoroso y flexible, se

izó colocándose en primera fila, y preguntó después con voz fría y autoritaria:

—¿Qué significa esta reunión? ¿Por qué dejasteis el trabajo?

Por unos cuantos segundos hubo total silencio... Las cabezas de los obreros balanceábanse como espigas. Agitó Sizov la gorra, se alzó de hombros y bajó la cabeza...

—¡Respondan!—gritó el director.

Pavel fué a colocarse a su lado y dijo en voz alta, señalando a Sizov y Rybin:

—A los tres nos han encargado los camaradas que exijamos la revocación del acuerdo relativo a la retención de una copeca...

—¿Por qué?—preguntó el director sin mirar al joven.

—¡Consideramos injusto el impuesto!—replicó Pavel con voz sonora.

—De modo que no veis en mi proyecto más que el deseo de explotar a los trabajadores y no la preocupación de mejorar su existencia, ¿verdad?

—¡Sí!—contestó Pavel.

—¿Y también usted?—dijo el director dirigiéndose a Rybin.

—¡Todos somos del mismo parecer!—replicó éste.

—¿Y usted, buen hombre?—preguntó el director volviéndose a Sizov.

—Yo también le ruego que nos deje la copeca.

Y volviendo a bajar la cabeza sonrióse Sizov, como azorado.

Paseó el director lentamente la mirada sobre la multitud y se encogió de hombros. En seguida echó una ojeada escrutadora sobre Pável y dijo:

—Usted es hombre bastante instruído, según creo; ¿cómo no comprende todas las ventajas de esa medida?

Pavel respondió distintamente:

—Todos las comprenderían si la fábrica desecara el pantano a su costa...

—La fábrica no se ocupa de filantropía—replicó el director—. Os mando a todos volver inmediatamente al trabajo.

Y se decidió a bajar, tanteando con precaución el hierro con la punta de la bota, sin mirar a nadie.

Oyéronse rumores de descontento.

—¿Qué pasa?—preguntó el director, quedándose parado.

Callaron todos; sólo, a lo lejos, una voz aislada replicó:

—¡Trabaja tú!

—Si dentro de un cuarto de hora no habéis vuelto al trabajo, os pondré multa a todos—declaró el director con tono seco.

Y reanudó su camino por entre la muchedumbre, pero tras él iba levantándose un murmullo sordo. Cuanto más se alejaba, tanto más agudo era el ruido.

—¡Que vayan a hablar con él!

—¡Y éstos son nuestros derechos! ¡Ah! ¡Cochina suerte!

Dirigíanse a Pável, gritando:

—¡Eh, jurista! Y ahora, ¿qué se hace?

—Como hablar, ya has hablado, pero vino él y cambió el viento.

—Bueno, Vlasov, ¿qué se hace?

Las preguntas volvíanse más insistentes, y Pável declaró:

—Camaradas, os propongo que abandonéis el trabajo hasta que el director revoque la retención injusta.

Palabras de excitación resonaron:

—¡Nos tomas por imbéciles!

—¡Eso hay que hacer!

—¿La huelga?

—¿Por una copeca?

—¡Pues, sí, vamos a la huelga!

—Nos pondrán a todos en la calle.

—¿Y quién trabajaría?

—Encontrarán otros obreros...

—¿Cuáles? ¡Unos traidores!

XIII

BAJÓSE Pavel del montón de chatarra y fué a colocarse junto a su madre. En derredor de ellos, todos empezaron a hablar ruidosamente, a discutir, a agitarse gritando.

—¡No irán a la huelga!—dijo Rybin acercándose

a Pavel—. Por muy rapaz que la gente sea cuando se trata de dinero, es cobarde. Puede que haya.trescientos de tu parecer, pero no más. No se puede remover con una horquilla sola semejante montón de estiércol...

Pavel siguió callado. Delante de él, la muchedumbre se agitaba con su enorme carota negra, y le contemplaba, como exigiéndole algo. Le palpitaba de ansiedad el corazón. Parecíale que sus palabras se habían disipado sin dejar huella en aquellos hombres, como gotas de lluvia cuando salpican la tierra agrietada por larga sequía. Uno tras otro, los obreros se le acercaban, felicitándole por su discurso, pero dudando del éxito de la huelga y quejándose de que el pueblo no se hiciera cargo de su fuerza ni de sus intereses.

Una sensación de desencanto apoderábase de Pavel, y no creía ya en su fuerza. Le dolía la cabeza, notaba en sí como un vacío. Antes, en los momentos en que se representaba el triunfo de la verdad que tan querida le era, el entusiasmo que le llenaba el corazón le daba ganas de llorar. Y ahora, cuando había proclamado su fe ante el pueblo, le parecía incolora, impotente, incapaz de conmover a nadie, y se acusaba a sí mismo; pensaba que había ataviado sus ensueños con vestidos informes, sombríos y miserables, y que nadie, por ello, había reconocido su hermosura.

Volvióse a casa triste y cansado. Su madre y Sizov le seguían:

—Hablas bien—le decía Rybin, emparejado con él—, pero no tocas el corazón, eso es. Hay que lanzar la chispa a lo más hondo del corazón. Con la razón sola no cautivarás a la gente: es calzado harto fino y estrecho para el pueblo y no le entra el pie. ¡Y aunque le entrara, el zapato le estallaría muy pronto, eso es!

Sizov le decía a la madre:

—Ya es tiempo que nosotros, los ancianos, nos vayamos al cementerio... Un pueblo nuevo se levanta... ¿Cómo hemos vivido? Arrastrándonos de rodillas, encorvados siempre sobre la tierra. Y ahora no se sabe con certeza si la gente ha recobrado el conocimiento o si se engaña más que nosotros... Sea comoquiera, no se nos parecen. ¡Ahí está la juventud, hablándole al director como a un igual..., sí!

¡Ay, si mi hijo viviera!... Hasta la vista, Pavel Mijailovich... Eres un buen muchacho, defiendes al pueblo... Si Dios quiere, podrá ser que encuentres caminos y salidas... ¡Quiéralo Dios!

Y se fué.

—¡Pues, ea, a morirse!—refunfuñó Rybin—. Ahora ya no sois hombres, sino mortero... que sirve para tapar grietas... ¿Notaste, Pavel, quiénes eran los que más fuerte pedían que te nombraran diputado? Los que dicen que eres un revolucionario, un perturbador! ¡Ésos!... ¡Ésos, sí!... Pensaron que te echarían de la fábrica, y eso querían.

—Desde su punto de vista, tienen razón.

—También la tienen los lobos cuando se destrozan entre si.

Rybin tenía aspecto sombrío y le temblaba la voz de modo raro.

—Los hombres no confían en las palabras secas... Hay que mojarlas en sangre...

Durante todo el día Pavel sintióse desdichado, como si algo hubiera perdido, o como si presintiese la pérdida, sin comprender aún en qué consistiría.

Por la noche, cuando estaba ya durmiendo la madre y él leyendo en la cama, los guardias volvieron y empezaron nuevamente a registrarlo todo con rabia, en el patio y en el desván. El oficial de tez amarilla se portó como la primera vez, de manera burlona e insultante, complaciéndose en zaherir a Pavel y a su madre. Sentada en un rincón, Pelagia permanecía en silencio, fijos los ojos en la cara de Pavel. Intentaba éste ocultar su turbación, pero cuando el oficial se reía, los dedos del joven tenían un movimiento raro; la madre advertía que le costaba trabajo no responder al guardia y que a duras penas soportaba sus bromas. Menos se asustó que cuando la primera pesquisa, pero iba sintiendo más odio por los huéspedes nocturnos vestidos de gris, de espuelas resonantes, y el odio acabó por ahogar al miedo.

Pavel consiguió decirle, cuchicheando:

—Me llevan...

Bajando la cabeza, contestó ella en voz baja:

—Ya me doy cuenta...

Se daba cuenta: le llevaban a la cárcel por las palabras dichas a los obreros. Pero éstos le habían aprobado y todos iban a salir en defensa suya; por consiguente, no se ausentaría por mucho tiempo.

Hubiera querido llorar, abrazar a su hijo, pero, junto a ella, el oficial la miraba con aire malévolo, temblándole los labios, agitándosele el bigote, y Pelagia creyó que el hombre aquel esperaba gozoso lágrimas, súplicas y lamentos. Recogiendo fuerzas, hablando lo menos posible, estrechó ella la mano del hijo, diciéndole en voz baja, contenido el aliento:

—Hasta la vista, Pavel... ¿Llevas todo lo necesario?

—Sí; no te preocupes.

—Vaya el Señor contigo...

Cuando se lo llevaron, la madre se dejó caer en un banco y se puso a sollozar dulcemente, bajo los párpados. Recostada en la pared, como solía hacer su marido, atormentada por la angustia y el sentimiento de su impotencia, estuvo. llorando mucho tiempo, dejando correr con sus lágrimas los dolores del corazón herido. Veía delante de sí, como mancha inmóvil, una faz amarilla de fríos bigotes, ojos con guiños y expresión satisfecha. En el pecho iba enrollándosele, como un ovillo negro, la exasperación y la cólera contra los que quitaban un hijo a su madre, por la culpa de haber buscado la verdad...

Hacía frío, los goterones de lluvia rebotaban en los cristales y algo ruidoso corría a lo largo de las paredes: era como si, en las tinieblas, contornos grises de anchas caras sin ojos y brazos largos rondasen como espías. Y había un leve tintineo de espuelas.

"¡Más hubiera valido que a mí también me llevaran!", pensó.

Oyóse la sirena, ordenando a la gente que reanudara el trabajo. Aquella mañana la señal era sorda, baja y vacilante. Abrióse la puerta y entró Rybin, que se cercó a la madre, y, enjugándose las gotas de lluvia esparcidas por su barba, preguntó:

—¿Se lo llevaron?

—¡Sí, malditos sean!—contestó ella suspirando.

—¡Vaya un asunto!—dijo Rybin sonriendo—. A mí me han venido a registrar, buscando por todas partes... Me han injuriado..., pero no han llegado a prenderme... ¿De modo que se llevaron a Pavel? ¡El director hizo una seña, el guardia se precipitó, y se llevaron a un hombre! Se ponen de acuerdo como los ladrones en feria. Unos se dedican a ordeñar al pueblo y otros le cogen por el hocico.

—¡Vosotros, vosotros deberíais defender a Pavel! —exclamó la madre, poniéndose en pie—. Por vosotros se ha comprometido.

—¿Quién debería tomar su defensa?

—Todos vosotros.

—¡Hay que ver! ¡No, no lo espere! Miles de años han hecho falta para que amontonen su fuerza... Nos tienen hincados en el corazón innumerables clavos: ¿cómo va a ser posible que nos unamos de golpe? Lo primero es que nos quitemos unos a otros los garfios de hierro... Esos garfios son los que impiden a nuestros corazones juntarse en masa compacta.

Y soltando una risita se marchó pesadamente. Sus frases, crueles y desesperadas, habían acrecentado más el dolor de Pelagia.

—Pueden matarle, darle tormento...

Y se representó el cuerpo de su hijo molido a golpes, desgarrado, ensangrentado, y el miedo, como capa de arcilla helada, bajó a su corazón, sofocándolo. Le dolían los ojos.

No encendió la hornilla, ni quiso guisar ni tomar té; ya tarde, anochecido, comió un pedazo de pan. Cuando se acostó, díjose que nunca jamás, en toda su vida, llegó a sentirse tan humillada, aislada y como desnuda. En los últimos años, se había hecho a vivir en espera continua de algo importante, venturoso. En derredor de ella los jóvenes se agitaban, bulliciosos y valientes, dominados por el hijo de rostro grave, por su hijo, maestro y creador de aquella vida llena de inquietud, pero buena. Y ahora, como él no estaba allí, todo aquello había desaparecido.

XIV

Pasó el día lentamente y le siguió una noche sin sueño. El día siguiente le pareció más largo aún. Esperaba quién sabe a quién, pero no llegó nadie. Cayó la tarde y vino la noche. La melodía melancólica y doliente de las gotas de agua que caían de la techumbre como lágrimas, tenía lleno el aire. Parecía que la casa entera vacilara débilmente y que una angustia se cuajara en el ámbito.

Llamaron quedo a la vidriera. Estaba la madre acostumbrada a tal seña y ya no se sustaba; se estremeció, como si le hubieran dado en el corazón un pinchazo benéfico. Una vaga esperanza la movió a levantarse bruscamente. Echándose un pañolón por los hombros, abrió la puerta...

Entró Samoilov, seguido por otro personaje que escondía la cara en el cuello levantado del abrigo y llevaba la gorra baja hasta las cejas.

—¿La hemos despertado?—preguntó Samoilov sin saludarla.

Contra su costumbre, tenía aspecto preocupado.

—¡No estaba dormida!—contestó la madre.

Y echó una ojeada interrogadora a los recién llegados.

Con un suspiro ronco y profundo, el compañero de Samoilov se quitó la gorra y tendió a la madre una mano ancha de gordos dedos.

—¡Buenas noches, abuela! ¿No me reconoce?—le dijo amistoso el antiguo conocido.

—¡Es usted!—exclamó gozosa Pelagia—. ¡Es usted, Yegor Ivanovich!

—¡Yo soy!—contestó él, inclinando la cabezota.

Llevaba el pelo largo como cantor de iglesia. Una sonrisa de bondad le iluminaba la cara redonda; sus ojillos grises contemplaban a la madre con expresión acariciadora. Parecía un samovar, con su cuerpecillo redondo, su cuello gordo y sus cortos brazos. Le relucía el rostro; respiraba con ruido; en el pecho le hervía roncando sin cesar quién sabe qué...

—¡Pasad al cuarto, voy a vestirme!—propuso la madre.

—Tenemos algo que decirle—respondió- Samoilov, como preocupado, echándole una mirada humilde y baja.

Pasó Yegor a la habitación vecina, diciendo:

—Abuela querida, esta mañana un amigo salió de la cárcel... Tres meses y once días le tuvieron allí... Vió al pequeño-ruso y a Pavel, que le mandan saludos; además, su hijo, le pide que no pase inquietud por él, y le dice que, en el camino que escogió, la cárcel sirve como lugar de descanso; así lo han decidido nuestras autoridades, siempre celosas de nuestro bienestar... Y ahora, abuela, vamos al asunto. ¿Sabe a cuántas personas detuvieron ayer?

—No. ¿Pavel no ha sido el único?—preguntó la madre.

—Hace el número cuarenta y nueve—interrumpió Yegor Ivanovich con calma—. Y se espera que la autoridad mande prender a una docena más. A este señor, entre otros...

—¡A mí, en persona!—dijo Samoilov sombríamente.

Pelagia sintió el respirar más fácil.

"¡No está solo allá!", se dijo.

Cuando estuvo vestida entró en el cuarto, sonriendo valerosa a sus huéspedes.

—No los tendrán mucho tiempo, sin duda, siendo tantos.

—¡Eso es verdad!—replicó Yegor Ivanovich—. Y si logramos estropear el juego a nuestros adversarios, no habrán adelantado nada... Se trata de esto: si dejamos ahora de propagar nuestros folletos, los malditos guardias no dejarán de advertirlo y acpacarán el hecho a Pavel y a los camaradas, compañeros suyos de cautiverio.

—¿Y cómo? ¿Por qué?—exclamó con espanto la madre.

—¡Sencillísimo, abuela!—dijo Yegor Ivanovich pausadamente—. A veces, hasta los guardias razonan con exactitud. Imagínese: cuando Pavel estaba libre, había folletos y hojas; desde que está en la cárcel, no más folletos ni proclamas. ¡Luego él era el que los repartía! Y entonces los guardias devorarán a todos... Les entusiasma hacer pedazos a la gente.

—¡Ya entiendo, ya entiendo!—dijo tristemente la madre—. ¿Qué hacer? ¡Ay, Dios mío!

De la cocina vino la voz de Samoilov.

—¡Han prendido casi a todos los nuestros, lléveme el diablo!... Hay que seguir trabajando como antes, no sólo por la causa..., sino también para salvar a los camaradas...

—¡Y no hay nadie para trabajar!—añadió Yegor con una risa breve—. Tenemos excelentes folletos... yo mismo los hice; pero, ¿cómo meterlos en la fábrica?... Yo no lo sé...

—Ahora registran a todos al entrar—explicó Samoilov.

La madre adivinaba que algo querían de ella.

—Pues, entonces, ¿qué se hace?, ¿qué se hace? —preguntó vivamente.

Paróse Samoilov en el umbral de la puerta y dijo:

—Pelagia Nilovna, ¿conoce a la vendedora Korsunova?

—Sí. ¿Por qué?

—Hable con ella; quizá se encargue de los folletos...

Agitó la madre una mano, negativamente:

—¡No, no! Es una charlatana... ¡No! Y sabrán que es por mí, que es de nuestra casa... No..., no...

Y de repente, iluminada por una idea súbita, exclamó en tono alegre:

—¡Dádmelos, dádmelos! Yo inventaré algo... Ya me las arreglaré. ¡Le pediré a María que me tome como ayudante, porque, si quiero comer, tengo que trabajar! Llevaré también la comida a los obreros de la fábrica... Ya me las arreglaré...

Apretadas las manos junto al pecho, afirmó a los huéspedes que sabría obrar sin que la descubrieran, y concluyó con una exclamación de triunfo:

—Ya verán como, hasta cuando Pavel Vlasov está en la cárcel, su mano llega a ellos... ¡Ya verán!

Los tres habían recuperado ánimo. Sonrióse Yegor, frotándose vigorosamente las manos, y dijo:

—¡Bravo, abuela! ¡Si supiera lo bien que está eso! ¡Es un encanto, y nada más!

—¡Si lo consigue, tan contento estaré en la cárcel como sentado en un sillón!—declaró Samoilov con el mismo ademán, y riéndose.

—¡Abuela, es usted un tesoro!—gritó Yegor enronquecido.

Sonríose Pelagia. Estaba claro: si ella conseguía

meter los folletos en la fábrica, comprenderían que no era Pavel el distribuidor. Y sintiéndose capaz de llevar a cabo la tarea, la madre estaba toda temblando de alegría.

—¡Cuando vayas a visitar a Pavel, dile la buena madre que tiene!—prosiguió Yegor.

—¡Antes del día de visita iré a verle!—prometió riendo Samoilov.

—Dígale que haré todo lo que sea necesario. Que se entere bien.

—¿Y si no le prenden?—preguntó Yegor señalando a Samoilov.

—Entonces, ¡qué le hemos de hacer! ¡Habrá que resignarse!

Echáronse todos a reír. Cuando ella comprendió su equívoco, se divirtió también, aunque un tanto molesta.

—Cuando uno mira por los suyos, ve mal todo lo que cae detrás—dijo bajando los ojos.

—¡Natural!—exclamó Yegor—. Y tocante a Pavel, no se inquiete por él ni se ponga triste. Allí descansa uno, se instruye, lo que no tuvimos tiempo de hacer cuando andábamos libres, nosotros. Yo estuve preso tres veces, sin que me diera gusto, pero cada vez mi corazón y mi razón le sacaron provecho...

—Respira con trabajo...—dijo ella, mirándole afectuosa.

—Para esto hay razones especiales—replicó él, levantando un dedo.

—De modo que ya está resuelto, abuela... Mañana se le traerán los materiales de que se trata... y otra vez funcionará la rueda que va aniquilando las tinieblas seculares. ¡Viva la palabra libre, abuela, y viva el corazón materno! ¡Entre tanto, hasta la vista!

—¡Hasta la vista!—dijo Samoilov, apretando con fuerza la mano de Pelagia—. Yo, a mi madre no le puedo apuntar nada de esto.

—¡Todos acabarán por comprender!—dijo ella, para serle agradable—. ¡Todos!

Cuando se fueron cerró ella la puerta, y, arrodillándose en mitad de la habitación, se puso a rezar entre el ruido de la lluvia. Rezó sin pronunciar palabra; fué como un gran pensamiento solo; rezó por todos aquellos que Pavel había introducido en su vida. Los veía pasar entre ella y las santas imágenes, ¡y eran tan sencillos, y tan extrañamente cerca estaban el uno del otro, y tan aislados en la vida!...

Fué temprano a casa de María Korsunova.

La estrepitosa mujer, lleno el vestido de grasa, como siempre, acogióla con lástima.

—¡Estás apurada!—manifestó golpeando con la mano a Pelagia en el hombro—. ¡Consuélate! ¡Lo prendieron, se lo llevaron, vaya una cosa! ¿Qué mal hay en ello? Antes, metían a la gente en la cárcel cuando robaba; ahora, la encierran por decir la verdad. Pavel habrá dicho algo que no convenía decir, pero fué en defensa de los camaradas, y todos se dan cuenta, no tengas miedo... Ya saben que es buen muchacho, aunque no lo digan... Quería ir yo a tu casa, pero no tuve tiempo... No hago más que guisar, despachar mercancía y, sin embargo, estoy segura de morir pobre. ¡Los queridos me dejan arruinada, bribones! ¡Tragan y tragan, como correderas que devoran un pan... En cuanto junto una decena de rublos, llega uno de esos herejes y me los roba... ¡Sí! ¡Mal negocio haber nacido mujer! ¡Qué asco de vida! ¡Vivir sola es difícil, pero con otro, más difícil aún.

—Pues yo había venido para pedirte que me tomaras por ayudante—dijo Pelagia, interrumpiendo aquel torrente de palabras.

—¿Y cómo?—preguntó María; mas cuando su amiga hubo acabado de hablar, meneó la cabeza en señal de asentimiento.

—¡Sí, quiero! Ya recordarás cuántas veces me escondiste tú, cuando mi marido me andaba buscando. Ahora te esconderé yo contra la miseria. Todos deben ayudarte, porque tu hijo padece por una causa que les importa a todos. Es un buen chico, lo dicen y le compadecen. Yo creo que esas detenciones no traerán nada bueno a la fábrica; ya estás viendo lo que ocurre. ¡La de palabras que se oyen, querida! Piensan los jefes que el hombre mordido por ellos en el talón no ha de ir lejos, y, sin embargo, ocurre que molestan a diez y se les enfurruñan ciento. ¡Hay que tomar precauciones cuando se quiere tocar al pueblo, que soporta mucho, y un día, de repente, estalla!

Quedaron de acuerdo las dos mujeres. Y ya al otr

día, a la hora de comer, la madre de Pavel iba llevando a la fábrica dos pucheros grandes llenos de sopa preparada por María, mientras que, por su parte, la cocinera se dirigía al mercado.

XV

Los trabajadores repararon en seguida en la anciana. Acercábansele unos, diciéndole amistosamente:

—¿Ya te salió quehacer, madre Pelagia?

Y la consolaban, asegurándole que Pavel se vería pronto libre, porque estaba en su derecho. Otros le perturbaban el corazón dolorido con prudentes frases de compasión; y otros más denostaban abiertamente al director y a los guardias, despertando en ella un eco sincero. Había también personas que la miraban con placer malévolo; Isaías Gorbov, el listero, dijo apretando los dientes:

—Si yo fuera gobernador mandaría ahorcar a tu hijo, para enseñarle a sacar al pueblo de su camino.

Aquellas palabras la dejaron helada con frío mortal. Nada le contestó a Isaías, echándole sólo una mirada a la carita cubierta de pecas, y bajó los ojos dando un suspiro.

Echaba de ver que había cierta agitación en el aire; los obreros se reunían en grupos pequeños y discutían a media voz, pero apasionadamente; los capataces, preocupados, rondaban sin cesar; en determinados momentos, resonaban invectivas, risas excitadas.

En aquel instante vió que dos agentes de policia se llevaban a empujones a Samoilov. Seguíanlos un centenar de obreros llenando a los agentes de burlas e insultos.

—¿Vas de paseo, amigo?—preguntó alguien.

—¡Honor a nuestro camarada!—dijo otro—. Le han puesto escolta...

Y resonó una bandada de palabrotas.

—¡Trae menos provecho detener a los ladrones, por lo que parece!—exclamó con irritación aquel tuerto, alto—. La tomaron con la gente honrada...

—¡Y si por lo menos lo hicieran de noche!—continuó alguien de entre la multitud—. Pero no es así; a los canallas no les avergüenza obrar en pleno día...

Marchaban presurosos, con aspecto sombrío, los agentes de policía, esforzándose para no ver nada ni oír los insultos que les lanzaban de todas partes. Contra ellos se adelantaron tres trabajadores, con una barra larga de hierro, amenazándoles al grito de:

—¡Cuidado, pecadores!

Cuando pasó por delante de la madre, Samoilov meneó la cabeza diciendo:

—¡Arrastran a un humilde siervo de Dios!...

Guardó ella silencio y se inclinó, profundamente conmovida por el espectáculo de aquellos mozos honrados, inteligentes y sombríos, que se dejaban llevar a la prisión con la sonrisa en los labios. Sin darse cuenta empezaba a sentir por ellos un compasivo amor de madre. Y le daba gusto oír las palabras de vituperio contra los directores, sintiendo en ellas el influjo de su hijo.

Cuando salió de la fábrica, se pasó el resto del día en casa de María, ayudándola en su quehacer y atenta a su cominco, sin volver hasta muy tarde a su casa vacía, fría y hostil. Anduvo mucho tiempo vagando de rincón en rincón, sin saber qué hacer ni dónde sentarse. Estaba inquieta, al ver que Yegor no había vuelto aún, conforme le dijo.

Fuera iban cayendo pesados copos grisáceos de una nevada de otoño. Pegábanse a las vidrieras, resbalaban sin ruido y se derretían dejando huellas húmedas. La madre no dejaba de pensar en Pavel...

Llamaron con precaución a la puerta, fué ella vivamente a descorrer el cerrojo y entró Sachenka. La madre no la había visto desde mucho tiempo antes; le extrañó la grosura anormal de la muchacha.

—¡Buenas noches!—le dijo, feliz de hallarse en compañía y no estar sola una parte de la noche—. Hace mucho que no la he visto. ¿Estuvo lejos?

—¡No! ¡En la cárcel—contestó Sachenka sonriendo—, a la vez que Nicolás Ivanovich! ¿Se acuerda de él?

—¡Cómo se me va a olvidar!—exclamó la madre—. Yegor me dijo ayer que le habían soltado...,

pero de usted no me contó nada... Nadie me dijo que
estuviese en la cárcel...

—¡Para qué hablar de eso! ¡Tengo que desvestir-
me antes que llegue Yegor!—dijo la muchacha mirando en derredor de sí.

—¡Está empapada!

—Traje los folletos...

—¡Déme, déme!—lanzó vivamente la madre.

—En seguida.

Abrió rápidamente la joven su abrigo, se sacudió
y en seguida empezaron a volar por el suelo fajos
de folletos, con ruido de hojas caídas. Íbalos recogiendo la madre y decía:

—¡Y yo que al verla tan gorda pensaba que se
había casado e iba a tener un chico! ¡Ay, cuántos
trae!... ¿Y se vino a pie?

—Sí—dijo Sachenka.

Ya estaba otra vez la muchacha delgada y elegante como siempre. La madre le vió las mejillas hundidas y los ojos agrandados, con grandes ojeras negras de sombra.

—¡Acaban de dejarla libre..., debería descansar,
y, lejos de ello, echa a andar siete kilómetros con
un peso así!—exclamó la madre Pelagia, suspirando
y meneando la cabeza.

—¡Era necesario!—respondió Sachenka estremeciéndose—. Dígame, ¿cómo está Pavel Mijailovich?... ¿No se ha impresionado mucho?

Hablaba sin mirar a la madre, inclinando la cabeza y arreglándose el peinado con dedos mal seguros.

—¡No!—contestó la madre—. ¡Ah, lo que es ése
no te hará traición!...

—Tiene salud robusta, ¿verdad?—continuó la joven, en voz baja y ligeramente temblorosa.

—¡Nunca estuvo enfermo!—dijo la madre—. ¡Cómo tiembla! Espere que le haga un poco de té; lo
tomará con frambuesas en confitura.

—¡Ya estaría bueno!—exclamó Sachenka con débil sonrisa—. Sólo que ¿para qué tomarse tanto trabajo? Ya es tarde, déjame que haga yo el té.

—¡Pero si está cansadísima!—replicó la madre
en tono de reconvención; y se puso a encender el
samovar. Siguióla Sachenka a la cocina, sentóse en
el banco, y con las manos juntas sobre la cabeza
continuó:

—¡Sí, estoy cansada! La cárcel, a pesar de todo, es agotadora. ¡Maldita inacción! Nada hay más molesto... Se está una semana, un mes, sabiendo lo que hay que hacer fuera... La gente cuenta con uno para instruirse... Sabe uno que les puede dar lo que necesitan... y allí se está, enjaulado como una fiera... Eso le seca a uno el corazón.

—¿Quién se lo recompensará?—preguntó la madre.

Y contestó por sí misma, suspirando:

—¡Nadie, más que Dios! ¿Y usted tampoco creerá en Él, probablemente?

—No—respondió la joven.

—¡Pues lo que es yo, no la creo!—declaró la madre animándose de súbito.

Limpiándose con el delantal las manos sucias de carbón, siguió diciendo, profundamente convencida:

—Creéis, sin daros cuenta... ¿Cómo va uno a consagrarse a una vida semejante sin creer en Dios?

Pasos ruidosos empezaron a resonar en la entrada, y una voz refunfuñó, causando temblor a la madre. La muchacha se puso en pie de un salto y dijo en un cuchicheo:

—¡No abra! Si son los guardias, usted no me conoce... Me equivoqué de casa..., entré en la suya por casualidad, me desmayé, usted me desnudó... y encontró los folletos... ¿entiende?

—¿Y por qué, hija?—preguntó la madre con ternura.

—Espere—dijo Sachenka prestando oído—. Creo que es Yegor...

Él era, empapado en lluvia.

—¡Ah!—exclamó—. ¡Ya está el samovar preparado! ¡Lo mejor del mundo, abuela!... ¡Y usted, Sachenka, ya está ahí!

Y llenando la cocina con el sonido ronco de su voz, se fué quitando poco a poco el pesado abrigo y continuó, sin tomar aliento:

—¡Esta señorita no puede ser más antipática para las autoridades, abuela! La insultó un carcelero, y ella le declaró que se dejaría morir de hambre si no le daba excusas; y se estuvo ocho días sin comer nada, y a poco se nos marcha a otro mundo mejor. ¿Verdad que no estuvo mal?... ¿Qué le parece mi barriguita?

Se sacudió la panza, acolchonada con folletos grandes que sostuvo con sus brazos cortos y entró en la habitación, cerrando la puerta.

—¿De veras se estuvo sin comer ocho días?—preguntó la madre con asombro.

—Tenía que darme excusas—contestó la joven, moviendo los hombros con ademán friolento.

Aquella calma y tozudez austeras suscitaron en la madre algo parecido a un vituperio. "¡Ah! ¿Conque es así?" pensaba; y siguió preguntando:

—¿Y si se hubiese muerto?

—¡Qué va uno a hacerle, muerta estaría!—replicó en voz baja la joven—. Acabó por disculparse. No hay que perdonar las injurias...

—Sí...—dijo lentamente la madre—. Y, con todo, a nosotras, a las mujeres se nos va la vida oyendo injurias.

—¡Ya me alivié!—declaró Yegor abriendo la puerta—. ¿Está dispuesto el samovar? Déjeme que lo tome...

Apoderóse del samovar y añadió, mientras lo llevaba a la habitación:

—Mi padre se bebía por lo menos veinte vasos de té al día; por eso pasó setenta y tres años en esta tierra pacíficamente y sin estar malo. Más de cien kilos pesaba, y era sacristán del pueblo de Voskresensky.

—¿Usted es hijo del tío Ivan?—exclamó la madre.

—Precisamente. ¿Cómo lo sabe?

—Yo también soy de Voskresensky.

—¿Entonces, somos paisanos? ¿Cómo se llamaba de soltera?

—Sereguin... Éramos vecinos...

—¿Usted es la hija de Nilo el Cojo? Bien conozco yo al personaje y más de una vez me tiró de las orejas.

Habían permanecido de pie y se reían, conversando. Mirábalos sonriendo Sachenka, mientras iban preparando el té. El ruido de los vasos al chocar hizo volver a su obligación a la madre.

—¡Ay, dispense! Me pongo a charlar y me olvido de que está ahí... Da tanto gusto ver a un paisano...

—¡A mí tiene que dispensarme, por haberme servido!—dijo Sachenka—. Pero ya son las once y aún me queda mucho que andar...

—¿Para ir adónde? ¿A la población?—preguntó la madre con asombro.

—¡Sí!

—Está oscuro, llueve, y usted se ha cansado. ¡Quédese aquí! Yegor dormirá en la cocina y aquí nosotras dos...

—¡No! Tengo que irme—declaró sencillamente la muchacha.

—Sí, paisana. Es necesario que esta señorita desaparezca. Aquí la conocen, y no estaría bien que la viesen mañana en la calle—confirmó Yegor.

—¿Cómo? ¿Va a marcharse sola?

—Sí—dijo Yegor con breve risa.

La muchacha volvió a servirse té, tomó un pedazo de pan de centeno, le echó sal y se puso a comer, mirando pensativa a la madre.

—¿Cómo es capaz? ¿Y Natacha también? Yo no lo haría, me daría miedo—dijo la madre.

—¡También a ella le da miedo!—declaró Yegor—. ¿No es verdad, Sachenka?

—¡Sí!—respondió la muchacha.

Echóla una ojeada Pelagia y dijo débilmente:

—¡Qué valientes sois!...

Después de haberse tomado el té, Sachenka estrechó, sin decir palabra, la mano de Yegor y se fué a la cocina, seguida por Pelagia.

—Si ve a Pavel Mijailovich, déle saludos de mi parte—dijo la joven.

Tenía ya la mano en el picaporte, pero, volviéndose bruscamente, preguntó a media voz:

—¿Puede darle un beso?

Sin contestar, la madre la tomó en sus brazos con cariño.

—¡Gracias!—dijo la joven en voz baja.

Y salió, con un movimiento de cabeza.

Vuelta a la habitación, miró la madre ansiosamente hacia la ventana. En las tinieblas cerradas y húmedas iban cayendo lentamente los copos de nieve medio derretidos.

Colorado y sudoroso, Yegor permanecía sentado, abierto de piernas y soplando ruidosamente en la taza de té; parecía satisfecho.

Sentóse también la madre, y, echando una mirada triste a su huésped, dijo con lentitud:

—¡Pobre Sachenka! ¿Cómo va a llegar allí?

—¡Cansadísima!—dijo Yegor—. La cárcel la ha

sacudido mucho; antes estaba más robusta... Y además..., no la educaron entre durezas...; creo que tiene ya los pulmones atacados...

—¿Quién es?—inquirió la madre en voz baja.

—Hija de un terrateniente. Su padre es hombre rico y gran canalla... ¿Sabe usted que probablemente se quieren mucho y desean casarse, abuela?

—¿Quién?

—Pavel y ella..., sí. Pero ocurre que no lo consiguen...; y cuando él está libre, ella está en la cárcel, y viceversa.

—No lo sabía—contestó la madre después de un silencio—. Pavel no habla nunca de lo que le pasa.

Y sintió mayor lástima por aquella joven.

—Hubiera usted debido acompañarla—continuó, mirando a su huésped con hostilidad involuntaria.

—¡Era imposible!—contestó tranquilamente Yegor—. Tengo un montón de cosas que hacer aquí y todo el día tendré que menearme sin parar: ocupación desagradable para un asmático como yo...

—¡Qué chica más valiente!—prosiguió la madre, pensando vagamente en lo que Yegor le acababa de anunciar.

Le molestaba enterarse por boca que no era la de su hijo; frunció los labios con fuerza y las cejas se le bajaron.

—¡Sí!—dijo Yegor, meneando la cabeza—. Ya veo que le da lástima... ¡Pues hace mal! Si empieza a compadecerse de todos nosotros, los rebeldes, no tendrá corazón bastante... Para nadie es muy grata la vida, francamente hablando... Hace algún tiempo, un camarada mío volvió del destierro... Cuando llegó a Nijni, su mujer y su chico le esperaban en Smolensk, y cuando llegó a Smolensk ya estaban en la cárcel de Moscú. Ahora, la mujer es la que tiene que ir a Siberia... También yo tuve mujer, criatura excelente, pero cinco años de esta vida dieron con ella en la sepultura...

Vació de un trago el vaso de té y siguió discurriendo. Contó sus años y sus meses de prisión, de destierro; refirió varias catástrofes; habló de hambre en Siberia, de matanzas en las prisiones... Mirábale la madre y le escuchaba, asombrándose de la sencillez tranquila con que iba pintando aquel vivir lleno de persecuciones y torturas...

—Pues, ea, vamos a nuestro asunto...

Transformósele la voz y la cara se le puso grave. Le preguntó cómo pensaba arreglárselas para meter en la fábrica los folletos y la madre se sorprendió al comprobar que conocía a fondo toda especie de pormenores.

Y cuando lo hubieron convenido todo, volvieron a hablar de su pueblo. En tanto que Yegor bromeaba, Pelagia iba subiendo el curso de sus años pasados, que le parecía extrañamente igual a un pantano, sembrado de montículos monótonos y sembrado de alamos que se agitaban miedosos, de abetos chicos, de blancos abedules extraviados entre los ribazos. Los claros abedules iban brotando lentamente, y después de vivir cinco o seis años en aquella tierra pútrida y movediza, les llegaba la vez de caer y descomponerse... La madre contemplaba el cuadro con indecible y misteriosa nostalgia. Alzábase ante ella el contorno de una chica de facciones netas y obstinadas. Iba caminando, entre copos de nieve húmeda, cansada y sola... Y su hijo estaba encerrado en un cuartito de ventana con reja... Quizá no se hubiese dormido aún, en aquel instante, reflexionando sin duda... ¡Pero no pensaba en su madre, porque tenía otro ser más querido aún!... Como nubarrón abigarrado e informe, iban resbalando hacia ella e invadiéndole con violencia el alma unos pensamientos penosos.

—¡Está cansada, abuela! ¡Ea, a acostarse!—dijo Yegor sonriendo.

Le dió ella las buenas noches y pasó a la cocina, andando de costado, con precaución, lleno el corazón de escozores amargos.

Al otro día por la mañana, mientras tomaban el té, Yegor le dijo:

—Y si la echan mano y preguntan de dónde sacó esos condenados folletos, ¿qué contestará?

—"Eso no le importa"...; así contestaré.

—Sí, pero no querrán nunca aceptarlo—replicó Yegor—. Están profundamente convencidos de que precisamente es lo que les importa... Le harán largos interrogatorios.

—Y no diré nada.

—La meterán en la cárcel.

—¿Y qué? Gracias a Dios, habré servido para algo —dijo con un suspiro—. A mí ¿quién me necesita?

Nadie. Y ya, según dicen, no dan tormento...

—Hum... Atormentarla, no... Pero una mujer valiente como usted tiene que cuidarse...

—Haciendo lo que vosotros es como se aprende.

Quedó callado Yegor y se puso a dar trancos por la habitación, para volver luego al lado de la madre y decirle:

—¡Cuesta trabajo, paisana! Yo sé que le cuesta trabajo.

—¡Todos los tienen que pasar!—respondió con un movimiento de mano—. Puede que sea más fácil para los que entienden... También yo entiendo ya un poco... lo que quiere la gente decidida...

—Y, puesto que lo entiende, abuela, ya es útil para ellos, para todos—declaró Yegor en tono grave.

Echóle ella una ojeada y se sonrió.

A eso de las doce, con aspecto tranquilo y atareado, se escondió unos folletos en el justillo. Al ver la habilidad con que los disimulaba, Yegor, satisfecho, hizo chascar la lengua, exclamando:

—*Sehr gut!*, como dicen los alemanes cuando dejan vacío un barril de cerveza. La literatura no nos la ha cambiado, sigue siendo una buena mujer. ¡Bendigan los dioses su empresa!

Media hora más tarde, con la misma sangre fría y encorvada al peso de su carga, la madre estaba ya a la puerta de la fábrica. Dos guardias irritados por la mofa de los obreros, con los que iban cambiando insultos, manoseaban sin miramiento a cuantos entraban en el patio. Un agente de policía paseábase, no lejos de allí, así como cierto individuo de ojos furtivos, piernas cortas y cara encendida. La madre le examinaba con el rabillo del ojo, cambiando de hombro su cargamento; adivinaba en él a un espía.

Un mocetón de cabello rizado, con la gorra en la nuca, gritaba a los guardias que estaban registrándole:

—¡Se busca en la cabeza, no en los bolsillos, demonios!

Uno de los guardias contestó:

—Tú en la cabeza no tienes más que piojos...

—Pues, ea, a buscarlos; es tarea digna de ti—replicó el obrero.

El espía le echó una mirada aviesa y escupió al suelo.

—¡Dejadme pasar!—pidió la madre—. Ya veis lo que pesa mi carga..., tengo la espalda hecha pedazos...

—¡Anda, anda!—gritó el guardia con irritación—. No hables tanto...

Llegada a su puesto, dejó Pelagia en el suelo sus pucheros de sopa y miró en derredor, enjugándose el sudor del rostro.

Dos cerrajeros, los hermanos Gusev, se le acercaron en seguida; el mayor, llamado Vasili, le preguntó con voz resonante, frunciendo las cejas:

—¿Hay empanadas?

—Mañana las traeré—contestó ella.

Era una frase convenida. El rostro de los hombres se iluminó. Incapaz de dominarse, prorrumpió Ivan:

—¡Ah!, eres buena madre.

Agachóse Vasili, miró el puchero de sopa, y en el mismo instante un fajo de folletos fué a caer en su seno.

—¡Ivan!—dijo en voz alta—¿para qué vamos a irnos a casa? ¡Comamos aquí!—y se hundió los folletos comprometedores en la caña de las botas—. Hay que proteger a la vendedora nueva...

—¡Verdad!—aprobó Ivan, echándose a reír.

Y la madre gritaba de tiempo en tiempo, no sin mirar en derredor con prudencia:

—¡Sopa! ¡Fideos calientes! ¡Asado!

Poco a poco iba sacando los folletos del justillo y distribuyéndolos entre los hermanos sin que la vieran. Cada vez que se les escurría de la mano un paquete, la cara del oficial de guardias se le ponía brusca delante, como mancha amarilla, parecida a la claridad de un fósforo, y ella, con el pensamiento, le iba diciendo, con sentimientos de malévola satisfacción:

"¡Toma, padrecito!..."

Y al dar otro mazo, añadía, feliz:

"¡Toma, ahí tienes otro!"

Cuando se le acercaban los trabajadores, plato en mano, Ivan Gusev se reía ruidosamente; la madre dejaba el reparto y echaba sopa de coles y fideos; ambos Gusev le decían, bromeando:

—¡Ya es lista la madre Pelagia!

—La miseria es capaz de enseñarnos hasta a coger ratas—dijo en tono hosco un fogonero—. Se le

llevaron al que le ganaba el pan... ¡Sí, canallas!...
Pues ea, vengan tres copecas de fideos... ¡Ten ánimo, madre!... Todo saldrá bien...

—¡Gracias por tan buenas palabras!—dijo la madre sonriendo.

Alejábase él, refunfuñando:

—¡No me sale caro el decirlas!

—Pero no hay quien las oiga—replicó un herrero riéndose.

Y añadió, como asombrado, encogiéndose de hombros:

—¡Ésta es la vida, chicos! A nadie se le pueden
decir buenas palabras..., porque nadie las merece...,
¿verdad?

Levantóse Vasili Gusev, y exclamó, abrochándo-
se cuidadosamente el abrigo:

—Comí caliente, y, sin embargo, tengo frío.

Luego se marchó, y también su hermano Ivan se
levantó y se alejó silboteando.

La madre gritaba de tiempo en tiempo con sonrisa de invitación:

—¡Sopa caliente! ¡Fideos! ¡Sopa de coles!...

Iba diciéndose que relataría al hijo su primera ex-
pedición. La cara amarilla del oficial, irritado y es-
tupefacto, se le dibujaba sin cesar en el pensamiento; los bigotes negros se le meneaban confusamente, y, bajo el labio superior, contraído en mueca de
cólera, brillaba el marfil de los dientes apretados.
Una alegría aguda temblaba y cantaba como un pájaro en el corazón de la madre; se le agitaban las
cejas, y mientras iba llevando a cabo su tarea con
habilidad, se decía:

—¡Toma, ahí tienes, otro..., otro!

XVI

DURANTE todo el día saboreó un sentimiento nuevo para ella, que le acariciaba el corazón agradablemente. Por la noche, acabada la tarea,
cuando estaba tomando el té, oyó sonar las herradu-
ras de un caballo ante su ventana y el resonar de
una voz conocida. Levantóse bruscamente la madre.

y se lanzó a la cocina, junto a la puerta. Alguien llegaba a pasos apresurados. Enturbiósele la mirada, se apoyó en el quicio y empujó con el pie la puerta.

—¡Buenas noches, madrecita!—dijo una voz conocida, mientras que unas manos secas y largas se le ponían en los hombros.

Sintióse invadida por el dolor del desencanto, y por la alegría al mismo tiempo, cuando hubo visto a Andrés. Ambos sentimientos mezcláronse en una inmensa oleada abrasadora que la levantó, echándola sobre el pecho del pequeño-ruso. Abrazóla éste con fuerza; temblábanle las manos. La madre lloraba con dulzura, sin proferir palabra; Andrés le acarició el pelo, y le dijo, siempre con la misma voz cantarina:

—¡No llore, madrecita, no se fatigue el corazón! ¡Le doy palabra honrada de que pronto le dejarán libre! No tienen prueba ninguna contra él; los camaradas no hablan más que de pescado frito...

Y rodeando los hombros de Pelagia con su luengo brazo, la hizo entrar en la habitación, apretóse ella contra él, con rápido movimiento de ardilla, y luego aspiró, con todo el pecho, la voz de Andrés.

—¡Pavel le manda saludos! Está bueno y todo lo contento que puede. ¡Andan estrechos en la cárcel! Han detenido a más de cien personas, aquí y en la ciudad; ponen a tres o cuatro en una misma celda. No hay nada que decir de la dirección de la cárcel; no son malos, están reventados: esos demonios de guardias ¡les llevan tanto quehacer! Por lo mismo, no son muy severos; no hacían más que decirnos: "Esténse un poco quietos, señores, y no nos traigan complicaciones..." Y de este modo, todo iba bien... Podíamos hablarnos, cambiar libros, compartir el alimento. ¡Qué cárcel más encantadora! Esta vieja y sucia, pero es suave y ligera. Los criminales de derecho común también eran buena gente y nos prestaban muchos servicios. Nos han puesto en libertad a Bukin, a mí y a otros cuatro, por falta de sitio... Y pronto soltarán a Pavel, más que seguro. Vesovchikov va a ser el que más tiempo se quede en la cárcel, porque están irritadísimos contra él. Insulta a todos sin cesar. Los guardias le tienen horror. Acabarán por llevarle a juicio, si no le dan una paliza. Pavel intenta tranquilizarle y le dice: "¡Cállate, Nicolás! ¿Por qué los injurias? No se

harán mejores con eso." Y él, aullando: "Ya arrancaré yo de la tierra esas úlceras." Pavel se porta
muy bien, y se muestra firme y tranquilo con todos. Le digo que lo pondrán libre en seguida.

—¡En seguida!—dijo la madre apaciguada, sonriendo—. ¡Ya sé yo que será en seguida!

—¡Y estará muy bien! Déme un poco de té, ande.
¿Qué se hizo en estos días últimos?

Mirábala Andrés sonriendo, y se hallaba muy cerca del corazón de la madre; en la hondura azul de
sus ojos redondos se encendía una chispa de amor,
un poco triste.

—¡Le quiero mucho, Andrés!—dijo la madre, después de lanzar un hondo suspiro; contempló su cara enflaquecida, cubierta de raros mechoncitos de
pelo.

—Con un poco me bastaría... Ya sé que me quiere; puede querer a todos: tiene muy grande el corazón—respondió el pequeño-ruso balanceándose en
su silla.

—¡No, le quiero particularmente!—dijo ella con
insistencia—. Si tuviera madre, la gente le envidia-
ría un hijo así...

El pequeño-ruso agachó la cabeza y se la restregó
vigorosamente con ambas manos.

—También tengo madre yo, en alguna parte—dijo en voz baja.

—¿Sabe lo que hice hoy?—exclamó Pelagia.

Y tartamudeando de gusto contó vivamente, am-
plificándolo un poco, lo que hizo para meter en la
fábrica los folletos.

Primero agrandó él los ojos, muy sorprendido; se
dió un papirotazo en la cabeza y exclamó, lleno de
alegría:

—¡Anda, pero si no es broma! ¡Si es asunto serio! ¡Lo contento que va a ponerse Pavel! ¡Muy
bien está eso, madrecita! ¡Tan bien para Pavel como para los detenidos al mismo tiempo que él!...

Hacía chascar los dedos de gusto, silbaba, se co-
lumpiaba. Su gozo radiante despertaba un eco poderoso en el alma de Pelagia.

—Querido Andrés—dijo, como si se le abriera el
corazón y fluyera de él un claro arroyo de palabras
radiantes—, cuando pienso en mi vida, ¡ay, Jesús,
señor mío, ¿para qué vivir? Para trabajar y recibir
golpes..., a nadie veía más que a mi marido ni cono-

cía nada más que el miedo... No he visto cómo iba
creciendo Pavel..., ni siquiera supe si le quería,
mientras mi marido estuvo en el mundo. Todos mis
pensamientos, todas mis preocupaciones se referían
a una cosa: a dar de comer a aquella fiera, para
que estuviese satisfecha y harta, para que no se
encolerizase, y me ahorrara golpes, aunque sólo fuera una vez... Pero no recuerdo que lo haya hecho.
Me pegaba con tal violencia que era como si casti-
gara no a su mujer, sino a todos aquellos contra los
cuales estaba irritado... Veinte años he vivido así...
De lo anterior a mi matrimonio, ni me acuerdo.
Cuando intento recordar, nada veo, es como si estuviese ciega. Últimamente hablaba con Yegor Ivanovich, somos del mismo pueblo, de éste y de
aquél... Iba recordando las cosas, volvía a ver a las
personas, pero se me había olvidado cómo vivían, lo
que decían, lo que les pasó. Recuerdo los incendios,
dos incendios... De tal manera me pegaba mi marido
que ya no queda nada en mí; se me había cerrado
herméticamente el alma, se me había vuelto ciega
y sorda...

Recobró aliento la madre, respiró con avidez, como pez sacado del agua; inclinóse y continuó, bajando la voz:

—Cuando el marido se me murió, me agarré a mi
hijo... y empezó él a ocuparse en estas cosas. Entonces fué cuando me dió lástima. "¿Cómo viviré
sola, si él perece?", decía para mí. ¡La de temores
y angustias que he sentido!... El corazón se me des-
garraba al pensar en su suerte...

Calló, meneó dulcemente la cabeza, y prosiguió
en tono expresivo:

—¡El amor de nosotras, de las mujeres, es impu-
ro! Queremos lo que necesitamos..., y cuando le veo
a usted pensar en su madre..: ¿Para qué la necesita?... Y a todos los demás que sufren por el pueblo
metidos en la cárcel o en Siberia, y se mueren allí o
los ahorcan..., esas muchachas que se van solas, de
noche, con nieve, barro y lluvia, y andan siete kilómetros para venir a vernos..., ¿quién las mueve?
Eso es amor..., ¡amor puro! Tienen fe..., tienen fe,
Andrés... Pero yo no sé querer así, yo quiero lo
que es mío, lo que me toca...

—¡Y hace bien!—dijo el pequeño-ruso desviando
la cara; se restregó luego vigorosamente cabeza,

mejillas y ojos, como de costumbre—. Todos quieren lo que les toca, pero un corazón grande tiene cerca hasta lo que está lejos. Usted puede querer mucho, tiene un amor materno muy grande.

—¡Quiéralo Dios!—contestó ella en voz baja—. Me doy cuenta de que es bueno vivir así. A usted, por ejemplo, le quiero, quizá más que a Pavel... ¡Es tan reservado! Mire: quiere casarse con Sachenka y no me lo ha dicho, a mí, que soy su madre...

—¡No es cierto!—replicó el pequeño-ruso—. Yo sé que no es cierto. Él la quiere, y ella le quiere, es verdad; pero nada de casarse. Ella bien quería, pero Pavel...

—¡Ah!—exclamó la madre pensativa, y sus ojos miraron a Andrés con tristeza—. ¡Sí, eso es! Todos renunciaron a sí mismos...

—¡Pavel es un hombre extraordinario!—dijo el pequeño-ruso a media voz—. Tiene naturaleza de hierro...

—¡Y ahora está preso!—continuó la madre—. Es inquietador, espantoso, pero no como antes lo era... La vida ya no es la misma, ni la inquietud... Y mi alma también ha cambiado: tiene los ojos abiertos, debe mirar, está alegre y triste a la vez. Muchas cosas hay que no entiendo: se me hace tan duro saber que no creéis en Dios... ¡Pero, vaya, no hay nada que hacer! Os veo, y sé que sois gente buena. Os habéis condenado a vida trabajosa para servir al pueblo, para propagar la verdad... Entiendo también vuestra verdad: mientras haya ricos y poderosos, el pueblo no conseguirá justicia, ni alegría, ni nada... Esto es así, Andrés... Yo vivo en medio de vosotros... A veces, de noche, voy recordando el pasado, mi fuerza pisoteada, mi corazón de joven hecho trizas..., ¡y tengo compasión amarga de mí! Mas, con todo, se ha mejorado mi vida.

Levantóse el pequeño-ruso y empezó a ir y venir, esforzándose para no arrastrar los pies; estaba pensativo,

—¡Es verdad, eso que dice!—exclamó—. ¡Es verdad! Había en Kerch un muchacho judío que hacía versos, y un día compuso unos que decían:

Los inocentes asesinados
resucitarán por la fuerza de la verdad...

A él mismo le asesinó la policía, allá, en Kerch; pero eso no tiene importancia. Conocía la verdad y la fué sembrando en el corazón de los hombres... Usted también es criatura inocente y asesinada... Bien dijo él...

—Hablo, hablo, y me escucho a mí misma, y no doy crédito a mis oídos—continuó ella—. Toda la vida callé, sin pensar más que en una cosa: en esquivar, por decirlo así, el día; en vivirlo sin que me echen de ver, para estar ignorada... Y ahora pienso en todos... No entiendo acaso muy bien vuestros asuntos..., pero todo el mundo está cerca de mí, y a todos les deseo felicidad, a usted sobre todo, querido Andrés.

Acercósele él y dijo:

—Gracias, de mí no hablemos.

Y tomando la mano de la madre entre las suyas, la estrechó con fuerza, la sacudió y se apartó vivamente. Fatigada por la emoción, Pelagia fregaba los cacharros sin apresurarse, en silencio; un sentimiento de valentía le calentaba el corazón.

Andando a zancadas, el pequeño-ruso le dijo:

—¡Madrecita, usted debería amansar a Vesovchikov! Su padre está en la misma cárcel que él, y es un viejecillo repugnante. Cuando el hijo le ve por la ventana, le injuria, y eso no está bien. El muchacho es bueno, le gustan los perros, los ratones y todas las criaturas, pero la gente, no. ¡Hasta ese extremo se puede corromper un hombre!

—Su madre desapareció sin dejar rastro; su padre es borracho y ladrón—dijo Pelagia en tono pensativo.

Cuando Andrés se acostó, trazó ella la señal de la cruz en su pecho sin que él lo notara; media hora después, preguntaba ella a media voz:

—Andrés, ¿no está dormido?

—No..., ¿por qué?

—Por nada... ¡Buenas noches!

—Gracias, gracias—contestó él con agradecimiento.

XVII

CUANDO, al día siguiente, llegó la madre a la puerta de la fábrica, llevando su carga, detuviéronla los guardias con rudeza, la mandaron dejar los pucheros en tierra y la examinaron cuidadosamente.

—¡Se va a enfriar la sopa!—dijo en tono tranquilo mientras que la registraban sin miramiento.

—¡Calla!—replicó uno de los hombres, con voz repelente.

El otro añadió, convencido, empujándole ligeramente por el hombro:

—¡Te digo que los echan por encima de la empalizada!

Sizov el viejo fué el primero que se acercó a ella; le preguntó en voz baja, mirando a todos lados:

—¿Oíste, madre?

—¿Qué?

—Han vuelto a aparecer las proclamas. Las han sembrado por todas partes, como la sal en el pan. De poco ha servido detenciones y pesquisas. Mi sobrino Mazin está en la cárcel... Tu hijo también... y, con todo, se distribuyen los folletos lo mismo que antes...; luego no eran ellos...

Y Sizov, atusándose la barba, concluyó:

—No es cosa de personas, sino de ideas..., y las ideas no se las puede coger como a las pulgas...

Recogió su barba en su mano, la contempló y dijo, alejándose:

—¿Por qué no vienes nunca a casa? Es aburrido tomar el té sola...

Dió ella las gracias. Pregonando su mercancía iba siguiendo atentamente con los ojos la efervescencia extraordinaria de la fábrica. Todos los obreros parecían contentos; formábanse grupos, para disolverse en seguida; corrían de un taller a otro. Había excitación en las voces, satisfacción y alegría en las caras; en el aire lleno de hollín sentíase como un soplo de audacia y valentía. Clamores de aprobación, burlas, amenazas a veces, salían ya de un rincòn, ya de otro. Los jóvenes, sobre todo, estaban animados; los obreros de edad, más prudentes, se contentaban con sonreír. Jefes y capataces iban y venían, como preocupados; los agentes de policía llegaban, y al verlos, separábanse lentamente los trabajadores o, si se quedaban en su puesto, callaban y miraban sin abrir la boca los rostros irritados y furiosos de los polizontes.

Todos los obreros aparentaban limpieza excesiva. El alto contorno de Gusev, el mayor, mostrábase de aquí para allá; su hermano le seguía de cerca, riéndose.

Un maestro carpintero llamado Vavilov y el listero Isaías pasaron sin premura junto a la madre. El último, bajo y gordo, echó la cabeza atrás y ladeó el cuello a la izquierda; miraba el rostro impasible e hinchado del carpintero, agachando la barbilla. Dijo vivamente:

—Mire, Ivan Ivanovich, se ríen y están satisfechos, aunque el asunto tenga que ver con la destrucción del imperio, como dijo el señor director. No haría falta escardar, sino labrar...

Vavilov, cruzados los brazos a la espalda, apretaba con fuerza los dedos.

—Imprimid todo lo que queráis, hijos de perros —dijo en voz alta—pero no os metáis a hablar de mí.

Acercóse Vasili Gusev a la madre, declarando:

—Dame de comer; lo que vendes ya está bueno...

Y, bajando la voz, agregó guiñándole el ojo:

—¡Ya lo ve! Se consiguió lo deseado... Bien está. Bien está, madrecita.

Hízole la madre una seña amistosa con la cabeza. Se sentía dichosa viendo a aquel mocetón, el mayor bribonazo del arrabal, hablarle en secreto con tanta cortesía. Viendo la fiebre de la fábrica, decía para sí, venturosa:

—¡Y pensar que si no hubiera sido por mí!...

No lejos de ella, paráronse tres obreros: uno dijo a media voz, en tono de sentimiento:

—Yo no encontré ninguna...

—Habría que leerla... Yo ni siquiera sé deletrear, pero estoy viendo que para algo sirve.

El tercero miró en torno y propuso:

—¡Vamos a la cámara de los hornos y os la leo!

—Hacen efecto las proclamas—cuchicheó Gusev con un parpadeo significativo.

Pelagia volvió a casa satisfecha; había visto po·

sí misma que las proclamas lograban el fin deseado.

—¡Los obreros se quejan de su ignorancia!—le dijo a Andrés—. Cuando yo era joven sabía leer, pero se me ha olvidado...

—Hay que aprender de nuevo—propuso el peque-ño-ruso.

—¡A mi edad! Para que la gente se ría...

Pero Andrés tomó un libro del estante y pregun-tó, señalando una letra del título con la punta del cuchillo:

—¿Qué letra es ésta?

—¡La Ere!—contestó ella riendo.

—¿Y ésta?

—¡La A!...

Estaba un poco azorada y humillada. Parecíale encontrar burla para ella y risa disimulada en los ojos de Andrés, y los esquivó. Pero la voz del hom-bre era dulce y tranquila; la madre le echó una ojeada oblicua: tenía cara seria.

—¿Piensa de verdad en enseñarme, Andrés?—pre-guntó con risa involuntaria.

—¿Y por qué no?—replicó él—. ¡Vamos a inten-tarlo! Si aprendió a leer, recordará más fácilmen-te. Si triunfamos, tanto mejor; si no, nada pierde con ello...

—¡Dicen también que no se vuelve uno santo sólo de ver imágenes sagradas!—contestó la madre.

—¡Ah!—soltó el pequeño-ruso meneando la cabe-za—, refranes no faltan. El que dice: "cuanto me-nos se sabe, mejor se duerme", ¿no es también ver-dadero? El estómago piensa por medio de refranes; teje linderos para el alma, para dirigirla mejor... El vientre necesita paz, y el alma espacio... ¿Qué le-tra es ésta?

—La Ele.

—¡Bien! Mire qué abierta... ¿Y esta otra?

Aplicándose lo mejor que podía, meneando las ce-jas, iba recordando con esfuerzo los signos olvida-dos; tan profundamente hundida estaba en su ta-rea que descuidaba todo lo demás. Pero los ojos se le cansaron en seguida. Lágrimas de lentitud se agolparon en ellos, y después lágrimas de pesar.

—¡Estoy aprendiendo a leer!—exclamó sollozan-do. Llega el momento de morir, y yo me pongo a aprender...

—¡No llore!—dijo el pequeño-ruso, en voz baja y

118

acariciadora—. No podía vivir de otro modo, y sin embargo, ahora comprende cómo la gente vive mal... Hay millares que pueden hacerlo mejor..., y vegetan como animales, no sin vanagloriarse de vivir bien... ¿Y qué hay de bueno en su existencia? Un día trabajan y comen, al día siguiente trabajan y comen y así todos los de su vida. Entre tanto, engendran hijos; primero se distraen, y luego, cuando los chicos se ponen también a comer mucho, los padres se enfadan, los injurian y les dicen: "¡Apresuraos a crecer, tragones, para ir al trabajo!" Les gustaría que sus pequeños fueran animales domésticos... Pero los chiquillos empiezan a saciar, a su vez, su propio vientre... y la vida continúa... Nunca les roza el alma una alegría, un pensamiento que regocije el corazón. Unos mendigan sin cesar como pobres; otros, como ladrones, roban al prójimo lo que necesitan. Se hacen leyes malvadas: se pone guardia al pueblo con gentes armadas de palos, diciéndoles: "Haced respetar nuestras leyes; son cómodas y nos permiten chuparle la sangre a los hombres." Si los hombres no ceden cuando los comprimen desde afuera, se les mete por las malas en la cabeza los preceptos que le obstruyen la razón...

De codos en la mesa, miraba a la madre con ojos pensativos; añadió:

—Sólo son hombres los que arrancan las cadenas del cuerpo y de la razón del prójimo... Así, usted, que se ha puesto al avío según sus propias fuerzas...

—¿Yo? —exclamó ella—, ¿cómo podría?...

—Sí, usted. Es como la lluvia: cada gota da de beber a un grano de trigo. Y en cuanto sepa leer...

Se echó a reír, se levantó y empezó a dar zancadas por el cuarto.

Sí, aprenderá... Cuando vuelva Pavel se va a quedar asombrado...

—¡Ay, no, Andrés! —dijo la madre—. Todo es fácil cuando uno es joven; pero cuando uno envejece, se tiene mucho sentimiento, fuerza poca y cabeza ninguna.

Por la noche, el pequeño-ruso salió. Encendió ella la lámpara y se sentó a la mesa, a hacer media. Pero se levantó al punto y dió unos pasos, indecisa; fué a la cocina luego, cerró la puerta de entra-

da con el cerrojo y volvió al cuarto. Después de
correr las cortinas de la ventana, tomó un libro del
estante, se inclinó sobre las páginas y empezó a
mover los labios... Cuando llegaba un rumor de la
calle, cerraba el libro temblando y escuchaba... Después, ya abriendo, ya cerrando los ojos, iba cuchicheando:

—L... a... v... i... d... a...

XVIII

LLAMARON a la puerta; la madre se levantó
bruscamente, echó el libro al estante y preguntó con ansiedad, atravesando la cocina:

—¿Quién va?

—Yo...

Entró Rybin. Cambiados los primeros saludos,
acarició él lentamente la barba, echó una mirada a
la habitación, y dijo:

—Antes dejabas entrar a la gente sin preguntar
quién era... ¿Estás sola?

—Sí.

—¡Ah! Creí que estaba el pequeño-ruso... Hoy le
he visto... La cárcel no corrompe a los hombres...
Lo que nos corrompe más que todo es la tontería,
eso es.

Pasó al cuarto, sentóse y prosiguió:

—¡Pues, bueno, una cosa quiero decirte...! Se me
ha ocurrido una idea, ya ves...

Tenía aspecto grave y misterioso que intrigaba
vagamente a Pelagia. Sentóse frente a él y esperó,
preocupada, callando.

—¡Todo cuesta dinero! —comenzó él con voz pesada—. Ni se nace ni se muere gratis..., eso es.
Y también los folletos y las hojas cuestan dinero.
Pues: ¿sabes tú de dónde viene el dinero para pa-
garlos?

—¡No sé! —dijo la madre en voz baja, adivinando
un peligro.

—Pues, mira: yo tampoco lo sé. En segundo lugar:
¿quién escribe estos folletos?

—Unos sabios...

—Unos señorones; gentes que están por encima de nosotros—replicó brevemente Rybin.

Su entonación iba haciéndose más profunda; su rostro barbudo estaba colorado y tenso.

—Así, pues, los grandes son los que componen esos folletos. Y los folletos van dirigidos contra los grandes, contra los poderosos, contra los que mandan. Ahora, dime, ¿qué van sacando, con perder el dinero para levantar contra ellos al pueblo..., eh?

Cerró la madre bruscamente los ojos, y los volvió a abrir, con exageración, exclamando espantada:

—¿Qué estás pensando?... ¡Dilo!

—¡Ah, ah!—prosiguió Rybin, agitándose pesadamente en la silla como un saco...—Ahí estamos... También yo tuve frío cuando caí en ese pensamiento...

—Pero ¿qué es? ¿Has sabido algo?

—¡Engañifas!—replicó Rybin—. Presiento que son engañifas. No sé nada, pero estoy viendo engañifas... ¡Eso es! Los nobles, la gente instruída, es refinada... Y yo no quiero... Necesito la verdad... Entiendo la verdad, la tengo entendida... Y no quiero alianza con los ricos... Cuando nos necesitan, todo es empujarnos... para que con los huesos les sirvamos de puente para ir más allá...

Sus palabras acerbas oprimían el corazón de la madre.

—¡Señor!—exclamó ella con angustia—. ¿Cómo no lo habrá entendido Pavel? Y todos ésos... que vienen de la ciudad... ¿serán verdaderos...?

Surgieron ante ella los rostros serios y honrados de Nicolás Ivanovich, de Yegor, de Sachenka: se le estremeció el corazón.

—¡No! ¡No!—continuó, agachando la cabeza—. No lo puedo creer... La conciencia es lo que los impulsa... No abrigan propósitos malos, no...

—¿De quién hablas?—preguntó Rybin pensativo.

—De todos, de todos los que conozco, sin excepción. No traficarían con sangre humana...

Por el rostro le caían gotas de sudor; le temblaban los dedos.

—¡No es ahí a donde hay que mirar, madre, sino más lejos!—dijo Rybin bajando la cabeza—. Los que más se acercan a nosotros puede que tampoco sepan nada... Creen obrar bien..., son amigos de la verdad. Pero quizá detrás de ellos hay otros que no busquen más que su propia ventaja... El hombre no trabaja en contra de sí mismo sin tener alguna razón...

Y añadió, con la torpe certidumbre del aldeano, imbuido de incredulidad secular:

—¡Nunca saldrá nada bueno de mano de señorones y de gente instruída! ¡Eso!

—¿Qué resolviste?—preguntó l a madre, presa otra vez de vaga duda.

—¿Yo?—contemplóla Rybin, estuvo callado un instante y repitió—: No hay alianza con los que están por encima de nosotros... ¡Eso!

Y volvió a callar, como si se hiciera todo él una bola.

—Me voy, madre. Hubiera querido unirme con los camaradas y trabajar como ellos... Sirvo para el asunto, soy terco y no tonto, sé leer y escribir; y, sobre todo, sé lo que hay que decir a la gente. ¡Eso! Y ahora, me voy. Como no puedo creer, tengo que irme. Madre, ya sé que todos tienen mancha en el alma... Están llenos de envidia, ansiosos de devorar... Y como las presas andan escasas, cada cual intenta devorar al prójimo...

Bajó la cabeza, hundiéndose en sus reflexiones.

—Me iré yo solo por las aldeas y los pueblos. Sublevaré a la gente. El pueblo mismo ha de salir a conquistar su libertad. Si acierta a comprender, ya encontrará cómo... Trataré de convencerle de que sólo en sí mismo puede poner su esperanza, de que no hay más razón que la suya. ¡Eso es!

La madre sintió lástima por Rybin, espantándose de su suerte. Siempre le había sido antipático; ahora se le volvía de repente más cercano, más familiar.

"Pavel va por un lado, él por otro... A Pavel le costaría menos trabajo...", pensó involuntariamente; y dijo en voz baja:

—¡Te echarán mano!

Dirigióle Rybin una ojeada y contestó:

—Ya me soltarán. Y otra vez al avío...

—Los aldeanos mismos te entregarán... Y tendrás que estar en la cárcel...

—Ya saldré. Y otra vez manos a la obra... Y lo que es los aldeanos, me entregarán una vez o dos, pero ya se harán cargo de que les conviene más es-

cucharme. Les diré: "No me creáis; oídme sólo..."
Y si me escuchan, me creerán...

Ambos interlocutores hablaban pausados, como si,
antes de pronunciar cada palabra, la pesasen.

—No he de tener muchas alegrías, madre—continuó Rybin—. He vivido aquí, en estos últimos tiempos, y me he fijado en muchas cosas. ¡Eso es! Algunas, ya las entendí. Y ahora me parece que entierro a un hijo...

—Perecerás, Mijail Ivanovich—declaró tristemente la madre agachando la cabeza.

Fijó en ella los ojos negros y profundos, en actitud de interrogación. Encorvado el corpachón vigoroso, apoyadas las manos en el asiento, su faz cur-
tida mostrábase pálida en el marco de la barba.

—Ya sabes lo que dijo Jesús del grano de trigo:
"No morirá, sino que resucitará en espiga nueva..."
El hombre es grano de verdad, eso... Yo no estoy
aún cercano a la muerte..., astucia no me falta...

Se removió en su silla, y se levantó, sin apresurarse.

—Me voy a la taberna, y tendré un poco de compañía... El pequeño-ruso no viene... ¿Ha vuelto a
trabajar?

—Sí—dijo la madre sonriendo—. Todos son lo
mismo: en cuanto salen de la prisión, vuelta a sus
quehaceres...

—Eso es lo que hace falta. ¿Le repetirás lo que
te dije?

Pasaron lentamente a la cocina, y cambiaron unas
cuantas palabras sin mirarse.

—¡Sí!—prometió ella.

—Pues, ea, adiós.

—¡Adiós! ¿Cuándo cobras el salario?

—Ya lo cobré.

—¿Y cuándo te vas?

—Mañana temprano, adiós.

Inclinóse y salió pesadamente, de mala gana. Durante unos momentos paróse la madre en el umbral, prestando oído a los pasos pesados que se ale-
jaban y a las dudas que se habían despertado en su
corazón. Luego, entró en la casa, y, ya dentro del
cuarto, levantó la cortina y miró por la ventana.
Tinieblas espesas pegábanse a los vidrios; parecía
como si esperasen no se sabe qué, abierta la bocaza
sin fondo.

"¡Vivo de noche!—pensó ella—, siempre de noche."

Sentía compasión por aquel grave aldeano de barba negra; era tan ancho de pecho, tan robusto... y, sin embargo, sentíase su impotencia, como la de todos los hombres...

Llegó en seguida Andrés, animado y gozoso. En cuanto la madre le habló de Rybin, exclamó:

—¡Se va! Bueno, pues que se vaya por las aldeas a esparcir la verdad, a despertar al pueblo... Ya era difícil que se quedara con nosotros... Tiene en la cabeza ideas peculiares que le impiden adoptar las nuestras...

—Habló de los ricos, de los señores, de la gente instruída, y parece que en todos ellos ve algo avieso —dijo la madre con prudencia—. ¡Con tal que no nos engañen!

—¿Eso la trae a mal traer, madre?—exclamó el pequeño-ruso riendo—. ¡Ah, el dinero! Con tal que lo tuviésemos... Aún vivimos por cuenta ajena... Así, Nicolás Ivanovich, que gana setenta y cinco rublos al mes, nos entrega cincuenta, y lo mismo hacen los otros. Los estudiantes hambrientos cotizan también y nos envían cantidades chicas, formadas copeca a copeca... Claro que hay hombres de todas clases... Unos que nos engañan, otros que no nos dejan adelantar..., pero los mejores nos acompañarán hasta la victoria.

Continuó, frotándose con vigor las manos:

—¡Pero aún está muy lejos el triunfo! Entre tanto, vamos a preparar un primero de mayo en pequeño. ¡Será muy divertido!

Sus palabras y su animación calmaron la inquietud que Rybin llegó a sembrar en el corazón de la madre. Medía la habitación a pasos el pequeño-ruso, arrastrando los pies. Se acarició la cabeza con una mano y el pecho con la otra, y continuó, fijos los ojos en el suelo:

—¡Si supiera qué extraña sensación me entra a veces!... Me parece que allí por donde voy, los hombres son camaradas, que un mismo fuego los abrasa, que son todos buenos, dulces y alegres... Sin decir nada, ya se entienden; y no hay quien ofenda al prójimo ni quien tenga necesidad de él. Viven en buena armonía, cada corazón sabe su cantar... y como los arroyos, todas las canciones se funden en un solo río que va a verterse, majestuoso y tranquilo, en el mar de las claridades luminosas de la vida libre... ¡Y pienso que todo ha de ser así!..., ¡que no puede dejar de ser, si queremos que sea!... Y entonces el corazón asombrado se me hincha de gozo... ¡Me entran ganas de llorar, de feliz que soy!

No se meneaba la madre, para no perturbarle ni interrumpirle. Siempre le había escuchado con más atención que a sus camaradas, porque hablaba con mayor sencillez y sus palabras llegaban más hondo al corazón. También Pavel dirigía las miradas hacia adelante—¿cómo no había de ser así, yendo por vías paralelas?—, pero permanecía solitario, sin contar nunca lo que vió. A la madre le parecía que Andrés se encaraba siempre a lo porvenir con el corazón: en sus discursos venía siempre a salir la leyenda del triunfo de todas las criaturas de la tierra. Y a los ojos de la madre, esta leyenda llenaba de luz el sentido de la vida y del trabajo a que se consagraban su hijo y sus camaradas.

—¡Y cuando vuelvo a mí...—continuó el pequeño-ruso, meneando la cabeza y dejando colgar los brazos—, cuando miro en derredor..., lo veo todo frío y sucio! Los hombres cansados, excitados; su vida mancillada, arrugada...

Detúvose ante Pelagia, y, meneando la cabeza, continuó en voz baja y triste, velado el mirar de pena:

—¡Es humillante..., ya no se puede creer en el hombre y aún hay que temerle y odiarle! El hombre se desdobla, partido en dos por la vida. Querría uno amar, tan sólo. ¿Cómo va a ser posible? ¿Cómo perdonar al que se te echa encima como bestia feroz, sin reconocer en ti un alma viva, y te abofetea el rostro de criatura humana? Imposible perdonarle. No por mí, que soportaría todas las injurias si sólo se tratara de mí; pero no quiero connivencia con los opresores; no quiero que se sirvan de mis espaldas para aprender a zurrar a los otros...

Fría claridad le brillaban en los ojos; inclinaba la cabeza en actitud obstinada, e iba hablando con firmeza mayor.

—¡No debo perdonar nada malo, aunque a mí no me perjudique! ¡No estoy yo solo en la tierra! Admitamos que hoy me dejara yo insultar sin responder a la injuria, que acaso me haría reír, porque no me duele..., pero mañana, el insultador que hizo en mí ensayo de su fuerza, intentaría despellejar a otro... Por eso no hay que considerar de la misma manera a toda la gente; hay que apretarse el corazón, ver cuáles son los enemigos y cuáles los amigos... ¡Es justo, pero divertido no lo es!

Sin saber por qué, la madre pensó en Sachenka y en el oficial.

—¿Cómo se puede hacer pan de trigo no sembrado?

—¡Ésa es la desgracia!—exclamó el pequeño-ruso—. Hay que mirar con ojos diferentes... Dos corazones palpitan en el pecho: uno, lleno de amor para el mundo, y otro, que nos dice: "¡Detente, cuidado!..." Y el hombre se tiene que repartir entre los dos...

—Sí—exclamó la madre.

En la memoria se le dibujaba el contorno del marido, grosero y hosco, como un peñascal cubierto de musgo. Se imaginaba al pequeño-ruso casado con Natacha y a su hijo unido a Sachenka.

—¿Y eso, por qué?—prosiguió Andrés entrando en calor—. Tan bien lo ve uno, que casi es ridículo. Porque la gente no está toda al mismo nivel... ¡Basta con alinearlos en una fila!... Y después, hay que repartirles por igual todo lo que ha elaborado la razón y las manos han hecho. No habrá entonces que guardarse unos contra otros en la ·esclavitud del temor, en las cadenas de la codicia y de la estupidez...

El pequeño-ruso y la madre solían tener conversaciones por el estilo de ésta.

Andrés había entrado de nuevo a trabajar en la fábrica, y entregaba cuanto había ganado a Pelagia, que admitía su dinero tan sencillamente como el de Pavel.

A veces, con sonrisa en los ojos, Andrés proponía:

—Vamos a echar cuentas, ¿eh, madrecita?

Negábase ella, bromeando. La sonrisa de Andrés le daba azoramiento, y pensaba, un tanto molesta: "Si te ríes ¿para qué hablar de eso?"

El pequeño-ruso echó de ver que la madre le preguntaba más a menudo el significado de palabras doctas, ignoradas por ella. Lo hacía con voz indife-

rente y hablaba sin mirarle, por lo que adivinaba
él que se estaba instruyendo a escondidas. Com-
prendiendo su cortedad, ya no le propuso que leye-
ra con él.

Ella le declaró un día:

—Se me va acortando la vista, Andrés, hijo... Me
gustaría tener gafas...

—¡Bueno!—replicó él—. El domingo que viene
iremos juntos a la ciudad, a ver a un médico que
conozco; la examinará, y compraremos unas gafas...

XIX

T RES veces había solicitado ya permiso para ver a
Pavel, y las tres había recibido una negativa benévola por parte del general de la guardia, viejo de pelo blanco, mejillas escarlata y nariz pode-
rosa.

—¡Dentro de una semana, mujer; antes, no! Ya
veremos dentro de una semana... Hoy, imposible.

Era redondo y repleto, y recordaba, no se sabe
por qué, a una ciruela madura y un tanto pasada
que empieza a cubrirse de pelusillas de moho. Se
rascaba sin cesar los dientecillos blancos con un
mondadientes puntiagudo; los ojillos redondos y
verdosos le sonreían; tenía su voz expresión amistosa y dulce.

—¡Está muy bien educado!—le decía la madre al
pequeño-ruso—. Siempre está sonriendo, y, en mi
opinión, eso no está bien... Cuando uno es general
y se ocupa en estas cosas, no debe mofarse.

—¡Sí, sí!—continuó Andrés—. Son cariñosos,
amables, no dejan de sonreír. Les dicen: "Aquí tiene un hombre inteligente y honrado, que nos resul-
ta peligroso: ahórquele." Se sonríe, y cuelga al hombre, y vuelve a sonreír...

—El que vino a registrar aquí valía más, porque
era más sencillo—prosiguió la madre—. Se veía de
pronto que era un canalla...

—Diríase que ya no son hombres, sino martillos,
instrumentos para dejar sordo al pueblo. Sirven
para forjarnos, a fin de que seamos de uso más fá-

cil para el gobierno. Ellos mismos se han acomodado a la mano que nos dirige, y pueden hacer cuanto
se les manda sin reflexionar ni preguntar por qué.

—¡Tiene una barriga!

—¡Sí!... Cuanto más llena la barriga, más ruin el
alma.

Al cabo le concedieron a Pelagia el permiso. Cuando el domingo llegó, fué al locutorio de la cárcel y se
sentó modestamente en un rincón. Otros visitantes
había en la pieza angosta y sucia, baja de techo. No
se encontraban allí, sin duda, por vez primera. La
conversación se arrastraba lenta en voz baja.

—¿Sabes? —decía una mujerona de cara marchita,
con una maleta en las rodillas—; hoy por la mañana,
en la misa primera, el maestro de capilla de la catedral por poco le arranca otra vez una oreja a un
monaguillo...

Un individuo de edad madura, con uniforme de
veterano, tosió ruidosamente y replicó:

—¡Los monaguillos son tan bribones!

Un hombrecillo calvo, corto de piernas y largo de
brazos, de mandíbula saliente, recorría la habitación
a zancadas, como si tuviera mucho quehacer. Sin
pararse, decía con voz inquieta:

—La vida se va poniendo más cara, y por eso los
hombres son peores que nunca... La vaca de segunda clase viene a salir a catorce copecas la libra, el
pan a dos copecas y media...

Entraban de vez en cuando presos vestidos de gris,
calzados con zapatones de cuero. Cuando penetraban en la habitación semioscura, se ponían a parpa-
dear. Uno llevaba cadenas en los pies...

Parecía como si los carceleros ya estuvieran acostumbrados desde muy atrás al espectáculo y se resig-
naran con tal situación; unos permanecían sentados,
otros de guardia y otros se dirigían a los presos en
tono cansino. Temblaba de impaciencia el corazón
de la madre; miraba perpleja cuanto la rodeaba, y se
llenaba de asombro ante la penosa simplicidad de la
vida.

Al lado de ella encontrábase una viejecita de rostro
arrugado y ojos amarillos. Prestaba oído a la conversación, tendido el cuello flaco, y miraba a la cara de
todos con expresión extrañamente irascible.

—¿A quién tiene aquí? —le preguntó nuevamente
la madre.

—¡A un estudiante, hijo mío!—le contestó la vieja con voz sonora—. ¿Y usted?

—También a mi hijo, obrero.

—¿Cómo se llama?

—Vlasov.

—No le conozco. ¿Lleva mucho tiempo aquí?

—Siete semanas...

—¡El mío, diez meses!—dijo la vieja.

Y Pelagia oyó resonar en su voz algo que parecía orgullo.

Una señora de alta estatura, vestida de negro, de cara luenga y pálida, dijo lentamente:

—Pronto meterán en la cárcel a toda la gente honrada... Ya no la pueden soportar.

—Sí, sí—replicó el viejo calvo—. Falta paciencia. Todos se enfadan y gritan y todo va subiendo de precio... Y, por consiguiente, las personas bajan de valor... No se oye ninguna voz conciliadora...

—¡Absolutamente exacto!—dijo el militar—. ¡Qué horror! Es necesaria una voz que mande: "¡A callar!" Eso es lo que hace falta, una voz firme...

Hízose más general y animada la conversación. Cada cual exponía su parecer sobre la vida, pero nadie levantaba la voz, entre todos; y la madre sentía algo extraño para ella en tales palabras. En su casa se hablaba de otro modo, de manera más comprensible, natural y abierta.

Un vigilante gordo, de barba cuadrada y bermeja, gritó:

—¡Mujer Vlasov!

Examinó de pies a cabeza a la madre y le dijo:

—¡Ven!...

Se alejó, cojeando; a la madre le entraban ganas de darle un empujón para avanzar más de prisa. Al cabo, en un cuartito vió a Pavel, sonriendo, que le tendía la mano. Agarró aquella mano la madre, se rió, parpadeando, y dijo en voz baja:

—¡Buenos días!... ¡Buenos días!

—¡Tranquilízate, mamá!—dijo Pavel devolviéndole el abrazo.

—Sí..., sí...

—¡Madre!—ordenó el vigilante—. Sepárese un poco, para que haya distancia entre los dos... Es el reglamento...

Suspiró y bostezó. Preguntó Pavel a Pelagia por su salud, por su casa... Esperaba ella otras preguntas, buscándolas en los ojos del hijo, pero sin encontrarlas. Estaba tranquilo, como siempre, sólo que un poco más pálido y con los ojos, al parecer, más grandes.

—Sachenka te manda saludos—dijo ella.

Temblaron los párpados de Pavel y los bajó, dulcificándosele el rostro, iluminado por una sonrisa. Un amargor agudo atenazó el corazón de la madre.

—¿Te dejarán salir pronto?—continuó, irritándose de repente—. ¿Por qué te prendieron? Porque los folletos han vuelto a aparecer...

Hubo un relámpago de alegría en los ojos de Pavel.

—¿De veras?—exclamó.

—¡Está prohibido hablar de estas cosas!—declaró el vigilante con tono de negligencia—. Se habla de asuntos de familia...

—¿Y no son éstos asuntos de familia?—replicó la madre.

—No lo sé. No sé sino que está prohibido. Se puede hablar de comida, de ropa blanca, pero de nada más—explicó el vigilante; pero su voz seguía indiferente.

—¡Bueno!—dijo Pavel—. ¡Pues hablaremos de los quehaceres de la casa, mamá! ¿Tú, qué haces?

Contestó ella, sintiendo un impulso de energía juvenil:

—Llevo a la fábrica toda clase de cosas...

Detúvose y continuó, sonriendo:

—Sopa, carne asada, todos los guisos de María... y toda clase de alimento, además...

Pavel se dió cuenta. Se le convulsionó la cara de risa, que contuvo, se echó el pelo hacia atrás, y dijo, con voz cariñosa, que ella no le conocía:

—¡Madre buena y querida..., qué bien está eso! Me siento feliz al saber que encontraste ocupación... y que no te aburres. ¿Verdad que no te aburres?

—¡Cuando volvieron a aparecer las hojas me registraron también!—declaró, no sin jactancia.

—¿Otra vez?—exclamó el vigilante, irritado—. ¡Os dije que está prohibido! Se priva de libertad a un hombre para que no se entere de nada, y tú, madre, te pones a charlar. Hay que darse cuenta: lo que está prohibido, está prohibido.

—¡Bueno, pues no hables más de ello, mamá!—dijo Pavel—. Matvei Ivanovich es un buen hombre y no hay que enfadarle. Nos llevamos muy bien... Hoy es una casualidad que él presencie las entrevistas; ordinariamente, eso es cosa del director. Y Matvei Ivanovich teme que digas cosas superfluas...

—¡Se acabó la visita!—declaró el vigilante mirando el reloj.

—¡Gracias, mamá!—dijo Pavel—. ¡Gracias, madre querida! No pases inquietud..., pronto me dejarán libre...

La abrazó con fuerza, besándola; la madre, dichosa y conmovida, se echó a llorar.

—¡Sepárense!—exclamó el vigilante; y al acompañar a la madre, iba murmurando:

—No llores..., pronto saldrá éste. Van a soltar a muchos... Ya no hay sitio... Tenemos demasiados...

En casa, le dijo al pequeño-ruso:

—Le hablé con habilidad..., y se ha enterado...

Luego, suspiró con tristeza:

—Sí, se ha enterado, porque para darme un beso como el que me dió..., por primera vez...

—¡Ah!—dijo Andrés, riéndose—. La gente lo desea todo, pero las madres no piden más que caricias...

—¡Pero si hubiera visto a los demás visitantes! —exclamó ella de repente, volviendo a su asombro—. Parecen acostumbrados. Les quitaron los hijos para meterlos en la cárcel y no les importa. Van, se sientan, esperan y hablan unos con otros. Y si la gente instruída se acostumbra tan bien a eso, ¿qué decir de los trabajadores?...

—¡Es muy natural!—contestó el pequeño-ruso con una sonrisa—. La ley, de todas maneras, es más blanda para ellos que para nosotros..., y ellos la necesitan más que nosotros. Por lo mismo, cuando la ley los hiere, se contentan con hacer gestos, pero sin exagerar... La ley los protege un poco; a nosotros, en cambio, nos ata para que no podamos dar coces...

131

XX

UNA noche, mientras la madre hacía media, sentada junto a la mesa, y Andrés iba leyendo en voz alta la sublevación de los esclavos romanos, alguien llamó violentamente a la puerta. En cuanto el pequeño-ruso hubo abierto, entró Vesovchikov con un bulto bajo el brazo, metida la gorra hasta los ojos y cubierto de barro hasta las rodillas:

—Vi al pasar que teníais luz, y entré a saludaros. Acabo de salir de la cárcel—explicó con voz rara.

Y agarrando la mano a la madre se la sacudió vigorosamente, diciendo:

—Pavel le manda cariños...

Y dejándose caer cavilante en una silla escudriñó el cuarto con su mirada hosca y suspicaz.

No era grato a la madre; tenía en la cabeza angulosa y rapada y en los ojillos algo que asustaba siempre a la vieja; pero se alegró de verle, y le dijo, sonriente y afectuosa:

—¡Has enflaquecido mucho!... Andrés, hagámosle té.

—Ya estoy preparando el samovar—contestó desde la cocina el pequeño-ruso.

—Bueno, ¿y cómo anda Pavel? ¿Han soltado a otros al mismo tiempo que a ti?

Vesovchikov respondió, bajando la cabeza:

Pavel está todavía en la cárcel..., y lo lleva con paciencia. No han soltado más que a mí.

Levantó los ojos, miró a la madre y continuó despacio, apretando los dientes:

—Les dije: "Dejadme ir, ya me basta... Si no, mato a uno y me mato yo después", y me dejaron... Y han hecho bien... Hubiera cumplido mi palabra...

—Sí...—dijo la madre apartándose; pestañeaba involuntariamente cuando sus ojos se encontraban con el mirar agudo del picado de viruela.

—¿Y cómo va Fedia Mazin?—gritó desde la cocina el pequeño-ruso—. ¿Sigue escribiendo poesías?

—¡Sí! Yo no le entiendo—dijo el joven meneando cabeza—. ¿Es un gorrión? Le meten dentro de una jaula... y se pone a cantar... Yo no sé más que esto: que no tengo gana de ir a casa...

—Es verdad, ¿a quién encontrarías en ella?—contestó la madre, reflexionando—. Está vacía, no hay lumbre en la estufa y hará frío...

Callóse Vesovchikov, cerró a medias los ojos, y, sacando del bolsillo una petaca, se puso a fumar lentamente. Iba siguiendo con la mirada las nubes de humo gris que se disipaban por encima de su cabeza, y, de repente, rompió en risa extraña, semejante al ladrido de un perro irritado:

—Sí, hará frío... El suelo estará sembrado, probablemente, de cucarachas heladas... También los ratones habrán reventado de frío... Pelagia Nilovna, ¿me permites pasar la noche en tu casa? ¿Quieres?

Hablaba con voz sorda, sin mirar a la madre.

—¡Claro está!—contestó ella vivamente.

Sentíase molesta, de mala gana con él, y no sabía de qué hablarle.

Pero él prosiguió, con voz extrañamente quebrada:

—Llegó el tiempo en que los hijos se avergüencen de sus padres...

—¿Cómo?—preguntó la madre, estremeciéndose.

Él se volvió a mirarla, cerró los párpados, y el rostro picado de viruelas se le quedó impasible.

—Digo que los hijos empiezan a sentir vergüenza de sus padres—repitió, con un suspiro profundo—. No tengas miedo, no hablo de ti. Pavel no tendrá nunca de qué avergonzarse... De mi padre, me avergüenzo yo..., y no quiero volver a su casa... ¡Ya no tengo padre ni casa!... Estoy sometido a vigilancia, si no, ya me hubiera ido a Siberia... Creo que un hombre que no reparase en sufrir podría hacer mucho en Siberia... Yo hubiera dado libertad a los desterrados, los hubiera ayudado a huir...

Gracias a su corazón sutil, iba sintiendo la madre el dolor del chico; pero el sufrimiento del picado de viruelas no excitaba su compasión.

—Sí, claro está... Siendo así, más vale marcharse —dijo para no ofenderle, siguiendo callada.

Salió de la cocina Andrés y preguntó riendo:

—¿Qué estás contando, eh?

Levantóse la madre y dijo:

—Voy a preparar algo que comer.

Vesovchikov miró con fijeza al pequeño-ruso y declaró de pronto:

—¡Digo que hay gente a quien se debe matar!

—¡Hum! Y ¿por qué?—preguntó el pequeño-ruso con calma.

—¡Para que dejen de existir!

—¿Tienes derecho tú para convertir a los vivos en cadáveres? ¿De dónde lo has sacado?

—Me lo dieron los hombres...

El pequeño-ruso, alto y seco, permaneció en mitad de la pieza, balanceando el cuerpo larguirucho y mirando al picado de viruelas, sin sacar las manos de los bolsillos. Estaba sentado Vesovchikov y envuelto en una nube de humo. En su cara lívida iban señalándose placas rojas.

—¡Los hombres me lo dieron!—repitió, apretando el puño—. Si me dan patadas, tengo derecho a contestar... con un golpe en los hocicos..., en los ojos. Si no me tocan, no toco a nadie. Si me dejan vivir como quiero viviré tranquilo, sin molestar a nadie, ¡lo juro! Por ejemplo: se me antoja instalarme en el bosque. Me hago una choza en un barranco, junto a un arroyo..., y allí me quedo... solito...

—¡Pues, bien, hazlo!—dijo el pequeño-ruso encogiéndose de hombros.

—¿Ahora?—preguntó el joven.

Agachó la cabeza, y dándose un puñetazo en la rodilla:

—Ahora, ya no es posible.

—¿Quién te lo impide?

—Los hombres... Estoy ligado estrechamente a ellos hasta la muerte..., me han relajado el corazón con odio..., me han atado a ellos por medio del mal... y ése es sólido lazo... Los aborrezco, y allí donde vaya no les dejaré que vivan tranquilos. Me molestan, pues los molestaré. Yo respondo de mí..., de mí solo..., y no puedo responder de nadie más... Y si mi padre es un ladrón...

—¡Ah!—dijo el pequeño-ruso a media voz, acercándose a Vesovchikov.

—Ya verás como le arranco la cabeza a Isaías Gorbov.

—¿Por qué?—preguntó Andrés en voz baja, muy serio.

—Para que no haga más de espía ni vaya con cuentos. Por él se degradó mi padre... y con él cuen ta mi padre para entrar en la policía secreta—respondió Vesovchikov mirando a Andrés, con hostilidad.

—¡Ése es el toque!—exclamó el pequeño-ruso—, Pero, ¿quién sería capaz de echarte en cara la vida misma de tu padre? Algún imbécil.

—Algún imbécil... y algún ser inteligente también. Por ejemplo, tú eres un muchacho inteligente, Pavel también... pues, ¡ea!, ¿me consideráis de igual modo que a Media Mazin o a Samoilov, o como os consideráis el uno al otro? No mientas, porque de ninguna manera te creería... Todos vosotros me echáis a un lado, me ponéis aparte...

—¡Tienes el alma enferma amigo!—contestó el pequeño-ruso, con voz dulce y afectuosa, yendo a sentarse junto a él.

—Sí. Y también vosotros... Pero creéis que vuestras llagas son más nobles que las mías... Todos obramos como canallas, unos con otros..., esto es lo que yo digo... Y tú, ¿qué puedes contestarme, di?

Fijó en Andrés la mirada aguda y esperó, enseñando los dientes.

Su rostro lívido permanecía impasible; sólo sus labios espesos temblaban, como si estuviesen quemados y contraídos por un líquido cáustico.

—¡No te contestaré!—replicó el pequeño ruso, acariciando la mira hostil de Vesovchikov con la sonrisa luminosa y triste de sus ojos azules...—. Bien lo sé...; querer discutir con uno a quien le echa sangre el corazón, sólo sirve para irritarle..., ¡ya lo sé, hermano!

—¡No se puede discutir conmigo, yo no sé discutir!—refunfuñó el muchacho, bajando los ojos.

—Creo que todos hemos andado con los pies descalzos sobre vidrios rotos—continuó Andrés—, y todos hemos respirado en horas sombrías como tú ahora...

—¡No puede venir nada que me tranquilice!—dijo Vesovchikov lentamente—. ¡Nada!, mi alma aúlla como un lobo.

—Ni lo intentaré. Sólo sé que esto ha de pasar... Puede que no en seguida, pero ha de pasar...

Se echó a reír y continuó, dando un golpe en el hombro del chico:

—Es una enfermedad infantil..., como el sarampión, hermano... A todos nos atacó, más o menos fuerte, según éramos vigorosos o flacos... A las gentes como nosotros nos ataca cuando nos ve aislados, cuando no entendemos aún la vida ni vemos el lugar que nos marca el destino; parece que no hay más hombre verdadero en la tierra, y que nadie se ocupa de nosotros, si no es para devorarnos. Más tarde, durante algún tiempo, cuando veas que hay también buenas almas en pechos que no son el tuyo, encontrarás alivio... y te sentirás un poco avergonzado por haber creído que sólo tú dabas la nota justa, y haber querido encaramarte al campanario, siendo tan chica tu campana que no se la oye en el estrépito de los días de fiesta... En seguida echarás de ver que no eres más que una voz, apenas perceptible, y, sin embargo, necesaria en el coro potente y magnífico de la verdad... ¿Entiendes lo que te estoy diciendo?

—Entiendo...—contestó Vesovchikov agachando la cabeza—. Pero no te creo.

Echóse a reír el pequeño-ruso, se levantó de pronto y empezó a pasearse ruidosamente por la habitación.

—Tampoco yo quise creer... ¡Bah! Tú no eres más que una carreta...

—¿Por qué?—dijo el joven mirando a Andrés con rostro sombrío.

—¡Pareces una carreta!

Reíase también el picado de viruelas, abriendo de oreja a oreja la boca.

—¿Qué tienes?—preguntó el pequeño-ruso asombrado, platándosele delante.

—Me decía yo que sería imbécil quien te insultara.

—Pero, ¿cómo podrían insultarme?—preguntó Andrés levantando los hombros.

—No lo sé—respondió el picado de viruelas con sonrisa condescendiente—. ¡Decía tan sólo que el hombre que te insultara confuso se quedaría después!

—¡Ahí querías tú venir a parar!—dijo el pequeño-ruso riéndose.

—Andrés, ven por el samovar—llamó la madre.

Salió Andrés, y, una vez solo, Vesovchikov echó una mirada en derredor; estiró una pierna, calzada con pesada bota, la contempló, inclinóse, palpó la gruesa pantorrilla y alzando la mano examinó atentamente palma y revés. Tenía la mano espesa, cubierta de vello amarillo y los dedos cortos. Agitándolos en el aire, se levantó.

Cuando volvió Andrés con el samovar, el picado de viruelas, ante el espejo, le acogió con estas palabras:

—Hace tiempo que no me había visto la jeta...

Y añadió, sonriendo, con la cabeza gacha:

—Feo, ya lo soy...

—¿Qué puede importarte?—preguntó Andrés contemplándole con curiosidad.

—Sachenka dice que la cara es el espejo del alma —explicó lentamente el mozo.

—¡No es verdad!—exclamó el pequeño-ruso—. Ella tiene nariz ganchuda, pómulos como tijeras, en punta, y el alma como una estrella..., de una pureza tal...

Sentáronse a tomar té y comer algo.

Apoderóse Vesovchikov de una patata gorda, echó sal en un trozo de pan y empezó a masticar tranquila y lentamente, como un lobo.

—¿Y qué tal van por aquí las cosas?—prosiguió. con la boca llena.

Cuando Andrés le hubo referido con entusiasmo cómo se iba desarrollando en la fábrica la propaganda socialista, volvió a ponerse sombrío y dijo con voz ronca:

—¡Todo eso es muy largo! Hay que correr más...

Echóle la madre una ojeada, con el corazón agitado por un sentimiento hostil.

—¡La vida no es un caballo—replicó Andrés—y no hay quien la haga avanzar a latigazos!

Pero el picado de viruelas meneaba la cabeza con obstinación:

—¡Demasiado largo! Yo no tendré paciencia... ¿Qué debo hacer?

Dejó caer los brazos con desaliento, miró al pequeño-ruso y calló, esperando respuesta.

—Todos tenemos que aprender y enseñar a los otros: tal es nuestra tarea—dijo Andrés, bajando la cabeza.

Vesovchikov preguntó:

—¿Y cuándo hay que pelear?...

—Antes nos darán de golpes todavía más de una vez, estoy persuadido... Pero no sé cuándo vendrá para nosotros el momento de luchar... Mira, primero hay que armar la cabeza y sólo después las manos... en opinión mía...

Siguió callando el joven y volvió a comer. Sin que lo notara, iba la madre examinando su ancho rostro picado de viruelas, deseosa de encontrar algo en él que la reconciliara con la persona maciza y pesada del muchacho. Y cuando tropezaba con el mirar penetrante de sus ojillos, removíase las cejas.

Agarrábase Andrés la cabeza con ambas manos, y mostrando agitación, ya se soltaba a hablar y reír, ya, interrumpiéndose brusco, silbaba un cantar.

Creía la madre comprender lo que causaba la inquietud del joven. Vesovchikov era taciturno; cuando el pequeño-ruso le interrogaba sobre algo, contestaba brevemente, con repugnancia visible.

Los dos moradores de la choza sentíanse estrechos y a disgusto en el cuartito y echaban alternativas miradas al visitante.

—Quisiera acostarme... Pasé encerrado mucho tiempo y me soltaron de pronto, eché a andar... y estoy cansado...

Cuando estuvo en la cocina, todavía se revolvió un rato; cesó el ruido, y luego hubo un silencio de muerte. La madre le dijo a Andrés cuchicheando:

—¡Tiene pensamientos terribles!

—¡Es un muchacho difícil!—asintió el pequeño-ruso, agachando la cabeza—. Pero ya se le pasará. Yo también he sido como él. Cuando el corazón no se quema con ardor, se le acumula dentro mucho hollín... Vaya a acostarse, madrecita; yo aún quiero leer un rato...

Fuése ella a un rincón, en donde había un lecho con colcha de indiana. Sentado en la mesa, oyó Andrés el cálido murmullo de sus oraciones y suspiros. Mientras volvía con rapidez las hojas del libro, enjugábase la frente febril, se tiraba del bigote con los dedos largos, meneaba los pies... El péndulo del reloj resonaba; en las ventanas, el viento resbalaba por las vidrieras con un gemido. Y la madre decía en voz baja:

—Señor ¡Cuánta gente hay en el mundo... y cada cual se queja a su modo...! ¿En dónde estarán los felices?

—¡Los hay, los hay! Y pronto serán muchos..., ¡ah!, serán tantos...—declaró el pequeño-ruso.

XXI

IBA corriendo rápida la vida, y eran los días multicolores y diversos... Cada cual traía consigo alguna novedad, que ya no inquietaba a la madre.
Por las noches, cada vez más a menudo, llegaban algunos desconocidos; conversaban a media voz con
Andrés, como preocupados; luego, muy tarde, se
iban en la oscuridad, prudentes, sin meter ruido, al-
zado el cuello, baja la visera de la gorra. Se dejaba
sentir que todos estaban conteniendo su excitación,
que todos hubieran querido cantar y reír, pero que
no les quedaba tiempo: siempre estaban de prisa.
Irónicos y graves los unos, francamente alegres, vibrantes de juventud los otros, pensativos y tacitur-
nos otros más, en todos había para los ojos de la
madre, algo tenaz y seguro. Todas aquellas figuras,
por distintas que fueran entre sí, fundíanse para
ella en un solo rostro, enjuto, tranquilo, resuelto,
claro rostro de mirada profunda, acariciadora y severa, como el de Jesús en Emaús.

Contábalos la madre y se los imaginaba en derredor de Pavel, como una multitud; así le deiaban menos visible a ojos de sus enemigos.

Una noche llegó de la ciudad una chica avispada,
de pelo rizado; traía un bulto para Andrés, y al salir le dijo a la madre, con mirada alegre y chis-
peante:

—¡Hasta la vista, camarada!

—¡Hasta la vista!—respondió la madre conteniendo una sonrisa.

Y después de haber acompañado a la moza, se
fué a la ventana para ver cómo se iba por la calle
su "camarada", saltarina y fresca como una flor primaveral, ligera como una mariposa.

"¡Camarada!—dijo para sí la madre cuando la
muchacha desapareció—. ¡Ay, querida! ¡Dios te de-
pare un buen camarada para la vida entera!"

Había notado en los que venían de la ciudad, a
menudo, ciertos rasgos infantiles, y entonces sonreía condescendiente; pero a la vez la llenaba de
ıbro y gozo la presencia de aquella fe, cuya

139

profundidad iba sintiendo más cada día. Sus ensueños de triunfo para la justicia le comunicaban encanto y calor; cuando hablaban de ellos, suspiraba sin querer, presa de un dolor desconocido. Pero lo que sobre todo la conmovía, era su sencillez, su olvido de sí, tan bello y generoso.

Entendía ya muchas cosas, cuando sus huéspedes discutían sobre el vivir; dábase cuenta de que, en efecto, habían encontrado la fuente verdadera de la desdicha humana, y solía prestar aprobación a sus opiniones. Pero, en el fondo del alma, no creía que lograran transformar la existencia según lo imaginado, ni que contasen con fuerza bastante para atraer a sí a todos los obreros. Todos querían hartarse el mismo día; nadie aplaza su yantar, ni una semana siquiera, si puede comérselo en seguida. Escasos habían de ser los que tomaran el camino lejano; y no verían los ojos a cuántos llevaba hasta el reino legendario de la fraternidad de los hombres. Por eso toda aquella buena gente, a pesar de sus barbas y de sus rostros fatigados, eran como niños a sus ojos.

—¡Queridos!—pensaba, meneando la cabeza.

Vivían todos ya una vida buena, seria e inteligente; hablaban todos bien; y deseosos de enseñar a los otros lo que sabían, entregábanse a la tarea sin regateo. Comprendía la madre cómo se podía gustar de una existencia así, a pesar del peligro; y, suspirando, miraba atrás hacia allí donde su pasado se extendía como una faja estrecha, sombría y chata. Sin advertirlo, iba entrándole poco a poco la conciencia de ser indispensable para una vida nueva. Antes, no se había sentido jamás útil para nada; y ahora veía claramente que la necesitaban muchos, sensación nueva y grata que le hacía erguir la cabeza.

Iba metiendo regularmente folletos en la fábrica, con el sentimiento del deber cumplido; había imaginado una porción de tretas muy hábiles; los agentes de policía, acostumbrados a verla, no reparaban ya en ella. Sin embargo, la registraban varias veces, pero siempre al otro día de haber repartido las hojas. Cuando no llevaba encima nada comprometedor, sabía excitar las sospechas de guardias y espías, que la detenían y palpaban. Fingíase entonces ofendida, y se peleaba con los agentes; pero, de pués de confundirlos, se marchaba, orgullosa de habilidad. Iba empezando a tomarle gusto al jueg..

A Vesovchikov no le volvieron a admitir en la fábrica, y se empleó en casa de un mercader de maderas; mañana y tarde iba guiando por el arrabal cargamentos de vigas, leña y tablas. La madre le veí casi a diario. Un tronco de caballos negros avanzaba con la tensión, las patas temblonas, apoyándolas fuertemente en el suelo; eran animales viejos y huesudos, que agitaban la cabeza triste y cansina, con la fatiga reflejada en los ojos empañados. Tras ellos, alargábase una viga trepidante y húmeda, o un montón de tablas, cuya extremidad resonaba con estrépito; y, al lado, sin recoger las riendas, iba el picado de viruelas, sucio, harapiento, calzando pesadas botas, la gorra en la oreja, torpe y macizo como un leño aún no desbastado. Sacudía la cabeza, bajos los ojos para no ver nada. Sus caballos atropellaban ciegos a la gente, a los carros que venían en dirección contraria, y en derredor del joven revoloteaban como zánganos los gritos de cólera y los denuestos furiosos. Sin levantar la cabeza ni contestar, iba silbando de manera ensordecedora, aguda, y refunfuñando sordamente a sus caballerías:

—¡Anda, toma, toma!...

Cada vez que se reunían en casa de Andrés para leer un folleto o el último número de un periódico extranjero, iba Vosovchikov, se sentaba y se estaba escuchando una hora o dos, sin proferir palabra. Acabada la lectura, discutían largamente los jóvenes, pero el picado de viruelas no tomaba nunca parte en la discusión y era el último que se iba. Cuando se quedaba solo con Andrés le hacía preguntas con aspecto sombrío.

—¿Quién es el más culpable de todos?

—El que dijo primero: "¡Esto es mío!" Y como ese hombre murió hace miles de años, es inútil enfadarse con él—decía el pequeño-ruso bromeando, pero con expresión inquieta en los ojos.

—Pero, ¿y los ricos y los poderosos? ¿Y los que los defienden? ¿Tienen ésos razón?

Cogíase el pequeño-ruso la cabeza con las manos, se retorcía el bigote y hablaba largamente de la vida de los hombres, con palabras sencillas y claras. Pero de las suyas resultaba siempre que a todos en general les cabía culpa, lo cual no satisfacía al picado de viruelas. Mordiéndose fuertemente los labios gruesos, meneaba éste la cabeza, y declaraba, en tono desconfiado, que no era así, marchándose después descontento y sombrío.

Una vez exclamó:

—No..., tiene que haber culpables..., ¡y por ahí estarán! Yo te lo digo: es necesario roturar a fondo la vida entera, sin piedad, como un campo cubierto de hierba mala...

—Eso dijo Isaías el listero una vez, hablando de vosotros—observó la madre.

—¿Isaías?—preguntó Vesovchikov después de un instante de silencio.

—¡Sí! ¡Qué hombre más malo! Vigila y espía a todos, hace preguntas..., ha empezado a venir con frecuencia por nuestra calle y mira a nuestras ventanas...

—¡A vuestras ventanas!—repitió Vosovchikov.

Estaba ya acostada la madre y no podía verle el rostro. Pero comprendió que había hablado con exceso, cuando el pequeño-ruso exclamó vivamente, en tono conciliador:

—¡Nada importa que venga por esta calle y mire a las ventanas! Tiene horas libres y se pasea.

—¡No, aguarda!—exclamó el joven con voz sorda—. ¡Ése es el culpable!

—¿Culpable de qué?—preguntó Andrés—. ¿De ser tonto?

Pero no contestó a la pregunta el picado de viruelas y se marchó.

Se paseaba arriba y abajo el pequeño-ruso, lentamente, con lasitud, arrastrando suavemente los pies, delgados como patas de arañas. Se había quitado las botas, como solía, para no meter ruido ni molestar a la madre. Pero ésta no llegaba a dormirse.

—¡Me da miedo!—dijo con inquietud, cuando el picado de viruelas se hubo marchado—. Está como una estufa al rojo blanco: no da calor y quema...

—¡Sí!—contestó el pequeño-ruso, marcando las palabras—. Es un chico irascible. No le vuelva a hablar de Isaías, madrecita... El tal Isaías es un espía verdadero..., hasta le pagan porque lo sea.

—¡No hay que asombrarse! ¡Su mejor amigo es un guardia!

—¡Vesovchikov acabará por degollarle!—continuó

Andrés con inquietud—. ¡Ahí ve qué sentimientos despiertan en las filas inferiores los que mandan nuestra vida!... Cuando todos los que se parecen al picado de viruelas lleguen a adquirir conciencia de su situación humillante y a perder la paciencia... ¿qué sucederá, Dios mío? La sangre salpicará hasta el cielo, y la tierra echará espuma, como si la cubriese una marea roja.

—¡Es terrible, Andrés, hijo!—articuló febrilmente la madre.

—Nuestros enemigos no alcanzarán más que lo que merecen... Y, sin embargo, madrecita, cada gota de sangre suya habrá sido lavada de antemano por lagos de lágrimas del pueblo...

Se echó de repente a reír, y añadió:

—Es justo, pero consolador no lo es...

XXII

Un domingo, cuando volvía la madre de la tienda de comestibles, abrió la puerta de entrada, y, en el umbral, sintióse invadida por gozo súbito, semejante a la lluvia de estío: había oído resonar en el cuarto la fuerte voz de Pavel.

—¡Aquí está!—exclamó el pequeño-ruso.

Advirtió la madre con cuánta rapidez se volvió el hijo hacia ella; vió que el rostro se le iluminaba con un sentimiento, prometedor de grandes cosas.

—¡Ya estás de vuelta... en casa!—cuchicheó, desconcertada por la sorpresa, y sentándose.

Inclinóse Pavel hacia ella, muy pálido; lágrimas luminosas relucían en sus ojos y le temblaban los labios. Estuvo callado un instante; Pelagia le contemplaba sin hablar.

Pasó el pequeño-ruso por delante de ellos silbando, con la cabeza baja, y salió.

—¡Gracias, madre!—dijo Pavel con voz baja y profunda, apretándole la mano con sus dedos temblorosos—. ¡Gracias, mamá querida!

Alegremente conmovida por la expresión del rostro de su hijo y por los acentos de su voz, acari ciábale los cabellos, y, conteniendo los latidos del corazón, le dijo con dulzura:

—¡Dios sea contigo!... ¿Por qué me das gracias?

—¡Porque nos estás ayudando a llevar a cabo nuestra gran obra! ¡Gracias!—repitió—. Le honra mucho al hombre el poder decir que su madre es también familiar suya por el espíritu.

No contestó; sentía ella el corazón más ancho y aspiraba con avidez las palabras de Pavel, contemplándole, como extasiada; le parecía tan luminoso, tan cercano...

—Yo callaba, madre..., veía cuánto te chocaban las cosas de mi vida..., tenía compasión de tu alma, y nada podía hacer, porque no sabía cómo... Nunca creí que te unirías a nosotros, que aceptarías nuestras opiniones..., sino que continuarías soportándolo todo en silencio, como lo has hecho siempre en la vida... ¡Y me daba pena!

—¡Andrés me ha hecho entender muchas cosas! —dijo ella, deseosa de llamar al pequeño-ruso junto a su hijo.

—¡Ya me ha contado lo que hacías!—continuó Pavel riendo.

—También Yegor. Somos del mismo pueblo... Y Andrés hasta quería enseñarme a leer...

—Y a ti te dió vergüenza, y te pusiste a aprender tú sola, a escondidas...

—¡Ah, me ha espiado!—exclamó con azoramiento. Y agitada por el exceso de gozo que le llenaba el corazón, propúsole a Pavel:

—¡Hay que llamarle! Salió para no estorbarnos. No tiene madre...

—¡Andrés!—gritó Pavel, abriendo la puerta de entrada—. ¿Por dónde estás?

—Aquí, voy a cortar leña...

—Tiempo habrá, ven...

—Allá voy.

Pero no volvió inmediatamente, y en el umbral de la cocina declaró, mostrándose atareado:

—Hay que decirle a Vesovchicov que traiga leña; va quedando poca. Ya está viendo qué bien le sentó la cárcel a Pavel... En vez de castigar a los rebeldes, el gobierno los engorda...

Echóse a reír la madre, estremeciéndose dulcemente el corazón; estaba como embriagada de felicidad, pero ya un sentimiento de prudencia la movía a desear que su hijo se mostrara tranquilo, como siempre. Su alma, demasiado dichosa, quería que el primer goce de su existencia se replegara de golpe en su corazón para conservar siempre la misma fuerza y vivacidad. Como si temiera que se le aminorase la dicha, apresurábase a rescatarla, como el pajarero que ha capturado por casualidad un ave maravillosa.

—¡Aún no tomaste nada, vamos a comer, Pavel! —propuso.

—No. El vigilante me dijo ayer que habían resuelto ponerme en libertad y desde entonces no tengo hambre ni sed... La primera persona con quien me he encontrado aquí ha sido el viejo Sizov —contó, dirigiéndose a Andrés—. Al verme, cruzó la calle para darme la bienvenida... y yo le pedí que fuera prudente, porque soy hombre peligroso, sujeto a la vigilancia de la policía. "No importa eso", me respondió. ¿Y sabes lo que me ha preguntado, tocante a su sobrino? "¿Se ha portado bien Fiodor en la cárcel?" "¿Qué quiere decir con eso de *portarse bien* cuando uno está preso?" "Pues no irse de la lengua a propósito de los camaradas." Cuando le dije que Fiodor es un chico honrado e inteligente, se acarició la barba y me contestó con orgullo: "Nosotros, los Sizov, no tenemos pillos en la familia..."

—No es tonto el viejo —dijo Andrés meneando la cabeza—. Hablamos a menudo... ¡Es un buen hombre! ¿Dejarán pronto libre a Fedia?

—Uno de estos días, es probable... Creo que los soltarán a todos. No hay pruebas contrarias a nosotros, excepto las declaraciones de Isaías; y éste, ¿qué podía saber?

Iba y venía la madre, contemplando a su hijo. Andrés escuchaba al joven, de pie junto a la ventana, cruzados a la espalda los brazos. Pavel medía la habitación a zancadas. Se había dejado la barba, que se le rizaba en sus mejillas, ensortijada, negra y fina, mitigando el vigor de su piel atezada. Las ojeras le daban aspecto sombrío.

—¡A sentarse! —dijo la madre sirviendo la comida.

Mientras comían, Andrés llevó la conversación hacia Rybin. Cuando acabó de contar lo ocurrido, Pavel, con voz llena de pesar, pronunció:

—Si yo hubiera estado aquí, no habría consentido

en dejarle marchar de este modo. ¿Qué lleva consigo? Un sentimiento de rebelión y unas ideas embrolladas...

—¡Vaya!—exclamó Andrés, riendo—. Cuando un hombre ha cumplido los cuarenta, y ha luchado mucho contra las dudas y las sospechas de su alma, es difícil que se transforme...

Discutieron, empleando vocablos que la madre no entendía. Cuando acabaron de comer, aún seguían bombardeándose sin piedad con palabras doctas. A veces, se expresaban con mayor sencillez:

—Tenemos que seguir nuestra ruta, sin apartarnos ni un paso...—declaró Pavel con firmeza.

—Y tropezarnos por el camino con decenas de millones de hombres que nos consideran como enemigos...

Escuchaba la madre; pudo alcanzar que a Pavel no le gustaban los aldeanos, en tanto que Andrés salía en defensa suya, y opinaba que también a ellos había que enseñarles el bien. Entendía mejor a Andrés, y pensaba que estaba en lo cierto; cuando le decía algo a Pavel tendía ella el oído, conteniendo el resuello, y esperaba impaciente la contestación del hijo, para saber si el pequeño-ruso no le ofendía. Pero iban discutiendo sin reñir.

De tiempo en tiempo, Pelagia le preguntaba al hijo:

—¿Está eso bien, Pavel?

Y él contestaba sonriendo:

—Sí.

—De modo que usted, señor mío—decía el pequeño-ruso con aire de malicia—comió bien, no mascó lo suficiente y se le quedó un pedazo en la boca... Pues póngase a hacer gárgaras...

—No digas tonterías—aconsejaba Pavel.

—¡Yo! Tan serio estoy como en un entierro...

La madre, meneando la cabeza, se reía...

XXIII

Acercábase la primavera, iba fundiéndose la nieve y descubría el fango y el hollín de las chimeneas de la fábrica, que había disimulado con su blancura.

Cada día el barro se hacía más agresivamente aparente y el arrabal entero parecía sucio y cubierto de harapos. De día, las techumbres goteaban y las tapias grises de las viviendas echaban humo como si sudaran. De noche colgaban por todas partes los carámbanos y brillaban débilmente. El sol se mostraba cada vez más a menudo y los arroyos indecisos empezaban a correr suavemente hacia el pantano. Al mediodía, la canción acariciadora de las esperanzas primaverales palpitaban por encima del arrabal.

Se preparaba el festejo del 1 de mayo.

Habíanse repartido hojas por la fábrica y por el barrio, explicando la significación de la fiesta; y hasta los jóvenes que no tenían nada común con los socialistas, decían leyéndolas:

—¡Hay que hacer algo!

Vesovchikov exclamaba con sonrisa hosca:

—¡No es madrugar; bastante se jugó al escondite!

Fedia Mazin se regocijaba. Había enflaquecido mucho y la nerviosidad de sus gestos y expresiones traía el pensamiento de una alondra enjaulada. Iba siempre en compañía de Jacobo Somov, muchacho taciturno y seriote, a pesar de sus pocos años, que trabajaba en la ciudad. Samoilov, cuyos cabellos y barba se habían puesto más rojos todavía en la cárcel, Vasili Gusev, Bukin, Dragunov y unos cuantos más juzgaban que era indispensable proveerse de armas; pero Pavel, el pequeño-ruso, Somov y sus amigos no eran de tal parecer.

Yegor se les unió entonces, como siempre, cansado, jadeante y bañado en sudor. Dijo, bromeando:

—La tranformación de la organización actual es una obra grande, camaradas, pero, para que adelante más fácilmente, es necesario que yo me compre

147

zapatos nuevos—y enseñó sus botas hechas pedazos y empapadas—. También mis chanclos están enfermos y todos los días me mojo los pies. No quiero bajar al seno de la tierra antes que hayamos
renegado del mundo viejo de manera pública y visible; por eso, rechazando la moción del camarada
Samoilov referente a una demostración armada, propongo que se me calce con un par de botas sólidas,
porque estoy profundamente convencido de que eso
es más útil para el triunfo de nuestra causa que el
más vasto alboroto...

Sin dejar su lenguaje gráfico, fué explicando cómo
el pueblo había ido tratando de mejorar su suerte en
los diversos países. Gustaba la madre de oír aquellos discursos, que le producían un raro efecto. Imaginábase entonces que los peores enemigos del pueblo, los que tan a menudo y con tanta crueldad le
engañaban, eran unos hombrecillos barrigones, de
mejillas rojas, rapaces, astutos, despiadados y tor-
vos. Si el poder de los zares les hacía la vida difícil, excitaban a la gente obrera para que se apodera-
se de la autoridad; y después, cuando el pueblo sublevado arrancaba el poder de manos del emperador, los hombrecillos se lo quitaban hábilmente y
enviaban a su camaranchón a los trabajadores; y
si éstos querían discutir con ellos, los mandaban
matar, por centenas y por millares.

Pavel dijo una vez, hablando de Yegor:

—Ya sabes, Andrés, que los que más ríen son
aquellos cuyo corazón está sufriendo sin cesar.

Tras un instante de silencio, el pequeño-ruso contestó, cerrando a medias los párpados:

—¡No es verdad! Si lo fuese, Rusia entera se estaría muriendo de risa...

Volvió también Natacha; había estado presa, en
otra ciudad, pero no sufrió cambio alguno. Advertía
la madre que, cuando la chica estaba presente, el
pequeño-ruso se ponía más contento, lo echaba todo
a broma, con malicia y sin maldad, y hacía reír a
Natacha; pero, cuando ésta se iba, empezaba él tristemente a silbotear sus innumerables canciones, y
a pasearse por la habitación arrastrando los pies.

Sachenka venía a menudo, siempre entristecida
y presurosa; iba poniéndose cada vez más áspera,
más esquinada.

Una vez, salió de la casa en compañía de Pavel,

y, como no cerraran la puerta, oyó la madre una rápida conversación:

—¿Llevará la bandera?—preguntó la joven en voz baja.

—Sí.

—¿Está decidido?

—Sí; a mí me corresponde.

—¿Y otra vez a la cárcel?...

Pavel guardó silencio.

—¿No podría...?—continuó Sachenka; y se interrumpió.

—¿Qué?—preguntó Pavel.

—¿Déjarsela a otro...?

—¡No!—dijo él, resuelto.

—Reflexione... Con toda su influencia... Le quieren tanto. Usted y Andrés son aquí los jefes... ¡Lo que podrán hacer si están libres!... Piénselo bien... Le desterrarán..., mandándole muy lejos... Años, quizá...

A la madre le pareció reconocer en la voz de la muchacha sentimientos familiares para ella: temor, ansiedad. Y las palabras de Sanchenka fueron a caer en su corazón de madre como goterones de agua helada...

—¡No, estoy decidido!—respondió Pavel—. Y por nada en el mundo renunciaría...

—¿Ni aunque yo se lo rogase...? Ni aunque yo... Interrumpióla Pavel vivamente, con voz de verdadera severidad:

—No hay que hablar así... ¿En que está pensando? Usted no debe hablar así.

—¡Soy una criatura humana!—alegó ella.

—¡Buena y dulce criatura humana!—replicó Pavel en voz baja, con tono raro, como si le costara trabajo respirar—. Criatura querida..., tan querida... Y por eso..., por eso no hay que hablar así.

—¡Adiós!—dijo la joven.

Y en el sonar de sus tacones comprendió la madre que Sachenka se alejaba con rapidez, casi corriendo. Pavel la siguió al patio.

Un terror tremedo, atroz, invadió a la madre. No había entendido de qué se trataba; adivinaba que una desdicha nueva estaba en acecho, una gran desdicha oscura. Y la pregunta: "¿Qué quería hacer?", penetró en su cerebro como un clavo.

Volvió Pavel a la cocina con Andrés, y éste decía meneando la cabeza:

—¡Maldito Isaías! ¿Qué haremos con él?

—Habrá que aconsejarle que desista de espiar —respondió Pavel en tono adusto.

—¡Denunciará a los que se lo aconsejen!—prosiguió el pequeño-ruso, tirando la gorra a un rincón.

—¿Qué vas a hacer, Pavel?—preguntó la madre, bajando la cabeza.

—¿Cuándo? ¿Ahora?

—El día uno de mayo.

—¡Ah!—exclamó Pavel bajando la voz—. Voy a llevar nuestra bandera... Me pondré a la cabeza de la manifestación, bandera en mano... Lo probable será que me lleven otra vez a la cárcel.

Los ojos de la madre empezaron a arder; una sequedad febril le llenó de repente la boca. Pavel la cogió de la mano y la acarició:

—¡Es necesario que lo haga, madre! ¡Será un gozo!

—Yo no he dicho nada—pronunció ella lentamente, levantando la cabeza. Pero cuando sus ojos tropezaron con la mirada de Pavel, en seguida la volvió a bajar.

Dejó caer él la mano de su madre, lanzó un suspiro, y prosiguió, como reconviniéndola:

—Tendrías que alegrarte y no sentir pena... Cuando haya madres que manden sus hijos a la muerte hasta con alegría...

—¡Arre, arre!—gruñó el pequeño-ruso—. Ya se montó nuestro hombre en el caballito, y corre, corre...

—¡Yo no he dicho nada!—repitió la madre—. No te lo impido... Si tengo lástima de ti, será cuenta mía.

Pavel se alejó un poco de ella, que le oyó pronunciar frases secas y amargas:

—Hay cariños que no le dejan vivir a un hombre.

Estremecióse ella, y temiendo que dijese algo más en contra de su corazón, exclamó vivamente:

—No hables así, Pavel... Ya entiendo... Tú no puedes obrar de otro modo, por los camaradas...

—No!—dijo él—. Si voy, será por mí... Podría no ir, pero quiero, e iré.

Paróse Andrés en el umbral, como si estuviera

en un marco; era más alto que la puerta y doblaba las rodillas de modo raro, apoyando un hombro en una jamba y adelantando el cuello, la cabeza y el otro hombro.

—¡Mejor sería que no charlara usted tanto, señor mío!—dijo, clavando con aire sombrío los ojos saltones en Pavel.

Parecía un lagarto oculto en la hendidura de una piedra.

La madre tenía ganas de llorar; pero, como no quería que Pavel lo advirtiera, murmuró de repente:

—¡Ay! Algo se me olvida...

Y salió. Bajo el alero apoyó la cabeza en la pared, en un rincón, dando libre curso a sus lágrimas; lloraba sin ruido, sin gemidos, desfalleciendo, como si se le escapara por los ojos la sangre del corazón. Por la semiabertura de la puerta mal cerrada, iba llegando a ella la discusión en sordos rumores.

—¡Te gozas en atormentarla!—decía el pequeño-ruso.

—No tienes derecho para hablarme así.

—No sería buen camarada si me quedase callado al ver tus piruetas estúpidas... ¿Por qué le has dicho eso? ¿Lo sabes?

—Siempre hay que hablar con firmeza, dígase lo que se diga.

—¿A tu madre?

—¡A todos! No quiero amor ni amistad que me detenga o ponga obstáculos...

—¡Vaya un héroe! ¡Suénate, y vete luego a decirle lo mismo a Sachenka!... A ella hubieras tenido que hablarle así.

—¡Ya lo hice!

—¿Tan duramente? No es verdad. A ella le hablaste con voz cariñosa, con ternura... No te oí, pero lo sé... Delante de tu madre manifiestas tu heroísmo..., ¿verdad? ¡Pues, entérate, animal! Tu heroísmo no vale nada...

Pelagia se enjugó vivamente las lágrimas. Temía que el pequeño-ruso ofendiese a su hijo; abrió la puerta, y, volviendo a la cocina, dijo, temblando toda de pesar y de miedo:

—¡Ay! ¡Qué frío hace! Y estamos ya en primavera...

Y mientras iba quitando cosas de en medio sin saber para qué, siguió, levantando la voz con ánimo de dominar el ruido de la convesación de los jóvenes:

—Todo ha cambiado..., la gente se calienta y el tiempo se enfría... Antes, por este tiempo, hacía ya calor, estaba claro, el cielo, el sol brillaba...

Hubo silencio en la habitación. La madre siguió inmóvil en medio de la cocina, esperando quién sabe qué.

—¿Lo entendiste?—preguntó Andrés en voz baja—. Hay que entenderlo..., ¡qué diablos! Tiene el corazón más rico que tú.

—¿Queréis té?—dijo la madre con voz entrecortada.

Y, sin esperar respuesta, exclamó para disimular su turbación:

—¿Pero qué me pasa?... Estoy aterida de frío...

Salió Pavel lentamente de la habitación. Miró a hurtadillas a su madre, y una sonrisa de azoramiento tembló en sus labios.

—¡Perdóname, madre!—murmuró—. Soy todavía un chiquillo, un bobo...

—¡No me riñas más!—dijo la madre con tristeza, estrechando contra su pecho la cabeza de Pavel—. No me digas nada más... ¡Que Dios sea contigo!... Tu vida es cosa tuya... ¡Pero no toques a mi corazón! ¿Cómo una madre no va a tener compasión de su hijo?... Es imposible... Yo la tengo de todos vosotros... ¡Ah! Todos sois de la misma raza. Sois todos buenos... ¿Y quién iba a tener compasión de vosotros, sino yo?... Tú escogiste ese camino... Otros te siguieron, dejándolo todo, y se fueron..., se fueron, Pavel...

Un gran pensamiento se agitaba en su corazón, dándole alas y la llenaba de alegría, que era a la vez, angustia y martirio; pero la madre no encontraba palabras para expresarlo y seguía mirando a su hijo con ojos brillantes de dolor, agudo y ardiente...

—¡Bueno, mamá! Perdona..., hice mal—cuchicheó Pavel bajando la cabeza.

Le echó una mirada rápida, sonriendo; y añadió, apartándose confuso, pero apaciguado:

—Nunca lo olvidaré, palabra de honor.

Apartándose de su lado, Pelagia entró en la habitación y dijo con voz suplicante a Andrés:

—¡Andrés, no le riña!... Ya sé que tiene más años que él..., pero...

El pequeño-ruso, que le volvía la espalda, no se meneó y se puso a gritar con voz rara y cómica:

—¡Ja, ja, ja! Sí, le regañaré... y hasta le daré una paliza...

Dirigióse lentamente a él la madre, con la mano tendida, diciendo:

—¡Buen amigo mío!

El pequeño-ruso se apartó, bajó la cabeza como la de un toro al embestir, y huyó a la cocina, escondiendo las manos detrás.

En seguida resonó su voz, irónica y sombría:

—¡Vete, Pavel, si no quieres que te arranque la cabeza!... No me crea, madrecita, que estoy de broma. Ya preparo el samovar... ¡Qué carbón tan malo... y tan húmedo...! Que el diablo se lo lleve.

Calló. Cuando la madre volvió a la cocina, estaba sentado en el suelo y encendía el samovar. Sin mirarla, continuó:

—¡No tenga miedo, madrecita, no he de tocarle! Soy bueno y tierno... como nabo hervido... ¡Y le quiero, también! Tú, héroe, no escuches. Lo que no me gusta es su chaleco... Se ha puesto uno nuevecito, mírelo, que le tiene encantado, y va sacando su barriga y empujando a la gente para que le vea bien el chaleco. Será bonito, sí, pero, ¿por qué atropellar al prójimo? ¡Hay ya tan poco sitio!

Pavel preguntó, sonriendo:

—¿Vas a gruñir mucho todavía? Ya me lo has echado en cara, y es bastante...

El pequeño-ruso, sentado aún en el suelo, había colocado el samovar entre sus piernas y lo contemplaba. La madre, parada junto a la puerta, clavaba los ojos tristes y afectuosos en la nuca redonda y en el cuello largo de Andrés. Echóse éste hacia atrás, apoyando las manos en el suelo, y miró a madre e hijo con los ojos un tanto colorados:

—¡La verdad es que son buena gente!—dijo a media voz.

Inclinóse Pavel y le agarró un brazo.

—¡No tires!—dijo el pequeño-ruso sordamente—. Vas a hacer que me caiga... Vete.

—¿Por qué os andáis molestando?—preguntó la madre con tristeza—, Mejor sería que os dierais un abrazo, muy fuerte.

—¿Quieres?—dijo Pavel en voz baja.

—¿Por qué no?—contestóle Andrés, intentando alzarse.

Púsose Pavel de rodillas y los hombres se abrazaron; por un instante, los dos cuerpos llegaron a no tener más ·que un alma, encendida en ardiente amistad.

Lágrimas que nada tenían de amargo iban corriendo por la faz de la madre, que se las enjugó, diciendo, con torpeza:

—A las mujeres les gusta llorar... Llorar de gozo como lloran de pena...

El pequeño-ruso apartó a Pavel con un ligero manotón, y dijo, frotándose los ojos:

—¡Se acabó! Cuando los terneros juguetean un rato, los ponen a asar. ¡Ay, diablo de carbón! Tanto soplé, que se me han llenado los ojos...

Pavel sentóse junto a la ventana, inclinando la cabeza:

—No hay que avergonzarse de lágrimas como ésas —dijo con ternura.

Se le acercó la madre, sentándose luego a su lado. Tenía el corazón henchido de un sentimiento de valentía, suave y caliente.

—¡Qué importa!—pensaba, acariciando la mano de su hijo—. Imposible que sea de otro modo... ¡Tiene que ser así!

Y otros pensamientos familiares le iban dando vueltas en la memoria, pero no encontró ninguno con que expresar lo que en aquel momento sentía.

—Yo recogeré los cacharros..., madrecita; quédese ahí sentada—dijo el pequeño-ruso, levantándose y pasando al cuarto vecino—. Descanse... Harto la hicieron padecer...

Y se le hizo más cantarina la voz sonora cuando estuvo fuera del alcance de los ojos:

—No está bien que uno se alabe, pero acabamos de vivir un momento de vida buena, humana y llena de amor... Esto es lo sano...

—¡Sí!—dijo Pavel, volviendo los ojos a su madre.

—¡Todo está cambiado!—replicó ella—. La pena es diferente, la alegría es diferente... Yo no sé ya..., no entiendo ya por qué. vivo..., ¡y nada sé decir con palabras!

—¡Todo está cambiado!... Sí, y de ese modo tiene que ser—declaró el pequeño-ruso—. Porque un corazón nuevo se está desarrollando en el vivir, madrecita. Todos los corazones están rotos por la diversidad de intereses, roídos por la avidez ciega, mordidos por la envidia, cubiertos de llagas y heridas purulentas... de mentira y cobardía... Los hombres están todos enfermos, tienen miedo de vivir... Es como si anduviesen errantes por la niebla... y ninguno conoce más que su propio dolor. Pero sobreviene un hombre que alumbra la vida con el fuego de la razón, gritando y llamando: "¡Eh! ¡Insectillos extraviados! ¡Ya es hora de que entendáis que todos tenéis unos mismos intereses y cada cual su derecho a vivir y desarrollarse!" El que grita está aislado, y por eso clama en alta voz; necesita tener amigos, porque, solo, siente frío y tristeza. Y a su llamamiento, todos los corazones se juntan en uno, por lo mejor que tienen, formando un corazón inmenso, fuerte, profundo, sensible, como campana de plata... Y lo que la campana nos dice es esto: "¡Uníos, hombres de todos los países; no forméis más que una familia! Madre de la vida es el cariño, y no el odio." ¡Hermanos, yo estoy oyendo ya la campana!

—¡También yo!—dijo Pavel.

La madre apretó con fuerza los labios, para que no temblaran, y cerró los ojos para contener el llanto.

—Ya esté acostado, ya vaya por cualquier parte que sea, oigo resonar en todos los lugares esa campana... y me siento feliz. ¡Ya sé que la tierra, cansada de soportar injusticias y dolor, contesta al repique con sus rumores y tiembla suavemente para dar la bienvenida al sol nuevo que se levanta en el pecho del hombre!

Pavel agitó la mano; iba a hablar cuando la madre le agarró del brazo y tiró, susurrando:

—¡No le interrumpas!...

—¿Sabéis?—continuó el pequeño-ruso, parado junto a la puerta, chispeantes los ojos—. Hay todavía mucha reserva de dolor para el hombre, manos ávidas que le sacarán todavía mucha sangre..., pero todo ello, todo mi dolor y toda mi sangre, no son más que el rescate de cuanto yo poseo en mí, en mi cerebro y en la medula de mis huesos... Ya soy rico, como una estrella lo es de sus rayos... Todo lo soportaré..., todo lo sufriré..., porque llevo en mí un gozo que nadie ni nada matará nunca, y ese gozo es mi fuerza.

Hasta mediada la noche fué siguiendo la conversación, armoniosa y sincera, acerca de la vida, de los hombres, de lo por venir.

Cuando un pensamiento se le aclaraba, escogía Pelagia en su pasado cualquier cosa—siempre algo penoso y grosero—y lo empleaba como piedra para consolidar el pensamiento en su corazón. Al cálido influjo de aquellas palabras, su inquietud se derretía; iba experimentando sentimientos como los del día en que su padre le dijo, en tono repulsivo:

—¡Es inútil hacer muecas! Hay un imbécil que quiere casarse contigo..., pues tómalo. Todas las chicas se casan y todas las mujeres hacen hijos; para todos los padres, los hijos son una carga. ¿No eres tú criatura humana?

Vió entonces abrírsele delante un inevitable sendero, que se alargaba sin fin, en torno a un lugar desierto y oscuro, y lo ineluctable del destino le llenó el corazón de calma ciega. Ahora le pasaba otro tanto, sólo que, al presentir la llegada de una nueva desdicha, iba diciendo interiormente, sin saber a quién:

—¡Toma, aquí tienes!

Y así se aliviaba la pena de su corazón, que cantaba, estremecido en el pecho, como cuerda tensa...

En lo profundo de su alma turbada por la ansiedad de la espera, vacilaba, débil aún y contenida, una esperanza: no se lo quitarían todo, no se lo arrancarían todo, quizá... Algo le quedaría.

XXIV

Muy de mañana, cuando apenas acababan de salir Andrés y Pavel, María Korsunova llamó a la ventana con violencia y gritó:

—¡Han asesinado a Isaías! ¡Vamos a verlo!

Estremecióse la madre; el nombre del asesino se le había clavado en su mente como una flecha.

—¿Quién lo hizo?—preguntó echándose un chal por los hombros.

—El asesino no se quedó junto a Isaías; dió el golpe y desapareció—fué la respuesta.

En la calle, María prosiguió:

—Otra vez empezarán a registrarlo todo para encontrar al culpable. Es una suerte que tus dos hombres estuvieran en casa..., yo lo puedo atestiguar... Pasé por delante después de medianoche y eché una mirada por la ventana... Los tres estabais en derredor de la mesa...

—¿Pero, María, cómo podrían acusarlos?—exclamó la madre, aterrorizada—. ¿Quién ha podido ser?

—¿Quién lo mató? ¡Gente vuestra de seguro! —contestó María con convicción—. Todos saben que él los espiaba...

Detúvose la madre, jadeando, y se llevó la mano al pecho.

—¿Qué te pasa? No temas... A Isaías no le han dado más que su merecido... Vamos de prisa, van a llevárselo...

Echó a andar Pelagia, sin preguntar por qué iba a verlo; vacilaba, pensando en Vesovchikov.

"¡Consiguió lo que se proponía!", pensó alelada.

No lejos de la fábrica, entre los escombros de una casa recién consumida por el incendio, multitud de gente apiñábase con rumor de colmena, pisoteando los despojos calcinados y levantando una nube de ceniza. Había muchas mujeres, más chiquillos, tenderos, mozos de la taberna cercana, agentes de policía y el guardia Petlin, viejo, alto, con barba de plata y varias medallas condecorándole el pecho.

Isaías estaba en medio tendido en el suelo, apoyada la espalda en una viga ennegrecida por las llamas, y caída la cabeza sobre el hombro derecho. La diestra metido en un bolsillo del pantalón; los dedos de la mano izquierda hundíanse en la tierra quebradiza.

Contempló la madre el rostro del muerto, uno de cuyos ojos empañados parecía clavarse en la gorra, derribada entre las piernas estiradas; la boca estaba entreabierta, como en expresión de asombro, y la perilla bermeja colgaba, lamentable. El cuerpo flaco y la cara huesuda, cubierta de pecas, parecía empequeñecido, comprimido por la muerte. La madre se persignó, suspirando. En vida, el hombre aquel le había sido antipático; muerto, le inspiraba cierta compasión.

—¡No hay sangre!—dijo a media voz uno—. Le habrán atacado a puñetazos...

—¿Vivirá todavía? ¿Eh?

—Largo...—exclamó el guardia, apartándole.

—Ya vino el médico... y dijo que esto se acabó —declaró otro.

—Han cerrado la boca a un delator... y está bien hecho.

Conmovióse el guardia, separando con la mano a la muchedumbre de mujeres que le rodeaban, y preguntó con voz amenazadora:

—¿Quién ha dicho eso?

La gente retrocedía, viéndole acercarse. Algunos huyeron vivamente. Resonó una carcajada malévola.

La madre se volvió a su casa.

"¡Nadie tiene lástima de él", pensó.

Y el contorno macizo del picado de viruelas surgió ante sus ojos; los de él, estrechos, tenían un resplandor frío y rudo; su mano derecha se balanceaba, como herida.

Cuando Andrés y Pavel volvieron a comer, la madre los recibió preguntando:

—¿Y... qué? ¿No han detenido a nadie... por lo de Isaías?

—No he oído nada—contestó el pequeño-ruso.

Vió que ambos jóvenes estaban sombríos y preocupados e inquirió en voz baja:

—¿No se habla de Vesovchikov?

La mirada severa de su hijo fué a posarse en ella; contestó, acentuando bien las palabras:

—¡No! Ni siquiera piensan en él. Está fuera. Ayer, al mediodía, se fué para ir al río y aún no ha vuelto... Ya he preguntado por él.

—¡Gracias a Dios!—dijo la madre, con un suspiro de alivio—. ¡Gracias a Dios!

El pequeño-ruso le echó una ojeada y bajó la cabeza.

—Isaías está tendido en el suelo—prosiguió Pelagia, muy pensativa—, y parece como asombrado... Nadie lo siente, nadie tiene un buen recuerdo para él... Está pequeñito, ruín... Como un pedazo desprendido de algo de por allá...

Durante la comida, Pavel tiró de pronto la cuchara sobre la mesa y exclamó:

—¡No puedo entenderlo!

—¿Qué?—preguntó Andrés, hasta entonces triste y callado.

—Que maten a un animal feroz, a un ave de presa... es admisible... Yo creo que podría matar a un hombre convertido en fiera para sus semejantes... Pero, ¿cómo han podido levantar el brazo para asesinar a un ser tan lamentable y repulsivo?...

Encogióse Andrés de hombros, diciendo:

—Tan nocivo era él como una fiera...

—Ya lo sé...

—Y aplastamos al mosquito que nos chupa un poco de sangre—añadió en voz baja el pequeño-ruso.

—Sí, es verdad. ¡Pero no hablo de eso!... Digo que es repugnante.

—¿Y qué hacer?—replicó Andrés, encogiéndose nuevamente de hombros.

—¿Podrías tú matar a un ser así?—preguntó pensativo Pavel, tras un largo silencio.

Miróle el pequeño-ruso con sus ojos redondos, y echó después una rápida ojeada a la madre, contestando tristemente, pero con firmeza:

—¡Si no se trata más que de mí, ni tocar a nadie! Por los camaradas, por la causa, lo haría todo. Llegaría, si fuese necesario, a matar a mi propio hijo.

—¡Oh!—suspiró la madre.

Sonrió él, y dijo:

—¡Imposible hacer otra cosa! La vida lo quiere.

—¡Sí—repitió Pavel con lentitud—, la vida lo quiere!

Como si obedeciese a un impulso interior, levantóse Andrés de repente y se puso a gesticular.

—¿Qué hacerle?—exclamó—. Hay que aborrecer al hombre para que llegue antes el tiempo en que se le pueda admirar sin restricción. Hay que destruir al que entorpece el curso de la existencia, al que vende a los demás para comprarse honores y descanso. Si en el camino de los justos hay un Judas que los espera para hacerles traición, yo seré también traidor si no le aniquilo... ¿Es eso criminal? ¿No hay derecho? Y los otros, nuestros amos, ¿tienen derecho a servirse de soldados, verdugos, casas públicas y cárceles, presidio y todas las demás infamias que protegen su seguridad y bienes-

tar? Y si alguna vez tengo yo que echar mano de
su garrote... ¿qué voy a hacer?... Lo tomo, no lo
rechazo. Nuestros amos nos asesinan a cientos y a
miles y esto me da derecho para levantar el brazo
y dejarlo caer sobre la cabeza de un enemigo, del
que haya llegado más cerca de mí y sea el más pernicioso para las obras de mi vida. Ya sé que la sangre de mis enemigos no crea, que no es sangre fér-
til... Se borra sin dejar vestigio, porque está podri-
da; y cuando la nuestra riega el suelo como un cha-
parrón, la verdad brota con fuerza, también lo sé.
¡Pero si veo que es imprescindible matar, mataré
y reivindicaré la responsabilidad de mi crimen!
Porque yo no hablo más que por mí... Mi pecado
morirá conmigo, y no mancillaré lo por venir con
una sola mancha, no ensuciaré a nadie, a nadie,
más que a mí!

Iba y venía a zancadas, agitando los brazos delante de su rostro, como si cortara algo en el aire. Llena de tristeza e inquietud, le miraba la madre, sintiendo como si dentro de él se hubiese quebrado
un resorte y le estuviese haciendo daño. Ya no le
inquietaba el pensar en el crimen; si Vesovchikov
no era el asesino, ningún otro camarada de Pavel
podía serlo, pensaba. Su hijo escuchaba cabizbajo
al pequeño-ruso.

—Cuando se quiere ir adelante, hay que luchar
contra uno mismo. Hay que saber sacrificarlo todo,
todo el corazón... ¡No es difícil consagrar la vida
a la causa y morir por ella, pero hay que darle más
aún, hay que darle lo más querido que haya en la
vida..., y entonces, lo más querido, la verdad, irá
ganando fuerza!

Detúvose en mitad del cuarto; pálida la cara, semicerrados los ojos, continuó, alzando la mano en
actitud de promesa solemne:

—Ya lo sé, tiempo vendrá en que los hombres
sientan admiración mutua, en que cada cual brille
como una estrella a ojos de los demás, en que todos escuchen al prójimo como si su voz fuese música. Habrá en la tierra hombres libres, hombres
grandes por su libertad, y todos los corazones estarán abiertos, purificados de toda avidez y codicia.
Entonces la vida no será ya vida, sino culto rendi-
do al hombre; se exaltará su imagen, que para el
hombre libre es accesible toda cumbre. Se vivirá

entonces en libertad e igualdad, para la belleza; entonces, los mejores serán los que sepan apretar mejor al mundo sobre su corazón, los que más profundamente le amen, los más libres..., porque en ellos estará la mayor belleza... Entonces la vida será grande y grandes serán los que la vivan...

Calló, se irguió de nuevo, se balanceó, como badajo de campana, y prosiguió en voz que vibraba con toda su energía:

—Y en nombre de esa vida, estoy dispuesto a todo... Me arrancaré el corazón si es necesario, y lo pisotearé yo mismo...

Se le estremeció la cara; sus facciones se mantuvieron expresivas de excitación luminosa; uno tras otro le brotaron de los ojos lagrimones pesados.

Levantó Pavel la cabeza y le miró; estaba pálido, él también, y se le dilataban los ojos. La madre se levantó un poco en su silla; iba sintiendo una inquietud que crecía y se prolongaba en ella.

—¿Qué te pasa, Andrés?—preguntó Pavel en voz baja.

Sacudió la cabeza el pequeño-ruso, tendió el cuerpo como cuerda tirante, y dijo, mirando a la madre:

—He visto..., sé...

Levantóse Pelagia y corrió a él, temblando toda; se apoderó de sus manos; intentó él desprender la derecha, pero la madre le sostenía con fuerza, susurrando:

—¡Cálmate, Andrés, hijo mío..., cálmate!...

—¡Esperad!—murmuró el pequeño-ruso en voz sorda—; quiero deciros cómo pasó...

—¡No, no!—cuchicheó la madre, mirándole, llenos los ojos de lágrimas—, ¡no, no!...

Acercóse Pavel al camarada; le temblaban las manos; estaba lívido.

—La madre teme que hayas sido tú...—dijo a media voz, con risa extraña.

—No lo temo... Sé que no ha sido él... Y aunque le hubiera visto, no lo creería.

—¡Esperen!—prosiguió el pequeño-ruso sin mirarlos; meneaba la cabeza, intentando siempre soltar su mano—. No he sido yo, pero hubiera podido evitar el crimen...

—¡Cállate, Andrés!—dijo Pavel.

Y, agarrando con una mano la del pequeño-ruso, puso la otra en el hombro, como para contener el temblor que agitaba el cuerpo de su amigo. Inclinó éste la cabeza hacia Pavel y prosiguió, en voz baja y entrecortada:

—Yo no he buscado..., ¡ya lo sabes tú, Pavel! Mira lo que pasó: cuando nos dejaste, Dragunov y yo nos quedamos en la esquina y surgió Isaías bruscamente..., quedándose un tanto aparte..., y haciendo muecas, al mirarnos... Dragunov me dijo: "¿Lo ves? Me espía todas las noches. Acabaré por ajustarle la cuenta." Y se alejó para volverse a casa, según yo creía. Entonces Isaías se acercó a mí...

El pequeño-ruso lanzó un suspiro.

—Nunca me insultó nadie de manera tan baja como ese perro.

Sin hablar, la madre iba tirando de él hacia la mesa; por último, logró sentar a Andrés en una silla, dejándose ella caer a su lado. Pavel permaneció en pie, delante de ellos, tirándose de la barba con aspecto sombrío.

—Me dijo que la policía nos conoce a todos, que los guardias no nos pierden de vista y que nos van a encerrar antes del día uno de mayo... No le contesté, contento con echarme a reír, pero empezaba a hervirme el corazón. En seguida me dijo que yo era un muchacho inteligente, que no debía seguir este camino...

Detúvose el pequeño-ruso y se enjugó el rostro con la mano izquierda; tenía los ojos secos y brillantes.

—¡Ya entiendo!—dijo Pavel.

—¡Sí! Me dijo que valía más ponerse al servicio de la policía...

El pequeño-ruso tendió el puño:

—¡Que alma maldita, la del tal Isaías!... Hubiera preferido que me abofeteara..., hubiera sido menos penoso..., y puede que hubiera sido también mejor para él. Pero perdí la paciencia cuando me escupió al corazón su infecta saliva.

Desprendió Andrés convulsivamente su mano de la de Pavel y añadió con asco, en voz más sorda:

—Le di en mitad de la cara y me marché... Detrás, sé que Dragunov decía por lo bajo: "Ya te has caído." Se había quedado oculto en la esquina..., sin duda...

Tras un instante de silencio, el pequeño-ruso prosiguió:

—No me volví..., pero lo sentía..., comprendía la posibilidad... Después, oí ruido... Me marché tranquilamente, como si acabara de darle un puntapié a un sapo... Cuando llegué a la fábrica estaban gritando: "¡Han muerto a Isaías!" Yo me negaba a creerlo. Pero me dolía la mano... Ya no soy dueño de ella..., no siento ya dolor, pero me parece más corta...

Se echó una rápida ojeada a la mano y continuó:

—¡Nunca conseguiré lavar esta mancha impura!

—Con tal que tu corazón esté puro, querido—profirió la madre, llorando.

—No me acuso..., ¡eso, no!—prosiguió el pequeño-ruso con firmeza—. Pero es repugnante... No es agradable llevar un barro así en el pecho; para nada lo necesito.

—¿Qué piensas hacer?—preguntó Pavel mirándole con expresión suspicaz.

—¿Qué voy a hacer?—repitió Andrés.

Sumergióse en sus reflexiones, bajó la cabeza y la volvió a levantar, diciendo, con risa breve:

—No temo decir que el golpe fué mío... ¡Pero me avergüenzo de haberlo dado!

Dejó caer los brazos y se levantó, repitiendo:

—¡No lo puedo decir, me da vergüenza!

—No te entiendo bien—dijo Pavel encogiéndose de hombros—. No eres tú el que le mató, y aunque...

—Hermano, es un hombre, después de todo... Un asesinato es repugnante... Saber que otro asesina y no impedirlo..., quizá es más infame cobardía...

Pavel repitió con firmeza:

—¡No te entiendo en absoluto!

Y añadió, tras un instante de reflexión:

—O acaso puedo comprender, pero... no sentir de igual modo.

Sonó la sirena. El pequeño-ruso inclinó la cabeza sobre el hombro para escuchar el llamamiento autoritario, y declaró, sacudiéndose:

—No voy a trabajar.

—Tampoco yo—replicó Pavel.

—Me voy a los baños—añadió Andrés con breve risa.

Y, vistiéndose apresuradamente, salió de mala gana...

Siguiólo la madre con mirada de compasión, y habló a su hijo:

—Tú dirás lo que quieras, Pavel. Yo sé que es pecado matar a un hombre... y, aun así, creo que nadie tiene la culpa. Mirando a Isaías, recordé que me amenazó con mandarte ahorcar... Me daba lástima, así como así... Y ahora, ya no me da ni lástima...

Interrumpióse, reflexionó un instante y prosiguió. sonriendo con asombro:

—¡Señor mío, Jesús!... ¿Oyes, Pavel, lo que estoy diciendo?

Sin duda Pavel no lo había escuchado. Baja la cabeza, medía paso a paso la habitación, y exclamó con voz sombría:

—¡Ésa es la vida, madre! ¡Ya ves cómo excitan a unos hombres contra otros! Por las buenas o por las malas, hay que pegar. ¿Y a quién? A un hombre tan privado de derechos como uno mismo, a un hombre más desdichado todavía que uno, porque es estúpido... Agentes, guardias, espías, todos son enemigos para nosotros, y, sin embargo, son gente como nosotros; a ellos también los explotan, y no se los considera ya como hombres. Así han enemistado unos hombres contra otros; los han cegado, valiéndose de la tontería y del miedo, y los han atado de pies y manos; los oprimen, los explotan, los aplastan y los hieren, valiéndose de unos en contra de los otros. ¡Han transformado a los hombres en carabinas, en garrotes, en guijarros, y a eso llaman civilización! Es el gobierno, el estado...

Se acercó a su madre.

—¡Ése es el crimen, madre! ¡Un asesinato atroz de millones de hombres, un asesinato de almas!... ¿Entiendes? ¡Matan las almas! Ya estás viendo la diferencia entre los enemigos y nosotros; cuando uno de los nuestros ha herido a un hombre, se le ve con vergüenza, con asco, le duele..., pero, sobre todo, pierde el ánimo. Los otros, como desquite. asesinan a miles de personas tranquilamente, sin compasión, sin estremecerse; ¡matan con alegría, sí, con alegría!... Y así oprimen a todo el mundo, sólo para conservar la leña de su casa, sus muebles, su oro, su plata, unos trapos y unos papeles inútiles, todas esas miserables fruslerías que le prestan autoridad sobre sus semejantes. Piénsalo: no matan

al pueblo ni mutilan las almas para protegerse a
sí mismos, no es por ellos por quien lo hacen, sino
para defender su propiedad.

Pavel agarró la mano de su madre y la apretó, inclinándose hacia ella:

—Si pudieras llegar a sentir toda esa abomina-
ción, esa infecta podredumbre... comprenderías que
la razón es nuestra..., verías lo grande hermosa
que es nuestra causa...

Levantóse la madre, conmovidísima; estaba llena
del deseo de fundir su corazón con el de su hijo
en un mismo brasero.

—¡Espera, Pavel..., espera!—susurró, jadeante—.
Ya entiendo, ya siento yo..., ¡espera!

XXV

ALGUIEN acababa de llegar, y, ya bajo el alero, se
agitaba con ruido. Madre e hijo se miraron estremeciéndose.

Abrióse lentamente la puerta y dió paso a Rybin,
que entró encorvándose.

¡Aquí estoy!—dijo levantando la cabeza y sonriéndose—. ¡Ay! ¡Cuánto os eché de menos y qué
feliz me siento al veros otras vez!

Iba vestido con pelliza corta, manchada toda de
alquitrán, y calzaba alpargatas; unos guantes negros le colgaban del cinturón, y se cubría con gorro
de pieles.

—¿Qué tal de salud? ¿Ya te soltaron, Pavel? ¿Y
a ti, madre, cómo te va?

Sonreía Rybin enseñando los blancos dientes; se
le había dulcificado la voz y la barba se le comía
aún más el rostro. Contenta de volver a verle, la
madre le salió al encuentro, le estrechó la manaza
negra y dijo, aspirando el olor violento y sano de
alquitrán que traía consigo:

—¡Ah! ¿Eres tú?... ¡Cuánto me alegro!...

—Estás bien de aldeano—dijo Pavel sonriendo.

Contestó Rybin, despojándose de su abrigo sin
prisas:

—Sí, me he vuelto campesino, otra vez. Vosotros

vais poco a poco volviéndoos señores. Yo voy hacia atrás, ¡eso es!

Y estirándose la blusa de algodón pasó al otro cuarto y lo examinó con una ojeada circular.

—No habéis progresado en muebles, por lo que veo—comento—: sólo han aumentado los libros..., ¡eso es! Lo más precioso que se puede poseer ahora..., ¡la verdad! Bueno ¿y cómo andan los asuntos? ¡Contadme!

Sentóse, con las piernas muy separadas, apoyó las palmas de las manos en las rodillas, y clavó en su huésped los ojos atentos e inquisitivos. Contento y como reanimado, esperaba, con sonrisa buena, contestación de Pavel.

—Los asuntos andan bien—declaró Pavel.

—Da gusto, da gusto...—dijo Rybin.

—¿Quieres té?—preguntó la madre.

—De buena gana, y un vasito de aguardiente..., y si me dais algo de comer, tampoco lo rechazo. Estoy contento de volver a veros..., ¡eso es!

—¿Cómo te va, Mijail Ivanovich?—continuó Pavel, sentándose frente a él.

—Bastante bien. Me quedé en Eguildievo; ¿conocéis Eguildievo? Buen pueblo: dos ferias al año y más de dos mil habitantes. Mala gente: no hay tierra que cultiven y arriendan terrenos de pan llevar, pero son malos. Yo entré de peón en casa de un explotador del pueblo; no faltan allá sanguijuelas de ésas; son como las moscas en un cadáver. fabricamos carbón, extraemos alquitrán del abedul. Yo trabajo dos veces más que aquí y gano cuatro veces menos, ¡eso es! Siete obreros somos... con la sanguijuela..., todos muchachos del país, menos yo... Todos saben leer y escribir... Hay uno, Yefim, muy listo...

—¿Y hablas mucho con ellos?—preguntó Pavel con animación.

—Claro está. Me llevé todos los folletos; tengo treinta y cuatro. Pero me sirve mejor mi *Biblia*, en donde encuentra uno todo lo que quiere, y es un libro autorizado: como lo publica el santo sínodo, se puede creer en él.

Hizo un guiño de malicia y continuó:

—Sólo que no basta. He venido a buscar lectura...; íbamos a una entrega de alquitrán, el tal Yefim y yo, y hemos dado un rodeo para venir a ver-

te... Dame libros antes que él llegue..., es inútil
que se entere de todo...

Miraba la madre a Rybin y le parecía que al quitarse el sobretodo se había despojado de algo más.
Parecía menos grave, con mayor astucia en la mirada.

—¡Mamá!—dijo Pavel—. Vaya a buscar los libros... Diga que son para el campo... Ya sabrán lo
que tienen que darle...

—Bueno —respondió la madre—. Iré en cuanto el
samovar esté listo.

—¿También tú te ocupas en esto, madre?—preguntó Rybin riéndose—. En mi pueblo hay mucho
aficionado a los libros. Hasta al maestro le gustan.
Dice que es buen chico aunque se educó en el se-
minario. Y hay una maestra a siete verstas de allí...
Pero no quieren usar libros prohibidos, les da miedo. Como el gobierno les paga..., ¡eso es! Necesito
libros prohibidos y muy salados... Los repartiré a
escondidas, y si el sacerdote o alguno de la policía
se entera, creerán que la propaganda viene de los
maestros de escuela. De mí no sospechará nadie.

Feliz con su hallazgo, se echó a reír.

—¡Mírale!—pensó la madre—. Un oso parece y
es un zorro...

Levantóse Pavel, y paseándose por la habitación,
le dijo, reconviniéndole:

—Te daremos libros, Mijail Ivanovich, pero lo
que te propones no está bien...

—¿Y por qué?—preguntó Rybin, abriendo desme-
suradamente los ojos.

—Porque siempre debe uno responder de sus hechos... Malo es arreglar las cosas de manera que
puedan achacarse las culpas a otros.

La voz de Pavel tenía severidad.

Rybin miró al suelo, agachó la cabeza, y replicó:

—No entiendo lo que dices.

—¿A ti qué te parece?—preguntó Pavel, parándose delante de él—. ¿Irán a la cárcel los maestros
si sospechan que ellos repartieron libros prohibidos?

—Sí..., ¿y qué más da?

—Pero si tú los distribuiste, y no ellos, tú debes
ir a la cárcel.

—¡Qué gracia tienes!—exclamó Rybin, riéndose y
dándose golpes en la rodilla—. ¿Quién va a sospe-

167

char que yo, simple aldeano, me ocupo en semejante cosa? ¿Ocurre eso alguna vez? Los libros son cosa de señores, y a ellos les toca responder...

Veía la madre que Pavel no se entendía con Rybin. Tenía los párpados a medio cerrar, signo en él de enfado. Se interpuso con suavidad:

—Mijail Ivanovich quiere hacer las cosas, pero con la condición de que castiguen a otros...

—¡Eso es!—asintió Rybin, acariciándose la barba.

—¡Madre!—replicó secamente Pavel—. Si uno de nosotros, Andrés, por ejemplo, cometiera una infracción de las leyes y me llevaran a mí a la cárcel, tú, ¿qué dirías?

Estremecióse la madre, miró a su hijo, muy desconcertada, y respondió, meneando la cabeza:

—¿Cómo se puede obrar así con un camarada?

—¡Ah, ah!—dijo Rybin—. ¡Ahora ya te entiendo, Pavel!

Y, dirigiéndose a la madre, con sardónica risa:

—¡Madre, ésa es cuestión delicada!

Después, hablándole de nuevo a Pavel, prosiguió en tono doctoral:

—¡Eres aún demasiado ingenuo, hermano! No hay honor cuando se trabaja por una causa secreta... Reflexiona: primero se llevarán a la cárcel, no al maestro, sino a la persona en cuya casa encuentran los libros. Segundo, el contenido de los libros autorizados que distribuyen los maestros de escuela es el mismo de los prohibidos, pero con las palabras cambiadas, y con menos cosas verdaderas que los nuestros... Así, pues, los maestros se proponen lo mismo que yo, pero ellos rodean camino y yo me voy derecho al asunto... De modo que ante los ojos de las autoridades tenemos la misma responsabilidad, ¿no es así? Tercero, hermano· yo no tengo nada que ver con ellos. Mal compañero es el peón para el jinete. No trataría yo de igual manera a un campesino. El maestro de escuela es hijo de sacerdote; la maestra, hija de terrateniente: no sé por qué van ellos a ponerse a sublevar al pueblo. Yo, aldeano, no puedo conocer lo que piensa la gente instruída. Sé lo que hago yo, pero ignoro lo que quieren ellos. Durante miles de años los grandes eran verdaderos señores y despellejaban a los campesinos; de repente, se han despertado y se ponen a abrirles los ojos a sus víctimas... A mí no me

gustan los cuentos de hadas. hermano, y éste es
uno. Para mí, la gente rica e instruída, sea quien
sea, está lejos. En invierno cuando se cruza el campo, se ve de pronto algo vivo que se agita a distancia. ¿Será zorro, lobo o perro? No se puede distinguir, por lo lejos que está...

La madre echó una ojeada hacia el hijo. Tenía
aspecto triste.

Los ojos de Rybin chispeaban con resplandor sombrío; contento de sí, continuó febrilmente pasándo-
se los dedos por la barba:

—No me queda tiempo para ser fino... El momento tiene demasiada seriedad... Cada cual debe trabajar según su conciencia... Cada pájaro tiene su
grito peculiar...

—Pero hay ricos que se sacrifican por el pueblo
y se pasan la vida en la cárcel—intervino la madre,
pensando en caras que le eran familiares.

—¡Eso es otro asunto!—dijo Rybin—. Cuando el
aldeano se enriquece, se roza con los señores. Cuando el señor se empobrece, se vuelve amigo del aldeano. Cuando la bolsa está vacía, el alma tiene que
estar pura... Recordarás, Pavel, lo que me explicas-
te una vez: las opiniones dependen del modo de
vivir; si el obrero dice que "sí", el patrón está obligado a decir que "no", y si el obrero dice que "no".
el patrono gritará que "sí", inevitablemente, porque es el patrono. Pues lo mismo ocurre con los
campesinos y los propietarios. Cuando el campesino está satisfecho, el propietario no duerme. Yo sé
que en todas partes hay canallas y no voy a defender sin excepción a todos los campesinos...

Rybin se había puesto en pie. Se le ensombreció
la cara, y la barba le temblaba como si estuviera rechinando de dientes; en voz baja, continuó:

—Yo anduve cinco años errante de fábrica en fábrica, y perdí la costumbre del campo. Cuando he
vuelto a él y he visto lo que pasa me dije que no
podría vivir como los campesinos. ¿Entiendes? Me
pareció imposible. Vosotros no conocéis el hambre...,
no os humillan apenas... Pero, en la aldea, el hambre sigue a la gente como una sombra durante toda
la existencia, sin que haya esperanza ninguna de
conseguir bastante pan. El hambre ha devorado las
almas, ha borrado las facciones humanas; la gen
te no vive, se pudre en una miseria sin remedio...

Y las autoridades están muy alerta; acechan como cuervos para que al aldeano no le sobre un pedazo de pan... ¡En cuanto ven uno, se lo arrancan al poseedor, y le abofetean, encima!...

Rybin paseó una mirada en torno suyo; luego se inclinó hacia Pavel, apoyando la mano en la mesa:

—Me dió asco y padecí, cuando volví a ver de cerca esa vida... Creí que no podría soportarla. Pero llegué a dominarme y me dije: "¡No quiero que el alma me haga una jugarreta! Aquí me quedo..., y si no doy pan a los aldeanos, armaré un estropicio..., un buen estropicio. Estoy humillado por la gente y para la gente... Tengo la humillación clavada como un cuchillo..."

La frente de Rybin estaba empapada de sudor; acercóse lentamente a Pavel y le puso la mano en el hombro. La mano temblaba.

—¡Ayúdame! Dame libros que no dejen descansar al que los lea. Hay que meterle a la gente un erizo en el cráneo. Dile a los que te escriben folletos que los compongan también para el campo. ¡Que escriban como para regar las campiñas con agua hirviendo, para que los cultivadores, en cuanto los lean, vayan a la muerte sin murmurar!

Tendió el brazo y añadió con voz sorda, pronunciando bien las palabras:

—Hay que reparar la muerte con la muerte..., ¡eso es! Luego, hay que morir para que la gente resucite. ¡Que mueran miles, para que resuciten millones sobre la tierra! ¡Morir es fácil! ¡Sólo con que la gente resucitara, sólo con que se levantara!...

Trajo la madre el samovar y echó una ojeada oblicua a Rybin. Sus palabras vigorosas la dejaban sin ánimo. Algo había en aquel hombre que le recordaba a su marido: uno y otro enseñaban los dientes y se remangaban de la misma manera, con la misma irritación impaciente, aunque muda. Pero Rybin hablaba, y así era menos terrible.

—¡Sí, es indispensable!—dijo Pavel sacudiendo la cabeza—. Hay que hacer un periódico, también, para el campo. Dadnos hechos y os imprimiremos un periódico...

La madre miró a su hijo, sonriendo; luego se vistió y se fué sin decir palabra.

—¡Bueno! Ya te procuraré lo que haga falta. Lo escribís con sencillez, para que hasta los becerros lo entiendan—exclamó Rybin.

XXVI

ABRIÓSE la puerta y alguien penetró en la casa. —¡Es Yefim!—dijo Rybin, echando una ojeada a la cocina—. ¡Ven por aquí!... Este hombre se llama Pavel... Es el que te dije...

Un mocetón de rostro ancho, pelo bermejo y ojos grises, vigoroso y bien plantado, con pelliza corta, estaba en pie ante Pavel, gorra en mano, mirándole desde su altura.

—Buenos días—dijo con voz un tanto ronca; y después de estrechar la mano de Pavel, se atusó los cabellos tiesos.

Recorrió la habitación con los ojos y se fué en seguida, pero lentamente hacia el estante.

—¡Ya los vió!—exclamó Rybin.

Volvióse Yefim, echó una ojeada hacia él, y empezó a examinar los libros, diciendo:

—¡Cuántos tiene! Y, probablemente, demasiado quehacer para leerlos. En el campo hay más tiempo.

—¿Y menos gana?—preguntó Pavel.

—¿Por qué? ¡Al contrario!—replicó el joven, acariciándose la barbilla—. Ahora tiene uno que reflexionar; si no, sólo queda tenderse y morir. Como el pueblo no tiene deseo de morir, se ha puesto a trabajar con los sesos... *¿Geología? ¿Y esto qué es?*

Pavel se lo explicó.

—¡Esto no lo necesitamos!—respondió Yefim, dejando el libro en su sitio.

Rybin dió un suspiro ruidoso y observó:

—Al hombre del campo no le entra curiosidad de saber de dónde vino la tierra, sino cómo se distribuyó y cómo los propietarios consiguieron arrancarla debajo de los pies del pueblo. Que gire o se esté quieta, no les importa: con que dé de comer...

—*¡Historia de la esclavitud!*—leyó Yefim.

Y preguntó a Pavel:

—¿Habla de nosotros?

—Aquí hay uno sobre los siervos—respondió Pavel dándole otro libro. Tomólo Yefim, le dió vueltas entre los dedos, y luego lo dejó, declarando tranquilamente:

—¡Demasiado viejo ya!

—¿Tenéis tierra, vosotros?

—¿Nosotros? Sí. Somos tres hermanos y tenemos cuatro hectáreas..., todo arena fría, muy buena para limpiar el cobre; cultivar en ella trigo, imposible.

Continuó después de un silencio:

—Yo me libertaré de la tierra. No da de comer al hombre; sólo le ata las manos. Cuatro años hace que me alisto como peón. En otoño, iré al regimiento. El tío Mijail me dice que no vaya, porque ahora obligan a los soldados a pegar al pueblo, pero yo iré de todos modos. Hay que acabar con eso. ¿Qué le parece?—preguntó, sin quitar los ojos de Pavel.

—¡Sí, ya es hora!—respondió éste sonriendo—. Pero va a ser difícil. Hay que saber hablar a los soldados...

—¡Ya aprenderemos y sabremos!—replicó Yefim.

—¡Y si os cogen, os fusilan!—concluyó Pavel mirando a Yefim con curiosidad.

—¡No habrá indulto para nosotros!—asintió tranquilo el aldeano; y volvió a examinar los libros.

—Toma el té, camarada, hay que marcharse—dijo Rybin.

—¡En seguida!—contestó Yefim.

Y siguió preguntando:

—*Revolución*, ¿quiere decir sublevación?

Llegó Andrés, todo colorado, sofocado y tristón. Estrechó, sin hablar, la mano de Yefim, y, sentándose junto a Rybin le contempló, echándose a reír.

—¿Por qué tienes cara tan triste?—preguntó Rybin, dándole un golpe en la rodilla.

—Porque sí—contestó el pequeño-ruso.

—¿También obrero?—preguntó Yefim, señalándole con un movimiento de cabeza.

—Sí—dijo Andrés—. ¿Por qué quieres saberlo?

—Es la primera vez que ha visto obreros de fábrica—explicó Rybin—. Encuentra que son gente muy particular...

—¿En qué?—preguntó Pavel.

Yefim examinó atentamente a Andrés, y dijo:

—Tenéis los huesos puntiagudos. El aldeano los tiene redondos...

—El aldeano está mejor plantado en las piernas —completó Rybin—. Siente la tierra debajo de los pies; aunque no le pertenezca, la siente. Pero el obrero de fábrica es como un pájaro; no tiene patria ni hogar; un día está aquí, mañana en otra parte... Ni las mujeres consiguen darle apego a un sitio; en cuanto hay pelea, las abandona y va a buscar ventana a otra parte, mientras que el aldeano quiere mejorar en casa, sin cambiar de sitio... ¡Ah! Aquí vuelve la madre...

Y Rybin pasó a la cocina. Acercóse Yefim a Pavel y le preguntó con cortedad:

—¿Me daría usted acaso un libro?

—¡Con gusto!—dijo Pavel.

En los ojos del aldeano brilló un destello de avidez:

—¡Se lo devolveré!—dijo vivamente—. Nuestros camaradas acarrean alquitrán no lejos de esta casa y ellos se lo traerán. ¡Gracias! Ahora los libros son tan indispensables como una vela por la noche...

Rybin entró de nuevo, ya puesto el abrigo; el cinturón le quedaba ajustado...

—¡Vámonos, ya es hora!

—Mira, tengo qué leer—exclamó Yefim mostrándole los libros con ancha sonrisa.

Cuando se marcharon exclamó Pavel, dirigiéndose a Andrés:

—¿Viste a esos demonios?

—¡Sí!—dijo el pequeño ruso—. Parecen nubes de poniente..., son espesos, oscuros, y adelantan despacio...

—¿Habláis de Rybin?—interrumpió la madre—. Nadie diría que ha vivido en la fábrica... Ha vuelto a ser aldeano en todo... ¡Es terrible!

—¡Lástima que no hayas estado aquí!—dijo Pavel a Andrés, que, sentado junto a la ventana, contemplaba el vaso de té con aspecto sombrío—. ¡Hubieras visto el juego de un corazón, tú que siempre hablas del corazón! Rybin pronunció tales palabras..., a mí me transtornaron..., me sofocaron. No supe qué contestarle... ¡Qué desconfiado para con 'os hombres y qué poco valor les concede!... Tiene razón la madre: ese hombre lleva consigo una fuerza terrible...

—¡Ya me hago cargo!—replicó el pequeño-ruso, con el mismo ademán sombrío—. ¡Han envenenado a la gente! Cuando se levante, lo derribarán todo sin distingos. Quieren la tierra desnuda del todo... y acabarán con cuanto la cubre.

Hablaba despacio, y se advertía que iba pensando en otra cosa. La madre le dijo con miramiento:

—¡Deberías animarte, Andrés!

—¡Espere, madrecita querida!—replicó Andrés con dulzura—. ¡Espere!... Aunque no lo desee, sin embargo, es abominable...

Y animándose de pronto, prosiguió, dando un puñetazo en la mesa:

—Sí, tienes razón, Pavel; nuestro campesino dejará toda la tierra desnuda cuando se rebele. Todo lo quemará, como tras una pestilencia, para que todo vestigio de sus humillaciones vuele en cenizas...

—Y después, nos pondrá obstáculos—continuó Pavel en voz baja.

—Deber nuestro será no consentírselo. ¡Deber nuestro será contenerle, Pavel!... Somos los que más cerca tiene..., nos creerá..., ¡nos seguirá!

—¿Sabes que Rybin nos pide que hagamos un periódico para el campo?

—¡Muy bien! ¡Hay que ponerse a ello en seguida!

—Me avergüenzo—dijo Pavel riéndose—de no haber sabido discutir con él.

El pequeño-ruso replicó, con calma, rascándose la cabeza:

—¡Ya se te presentará ocasión! ¡Tañe tu caramillo, y aquellos que tengan pies ágiles y pies no pegados al suelo bailarán al son de tu sonada! Rybin tiene razón cuando dice que nosotros no sentimos la tierra bajo los pies; y no debemos tenerla, porque somos los llamados a ponerla en movimiento... Cuando la hayamos sacudido una vez, la gente se desprenderá de ella... a la segunda...

La madre se echó a reír.

—Todo te parece sencillo, Andrés—dijo.

—¡Vaya, es sencillísimo!—respondió: añadiendo con voz pesarosa:

—¡Como la vida!

Unos instantes después continuó:

—Voy a dar un paseo por el campo...

—¿Después de bañarte? ¡El viento es áspero! Te levantará la piel—observó la madre.

—Eso me hace falta—respondió él.

—¡Cuidado, vas a resfriarte!—dijo Pavel con amistad—. Mejor harías acostándote y tratando de dormir.

—¡No; quiero salir!

Se vistió y salió sin añadir palabra.

—¡Sufre!—suspiró la madre.

—¿Sabes que has hecho bien en llamarle de tú —dijo Pavel—, en mostrarle ternura...?

Echóle ella una mirada de asombro y dijo, después de un instante de reflexión:

—¡Pero si no he notado siquiera que le llamé de tú!... Ha sido pura casualidad... Me parece tan cercano a mí... ¡No podría decir cuánto!

—Madre, tienes buen corazón.

—Mejor, si lo tengo. Con que pudiera ayudaros, a ti y a todos los demás... Si yo supiera...

—No tengas miedo, ya sabrás...

Echóse ella a reír dulcemente.

—Eso es lo que no sé, no tener miedo... Gracias por el cumplido, hijo.

—Bueno, madre; no hablemos más. Ya sabes que te quiero y te agradezco profundamente...

Fuése ella a la cocina para no perturbarle con sus lágrimas, diciendo:

—Creo que anduve diez kilómetros...

—¿Ya va mejor?—preguntó Pavel.

—No sé... No hagas ruido, que quiero dormir.

Algún tiempo después llegó Vesovchikov, sucio, harapiento y disgustado, como siempre.

—¿No sabes quién mato a Isaías?—preguntó a Pavel, yendo y viniendo torpemente por la habitación.

—No—dijo Pavel.

—Ha habido un hombre capaz de no considerarlo tarea demasiado repugnante. ¡Y yo que me disponía a apretarle el pescuezo! ¡Era el quehacer más a propósito para mí.

—¡No digas esas cosas, camarada!—prosiguió Pavel, amistoso.

—¡Eso es verdad!—continuó la madre, en tono de afecto—. Eres bueno y dices siempre cosas crueles. ¿Por qué?

En aquel momento le era grato ver al joven, y su rostro picado de viruelas le parecía hasta agra- ciado; sentía por él más compasión que nunca. ,

—No sirvo para nada, como no sea para chapuzas de esa clase—replicó el picado de viruelas con voz sorda, encogiéndose de hombros—. Constantemente me pregunto cuál es mi lugar, y no lo encuentro. Hay que hablar con la gente y no sé... Lo veo to- do..., sufro toda la humillación de los hombres... y no puedo expresarlo... Tengo un alma muda...

Se acercó Pavel, cabizbajo, y arañó la mesa con el dedo. Con voz quejumbrosa, triste, como infan- til, que no se le parecía en nada, solicitó:

—Hermanos, dadme un quehacer penoso, cual- quiera que sea. No puedo vivir así, sin hacer nada... Vosotros trabajáis por la causa, todos, y yo veo có- mo adelanta... Pero me quedo a un lado... Cargo con vigas, con tablas... ¿Se puede vivir así? Dadme algo difícil que hacer.

Pavel le tomó de la mano y le atrajo hacia sí:

—¡Ya pensaremos en lo tuyo!

La voz del pequeño-ruso resonó detrás del tabi- que:

—Te enseñaré a distinguir los caracteres de im- prenta y serás uno de nuestros cajistas, ¿quieres?

Vesovchikov se le acercó diciendo:

—Si me enseñas te regalo un cuchillo...

—¡Vete al diablo con tu cuchillo!—gritó el pe- queño-ruso.

—¡Un cuchillo muy bueno!—insistió el picado de viruelas.

Andrés y Pavel se echaron a reír. Vesovchikov se paró en medio del cuarto y preguntó:

—¡Os estáis burlando de mí?

—¡Claro!—exclamó el pequeño-ruso saltando de la cama—. Si nos fuésemos a pasear por el campo... La noche está hermosa... y hay luna... ¿Venís?

—Sí—dijo Pavel.

—¡Y yo también!—declaró el joven—. ¡Me gusta oírte reír, pequeño-ruso!

—Y a mí me gusta que me prometas regalos—aña- dió Andrés, sonriendo.

Mientras iba vistiéndose, la madre murmuró:

—Ponte más abrigado.

Cuando los tres camaradas hubieron salido, siguióles ella con la mirada, echó una a las santas imágenes y dijo en voz baja:

—¡Señor, dales ayuda!...

XXVII

VOLABAN los días, uno tras otro, con rapidez que impedía a la madre pensar en el primero de mayo. Sólo por la noche, cuando descansaba, rendida por el tráfago ruidoso y perturbador de la jornada, se le oprimía el corazón y decía para sí:

—¡Ojalá hubiera pasado ya!

Al amanecer, rugía la sirena de la fábrica. Pavel y Andrés tomaban el té a toda prisa y echaban un bocado, dándole a la madre multitud de encargos menudos. Y durante la jornada entera, revolvíase ella como ardilla en jaula; guisaba de comer, preparaba la cola y una especie de jalea morada para imprimir las proclamas; llegaban las personas a entregarle esquelas distintas a Pavel y desaparecían después de haberle comunicado su exaltación.

Cada noche pegábanse en las vallas y hasta en las puertas del cuartelillo hojas que instaban a los obreros a festejar el primero de mayo; todas las mañanas había algunas en la fábrica. Y los policías iban recorriendo el arrabal desde temprano y arrancaban con juramentos los carteles morados; a eso del mediodía, vuelta a aparecer y a volar por entre los pies de los transeúntes. De la ciudad enviaron agentes de policía secreta; apostados en las esquinas, escudriñaban con los ojos a los obreros que se iban a comer, alegres y animados, o que volvían a la fábrica. A todos les encantaba ver impotente a la policía; hasta los hombres maduros decían para sí, sonriendo:

—¡Hay que ver!

Por todas partes formábanse grupitos para discutir las proclamas.

Era un hervor de vida; con la primavera, había crecido en interés para todos y traía algo nuevo: para unos, un motivo más de irritación contra los sediciosos, a los que abrumaban a invectivas; para

otros más, en minoría, el goce agudo de sabei que
en ellos estaba la fuerza despertadora del mundo.

Pavel y Andrés, que casi no dormían, volvían a
casa pálidos, roncos, cansados, un momento antes
de que llamara la sirena. Sabía la madre que orga-
nizaban reuniones en el bosque, en el pantano; no
ignoraba que iban rondando por el arrabal desta-
camentos de policía montada, que los agentes de la
secreta lo vigilaban todo, registraban a los obreros cuando iban solos, dispersaban los grupos, y
aun, en ocasiones, detenían a éste o aquél. Se daba
cuenta de que, una noche cualquiera, podían llevar-
se a Andrés y a su hijo. Alguna vez le parecía que
aquello sería lo mejor que pudiera ocurrirles.

Habíase hecho en torno al asesinato de Isaías un
silencio sorprendente. Durante dos días, la policía
local interrogó a unas diez personas; después abandonó el asunto.

Un día, María Korsunova expresó, hablando con
la madre, la opinión de la policía, con la que vivía
en paz, como con todos, diciendo:

—¿Cómo se va a encontrar al culpable? Aquella
mañana vieron a Isaías quizá cien personas, noven-
ta de las cuales, por lo menos, o acaso más, le hubieran arrastrado con gusto... Siete años llevaba de
fastidiar al prójimo...

...El pequeño-ruso iba cambiando a ojos vistas.
Se le ahondaban las mejillas; los párpados pesados se le bajaban sobre los ojos saltones, cerrándo-
los a medias. Se le veía sonreír de manera más
rara: una arruga fría le bajaba de las narices hasta las comisuras de los labios. No hablaba tanto de
las cosas corrientes, pero, como desquite, solía en-
cenderse, presa de un entusiasmo que se apoderaba
de todo su auditorio; celebraba lo porvenir, la fiesta luminosa y maravillosa del triunfo de la libertad y la razón...

Cuando se dió por olvidada la muerte de Isaías,
Andrés, en tono desdeñoso y sonriendo con tristeza,
dijo una vez:

—Nuestros enemigos no quieren al pueblo, pero
tampoco quieren a aquellos que les sirven como
para acosarnos... No echan de menos a su fiel Judas..., sino sus monedas de plata..., eso..., nada más.

Y añadió, tras un instante de silencio:

—¡Cuanto más pienso en aquel hombre, más lástima me da! ¡Yo no quería que le mataran, no, yo no quería!

—¡Basta ya de eso, Andrés!—dijo Pavel con firmeza.

La madre añadió en voz baja:

—¡Chocaron con un tronco podrido y se deshizo en polvo!

—¡Verdad, pero no es un consuelo!—respondió tristemente el pequeño-ruso.

Y solía repetir estas palabras, que adquirían en su boca un sentido amargo y cáustico...

Llegó por fin el día que tan impacientemente esperaban: el primero de mayo.

Como siempre, la sirena empezó a rugir con autoridad. La madre, que no había podido pegar los ojos en toda la noche, se tiró de la cama; encendió el samovar preparado desde la víspera, y ya iba a llamar, como de costumbre, a la puerta de los dos amigos, cuando reflexionó y, dejando caer los brazos, fué a sentarse junto a la ventana, apoyada la mejilla en la mano como si tuviese dolor de muelas.

Por el cielo, de un azul muy pálido, bogaban con rapidez bandadas de nubecillas, sonrosadas y blancas, como si fueran pajarracos que huyeran a todo volar, espantados por los rugidos del vapor. La madre tenía la cabeza pesada y secos los ojos, hinchados por el desvelo. Reinaba en su pecho extraña calma; los latidos del corazón, iguales; pensaba en lo habitual...

—He encendido demasiado pronto el samovar; el agua va a evaporarse. ¡Que duerman hoy un poco más de lo acostumbrado!... Los dos están deshechos...

Un rayo de sol matinal atravesó alegre la vidriera, y la madre llevó la mano hacia él; cuando se le posó en los dedos, lo acarició suavemente con la otra mano, con sonrisa pensativa. Luego se levantó, quitó el tubo del samovar, se arregló sin ruido y se puso a rezar, haciendo muy grande la señal de la cruz y moviendo mucho los labios. Su rostro volvió a estar sereno.

El segundo silbido de la sirena tuvo violencia menor, menor seguridad; el sonido, espeso y húmedo, temblaba un poco. A la madre le pareció que el mugido se prolongaba más de lo de costumbre.

La voz del pequeño-ruso resonó en el cuarto:

—¿Has oído, Pavel? ¡Nos llaman!...
Los pies de uno se arrastraron por el suelo y se
oyó un bostezo en seguida.
—¡Ya está listo el samovar!—gritó la madre.
—¡Ya nos levantamos!—respondió Pavel gozoso.
—¡El sol brilla—prosiguió el pequeño-ruso—y
las nubes se van!... ¡Hoy están de más las nubes!...
Entró en la cocina, con los pelos revueltos, pesa-
da todavía de sueño la cara, y dijo a Pelagia alegre-
mente:
—¡Buenos días, madrecita! ¿Qué tal ha dormido?
La madre se acercó a él, contestando en voz baja:
—¡Andrés, hijo, quédate a su lado, te lo ruego!
—¡Claro está!—murmuró el pequeño-ruso—. Nos
quedaremos juntos, iremos siempre el uno con el
otro, entérate.
—¿Qué estáis tramando ahí?—preguntó Pavel.
—Nada, hijo.
—La madre me dice que me lave mejor, porque
las muchachas van a mirarnos—explicó Andrés, sa-
liendo en seguida para asearse.
Y Pavel tarareó:

Levántate, levántate, pueblo trabajador.

El día iba poniéndose cada vez más claro; las nubes se levantaban al empuje del viento. La madre
puso la mesa. Meneaba la cabeza pensando en lo
raro de todo aquello, los dos amigos bromeaban, pero ¿qué sería de ellos al mediodía? Nadie podía
saberlo. Sentíase tranquila, casi alegre.
Permanecieron mucho rato en la mesa, para matar el tiempo. Pavel, como siempre, removía con
lentitud la cuchara en el vaso de té; echaba sal cuidadosamente a su pan, eligiendo el trozo que pre-
fería. El pequeño-ruso agitaba los pies debajo de la
mesa, sin conseguir nunca colocarlos de manera cómoda desde el principio; miró el sol al trasluz de
los vasos, lo vió correr por las paredes y el techo,
y dijo:
—Cuando yo era un chiquillo de unos diez años,
me entraron ganas un día de apresar un rayo de
sol en mi vaso. Me hice una cortadura y me pegaron; salí al patio luego, y como el sol se reflejaba
en un charco de agua, me puse a patalearlo y me
volvieron a pegar, porque me salpiqué todo de ba-

rro... Le grité al sol: "¡No me duele, diablo rubio, no me duele!" Y le saqué la lengua... Con aquello me consolaba...

—¿Por qué te parecía rubio? —preguntó Pavel riendo.

—Enfrente vivía un herrero, de cara rubicunda y barbas bermejas. Era un mocetón siempre jovial, y yo encontraba que el sol se le parecía.

La madre no tuvo más paciencia y dijo:

—¡Mejor sería que hablarais de lo que vais a hacer!...

—¡Todo está organizado! —replicó Pavel.

—¡Y cuando se repasa lo que ya está listo, no se hace más que embarullarlo! —explicó el pequeño-ruso con dulzura—. Si acaso nos detuvieran, madre-cita, Nicolás Ivanovich vendría a decirle lo que hay que hacer, y la ayudará en todo...

—¡Bueno! —dijo la madre suspirando.

—¡Quisiera irme a la calle! —dijo Pavel con aspecto pensativo.

—No, mejor esperar en casa —aconsejó Andrés—. ¿Para qué llamar la atención de la policía? ¡Harto te conoce ya!

Fedia Mazin, radiante, acudió; tenía placas rojas en la cara. Lleno de emoción y gozo juvenil, hizo menos penosa de soportar la espera.

—¡Ya empiezan! —anunció—. El pueblo se mueve... En la calle, las caras están adustas... como hachas. Vesovchikov, Vasili Gusev y Samoilov están desde el amanecer en el portal de la fábrica hablando con los obreros... Muchos se han devuelto a sus casas... ¡Ea, ya es hora! Son las diez.

—¡Allá voy! —dijo Pavel en tono resuelto.

—Ya veréis; después de la comida, toda la fábrica estará en huelga —aseguró Fedia, echando a correr.

—¡Arde como cirio en el viento! —dijo dulcemente la madre. Se levantó, y pasó a la cocina a vestirse.

—¿Adónde va, madrecita?

—Con vosotros —dijo.

Andrés echó una ojeada a Pavel, tirándose del bigote. Con ademán vivo, se alisó Pavel el cabello y fué a la cocina, en busca de su madre.

—No te hablaré, mamá..., ni tú me dirás tampoco nada. ¿De acuerdo, madre querida?

—De acuerdo... ¡Que Dios os guarde!—murmuró ella.

XXVIII

CUANDO, en la calle, oyó el ruido sordo de las voces humanas; cuando vió, por doquiera, en ventanas y puertas, grupos de gente que seguían a Andrés y a Pavel con mirada curiosa, los ojos se le velaron con una mancha que era como una nube ya de color verde traslúcido, ya gris opaco.

Saludaban a los jóvenes, y algo raro había en los saludos. La madre iba oyendo observaciones sueltas:

—¡Ahí van, los jefes del ejército!...

—No sabemos cuál será el jefe...

En otro lugar gritó una voz irritada:

—Si los agarra la policía están perdidos...

—"Si los agarra"..., pero ¿los agarrará?—replicó otra voz.

Un grito exasperado, de mujer, salió por una ventana y fué a caer en la calle, como lleno de susto.

—¿Estás loco?... ¡Tú eres padre de familia!... Ellos, solteros..., y lo mismo les da...

Cuando Pelagia y los dos amigos pasaron ante la casa de un tullido que se llamaba Zosimov, que recibía una pensión de la fábrica, abrió él la ventana gritando:

—¡Pavel, te cortarán la cabeza! ¿Qué vas a hacer, bandido?...

Estremecióse la madre y se detuvo. Las palabras habían despertado en ella cólera aguda. Echando una ojeada al rostro abotagado del tullido, oculto detrás de la ventana, que no paraba de lanzar juramentos, apresuró el paso para alcanzar a su hijo y anduvo al lado de él, esforzándose por no quedar rezagada.

Andrés y Pavel parecían no ver nada ni oír las exclamaciones que les dirigían. Iban tranquilos, sin apresurarse, hablando en alta voz de cosas indiferentes. Mironov, hombre de edad madura, modesto y respetado por la vida pura que llevaba, los detuvo...

—¿Tampoco trabaja, Danilo Ivanovich?—preguntó Pavel.

—Tengo la mujer de parto..., y además..., hay agitación en el aire, hoy—explicó Mironov examinando atentamente a los dos camaradas—. Dicen que le vais a armar jaleo a la dirección, que habrá vidrios rotos...

—¡No estamos borrachos!—dijo Pavel.

—¡No haremos más que cruzar la calle con banderas, cantando la canción de la libertad!—dijo el pequeño-ruso—. ¡Oíd nuestros cantos y sabréis cuáles son nuestras creencias!

—Ya las conozco—respondió Mironov en tono pensativo—. Leí vuestras hojas... ¡Cómo, Pelagia, tú también vas con los rebeldes!—exclamó sonriendo y clavando en la madre los ojos inteligentes.

—¡Hay que ir con la verdad, aunque se acerque uno a la sepultura!

—¡Hay que ver!—dijo Mironov—. Probablemente, tendrán razón los que dicen que tú llevas folletos prohibidos a la fábrica.

—¿Quién ha dicho eso?—preguntó Pavel.

—¡Todos! Pues, ea, hasta más ver... No hagáis tonterías.

Echóse a reír dulcemente la madre; le halagaba que hablasen así de ella. Pavel le dijo sonriendo:

—¡Te llevarán a la cárcel, mamá!

—Que me lleven—dijo ella.

Subía más el sol, mezclando sus calores a la frescura alegre del día primaveral. Las nubes bogaban más lentas, dando sombra más fina, más transparente... Se cernían sobre la calle, envolviendo a la muchedumbre; parecía que purificaban el arrabal, quitando polvo y barro de techos y muros, llevándose el enojo de las caras. Las voces volvíanse más alegres y sonoras, y ahogaban el eco lejano de las máquinas estrepitosas, de los suspiros de la fábrica.

Por todas partes, de las ventanas, de las casas, se echaban a volar y venían a herir los oídos de la madre exclamaciones de rabia o de inquietud, alegres o tristes; hubiera querido ella replicar, agradecer, explicar, mezclarse a la vida extrañamente abigarrada del día aquel.

En la esquina de la plaza mayor, en una calleja

angosta, un centenar de personas habíase reunido en derredor de Vesovchikov.

—¡Os aprietan para extraeros la sangre, como se saca el jugo de una fruta!—decía; y sus palabras torpes iban cayendo sobre la cabeza de la gente.

—¡Verdad!—respondieron a la vez unas cuantas voces que se fundieron en un ruido confuso.

—¡Hace todo lo que puede, el chico!—dijo el pequeño-ruso—. Allá voy a ayudarle...

Se bajó, y antes que Pavel tuviera tiempo de detenerle, fué a hundir su cuerpo flexible en la multitud, como un sacacorchos. Su voz cantarina resonó:

—¡Camaradas! Dicen que hay en la tierra toda clase de pueblos: judíos y alemanes, franceses, ingleses, tártaros. Pero yo creo que no es verdad. Sólo hay dos razas, dos pueblos irreconciliables: ricos y pobres. La gente se viste de diferente manera y su lenguaje es diferente también; pero cuando se ve cómo, tratan los señores al pueblo, se comprende que todos son verdaderos genízaros para el mísero. que tiene atravesada en la garganta una espina...

Entre la muchedumbre hubo estallido de risas.

Aumentaba el barullo; en la callejuela, unos se apretaban contra otros; mudos, tendían el pescuezo y se levantaban sobre las puntas de los pies.

Andrés habló más alto:

—En el extranjero, ya han comprendido los trabajadores tan sencilla verdad. Y hoy, en este claro día del primero de mayo, los obreros fraternizan. Dejan la obra y salen a las calles de la ciudad para verse, para medir su gran fuerza. Viven hoy con un corazón solo, porque todos los corazones tienen conciencia del poderío del pueblo trabajador, porque la amistad los aproxima y cada cual está dispuesto a sacrificar la vida luchando por el bien de todos, por la libertad y la justicia para todos.

—¡La policía!—se oyó gritar.

Diez guardias a caballo volvieron la esquina de la estrecha calle; iban derechos hacia la multitud, agitando los látigos y gritando:

—¡Circulen!

—¿Qué charlas son ésas?

—¿Quién estaba hablando?...

Ensombreciéronse las caras; la gente iba separándose de mala gana para abrir paso a los caba-

llos. Algunas personas se subieron a las vallas. Luego, se dejaron oír ciertas burlas...

—Nos mandan cerdos a caballo, y gruñen: "También somos grandes jefes"—gritó una voz.

El pequeño-ruso se había quedado solo en medio
de la calle. Dos caballos cayeron sobre él sacudiendo
la cabeza. Saltó de costado, a la vez que la madre
le cogía por un brazo y tiraba de él, mascullando:

—¡Prometiste estar junto a Pavel, y eres el primero en exponerte tú solo!

—¡Perdón!—dijo el pequeño-ruso, sonriendo a
Pavel—. ¡Cuidado que hay policías en esta tierra!

—¡Bueno está!—dijo la madre.

Una fatiga angustiosa la invadía, causándole mareo. En su corazón alternaban el gozo y la pena.
Estaba deseando que sonara ya la sirena del mediodía.

Llegaron por fin a la plaza mayor, en medio de la
cual se alzaba la iglesia. Delante apretujábanse
unas quinientas personas, sentadas o en pie, mozos
alegres, mujeres preocupadas y chiquillos. Todos se
agitaban, impacientes, levantando la cabeza y mirando a lo lejos, en todas direcciones. Había exaltación en el aire. Los más resueltos chocaban con
los más medrosos e ignorantes. Alzábase un ruido
sordo de voces hostiles:

—¡Mitia!—suplicaba una voz femenina, llena de
temblor—¡que tengas cuidado!

—¡Déjame en paz!

La voz familiar y grave de Sizov iba diciendo,
tranquila y persuasiva:

—¡No, no hay que abandonar a los jóvenes! ¡Se
han vuelto más avispados que nosotros; tienen mayor audacia! ¿Quién echó por delante en lo de la
copeca y el pantano? ¡Ellos! ¡Hay que tenerlo presente! A ellos los metieron en la cárcel, pero de su
valor se aprovecharon todos.

El rugido de la sirena devoró el rumor de las conversaciones. Se estremeció la muchedumbre; los
que estaban sentados se pusieron en pie; todo calló
en un momento, como acechando, y muchos rostros
palidecieron.

—¡Camaradas!—exclamó Pavel con voz firme y
sonora.

Una neblina seca y abrasadora quemó los ojos de
la madre; pero fué a colocarse detrás de su hijo, de

un solo arranque, y recobró súbitamente las fuerzas. Volvíanse hacia Pavel los grupos, rodeándole como partículas de hierro atraídas por un imán.

—¡Hermanos! ¡Llegó la hora de renegar de esta vida llena de aridez, de tinieblas y de odio, de esta vida de agresión, de esta vida en que no hay lugar para nosotros, en que no somos hombres!

Se interrumpió; los trabajadores guardaron silencio, apretándose en derredor suyo, en muchedumbre más compacta todavía. La madre miró la cara del hijo; no pudo verle más que los ojos, fieros y atrevidos, chispeantes.

—¡Camaradas! Hemos decidido declarar hoy abiertamente quiénes somos; hoy desplegamos nuestra bandera, ¡la bandera de la razón, de la verdad y de la libertad!

Un asta larga y blanca se levantó en el aire, para bajarse luego y caer entre la muchedumbre, donde desapareció; un instante después, por encima de las cabezas se desplegó, como ave de escarlata, el estandarte del pueblo obrero...

Pavel alzó el brazo; el asta vaciló; entonces diez manos agarraron el palo blanco y liso, entre ellas la de la madre.

—¡Viva el pueblo trabajador!—gritó Pavel.

Centenares de voces le contestaron en eco sonoro.

—¡Viva el partido, camaradas! ¡Viva la libertad del pueblo ruso!...

La muchedumbre formaba como una marea; los que entendían el significado de la enseña se abrían camino hasta llegar a donde estaba; Mazin, Samoilov, los dos Gusev, se habían ido a colocar junto a Pavel; baja la cabeza, Vesovchikov contenía a la multitud; y otros jóvenes, de ojos animados, desconocidos de la madre, apartándola, iban a ponerse en primera fila.

—¡Viva el pueblo oprimido, viva la libertad! —continuaba Pavel.

Y con fuerza y alegría creciente, millares de voces le respondían, con rumor que sacudía el alma.

La madre agarró por la mano al picado de viruelas y a otro; se ahogaba en lágrimas, pero sin llorar, le flaqueaban las piernas. Con voz temblorosa, dijo:

—Sí..., ésa es la verdad..., amigos!

Una ancha sonrisa iluminaba el rostro picado de

viruelas de Vesovchikov; miraba al estandarte, rugiendo vagas palabras, y tendía la mano al símbolo de la libertad. De pronto, dió un beso a la madre y se echó a reír.

—¡Camaradas!—comenzó el pequeño-ruso, dominando el sordo murmullo de la multitud con su voz dulce y cantarina: nos hemos levantado en honor de un dios nuevo, del dios de la luz y la verdad, del dios de la razón y la bondad. Salimos a la cruzada, compañeros, y el camino ha de ser largo y trabajoso. Lejano está el fin; cerca, las coronas de espinas. Váyanse los que niegan la fuerza de la verdad, los que no tienen valor para defenderla hasta la muerte, los que no confían en sí mismos y temen el sufrimiento. No queremos más que a los que creen en nuestra victoria; los que no ven el término, no deben seguirnos, porque penas y sufrimientos les aguardan. ¡Formad filas, camaradas! ¡Viva el primero de mayo, fiesta de la humanidad libre!

La muchedumbre se hizo más densa todavía, Pavel agitó la bandera, que se desplegó, flotando, iluminada por el sol vasto y rojo...

—¡Reneguemos del viejo mundo!—entonó Fedia Mazin, con voz sonora.

La respuesta resonó como oleada potente y mansa:

—¡Sacudamos el polvo de los pies!...

Con una sonrisa ardiente en los labios, la madre fué a colocarse detrás de Fedia; por encima de la cabeza de éste veía a su hijo y la bandera. En derredor, aparecían y desaparecían rostros animados, centelleaban ojos de todos colores. Su hijo y Andrés estaban en primera fila. Oía ella sus voces: la de Andrés, húmeda y velada, mezclábase fraternalmente con la voz más espesa y ruda de su hijo.

> ¡Arriba los pobres del mundo!
> ¡En pie los esclavos sin pan!

Y el pueblo corría al encuentro del estandarte rojo y sus gritos se mezclaban con las vibraciones de la canción, de su canción que en casa se solía cantar en voz más baja que las otras. En la calle resonaba con fuerza terrible, como el bronce de una campana; convidaba a los hombres a seguir la voz lejana que llevaba a lo futuro, pero les advertía lealmente las dificultades ciertas.

Iremos al hermano que padece...

Desarrollábase el canto, envolviendo a la multitud.

Un rostro de mujer, a la par espantado y gozoso, vacilaba junto a la madre; una voz temblorosa exclamaba sollozando:

—¿Adónde vas, Mitia?

Pelagia respondió sin pararse:

—Déjele ir..., ¡no pase inquietud! También yo tuve miedo... ¡El mío va en primera fila! ¡El que lleva la bandera es mi hijo!

—¡Desgraciados! ¿Adónde vais? ¡Allí están los soldados!

Y poniendo de pronto la mano huesuda en el brazo de Pelagia, la mujer alta y flaca exclamó:

—¡Oiga cómo cantan!... ¡Amiga!... ¡Y también canta Mitia!...

—¡No pase inquietud!—murmuró la madre—. Es cosa sagrada... Jesús mismo no hubiera existido si los hombres no murieran por él.

Esta idea la había cruzado de pronto por el cerebro y la dejó impresionada con la verdad neta y sencilla. La madre examinó el rostro de la que le apretaba el brazo con tanta fuerza y repitió, con sonrisa de asombro:

—¡Nuestro señor Jesucristo no hubiera venido al mundo si los hombres no perecieran por su gloria!

Sizov mostróse junto a ella. Quitándose la gorra, y agitándola a compás de la canción, dijo a la madre:

—No andan con rodeos, ¿eh, madre? Han inventado un cantar... ¡y qué cantar! ¿Eh, madre?

Llama el zar soldados a sus regimientos;
dadle vuestros hijos...

—¡No temen a nada!—continuó Sizov—. Mi hijo ya está en la sepultura..., ¡la fábrica le ha matado..., sí!

El corazón de la madre palpitaba con violencia suma. Dejó que le pasaran delante. La empujaron a un lado, contra la valla, y una espesa ola humana corrió ante ella, vacilando. Vió que la muchedumbre era numerosa y se llenó de alegría.

¡Arriba los pobres del mundo!

Hubiérase dicho que era una enorme trompeta de cobre que resonaba en los oídos de los hombres, despertando en uno el deseo de combatir y en otro una vaga felicidad, el presentimiento de algo nuevo, una curiosidad ardiente. Aquí suscitaba la palpitación de esperanzas inciertas; allí, daba salida al torrente cáustico del odio amontonado en el correr de los años. Todos miraban adelante, al lugar en que flotaba la bandera roja.

—¡Vais en coro! ¡Bravo, hijos!—aulló una voz entusiasta.

Y el hombre, experimentándo, sin duda, un sentimiento que no podía expresar con las palabras de costumbre rompió a jurar con energía.

Pero también el furor, el furor sombrío y ciego del esclavo, silbaba como sierpe entre los dientes apretados, se retorcía en palabras de irritación.

—¡Herejes!—gritó alguien con voz quebrada, blandiendo desde una ventana el puño.

Y un aullido penetrante fustigó los oídos de la madre.

—¡Cómo! ¡Rebelarse contra su majestad el emperador! ¡Contra el zar!...

Rostros arrugados pasaban rápidamente ante sus ojos. Hombres y mujeres iban hacia adelante; la muchedumbre corría como lava negra, atraída por la canción, cuyos acentos vigorosos parecían desbrozar el camino. En el corazón de la madre crecía el deseo de gritar a la gente:

"¡Amigos míos queridos!..."

Cuando miraba de lejos al estandarte rojo, divisaba, sin distinguirlo claramente, el rostro del hijo, su frente bronceada, sus ojos iluminados por ardiente llama de fe.

Encontrábase a la sazón en las últimas filas de la muchedumbre, entre personas que caminaban sin apresurarse, que miraban adelante con indiferencia, con la fría curiosidad del espectador para el cual no tiene secreto el desenlace de la comedia y que habla a media voz, en tono de certidumbre...

—Hay una compañía junto a la escuela y otra en la fábrica...

—Ha llegado el gobernador...

—¿De veras?...

—¡Le he visto con mis propios ojos!...

Alguien lazó dos o tres palabrotas y dijo:

—¡Sin embargo, empiezan a tenernos miedo!... Ya nos mandan soldados... Y al gobernador.

"¡Amigos míos queridos!, pensó la madre, palpitándole el corazón más de prisa.

Pero en derredor de ella las palabras iban quedándose frías y muertas. Apresuró el paso para alejarse de sus compañeros; no le costó trabajo adelantarlos, porque iban despacio, perezosos.

De repente, fué como si la cabeza de la muchedumbre hubiera chocado con algo; hubo un movimiento de retroceso y un ruido sordo. El canto pareció estremecerse, y, después de haber resonado con más fuerza, la densa ola de sonidos bajó de nuevo, resbaló hacia atrás. Callaban las voces unas tras otras; aquí y allá se hacían esfuerzos que tendían a levantar de nuevo el canto a su altura primitiva.

¡Arriba los pobres del mundo!
¡En pie los esclavos sin pan!...

Pero no había ya en el llamamiento la certidumbre general con que antes vibraba; tenía mezcla de inquietud.

Pelagia no podía ver lo que había pasado en primera fila, pero lo adivinaba; separando a la gente abrióse paso y avanzó con rapidez; la muchedumbre retrocedía, bajábanse las cabezas, fruncíanse los ceños; había sonrisas de azoramiento y silbidos burlones. La madre iba examinando las caras con tristeza; sus ojos inquirían, suplicaban, llamaban...

—¡Camaradas!—exclamó Pavel—. Los soldados son hombres como nosotros. ¡No nos atacarán! ¿Por qué han de atacarnos? ¿Porque traemos la verdad necesaria para todos? Pues ellos también necesitan de nuestra verdad... No comprenden aún, pero el tiempo se acerca y ya entrarán en nuestras filas, para marchar, no bajo el estandarte de pillos y asesinos, sino bajo el nuestro, bajo la bandera de la libertad y del bien. ¡Y para que más pronto comprendan nuestra libertad, tenemos que ir adelante! ¡Adelante, camaradas, siempre adelante!

La voz de Pavel era firme; caían las palabras, netas y distintas, pero el tropel se desparramaba; unos tras otros, la gente se iba, quién a la derecha, quién a la izquierda, deslizándose a lo largo de muros y vallas. Ahora la multitud figuraba un triángulo cuya punta era Pavel; por encima de su cabeza, la bandera del pueblo trabajador flameaba, parecida a un pájaro negro que, desplegando las alas, se quedara en acecho, pronto a volar, y Pavel era su cabeza...

XXIX

Vió la madre al fondo de la calle como una tapia corta, gris y baja, compuesta por gente sin rostro, que impedía el acceso a la plaza. En cada hombro relucían bandas estrechas de acero agudo. Y aquella tapia silenciosa e inmóvil derramaba frío sobre la multitud; Pelagia sintió helado hasta el corazón.

Dirigióse hacia el lugar en que sus allegados, que iban delante, se fundían con los desconocidos, como para apoyarse en ellos. Empujó con la cadera a un hombre de elevada estatura, afeitado y tuerto, que se volvió rápidamente a mirarla.

—¿Qué quieres? ¿Quién eres?—preguntó.

—¡La madre de Pavel Vlasov!—contestó ella; y sintió que las piernas le flaqueaban y que se le bajaba el labio inferior.

—¡Ah!—dijo el tuerto.

—¡Camaradas!—continuaba Pavel—. Tenemos la vida por delante. No hay otro camino. ¡Cantemos!

Se cernió un silencio angustioso. Se alzó la bandera, se balanceó y, flotando por encima de las cabezas, se dirigió hacia la muralla gris de los soldados. Estremecióse la madre, cerró los ojos y lanzó un gemido; sólo cuatro personas se habían destacado de la muchedumbre, y eran Pavel, Andrés, Samoilov y Mazin.

De pronto, la voz clara de Fedia Mazin se levantó en el aire, trémula y pausada:

—¡Caisteis como víctimas!...—entonó.

—¡En la lucha fatal!—continuaron dos voces espesas y ensordecidas, como dos suspiros trabajosos.

La gente dió unos pasos hacia adelante, caminando a compás de la melodía. Y un nuevo canto vibró, determinado y creador de resoluciones.

—¡Y disteis vuestra vida!—cantó Fedia, cuya voz se alargaba como rara cinta.

—¡Por la libertad!—prosiguieron los camaradas a coro.

—¡Ah, hijos de perro, ya empezáis a cantar el *réquiem!*—gritó una voz malévola.

—¡Sacudidles!—replicó otro, con rabia.

La madre se llevó ambas manos al pecho; volviéndose, vió a la muchedumbre, que antes llenaba la calle en masa compacta, detenerse indecisa, viendo cómo se destacaban de ella los que rodeaban el estandarte. Una decena de personas iba con ellos; a cada paso que daban, saltaba uno hacia un lado, como si el arroyo estuviera incandescente y le quemara las suelas.

—¡Caerá lo arbitrario...!—profetizaba la canción, en labios de Fedia.

—¡Y el pueblo se alzará!—le contestó un coro de voces potentes, enérgicas y amenazadoras.

Pero iban tomando fuerza algunos cuchicheos a través de la corriente armoniosa.

Sonaron frases breves:

—¡Ha dado una orden!

—¡Calar bayoneta!

Las bayonetas se torcieron en el aire, bajándose, y se alargaron en dirección a la bandera, como si sonrieran astutas.

—¡Marchen!

—¡Ya se mueven!—dijo el tuerto, metiéndose las manos en los bolsillos y alejándose a zancadas.

La muralla gris avanzó, y, ocupando toda la anchura de la calle, siguió fríamente, a paso igual, llevando delante el rastrillo de puntas de acero, centelleantes como plata. Pelagia se acercó entonces a Pavel; vió que Andrés se colocaba delante de su hijo y le protegía con su ancho cuerpo.

—¡A mi lado, camarada!—gritó Pavel con voz decidida.

Cantaba Andrés, cruzadas las manos a la espalda

y erguida la cabeza; Pavel le empujó con el hombro, clamando de nuevo:

—¡A mi lado! ¡No tienes derecho para estar ahí! Lo primero es la bandera.

—¡Dis... per... sarse!—gritó un oficialete de voz agria, blandiendo un sable rutilante. A cada paso, daba un taconazo rabioso en el suelo, sin doblar las rodillas. Sus botas relucientes atrajeron a los ojos de la madre.

A su lado, un poco atrás, caminaba pesadamente un hombre de mejillas afeitadas, alta estatura y espeso bigote blanco; vestía un largo abrigo gris con vueltas rojas; franjas amarillas adornaban sus anchos pantalones. Como el pequeño-ruso, llevaba las manos cruzadas a la espalda; sus espesas cejas blancas se movían hacia lo alto y miraba a Pavel.

Todo lo iba viendo la madre; un grito se clavaba en ella, pronto a arrancarse a cada suspiro; el grito la ahogaba, pero lo contenía ella, sin saber por qué, apretándose el pecho con las dos manos. Empujada de una parte a otra, vacilaba y seguía adelante, sin pensamiento, casi inconsciente. Sentía que, detrás de ella, la gente decrecía sin cesar, en número, como si una ola de hielo le saliese al encuentro dispersándola.

Los jóvenes de la bandera roja y la cadena compacta de hombres grises continuaban aproximándose: ya se distinguía claramente la cara de los soldados; ancha, con toda la anchura de la calle, achatábase monstruosa en una banda estrecha amarillo-sucia. Ojos de colores diversos, recortados de manera desigual; y bayonetas delgadas puntiagudas, que brillaban con resplandor cruel. Apuntando a los pechos, desprendían gente de la muchedumbre, cuerpo tras cuerpo, dispersándolos, sin llegar a tocarlos siquiera.

Oía Pelagia las pisadas de los que huían. Voces inquietas, ahogadas, gritaban:

—¡Sálvese el que pueda, camaradas!

—¡Por aquí, Vlasov!

—¡Atrás, Pavel!

—Échame la bandera, Pavel—dijo Vesovchikov con aire sombrío—. Dámela, que la esconda...

Agarró el asta y la bandera osciló.

—¡Suelta!—gritó Pavel.

Retiró la mano el picado de viruelas, como si quemara. Ya se había apagado la canción. Los jóvenes se detuvieron, rodeando a Pavel en círculo compacto que él consiguió salvar. De pronto se hizo un brusco silencio que envolvió al grupo.

Junto al estandarte había una veintena de hombres, no más; pero todos resistían, firmes. Temblaba la madre por ellos; vagamente deseaba poder decirles algo.

—¡Teniente..., agarre eso!—ordenó la voz mesurada del viejo alto.

Y con la mano tendida señaló a la bandera.

El oficialete acudió; agarró el asta gritando con voz penetrante:

—¡Suelta!

—¡No! ¡Abajo los opresores del pueblo!...

El estandarse rojo temblaba en el aire, inclinándose ya a la derecha, ya a la izquierda, para volverse a levantar. Vesovchikov pasó por delante de la madre con rapidez que ella no le conocía, tendido el brazo, apretando el puño.

—¡Cogedlos!—gruñó el viejo, dando una patada...

Lanzáronse algunos soldados. Uno de ellos levantó la culata. El estandarte se estremeció, se inclinó y desapareció en el grupo grisáceo de la tropa.

—¡Ay!—suspiró tristemente una voz.

Lanzó la madre un grito, un aullido que nada tenía ya de humano. La voz neta de Pavel le contestó, de entre los soldados:

—¡Hasta luego, madre! ¡Hasta luego, querida!

—¡Vive! ¡Se acuerda de mí!

Ambos pensamientos le tocaron en el corazón.

—¡Hasta luego, madrecita!

Pelagia se alzó de puntillas, agitando los brazos. Quería ver al hijo y a su camarada; distinguió, por entre cabezas de soldados, la cara redonda de Andrés, que sonreía y la saludaba.

—Queridos... hijos míos... ¡Andrés! ¡Pavel!—gritaba.

—¡Hasta la vista, camaradas!

Les contestaron varias voces, pero sin unanimidad; las voces venían de las ventanas, de los tejados, quién sabe de dónde.

XXX

L A madre sintió un empujón en el pecho. A través de la bruma que velaba sus ojos, vió delante al oficialete; tenía la cara roja y tensa, y gritó:

—¡Vieja, largo de ahí!

Sostúvole ella la mirada y vió a sus pies, partida en dos, el asta de la bandera; de uno de los trozos colgaba un girón chico de tela roja. La madre se agachó a recogerlo. El oficial le arrancó el palo de las manos, lo tiró al suelo y gritó, dando una patada:

—¡Te dije que largo de ahí!

¡Arriba los pobres del mundo!

De entre los soldados, un canto resonó, repentino.

Todo se arremolinó, vaciló, estremeciéndose. Temblaba en el aire un ruido sordo, semejante al de los hilos telegráficos. Volvió a galope el oficial y gañó:

—¡Mándeles callar, Kranov!...

Vacilando, recogió la madre el trozo de asta que el teniente había tirado al suelo, y lo levantó nuevamente.

—¡Que les cierren la boca!'...

La canción se hizo un embrollo, entrecortándose; luego se desgarró y cesó. Alguien agarró a la madre por un hombro, la hizo dar media vuelta y la empujó por la espalda.

—¡Largo! ¡Largo!

—¡Barred la calle!—gritó el oficial.

Diez pasos más allá, Pelagia distinguió otra vez una multitud compacta. La gente aullaba, gruñía, silbaba, retrocediendo lentamente y desparramándose por los patios vecinos.

—¡Vete al diablo!—gritó en los oídos de la madre un soldado joven y bigotudo, que la empujó a la acera.

Andaba ella apoyándose en el asta para no caerse, porque se le doblaban las rodillas, y con la otra mano se agarraba a paredes y vallas. Ante ella, los manifestantes seguían retrocediendo; detrás y a su lado, los soldados avanzaban y gritaban de tiempo en tiempo:

—¡Largo, largo!

La dejaron atrás; detúvose ella y miró en derredor.

Al cabo de la calle, en cordón espaciado, la fuerza armada impedía que la gente llegase hasta la plaza, ya vacía. Delante, las formas grises avanzaban sin prisa sobre la multitud.

Quiso Pelagia volver sobre sus pasos, pero, sin darse cuenta, siguió adelante; llegada a una callejuela, angosta y desierta, por allí entró. Dió un suspiro profundo y prestó el oído.

A lo lejos, por alguna parte, la muchedumbre rugía.

Apoyada siempre en el asta, volvió a caminar, moviendo las cejas. Animóse de pronto, con los labios temblorosos, y agitó la mano. No se sabe qué palabras estallaron en su corazón como chispas y se apretujaron en él, quemándola en el deseo de gritarlas.

Daba vuelta bruscamente la calle hacia la izquierda; en la esquina vió la madre un grupo compacto de gente; alguien decía con fuerza:

—¡Si desafían a las bayonetas no es por insolencia, hermanos!

—¿Habéis visto, eh? ¡Los soldados se les iban encima, y ellos sin moverse! Y allí se estaban plantados, sin temor...

—Sí...

—¡Qué templado, el tal Pavel Vlasov!

—¡Y el pequeño-ruso!

—El muy diablo sonriéndose, con las manos atrás.

—¡Amigos! ¡Buena gente!—gritó la madre penetrando en la muchedumbre.

Apartábanse par dejarla llegar, con deferencia.

Alguien dijo, riendo:

—¡Miren, lleva la bandera! ¡La bandera en la mano!

—¡Calla!—replicó severa una voz.

Extendió la madre los brazos en amplio ademán.

—¡Oíd, en nombre de Jesús! Todos sois de los nuestros..., todos sois criaturas sinceras... Abrid los ojos... mirad sin temor... ¿qué ha pasado? Nuestros hijos, sangre nuestra, se levantan en nombre de la verdad..., abren lealmente el camino para llegar a una nueva vía, a una vía ancha y directa destinada a todos... Por vosotros todos, por vuestros hijos, han emprendido su cruzada...

Se le partía el corazón, se le atravesaba el pecho, tenía seca y encendida la garganta. En lo más hondo de su ser nacían palabras de inmenso amor que abrazaba a todo y a todos, le quemaban la lengua y la empujaban con fuerza creciente.

Veía cómo la escuchaban, todos callados; comprendió la madre que reflexionaban, y un deseo que tenía conciencia clara se fué despertando en ella: el de arrastrar a cuantos la rodeaban hacia allá, a donde estaban Andrés y Pavel, los camaradas que habían dejado prender por los soldados, abandonándolos y alejándose de ellos.

Prosiguió, con fuerza atenuada, paseando los ojos por las caras, atentas y foscas:

—Nuestros hijos salen al mundo a buscar alegría; en nombre de todos, y en nombre de la verdad de Cristo, van contra todo aquello de que se valen los malvados, los engañadores, los rapaces para encadenarnos, estrangularnos y tenernos presos. ¡Amigos! Por el pueblo, por el mundo entero, por todos los oprimidos, se ha sublevado nuestra juventud. nuestra sangre... No los abandonéis, no reneguéis de ellos, no dejéis que vuestros hijos sigan su camino solitario... ¡Apiadaos de vosotros mismos..., amadlos..., comprended el corazón de esos hijos..., tened confianza en ellos!

Quebrósele la voz y vaciló, agotada; alguien la sostuvo por el brazo...

—¡Dios la inspira!—gritó una voz sorda y agitada—. ¡Dios es quien la inspira, buenas gentes! ¡Escuchadla!

Otro la compadeció:

—¡Eh! Se está matando...

—¡No se mata ella, nos hiere a nosotros, imbéciles, date cuenta!

Una voz aguda y ansiosa se levantó por encima de la muchedumbre:

—¡Cristianos! Mitia, mi hijo..., esa alma pura... ¿qué ha hecho? Seguir a sus camaradas..., a sus camaradas queridos... Tiene razón... ¿por qué hemos de abandonar a nuestros hijos? ¿Qué mal han hecho?

Aquellas palabras hicieron temblar a la madre; las contestó con dulces lágrimas.

—¡Vuélvete a casa, Pelagia! ¡Anda, madre! Estás deshecha...—dijo Sizov con voz fuerte.

Estaba sucio, toda revuelta la barba. De repente frunció el ceño, paseó una mirada severa por la multitud, se irguió con toda su estatura y dijo con voz neta:

—Mi hijo Matvei murió aplastado en la fábrica, ya lo sabéis. Pero si estuviera vivo, yo en persona le hubiera enviado a las filas de ésos... Le hubiera dicho: "¡Anda tú también, Matvei, anda, porque es una causa justa, una causa santa!"

Interrumpióse. La gente guardó silencio; le invadía la sensación de algo desconocido, grande y nuevo, que ya no le asustaba. Sizov levantó el brazo, lo agitó y prosiguió:

—Os habla un anciano... ¡Todos me conocéis! Treinta y nueve años llevo trabajando aquí... Cincuenta y siete que vivo en la tierra. A mi sobrino, mozo valiente, listo y honrado, han vuelto a detenerle hoy... También iba delante, con Vlasov, junto a la bandera.

Se le crispó la cara; continuó, cogiendo de la mano a la madre:

—Esta mujer ha dicho la verdad... Los hijos quieren vivir con honor, según la razón, y nosotros, nosotros, los hemos abandonado..., sí, los hemos abandonado. ¡Vuélvete a casa, Pelagia!

—¡Amigos, para nuestros hijos es la vida, para ellos la tierra!—dijo la madre, mirando a la muchedumbre con los ojos enrojecidos por las lágrimas.

—¡Vete a casa, Pelagia! ¡Anda, toma el bastón! —dijo Sizov, tendiéndole el trozo de asta.

Contemplaban a la madre con tristeza respetuosa, y un rumor de compasión la seguía. Sin añadir palabra, Sizov iba abriéndole paso, y la gente se apartaba sin murmurar, y, obedeciendo a una fuerza inexplicable, la seguía lentamente, cambiando por lo bajo frases breves.

Cerca ya de la puerta de su casa, volvióse la madre a ellos, y, apoyándose en el pedazo de asta, exclamó con voz de agradecimiento

—¡Gracias a todos!

Y nuevamente, acordándose de su vida, de aquella idea recién nacida en su corazón, añadió:

—Nuestro señor Jesucristo no hubiera venido al mundo si la gente no pereciera para gloria suya.

La muchedumbre miró hacia ella silenciosamente. Hizo ella un ademán y entró con Sizov en su casa. La gente que se quedó a la puerta, siguió cambiando algunas reflexiones, y luego se dispersó, sin apresurarse.

SEGUNDA PARTE

I

E L resto del día flotó en una niebla coloreada de recuerdos, en un cansancio sumo que oprimía cuerpo y alma. Ante los ojos de la madre salía danzando el oficialete, como una mancha gris; el rostro bronceado de Pavel, los ojos sonrientes de Andrés relucían en un torbellino negro y rápido...

Iba y venía la madre por la habitación, sentábase a la ventana, miraba a la calle, volvía a levantarse y fruncía el ceño; se estremecía y miraba en derredor; buscaba con la cabeza hueca, sin saber ella misma lo que deseaba... Bebió agua sin apagar la sed, sin extinguir en el pecho el brasero ardiente de angustia y humillación que le consumía. Se había cortado el día en dos, llena una parte de sentido y sustancia, como evaporada la otra, en un vacío absoluto. Pelagia no hallaba contestación a la pregunta llena de perplejidad que se planteaba:

—Y ahora... ¿qué hacer?

Llegó María Korsunova. Hizo muchos ademanes, gritó, lloró, pataleó, propuso y prometió quién sabe qué, amenazando quién sabe a quién. Pero nada de aquello conmovió a la madre.

—¡Ah!—decía la voz chillona de María—. Sea como sea, el pueblo ha llegado a enterarse... ¡La fábrica se ha levantado, se ha levantado, toda entera!

—Sí, sí—contestó Pelagia con dulzura, agachando la cabeza; y sus ojos contemplaban con mirada fija lo que se había convertido en pasado, lo que se ale-

jó de ella con Andrés y Pavel. No podía llorar; tenía el corazón apretado y árido; los labios secos
también, como la garganta. Temblábanle las manos
y ligeros estremecimientos le dejaban helada la espalda. Pero aún subsistía en su interior una chispa
de cólera, que no vacilaba y pinchaba el corazón
como una aguja; y la madre contestaba al pinchazo con una fría promesa:

—¡Esperen!...

Entonces, tosiendo con ruido, fruncía el ceño.

Por la noche llegaron los guardias. Recibiólos ella
sin asombro ni temor. Entraron en la casa con mucho estrépito, con aire de satisfacción. El oficial de
tez amarilla dijo, enseñando los dientes:

—Bueno, ¿y cómo le va? Es la tercera vez que
nos vemos, ¿no?

Guardó silencio la madre y se pasó por los labios
la lengua seca. El oficial habló mucho, en tono sabio; Pelagia echó de ver que se deleitaba escuchán-
dose. Pero las palabras no llegaban a ella y no se
turbaba. Sin embargo, cuando dijo:

—También tú eres culpable por no haber sabido
inculcar a tu hijo el respeto de Dios y del emperador...

Contestó ella sin mirarle:

—Los hijos serán nuestros jueces..., nos condena-
rán a justicia por haberlos abandonado en camino
semejante, o...

—¿Cómo?—gritó el oficial—. ¡Habla más fuerte!

—¡Digo que nuestros jueces serán los hijos!—repitió, suspirando.

Púsose él entonces a perorar con voz rápida y co-
lérica, pero sus frases volaban sin herir a la madre.

Se había llamado como testigo a María Korsunova. En pie, junto a Pelagia, no la miraba siquiera;
cuando el oficial le dirigía cualquier pregunta, le
hacía una gran reverencia y contestaba con voz monótona:

—¡No sé, noble señor! Yo soy mujer ignorante,
me ocupo de mi negocio... y como soy tan tonta,
no sé nada de nada.

—¡A callar!—mandó el oficial agitando el bigote.

Inclinóse María, y haciéndole la higa sin que él
lo notará, murmuró:

—¡Anda, chúpate ésa!

Le mandaron que registrara a la madre. Le brincaron los ojos y los clavó, muy abiertos, en el oficial, diciendo, como asustada:

—¡No sé cómo, noble señor!

Dió él una patada, irritado.

—¡Pues, ea..., Pelagia, desabróchate!—dijo María. Muy colorada, registró y palpó los vestidos de la madre, cuchicheando:

—¡Ah, perros!

—¿Qué dices?—gritó el oficial con rudeza, y echó una ojeada al rincón en donde ella cumplía lo mandado.

—¡Esto es cosa de mujeres, noble señor!—murmuró Korsunova con voz tímida.

Cuando el oficial mandó a la madre firmar el acta trazó ella estas palabras con letra torpe, en caracteres de imprenta: "Pelagia Nilovna Vlasov, viuda de un obrero."

—¿Qué escribiste? ¿Por qué has escrito esto?—exclamó el oficial, frunciendo desdeñosamente el ceño; y añadió con risa irónica:

—¡Qué salvajes!

Fuéronse los guardias. La madre se acercó a la ventana, y cruzando los brazos sobre el pecho se estuvo allí un rato, mirando fijamente hacia adelante, sin ver nada. Tenía altas las cejas y juntos los labios. Apretaba las mandíbulas con tal fuerza que pronto le dolió la boca. No había petróleo en la lámpara y la luz se iba apagando con ligeros chasquidos. La madre sopló la mecha y se quedó a oscuras. Habían desaparecido su cólera y su humillación; una nube oscura y fría de angustia desesperada penetraba en ella, llenándole el pecho, dificultando los latidos del corazón. Permaneció sin moverse hasta que se le cansaron los ojos y las piernas. Entonces oyó que María, parándose al pie de la ventana, le gritaba con voz vinosa:

—¡Pelagia! ¿Duermes? ¡Duerme, duerme, pobre infeliz! ¡A todos los ultrajan, a todos!...

Tendióse la madre en la cama sin desvestirse y cayó en sueño profundo, como si hubiera rodado a un precipicio.

Vió en sueños un altozano de arena amarilla que estaba más allá del pantano, en el camino de la ciudad. En lo alto de la cuesta por donde se iba a las canteras de donde sacaban la arena, Pavel cantaba dulcemente, con la voz de Andrés:

"¡Arriba los pobres del mundo!..."

Pasó Pelagia junto al montículo y vió que su hijo se llevaba la mano a la frente. El contorno del joven se destacaba neto sobre el fondo del cielo azul. Pero la madre sentía vergüenza de acercarse a él, porque estaba encinta; llevaba en brazos otro hijo. Siguió andando. En la campiña, los chicos jugaban a la pelota; eran muchos, y la pelota de color rojo. La criatura que llevaba quería entretenerse con los demás y rompió a llorar ruidosamente. Le dió ella el pecho y volvió sobre sus pasos; el montículo estaba tomado por soldados que la amenazaban con sus bayonetas. Echó a huir hacia una iglesia edificada en pleno campo, blanca, altísima y ligera, como si estuviese hecha de nubes. Se celebraban allí unos funerales; el féretro era grande y negro, y estaba herméticamente cerrado. El sacerdote y el diácono, vistiendo albas inmaculadas, cantaban:

"—¡Cristo resucitó de entre los muertos..."

Agitó el incensario el diácono y al ver a la madre le dirigió una sonrisa. Tenía el cabello bermejo y el aspecto jovial, como Somoilov. De la cúpula caían rayos de sol, anchos como toallas. En el coro, unos chiquitines repetían a media voz:

"—¡Cristo resucitó de entre los muertos..."

"—¡Agarradlos", gritó de repente el sacerdote, parándose de pronto en medio de la iglesia.

Se había evaporado su alba, y en la faz le asomaban unos bigotes espesos y grises. Todos huyeron, hasta el diácono, que arrojó lejos de sí el incensario y se cogió la cabeza con las manos, como solía hacerlo el pequeño-ruso.

La madre dejó caer al niño entre los pies de los fieles, que daban un rodeo, echando miradas temerosas al cuerpecillo desnudo; púsose ella de rodillas y gritó:

"—No abandonéis al niño! Tomadle..."

"—¡Cristo resucitó de entre los muertos...", cantaba el pequeño-ruso, con las manos a la espalda y la sonrisa en los labios.

Pelagia se inclinó, tomó al niño y lo fué a colocar en una carreta de tablas, junto a la cual iba Vesovchikov, que se reía, diciendo:

"—Me han dado tarea penosa..."

La calle estaba sucia; en las ventanas de las ca-

sas, la gente asomada se deshacía en silbidos, gritos
y gestos. El día estaba claro, el sol brillaba con ar-
dor; no había sombra en ninguna parte.
"—¡Canta, madrecita!—decía el pequeño-ruso—.
Es la vida."
Y cantaba él, dominando todos los ruidos con su
voz buena y sonriente. La madre le seguía, quejándose:
"—¿Por qué se burlará de mí?"
Pero, de pronto, retrocedió y cayó en un abismo
sin fondo, que tronaba al acercarse ella...
Despertóse Pelagia, temblando toda, bañada en
sudor, y prestó oído a lo que le pasaba por dentro.
Comprobó, asombrada, que su pecho estaba vacío.
Hubiérase dicho que una mano pesada y hurona se
había apoderado de su corazón y lo apretaba suavemente, en juego cruel. La sirena aullaba con obstinación; por el sonido calculó la madre que era la
segunda llamada. El cuarto estaba en desorden; libros y vestidos yacían revueltos en el suelo sucio;
todo estaba trastornado.
Levantóse, empezó a ordenarlo todo, sin lavarse y
aun sin rezar. En la cocina vió un palo que aún sostenía un jirón de percalina roja; lo cogió con ademán irritado e iba a echarlo en la estufa; pero suspiró, desprendió el pedazo de tela roja, doblándolo
cuidadosamente, y se lo guardó en el bolsillo. Echó
en seguida agua en gran cantidad sobre el suelo y
la ventana. Se vistió, preparó el samovar, y, sentándose luego a la ventana de la cocina, se repitió la
pregunta de la víspera:
—Y ahora, ¿qué hacer?
Acordándose de que no había rezado aún, fué a
posarse unos minutos ante las imágenes y volvió
a sentarse. Sentía vacío el corazón.
El péndulo, que daba de ordinario un tictac ágil,
había hecho más lentos sus golpes precipitados.
Zumbaban las moscas, vacilantes, pegando, ciegas,
contra los vidrios...
Silencio extraño reinaba en el arrabal, como si la
gente, que tanto gritara por la calle el día anterior,
se hubiera recogido en el interior de las mansiones
y reflexionara en silencio sobre la extraordinaria
jornada.
De repente, Pelagia hizo memoria de cierta esce-
na que vió una vez, en los días de su mocedad; en

el parque antiguo de los señores de Zusailov había un ancho estanque, todo salpicado de nenúfares. Ella pasó por allí en un día nublado de otoño; en medio del agua había un bote, como clavado en el líquido quieto y sombrío, manchado de hojas amarillentas. De aquella embarcación sin remos ni remero, solitaria e inmóvil en el agua opaca, entre las hojas muertas, desprendíase tristeza profunda, pesar misterioso. Pelagia permaneció mucho tiempo allí, preguntándose quién y para qué habría empujado el bote lejos de la orilla. Encontrábase ahora semejante al barquito, que entonces le hizo pensar en un ataúd esperando a un cadáver. Aquel mismo día, por la noche, se supo que la mujer del intendente se había ahogado; era una mujercita de rápido andar, de cabello negro en eterno desorden...

La madre se pasó la mano por los ojos, como para rechazar los recuerdos; su pensamiento estremecido y bamboleante resbaló, palpitando hacia las impresiones de la víspera, que lo iban invadiendo. Fijos los ojos en la taza de té, ya frío, estuvo largo rato inmóvil; en su alma surgió el deseo de ver a alguna persona sencilla e inteligente, para preguntarle un montón de cosas.

Y como para que se le cumpliera el deseo, después de comer llegó Nicolás Ivanovich. Al verle, se sintió sobrecogida por brusca inquietud, y dijo con voz débil, sin contestar a sus saludos:

—¡Ay, padrecito, que mal ha hecho en venir! Es una imprudencia; le detendrán, si le ven.

Después de haberle estrechado la mano con energía, Nicolás Ivanovich se aseguró los anteojos en la nariz, e inclinándose al oído de la madre, le explicó rápidamente en voz baja:

—Andrés, Pavel y yo hemos convenido en que yo viniera a buscarla para llevarla a la ciudad al día siguiente de su detención, si ocurría. ¿Vinieron a registrar?

—Sí. Buscaron por todas partes, y también a mí me registraron. ¡Esa gente no tiene conciencia ni pudor!

—¿Y para qué habían de tenerlo?—preguntó Nicolás levantando los hombros; luego, expuso por qué razones debía ella vivir en la ciudad.

Escuchaba la madre aquella voz amiga, llena de solicitud, miraba aquel rostro de pálida sonrisa, y se asombraba de la confianza que le inspiraba aquel hombre.

—Si es Pavel quien lo ha decidido, y si no os estorbo...—dijo ella.

—No pase inquietud por eso. Yo vivo solo y mi hermana viene rara vez...

—¡Pero yo quiero trabajar, ganarme el pan!

—¡Si quiere trabajar, ya se le encontrará tarea!

Para ella, la idea del trabajo iba unida indisolublemente al género de actividad de su hijo, de Andrés y de los camaradas. Acercóse a Nicolás y le preguntó, mirándole en los ojos:

—¿Cree usted...?

—Mi casa no es grande; cuando uno está solo...

—No hablo de eso, hablo de lo que más importa... —explicó ella en voz baja.

Molesta porque no la había entendido, lanzó un suspiro de tristeza. Levantóse Nicolás y dijo en tono grave, sonriendo con sus ojos miopes:

—También para la causa grande habrá tarea, si quiere...

Un pensamiento sencillo y claro se formó vivamente en ella. Ya una vez logró ayudar a Pavel: ¿podría servir de algo aún? Cuantas más personas trabajaran por la causa, tanto más evidente resultaría a los ojos del mundo que Pavel tenía razón para defenderla. Examinando el rostro bueno de Nicolás Ivanovich, esperaba ella que hablara compadeciéndose de Pavel, de Andrés, de ella misma, pero él sólo añadió, acariciándose la barba con ademán absorto:

—Si pudiera conseguir de Pavel, cuando le vea, la dirección de los campesinos que querían un periódico...

—¡Yo lo sé!—exclamó ella, llena de alegría—. Sé quiénes son y dónde están. Dadme el periódico y yo se los llevo. Los encontraré, y haré cuanto se me diga... Nadie sospechará que llevo libros prohibidos. Gracias a Dios, los introduje en la fábrica.

Tuvo de pronto el deseo de irse a cualquier parte, por las carreteras, los bosques y las aldeas, bastón en mano y zurrón al hombro.

—Encárgueme de esa tarea, por favor, amigo—exclamó—. Iré allí donde quiera. No tengo miedo: en cualquier provincia sabré encontrar el camino. Andaré verano e invierno... hasta el sepulcro; seré apóstol, por amor a la verdad. Mi suerte, ¿no será digna de envidia? Bonita existencia, la del viajero; anda por la tierra, sin tener nada, sin necesitar de nada, como no sea pan; a nadie humilla; va recorriendo el mundo, tranquilo e inadvertido... También yo viviré así..., llegaré hasta Pavel, hasta Andrés, hasta el lugar en que los tengan...

Entristecióse, al verse en el pensamiento sin hogar, errante, pidiendo por Dios ante las ventanas de las chozas de aldea...

Nicolás la tomó suavemente de la mano y se la acarició con sus dedos calientes.

—¡Ya se hablará de todo eso más tarde!—dijo mirando el reloj—. ¡Reflexione que se va a encargar de una tarea peligrosa!...

—¡Amigo bueno!—exclamó ella—. ¿Para qué reflexionar? Los hijos, lo más puro de nuestra sangre, los pedazos de nuestro corazón, lo que queremos por encima de todo, sacrifican la libertad y la vida, perecen sin sentir piedad de sí mismos; pues, ¿qué no haría yo, siendo madre?

Nicolás se puso pálido:

—Mire, es la primera vez que oigo hablar así...

—¿Y qué digo yo?—preguntó ella, agachando la cabeza tristemente, y dejando caer los brazos en actitud de impotencia—. Si tuviera palabras para hablar de mi corazón de madre...

Púsose en pie, impulsada por la fuerza que se iba desarrollando en su interior y exaltaba en su cerebro palabras descontentas.

—...Muchos llorarían..., hasta los malos, hasta los seres sin conciencia...

Levantóse Nicolás y volvió a mirar la hora.

—De modo que ya está decidido: se viene a la ciudad, a mi casa.

La madre agachó la cabeza sin contestar.

—¿Cuándo? ¡Lo antes posible!—y añadió él, dulcemente—. ¡Voy a estar inquieto por usted, de veras!

Ella le miró con asombro: ¿qué interés podía inspirarle? Allí estaba, en pie, baja la cabeza, con una sonrisa de cortedad en los labios, miope y un poco encorvado, con modesta chaqueta negra.

—¿Tiene dinero?—preguntó sin mirarla.

—No.

Sacó él vivamente una bolsa del bolsillo, la abrió y se la tendió, diciendo:

—Tome, tome lo que quiera...

La madre tuvo una sonrisa involuntaria, y meneando la cabeza dijo:

—¡Todo está cambiado! Ni el dinero tiene valor para vosotros. La gente está dispuesta a todo para lograrlo, hasta a perder el alma... y para vosotros no es más que papel..., redondeles de cobre... Como si no lo tuvierais más que por bondad para el prójimo.

—El dinero es cosa muy desagradable e incómoda—continuó Nicolás Ivanovich, riéndose—. Tan molesto de recibir como de dar...

Tomó la mano de la madre y la estrechó con fuerza.

—¿Vendrá lo antes posible, verdad?—repitió.

Y, como de costumbre, se alejó sin ruido.

Después de acompañarle, la madre pensó:

"¡Es tan bueno! Y, sin embargo, no ha sentido lástima de nosotros..."

Y no pudo poner en claro si aquello era desagradable para ella o si solamente le causaba asombro.

II

CUATRO días después de la visita de Nicolás, Pelagia se puso en camino para reunirse con él. Cuando el carro que la llevaba con sus dos baúles atravesó el arrabal y llegó al campo, volvióse ella y sintió que dejaba aquel lugar para siempre. Allí había transcurrido la época más sombría y penosa de su vida, y otra había empezado, llena de nuevos pesares y alegrías nuevas, que devoraba los días con rapidez.

Semejante a inmensa araña de color rojo oscuro, la fábrica se ostentaba en un terreno negro de hollín y levantaba muy arriba en el aire sus inmensas chimeneas. Casitas de obreros apiñábanse en derredor, que formaban, grises y chatas, grupo compacto a orillas del pantano, como si se miraran en él lastimosas con sus ventanitas empañadas. Entre ellas alzábase la iglesia, roja como la fábrica, y su campanario parecía menos alto que las chimeneas de los talleres.

Suspiró la madre, y se desabrochó el cuello del corpiño que le molestaba; estaba triste, pero con tristeza seca, como polvo en día de verano.

—¡Arre!—murmuraba el carretero tirando de las riendas.

Era un hombre de edad indeterminada, con ojos incoloros y pelo castaño y desteñido. Con oscilación de caderas caminaba junto al carro, y bien se advertía, que fuese cual fuese el objeto de su viaje, le era indiferente en absoluto.

—¡Arre!—decía con voz bronca, alargando de extraña manera las piernas torcidas,· calzadas con pesadas botas llenas de barro.

La madre paseaba la mirada en derredor de sí. Los campos estaban tan vacíos como su alma.

El caballo, gacha lamentablemente la cabeza, hundía los pies en la arena profunda, que rechinaba, débilmente caldeada por el sol. La carreta, mal engrasada y en mal estado, chirriaba a cada revuelta. El polvo se mezclaba con todos los ruidos.

Nicolás Ivanovich habitaba, en el extremo de la ciudad, un pabelloncito verde, pegado a una casa negra de dos pisos, que se venía abajo de vieja, en una calle sin tránsito. Había un jardín delante del pabellón, y por las ventanas de las tres habitaciones penetraban ramas frescas de acacias, lilas y álamos de plata tiernos. Los cuartos estaban limpios y silenciosos; en el entarimado flotaban sombras mudas y dentadas; de las paredes colgaban estantes repletos de libros, y algunos retratos de personas graves e imponentes.

—¿Estará bien aquí?—preguntó Nicolás llevando a la madre hasta una habitación, una de cuyas ventanas daba al jardín y la otra a un patio cubierto de espeso césped.

Y allí también las paredes veíanse cubiertas por estantes cargados de libros.

—Me gusta más la cocina.

Parecíale que Nicolás temía algo. La disuadió con aire de cortedad, y cuando ella renunció a quedarse en la cocina, recobró la satisfacción de repente.

En las tres habitaciones reinaba una atmósfera peculiar; era grato respirar en ellas, pero la voz se hacía instintivamente más baja; no entraba deseo de hablar fuerte, ni de turbar la apacible meditación de los personajes que miraban desde la altura de sus marcos con expresión concentrada.

—¡Hay que regar estas plantas!—dijo la madre tocando con un dedo la tierra de las macetas.

—Sí, sí—dijo el amo de la casa, confuso—. Ya sabe que me gustan las flores, pero no me queda tiempo para ocuparme de ellas.

Pelagia observó que, aun en su confortable morada, caminaba Nicolás con prudencia, sin ruido, como un extraño, ajeno a cuanto le rodeaba. Acercaba mucho el rostro a lo que quería ver, se arreglaba los anteojos con los dedos delgados de la mano derecha, asestando una pregunta muda al objeto que contemplaba. Hubiérasele tenido por un recién llegado, como la madre, a una habitación donde todo le era desconocido. Al ver su distracción, Pelagia se sintió enteramente a sus anchas en el lugar.

Siguió a Nicolás, apuntando en la memoria el sitio de cada cosa y preguntándole acerca de su modo de vivir; contestaba él en tono embarazoso, como quien tiene conciencia de no portarse como es debido, pero sin saber adoptar otra línea de conducta.

Después de haber regado las plantas y juntado en un solo montón los cuadernos de música esparcidos sobre el piano, la madre vió el samovar.

—¡Hay que limpiarlo!—dijo.

Pasó Nicolás el dedo por el metal empañado, y llevándoselo a la nariz, lo examinó atentamente, con lo que hizo reír a Pelagia.

Cuando se hubo acostado y pasó revista a lo del día, levantó ella la cabeza y miró en derredor. Por primera vez en su vida, estaba en casa de un extraño y no sentía turbación. Pensó en su huésped con solicitud y se hizo la promesa de llevar a la vida de Nicolás un poco de cálido afecto. Conmovíale la torpeza, la ineptitud ridícula de su huésped, su alejamiento de cuanto es habitual y la expresión de sus ojos claros, sabia e infantil a la vez. Luego el pensamiento saltó hasta el hijo, y revivió los incidentes del primero de mayo. Y el dolor de aquella jornada era peculiar, como lo era la jornada misma; aquel dolor no hacía doblar la cerviz, como una puñada, sino que hostigaba al corazón con mil pinchazos, excitando una cólera sorda que hacía erguir el dorso encorvado de la anciana.

"Los muchachos se van por el mundo...", pensaba, prestando atención a los ruidos, extraños para ella, de la vida nocturna de una ciudad, que se colaban por la ventana abierta, agitando el follaje del jardín; venían de lejos, fatigados y atenuados, a morir dulcemente en la habitación.

Al otro día, temprano, la madre limpió el samovar y lo encendió; recogió la vajilla sin ruido y fué a sentarse a la cocina, en espera de que su huésped se despertara. Dejóse oír un acceso de tos, y apareció Nicolás, con los anteojos en la mano.

Después de haber contestado a sus buenos días, la madre llevó el samovar al comedor, en tanto que Nicolás, al lavarse, derramaba el agua en el suelo y dejaba caer el jabón, gimiendo sin cesar contra sí mismo.

Mientras tomaban el desayuno, Nicolás dijo a la madre:

—Tengo un quehacer muy triste en la administración provincial: observo cómo se arruinan nuestros aldeanos...

Repitió con sonrisa insegura:

—Sí, lo observo, ésta es la palabra. La gente tiene hambre y baja prematuramente al sepulcro, agotada por la miseria; los niños están débiles desde que nacen, y se mueren como las moscas en otoño... Bien sabido es..., bien conocidas son las causas de esas calamidades. Las examinamos, nos pagan el sueldo... Y nada más...

—¿Qué es usted, un estudiante sin carrera?—preguntó Pelagia.

—No; fuí maestro de escuela en un pueblo... Mi padre es director de fábrica en Viatka, y yo me hice maestro. Pero distribuí libros a los habitantes de la aldea y me metieron en la cárcel. Luego fuí empleado de librería, y allí no fuí prudente tampoco y me volvieron a prender, enviándome a la provincia de Arkángel... Tuve unas historias con el gobierno, que me mandó a orillas del mar Blanco, a una aldea donde pasé cinco años...

Su voz resonaba tranquila e igual en la habitación clara e inundada de sol.

Muy a menudo había oído la madre historias así, y no había llegado a comprender por qué las cuentan con tanta tranquilidad, sin acusar a nadie por los sufrimientos padecidos, como teniéndolos por inevitables.

—Hoy llega mi hermana—anunció.

—¿Está casada?

—Viuda. A su marido le desterraron a Siberia, pero se escapó y cogió frío en el camino; murió en el extranjero, hace dos años...

—¿Es más joven que usted?

—No; me lleva seis años... Le debo mucho... Ya la oirá tocar el piano, que es de ella... Hay aquí, además, muchas cosas también suyas... Los libros son míos...

—¿En dónde vive?

—¡En todas partes!—contestó él, sonriéndose—. Allí donde hace falta una criatura audaz, allí está ella...

—¿Trabaja también por nuestra causa?

—¡Claro está!

Se fué a la oficina y la madre se puso a pensar en la causa que de día en día va dando calma y obstinación a los hombres. Y le pareció encontrarse como ante una montaña, en la oscuridad.

Al mediar el día llegó una señora alta y bien formada, vestida de negro. Cuando la madre le abrió la puerta dejó en el suelo una maletilla amarilla y agarró vivamente la mano de Pelagia, diciendo:

—¿Es usted la madre de Pavel Vlasov, verdad?

—¡Sí, yo soy!—respondió Pelagia, azorándose al ver la elegancia de la señora.

—¡Es lo mismo que me la figuraba! Mi hermano me escribió que vendría usted a vivir en esta casa. Hace mucho tiempo que somos amigos, su hijo y yo... Me habló de usted a menudo...

Tenía la voz sorda y hablaba con lentitud, pero sus movimientos eran vivaces y decididos. Sus ojos, grandes y grises, tenían un sonreír franco y joven. Unas finas arruguitas irradiaban ya hacia sus sienes, y algunos cabellos blancos como plata relucían sobre sus orejas menudas.

—¡Tengo hambre!—declaró—. Me gustaría tomar una taza de café...

—Voy a hacerlo en seguida—dijo la madre.

Y sacando una cafetera del armario preguntó en voz baja:

—¿De veras habla de mí Pavel?

—De veras, y muchas veces.

La hermana de Nicolás sacó una petaquita, tomó un cigarrillo y lo encendió; caminando a pasos largos por la habitación, dijo luego:

—¿Siente mucha inquietud por él?

Mirando cómo temblaba debajo de la cafetera la llama azulada del espíritu de vino, sonreía la madre. Se le había quitado el azoramiento, con la profundidad de su alegría.

"De modo que habla de mí, el hijo mío", pensó. Y luego:

—¿Me pregunta si siento inquietud?... Naturalmente, es doloroso..., pero antes era peor... Ahora ya sé que no está solo...

Fijando la mirada en el rostro de la visitante, le preguntó:

—¿Cuál es su nombre?

—¡Sofía!

La madre se puso a examinarla con atención. En aquella mujer había algo atrevido, demasiado audaz y precipitado. Hablaba con seguridad.

—Lo importante es que los camaradas no estén mucho tiempo en la cárcel, que los juzguen en seguida. Y en cuanto Pavel esté en Siberia, le haremos que se escape... No podemos pasarnos sin él, aquí...

Después de haber buscado con los ojos un sitio en donde tirar el cigarrillo, Sofía lo hundió en una maceta.

—¡Se va a morir la planta!—observó maquinalmente la madre.

—¡Dispense!—dijo Sofía—. Nicolás me lo está repitiendo siempre...

Y sacando la colilla, la tiró por la ventana.

—¡Le ruego que me perdone! Hablé sin pensar. ¿Cómo voy yo a reprenderla?...

—¿Y por qué no, si hago una tontería?—contestó tranquilamente Sofía encogiéndose de hombros—. Ya está el café a punto. ¡Gracias! ¿Una sola taza? ¿Cómo, usted no quiere?

Y tomando a la madre por los hombros, la atrajo hacia sí, la miró fijamente, y le preguntó, asombrada:

—¿Le da reparos?

La madre contestó sonriendo:

—Llegué ayer aquí, y ya me porto como si estu-

viera en mi casa y la conociera a usted hace mucho
tiempo... No temo a nada; digo lo que se me antoja, y hasta me permito hacer observaciones...

—¡Y muy bien que está!—exclamó Sofía.

—No sé ya dónde tengo la cabeza..., ni me conozco a mí misma—continuó la madre—. En otro tiempo, daba uno muchas vueltas alrededor de la gente
antes de hablarle con el corazón en la·mano, y
ahora el alma ya no teme, y dice muchas cosas que
antes ni se hubiera atrevido a pensar... ¡Y qué cosas!...

Encendió Sofía un segundo cigarrillo; sus ojos
grises ponían en la madre una mirada acariciadora.

—Dice usted que organizará la evasión de Pavel...
Pero, ¿cómo vivirá después?

Pelagia había logrado formular la pregunta que
le atormentaba.

—¡Será muy fácil!—respondió Sofía, echándose
más café—. Vivirá como viven muchos evadidos...
Acabo de ir en busca de uno y de acompañarle al
extranjero; es hombre preciso también, un obrero
del sur. Le condenaron a cinco años de destierro y
sufrió tres y medio de pena. Por eso voy tan elegante. ¿Cree que es por costumbre? Detesto ador-
nos y perifollos... El hombre es sencillo; tiene que
vestir sencillamente, con decoro, pero sencillamente.

La madre dijo en voz baja, agachando la cabeza:

—¡Ay! ¡El primero de mayo es lo que me revolvió las ideas! Me siento a disgusto; me parece que
voy por dos caminos a la vez... Ya creo que lo
entiendo todo, ya que estoy entre brumas... Así, por
ejemplo, usted..., usted es una señora... y está trabajando por la causa... Conoce a Pavel..., le aprecia... Yo se lo agradezco...

—No, a quien hay que agradecérselo es a usted
—dijo Sofía riendo.

—¿A mí? ¡No fuí yo quien le enseñó lo que sabe!
—respondió la madre con un suspiro. Conque, le
decía—continuó—, que unas veces todo me parece
sencillo, y otras no puedo comprender esa sencillez... Así, ahora, estoy tranquila, y, de repente, me
asusto de estar tan tranquila. Toda la vida tuve miedo... y ahora, que hay razones para temer, casi no
lo tengo ya... ¿Por qué me pasa esto? No sé...

Sofía respondió, como pensativa:

—¡Día vendrá en que lo comprenda todo!... Creo

que es hora de abandonar todos estos esplendores...
Después de haber dejado la colilla en el plato,
sacudió la cabeza y su pelo dorado se esparció en
mechones espesos por sus hombros; luego, salió...
La madre fué siguiéndola con los ojos, suspiró,
miró en derredor de sí y se puso a recoger la vajilla, sin pensamiento, abrumada por una semisom-
nolencia que la calmaba.

III

Volvió Nicolás a las cuatro. Durante la comida,
Sofía contó, riendo, cómo salió a buscar al
preso; hablaba del terror que le daba ver espías por todas partes, de la conducta extraña del
evadido... Algo en el tono de su voz recordaba a la
madre la fanfarronería del obrero que llevó a cabo
un trabajo difícil y está encantado de su perfección.

Ahora llevaba Sofía un vestido gris, ligero y flo-
tante, que le caía de los hombros a los pies en pliegues armoniosos, vaporoso y sencillo. Parecía más
alta que con el otro; sus ojos más en sombra, más
reposados sus movimientos.

—¡Tienes que ocuparte en otro asunto, Sofía!—dijo Nicolás después de comer—. Ya sabes que tenemos el propósito de editar un periódico para el
campo pero, gracias a las últimas detenciones, se
han roto los lazos que nos unían con los campesinos. Sólo Pelagia sabe cómo encontrar al hombre
que ha de encargarse de distribuir el periódico...
Vete con ella... lo antes posible...

—¡Bueno!—dijo Sofía volviendo a fumar—. ¿De
acuerdo, madre?

—¿Por qué no? ¡Vamos!

—¿Estará lejos?

—A unos ochenta kilómetros...

—¡Perfectamente!... Voy a tocar el piano... ¿So-
portará un poco de música?

—No me pregunte, y hágalo como si yo no estuviese aquí—dijo la madre, sentándose en un rincón
del sofá forrado de hule.

Se daba cuenta de que el hermano y la hermana

haciendo como si no reparasen en ella, la mezclaban siempre en la conversación.

—¡Escucha, Nicolás: es de Grieg! Lo traje hoy. ¡Cierra la ventana!

Abrió el cuaderno y acarició suavemente las teclas con la mano izquierda. Las cuerdas empezaron a vibrar con sonoridades muelles y espesas. Primero, un hondo suspiro, después otro acorde que iba a unirse con los primeros, rico y trémulo de amplitud. Los dedos de la mano derecha se despertaron con resonancias llenas de claridad, gritos semejantes a los de un pájaro asustado; balanceáronse, batieron alas en el fondo negro de las notas bajas que iban cantando, armoniosas y mesuradas, como las olas del mar fatigadas por la tormenta. Contestando a la canción, ondas lentas de acordes graves lloraban dolorosamente, devorando quejas, preguntas, gemidos que se fundían en un ritmo de angustia. A veces, en un ímpetu desesperado, la melodía sollozaba, languideciendo, luego caía, se arrastraba, vacilaba en el torrente espeso y resbaladizo de los bajos, se ahogaba y desaparecía para salir de nuevo a luz, rompiendo el retumbar igual y monótono; se ensanchaba, tintineaba y se disolvía en un poderoso batir de notas húmedas que la salpicaban, suspirando sin cansarse, con la misma fuerza y la misma calma...

En el comienzo, la música no conmovió a la madre, que no entendía: para ella era como un caos sonoro. No podía su oído captar la melodía en el palpitar complejo de la muchedumbre de notas. Medio amodorrada, veía a Nicolás sentado en el otro rincón del sofá, sobre sus piernas dobladas; estudiaba el perfil severo de Sofía, encorvada la cabeza bajo la masa del cabello dorado. Poníase el sol, y un rayo trémulo puso nimbo, primero, a la cabeza y al hombro de Sofía, y después, resbalando por las teclas, fué a flotar entre los dedos de la música. La melodía llenaba el cuarto, y el corazón de la madre se despertaba sin que ella lo sospechase. Tres notas, vibrantes como una voz de Fedia Mazin, sucedíanse con regularidad y se sostenían mutuamente a la misma altura, como tres peces de plata en un río... brillante en el torrente de sonoridad... A veces una nota más se les unía; y todas juntas entonaban una canción ingenua, triste y acariciadora.

Pelagia empezaba a seguirlas, y a esperar su reaparición, sin escuchar más que a ellas, separándolas del caos inquieto de sonidos que, poco a poco, iba dejando de oír.

Y de repente, del oscuro fondo de su pasado, subió el recuerdo de una humillación olvidada desde muy atrás, que resucitaba con cruda nitidez.

Una vez, su marido volvió a altas horas de la noche, borracho perdido; la cogió del brazo, la tiró de la cama y empezó a darle patadas, diciendo:

—¡Vete, canalla, me fastidias!... ¡Vete!

Para huir de sus golpes había tomado ella rápidamente en brazos al niño, entonces de dos años, y levantándose sobre las rodillas, protegíase con el cuerpecillo como un escudo. Pavel lloraba y se retorcía espantado, desnudo, tibio.

—¡Vete!—gritaba Mijail con voz de rugido.

Saltó ella en pie y corrió a la cocina; echando una camiseta sobre sus hombros y envolviendo al niño en un mantón, sin proferir palabra, ni queja ni ruego, descalza, se salió a la calle. Era en mayo y la noche estaba fresca; el polvo de la calle se le pegaba a los pies, penetrando en su piel y dejándola helada. El niño lloraba, manoteando. Descubrióse ella el seno, y apretó el hijo contra sí; aguijada por el miedo, se entró por la calle oscura, cantando para adormecer al chiquillo. Iba a amanecer; Pelagia se avergonzó, a la idea de que pudieran encontrarla medio desnuda. Bajó a la orilla del pantano, se sentó en el suelo, entre un grupo compacto de alamillos... Mucho rato se estuvo allí; envuelta en noche, fijos los ojos dilatados en las tinieblas, cantando tímidamente para mecer al niño dormido y a su corazón ultrajado. De repente, un pájaro negro y silencioso, echando a volar por encima de su cabeza se lanzó al espacio despertando a la madre. Temblando toda de frío, se levantó y volvió a su casa, en busca del terror de costumbre, de los golpes y de los insultos incesantes.

Por última vez, un acorde sonoro, indiferente y frío, suspiró y se quedó quieto.

Volvióse Sofía y preguntó a media voz a su hermano:

—¿Te gusta?

—Sí, mucho—contestó él, estremeciéndose, como si saliera de un sueño—, mucho...

Un arpegio dulce y armonioso se desgranó entre los dedos de Sofía.

En el pecho de la madre cantaba y temblaba el eco de los recuerdos. Hubiera querido que la música continuara. Un pensamiento iba germinando en ella.

—Ésta es gente que vive tranquila... Hermano y hermana... como amigos... Hacen música... No juran, no beben aguardiente, no se pelean por una estupidez... No piensan en ofenderse uno a otro, como suelen los de condición oscura...

Fumaba Sofía un cigarrillo; fumaba mucho, casi sin parar.

—¡Era el trozo favorito del pobre Kostia!—dijo, aspirando vivamente el humo, e hizo sonar de nuevo un acorde triste y débil—. ¡Cómo me gustaba que él lo oyera! Era muy inteligente, todo lo comprendía... A todo era accesible...

"¡Habla, sin duda, de su marido!", dijo para sí, sonriendo, la madre.

—¡Qué dichosa fuí con aquel hombre!—continuó Sofía en voz baja, acompañando sus pensamientos con ligeros acordes—. ¡Cómo sabía vivir!... Alegre siempre, con alegría infantil, vivaz, que resplandecía en él...

"¡Infantil!", repitió la madre para sus adentros.

—¡Sí!—dijo Nicolás, atormentándose la perilla—. Un alma de canción...

Tiró Sofía el cigarrillo encendido, volvióse a la madre y le preguntó:

—¿No le fastidia este ruido?

—Le dije que no me preguntara—respondió la madre con leve descontento que no logró esconder—; no entiendo nada... Me pongo a escuchar, a pensar...

—¡No, es necesario que comprenda!—replicó Sofía—. Una mujer, sobre todo si está triste, no puede dejar de entender la música...

Hirió el teclado con fuerza; resonó un clamor violento, como el de quien ha tenido una noticia terrible, de las que hieren el corazón y arrancan lamentos punzantes. Un vocerío juvenil palpitó espantado y desconcertado, huyendo quién sabe a dónde, y volvió a vibrar una voz sonora e irritada, que lo dominaba todo... Había ocurrido sin duda una desgracia, pero de las que excitan cólera y no gemidos. Luego otra voz, enérgica y acariciadora, sobrevino y rompió en un cantar bello e inocente, que persuadía y arrebataba. Sordas y ofendidas, rezongaron las notas bajas...

Sofía tocó mucho tiempo. La madre estaba aturdida. Hubiera querido preguntar de qué hablaba aquella música que iba suscitando en ella imágenes indistintas, sentimientos, pensamientos sin cesar mudables... Pesar y angustia cedían el puesto a relámpagos de gozo apacible; .parecía que una bandada invisible de pájaros diera vueltas en la habitación, rozando los corazones con alas delicadas, cantando gravemente algo que provocaba por instinto el pensamiento con palabras inasequibles, animando al corazón con vagas esperanzas y colmándolo de fuerza y frescura.

Sentía Pelagia deseo ardiente de decir algo amable a sus dos compañeros. Sonreía dulcemente, embriagada por la música.

Buscando con los ojos algo que hacer, fuése de puntillas a la cocina, a disponer el samovar.

Su anhelo de ser útil no se extinguía, palpitando en su corazón con regularidad obstinada. Sirvió el té con sonrisa de cortedad y emoción, como si hubiera envuelto el alma en tibios pensamientos de ternura, que repartía por igual entre sí misma y sus compañeros.

—Nosotros, los del pueblo—dijo—, lo sentimos todo, pero lo difícil es explicarlo; las ideas no se fijan y nos da vergüenza no poder decir lo que entendemos. A menudo, en conciencia, nos irritamos contra nuestros pensamientos y también contra los que nos los sugieren; nos irritamos contra ellos y los rechazamos. La vida está agitada; por todos lados nos hiere y golpea; quisiéramos descansar... pero los pensamientos despiertan el alma y le mandan que mire...

Escuchábale Nicolás, gacha la cabeza, limpiando los anteojos con ademán cortado; Sofía miraba de frente a la madre, olvidándose del cigarrillo apagado. Seguía sentada al piano, y acariciaba de tiempo en tiempo·las teclas. El acorde se mezclaba dulcemente a los discursos de la madre, que se apresuraba a revestir sus sentimientos de palabras sinceras y sencillas.

—Ahora ya puedo hablar algo de mí y de los míos... porque entiendo la vida y he empezado a entenderla en cuanto he podido comparar. Antes, no tenía puntos de comparación. En nuestra clase, todos viven lo mismo. Ahora, veo cómo viven los otros, me acuerdo de cómo vivía yo, y el recuerdo se me hace duro... En fin, atrás no se vuelve, y aunque se volviera, no se recobraría la juventud...

Bajó la voz y continuó:

—Puede que diga cosas equivocadas o inútiles, porque vosotros lo sabéis todo..., pero hablo de mí... y vosotros sois los que me trajisteis a vuestro lado...

Lágrimas de gozoso agradecimiento temblaban en su voz; miró a sus huéspedes, sonriéndole los ojos, y prosiguió:

—Quisiera abriros mi corazón para deciros cuánto os quiero.

—¡Lo vemos ya!—dijo Nicolás, bondadoso—. Y nos sentimos felices teniéndola al lado.

—¿Saben lo que me parece?—continuó ella, siempre en voz baja y sonriendo—. Me parece que he encontrado un tesoro, que me ha vuelto rica, que puedo colmar de regalos al mundo entero... Puede que sea sólo porque soy tonta...

—¡No hable así!—dijo gravemente Sofía.

No podía Pelagia calmar su deseo; siguió hablando de lo que era nuevo para ella y le parecía de importancia inapreciable. Les refirió su pobre existencia, henchida de humillaciones y sufrimiento resignado; a veces se interrumpía, pareciéndole que se alejaba de sí, hablando como si hablara de otra persona...

Sin cólera, con palabras ordinarias y con una sonrisa de compasión en los labios, iba desarrollando ante Nicolás y su hermana la historia monótona y gris de sus tristes días, enumerando los malos tratos que recibió de su marido, asombrándose ella misma de los fútiles pretextos en que se fundaban, asombrada de no haber sabido evitarlos...

Escuchábanla en silencio, atentamente, Nicolás y Sofía; sentíanse abrumados por el sentido profundo de aquella historia de un ser humano a quien se trató como a bestia, y que, durante mucho tiempo, no adivinó lo injusto de la situación, ni supo murmurar. Parecíales que miles de vidas hablaban por boca de la madre. Todo era vulgar y ordinario en aquella existencia, pero había en la tierra un gentío innumerable que llevaba el mismo género de vida... Y ensanchándose sin cesar ante sus ojos, la historia de la madre adquiría importancia de símbolo... Nicolás, de codos en la mesa, apoyaba la cabeza en las palmas de las manos, inmóvil, contemplando a la madre a través de sus gafas, con guiños de atención. Sofía, recostándose en el respaldo de la silla, estremecíase murmurando de tiempo en tiempo no se sabe qué y meneando negativamente la cabeza. No fumaba ya; su rostro parecía más flaco y más pálido.

—Una vez me sentí desgraciada, me pareció que mi vida no era más que un delirio—dijo en voz baja—. Era en el destierro, en un miserable poblachón de provincia, en donde nada tenía que hacer, y nadie en qué pensar, como no fuera en mí... Por ocio, me puse a echar la cuenta de todas mis desgracias, a pasarles revista; había reñido con mi padre, a quien amaba; me habían echado del gimnasio por leer libros prohibidos; vino luego la cárcel, la traición de un camarada a quien tuve afecto, la detención de mi marido, y otra vez cárcel y destierro, y la muerte de mi marido... Y me parecía que la criatura más desdichada de la tierra era yo... Pero todas mis desdichas, juntas y multiplicadas, no valen un mes de su vida, no, madre... Esa tortura diaria durante años consecutivos... ¿De dónde sacan los pobres fuerza para sufrir?

—¡Se acostumbran!—replicó, suspirando, la madre.

—¡Y creía yo conocer esta vida!—dijo Nicolás, pensativo—. ¡Pero cuando ya no son impresiones sueltas, ni es un libro el que habla, sino un ser humano, en persona, es terrible! Y también son terribles los pormenores, las naderías, los segundos de que se hacen los años...

La conversación se desarrollaba a media voz. La madre, sumergida en sus recuerdos, sacaba del crepúsculo de su pasado las humillaciones mezquinas y cotidianas, para componer un sombrío cuadro de horror mudo e inmenso, en que se ahogaba su juventud. De repente, exclamó:

—¡Ay, basta de chocheces! ¡Ya es hora de acostarte! No es posible repetirlo todo.

Inclinóse Nicolás ante ella, encorvándose más que de costumbre, y le estrechó la mano con más fuerza. Sofía la acompañó hasta el umbral de su cuarto, parándose allí, y le dijo en voz baja:

—¡Que descanse!... ¡Buenas noches!

Tenía la voz cálida. Sus ojos grises acariciaban dulcemente el rostro de Pelagia... Tomó ésta las manos de Sofía, y estrechándola entre las suyas, respondió.

—¡Gracias a ustedes!...

IV

CUATRO días más tarde, la madre y Sofía se presentaron ante Nicolás pobremente ataviadas con vestidos de indiana raída, bastón en mano y zurrón al hombro. Con aquel traje aparecía Sofía más baja, y su rostro adquiría expresión severa.

—¡Parece que te has pasado la vida de monasterio en monasterio! —le dijo Nicolás.

Al despedirse de su hermano le estrechó la mano con energía. Una vez más observó la madre aquella sencillez, aquella calma. Era gente que no prodigaba besos ni demostraciones afectuosas, y, sin embargo, eran sinceros entre sí, estaban llenos de solicitud para con los demás. Allí donde vivía Pelagia se besaba mucho la gente y se solía decir palabras de ternura, lo cual no impedía que se mordiesen como canes hambrientos.

Atravesaron la ciudad las viajeras, salieron al campo y tomaron la ancha carretera trillada, entre dos filas de abedules viejos.

—¿No se cansará? —le preguntó la madre a Sofía.

—¿Cree que no tengo costumbre de andar? Se equivoca...

Alegremente, como si contara travesuras infantiles, Sofía se puso a relatar sus hazañas de revolucionaria. Vivió con nombre falso, se sirvió de pasaportes falsificados, se disfrazó para despistar a los espías y fué llevando así quintales de folletos prohibidos a ciudades diferentes. Organizó evasiones de camaradas desterrados, acompañándolos al extranjero. Una vez, tuvo instalada en su casa una imprenta clandestina; cuando los guardias, avisados del hecho, llegaron a registrar, se vistió de criada un momento antes y salió, cruzándose en el umbral con los pesquisadores. Sin abrigo, con un pañuelo a la cabeza y una lata de petróleo en la mano, cruzó la ciudad de un extremo a otro, con un frío terrible, en pleno invierno. Otra vez, yendo a casa de unos amigos, en cierta ciudad lejana, subía la escalera que conducía a su habitación cuando se dió cuenta de que la estaban registrando. Era ya tarde para salir de la casa; llamó con audacia al piso de encima, y entrándose en la casa de unos desconocidos, maleta en mano, les explicó francamente su situación.

—Pueden entregarme si quieren, pero no creo que lo hagan—les dijo con convicción.

Muy asustados, no pegaron ellos los ojos en toda la noche, pensando a cada momento que iban a llamar en su casa. Pero no entregaron a Sofía, y, a la mañana siguiente, burláronse de los guardias con ella. Otra vez, vestida de monja, tomó asiento en el mismo departamento y en la misma banqueta que el espía encargado de seguirla, el cual, para hacer gala de sus habilidades, le contó cómo se las arreglaba en su tarea. Estaba seguro de que Sofía iba en el tren, en segunda clase; a cada parada salía, y al volver, le decía a la seudorreligiosa:

—No la veo..., lo probable es que se haya acostado. También ellos se cansan... Llevan vida tan trabajosa... Por el estilo de la nuestra...

Reíase la madre al escuchar tales historias y miraba a Sofía con ojos afectuosos. Alta y flaca, la joven caminaba con paso firme y ligero; tenía los pies sólidos y bien conformados. Había en su porte, en sus palabras; en el timbre mismo de su voz atrevida, aunque un tanto sorda, en toda su figura esbelta, una hermosa salud moral, una audacia jubilosa, una necesidad de aire y de espacio, y sus ojos se posaban en todo con expresión de alegría juvenil.

—¡Mire qué lindo abeto!—exclamó señalando un árbol a la madre que se paró a mirarlo; pero el abeto no era más alto ni más frondoso que los demás.

—¡Sí, lindo árbol!—repitió sonriendo.

—¡Una alondra!

Los ojos grises de Sofía chispearon gozosos. A veces, con movimiento flexible, se agachaba y cogía una flor, cuyos pétalos temblorosos acariciaba amorosamente. con un roce leve de sus dedos finos y ágiles. Y canturreaba con dulzura.

Por el camino cruzábanse con algunos que iban a pie, o con aldeanos encaramados en sus carretas, que les decían:

—¡La paz sea con vosotros!

Brillaba un bello sol de primavera; el abismo azul del cielo centelleaba; a un lado y otro de la carretera extendíanse sombríos bosques de maderas resinosas, campos de color verde crudo; cantaban los pájaros, y el aire, tibio y balsámico, acariciaba dulcemente las mejillas.

Todo servía para hacer que la madre se aproximara a la mujer de alma y ojos claros; y se apretaba involuntariamente contra ella, esforzándose por caminar al mismo paso. Pero, a veces, había en las palabras de Sofía algo demasiado vivo y sonoro, que le parecía superfluo a Pelagia, y ésta tenía entonces pensamientos de inquietud:

"No le va a gustar a Rybin..."

Un instante después, Sofía hablaba de nuevo sencilla, cordialmente, y la madre la miraba con amor.

— ¡Qué joven es usted aún!—suspiró.

—¡Oh! ¡Tengo ya treinta y dos años!—dijo Sofía. Sonrióse Pelagia.

—No es eso lo que quiero decir... Al verla, se le darían más años... Pero cuando se miran sus ojos, cuando se la oye, se asombra uno y la tomaría por una muchacha... Ha llevado una vida agitada, difícil y peligrosa..., pero el corazón aún le sonríe.

—No siento ya lo difícil de mi vida, ni puedo imaginarme una que sea más interesante y mejor que ésta...

—¿Quién la recompensará por sus trabajos?

—¡Ya tenemos recompensa!—contestó Sofía en tono que a la madre le pareció lleno de altivez—. Nos hemos arreglado una vida que nos satisface. ¿Qué más se puede desear?

La madre le echó una ojeada y bajó la cabeza, repitiendo:

"No le va a gustar a Rybin..."

Aspirando a pleno pulmón el aire tibio, caminaban ambas mujeres con paso lento, pero sostenido. Parecíale a Pelagia que iba en peregrinación. Se acordó de su niñez y de la pura felicidad que la animaba cuando, en día de fiesta, salía del pueblo para ir a algún monasterio lejano, en donde había una imagen milagrosa.

De tiempo en tiempo, Sofía cantaba con su hermosa voz canciones nuevas que hablaban del amor o del cielo; o bien se ponía de pronto a declamar versos en que se celebraba el campo y los bosques, el Volga, y la madre escuchaba y sonreía; sin querer, balanceaba la cabeza al ritmo de la poesía, cuya melodía le encantaba.

En su corazón todo era apacible, tibio y dulce, como un jardincito viejo en una tarde de estío.

V

AL tercer día, cuando llegaron a un pueblo, la madre preguntó a un aldeano que trabajaba en el campo dónde se hallaba la fábrica de alquitrán. Pronto bajaron ambas mujeres por un sendero pendiente y agreste, como escalera cuyos peldaños estuviesen hechos de raíces; divisaron una clara circular, toda cubierta de virutas y carbones, con charcos de alquitrán, por un lado o por otro.

—¡Ya hemos llegado a término!—dijo la madre, mirando en torno con inquietud.

Junto a una choza cerrada con estacas y ramaje comían cuatro obreros, sentados en derredor de una mesa hecha con tres tablas sin desbastar, colocadas sobre estacas fijas en el suelo. Eran Rybin, negro del todo, con la camisa abierta por el pecho, Yefim y otros dos muchachos. Rybin fué el primero que vió a las mujeres, y esperó en silencio, protegiéndose los ojos con la mano.

—¡Buenos días, hermano Mijail!—gritó la madre desde lejos.

Levantóse él y salió a su encuentro sin apresurarse; cuando hubo reconocido a Pelagia, se detuvo y se acarició la barba.

—¡Vamos en peregrinación!—dijo la madre, acercándose—. He dado un rodeo para venir a visitarte. Ésta es mi amiga, y su nombre, Ana...

Orgullosa de su ingeniosidad, miró con el rabillo del ojo a Sofía, que permanecía grave e impasible.

—¡Buenos días!—dijo Rybin, con sonrisa hosca. Le estrechó la mano; saludó a Sofía y continuó:

—Inútil mentir; esto no es la ciudad, y aquí no hacen falta engaños. No hay más que gente buena, bien conocida...

Yefim, que no se había levantado, contemplaba con atención a las viajeras y cuchicheó algo con sus compañeros. Cuando las mujeres se aproximaron, se puso en pie y saludó sin decir palabra; los otros dos permanecieron inmóviles, como si no hubiesen visto a las visitantes.

—¡Estamos aquí como reclusos!—prosiguió Rybin, dando un golpecito en el hombro a la madre—. Nadie viene a vernos; el patrón no está en el pueblo, su mujer está en el hospital, y yo, ahora, soy como el encargado... Siéntense. ¿Quieren té? Yefim, anda a traer leche.

Lentamente se dirigió Yefin a la choza, en tanto que las viajeras se desembarazaban de los zurrones. Uno de los campesinos, muchachote flaco, se levantó para ayudarlas. El otro, harapiento y fornido, las miraba pensativamente de codos en la mesa, rascándose la cabezota y tarareando. El aroma sofocante del alquitrán fresco se mezclaba al olor de las hojas podridas, y hacía volver la cabeza.

—Éste se llama Jacob—dijo Rybin, señalando al más alto de los obreros, y éste, Ignaty... Bueno, ¿y tu hijo?...

—¡Preso!—suspiró la madre.

—¡Otra vez!—exclamó Rybin—, Creeremos que lo pasó bien...

Ignaty ya no canturreaba; Jacob tomó el palo de manos de la madre:

—¡Siéntate, abuela!

—Y usted también, siéntese—dijo Rybin a Sofía. Sin hablar, sentóse ella en un fardo y se puso a examinar a Rybin.

—¿Cuándo lo detuvieron?—preguntó éste, y exclamó agachando la cabeza—: No tienes suerte, Pelagia.

—¡Qué más da!

—Bueno, ¿ya te acostumbras?

—No; pero estoy viendo que no puede ser de otro modo.

—¡Eso es!—dijo Rybin—. Bueno, pues cuenta...

Trajo Yefim un jarro de leche; tomó de la mesa

un tazón, lo enjuagó, y, después de llenarlo con leche, se lo puso delante a Sofía. Caminaba y lo hacía todo sin ruido, con precaución. Cuando la madre hubo puesto fin al breve relato, el silencio fué general. Sin moverse de la mesa, Ignaty hacía dibujos con la uña en las tablas. Yefim se apoyaba en el hombro de Rybin. Jacob, cruzando los brazos sobre el pecho, bajaba la cabeza. Sofía seguía estudiando el rostro de los campesinos.

—¡Sí!—dijo Rybin, arrastrando despacio las palabras—. Eso es, han decidido obrar abiertamente...

—Si hubieran organizado una parada de ese género entre nosotros—dijo Yefim, sonriendo—, los mujiks los hubieran matado a golpes...

—¿Dices que juzgarán a Pavel?—preguntó Rybin.

—Sí, ya está decidido—respondió la madre.

—¿Y a qué pena le pueden condenar?... ¿No lo sabes?

—Presidio o deportación a Siberia, para toda la vida—respondió en voz baja.

Tres de los obreros la miraron simultáneamente. Rybin prosiguió:

—¿Y cuando se arregló el asunto sabía él lo que le esperaba?

—No sé..., es probable.

—¡Sí! Lo sabía...—dijo Sofía con fuerza.

Callaron todos, sin moverse, como clavados en un mismo pensamiento.

—¡Eso es!—repuso Rybin, con voz grave y severa—. También creo yo que lo sabía. Es hombre serio, nunca obró a la ligera. ¡Ya los veis, camaradas! Sabía que le podían atravesar de un bayonetazo, o hacerle los honores del presidio, y con todo eso, se decidió. Tenía que hacerlo y lo hizo. Si le hubieran atravesado en el camino a su propia madre, hubiera seguido adelante..., ¿no es verdad, Pelagia?

—Sí...—respondió la madre, estremeciéndose.

Y después de haber paseado una mirada en torno, lanzó un profundo suspiro. Sofía le acarició dulcemente la mano y echó una ojeada de descontento a Rybin.

—¡Es un hombre!—continuó éste a media voz, fijando los ojos sombríos en sus compañeros.

Y nuevamente los seis estuvieron callados. Finos rayos de sol colgaban en el aire como cintas de oro. Quién sabe dónde, crascitaba un cuervo.

Miraba la madre en derredor, turbada por los recuerdos del primero de mayo, por la memoria de Pavel y Andrés. En el estrecho claro, yacían unos toneles rotos que contuvieron alquitrán, unas teas sin corteza, erizadas. Las virutas se movían con el viento. Encinas y abedules alzábanse en cordón apretado; por todos partes iban avanzando insensiblemente sobre el claro, como para borrar aquellos despojos, aquellas porquerías que los ultrajaban, y, ligados por el silencio, inmóviles, derramaban en el suelo sombras negras y cálidas.

De pronto, apartándose Jacob del árbol en que se recostaba, dió un paso, se detuvo y preguntó con voz fuerte y seca, sacudiendo la cabeza:

—¿Y contra gentes como ésas van a mandarnos luchar, a Yefim y a mí?

—Pues, ¿contra quién pensabas?—preguntó Rybin con tono sombrío—. Nos ahogan con nuestras propias manos... ¡Es el colmo!

—¡A pesar de todo, me iré de soldado!—declaró Yefim en voz baja.

—¿Quién te lo impide?—exclamó Ignaty—. ¡Anda y vete!

Y fijando los ojos en Yefim, le dijo, riéndose:

—Sólo que, cuando me tires a mí, apunta a la cabeza y no me dejes inútil... Mátame de una vez...

—Ya me lo has dicho—gritó Yefim con aspereza.

—¡Esperad, camaradas!—prosiguió Rybin, y levantando el brazo con lento ademán—: Ya veis a esta mujer—y señaló a la madre—; su hijo está perdido, probablemente...

—¿Por qué dices eso?—preguntó la madre, con voz de angustia.

—¡Porque es necesario! Es necesario que no encanezcas en vano, que tu corazón no padezca sin motivo... Pues, bueno: ¿te ha matado eso?... ¿Traes libros?

La madre le echó una mirada, y dijo, tras un silencio:

—¡Sí!

—¡Eso es!—dijo Rybin dando una palmada en la mesa—. Lo adiviné en cuanto te vi... ¿A qué venías, sino a eso? ¡Ya lo veis, han arrancado de las filas al hijo, y su puesto lo toma la madre!

Se irguió y gritó con voz sorda y gesto de amenaza:

—¡No saben esos canallas lo que siembran sus manos ciegas! ¡Ya verán cuando nuestra fuerza haya crecido, cuando nos pongamos a segar la hierba maldita! ¡Ya verán!

Aquellas palabras llenaron de espanto a Pelagia; miró a Rybin y echó de ver lo cambiado y enflaquecido que estaba: no tenía ya la barba cuadrada, sino irregular, y se le transparentaba el hueso en los pómulos. Finas venas rojas dibujábanse en la córnea azulada, como si hubiera pasado insomnios. La nariz se le había vuelto más cartilaginosa y ganchuda, como pico de ave de rapiña. El cuello de su camisa desabrochada, rojo antes y empapado en alquitrán, dejaba ver unas clavículas secas y la espesa pelambrera del pecho. Había en toda la persona de aquel hombre algo más sombrío aún y más melancólico que antes. El brillo de sus ojos inflamados le iluminaba el rostro moreno con un resplandor de angustia y cólera, que relucía en chispas de púrpura.

—El otro día—continuó Rybin—me manda llamar el jefe del distrito y me pregunta: "¿Qué le dijiste al sacerdote, pillastre?" "¿Y por qué soy yo un pillastre? Me gano el pan rompiéndome el espinazo, y a nadie perjudico"—le contesté. Se puso él a aullar, y me dió un puñetazo en mitad de la cara... y me tuvo arrestado tres días. ¡Ah! ¿Le habláis así al pueblo? Bien está; pero no esperéis que os perdone, diablos. Si no yo, otro vengará el ultraje, en vosotros o en vuestros hijos... ¡Acordaos! Habéis arado el pecho del pueblo con las rejas de hierro de vuestra avidez, y habéis sembrado el mal en él... ¡Nunca os perdonaremos, malditos! ¡Eso!

Hervía en furor; en su voz resonaban notas que llenaban de espanto a la madre.

—¿Y qué le había dicho yo al sacerdote?—prosiguió, un tanto calmado—. Después de una reunión, estaba en la calle con los campesinos, diciéndoles que los hombres son un rebaño y que necesitan de un pastor... ¡Eso es! Y yo dije, en broma: "Si nombraran al raposo jefe del bosque, habría plumas, pero no aves." Me miró de reojo y empezó a decir que el pueblo tiene que padecer, resignarse y rezarle mucho a Dios, para que se le dé fuerza y pueda sobrellevarlo todo. Y yo respondí: "El pueblo reza mucho, pero a Dios, probablemente, no le queda tiempo para escucharle. ¡No le oye!" ¡Eso es! Entonces me preguntó cuáles eran mis oraciones, y le contesté: "Una sola aprendí en mi vida, la del pueblo entero: "¡Dios, enséñame a trabajar para los señores, a comer piedras, a escupir tizones!" No me dejó concluir... ¿Usted es dama de la nobleza?—preguntó bruscamente Rybin a Sofía, interrumpiendo el relato.

—¿Por qué lo cree así?—preguntó ella, estremeciéndose, sorprendida.

—Porque sí...—exclamó Rybin—. Será su suerte, si nació siéndolo. ¡Eso es! ¿Se imagina que puede esconder su pecado de nobleza cubriéndose la cabeza con un pañuelo de indiana? Se reconoce al sacerdote aunque no lleve tonsura... Usted acaba de poner el codo en la mesa húmedo, y ha hecho una mueca... Y tiene demasiado estrecha la espalda para ser obrera...

Temerosa de que su voz, sus palabras y su ironía pesada ofendiesen a Sofía, la madre intervino con severa vivacidad:

—Es mi amiga. Es mujer buena. Trabajando por nosotros y por nuestra causa es como ha encanecido... No seas tan rudo...

Rybin suspiró trabajosamente.

—¿Dije algo insultante?

Sofía le miró, preguntándole con tono seco:

—¿Quería decirme algo?

—¿Yo? ¡Sí! ¡Ea! Aquí hay un hombre que llegó hace pocos días; es primo de Jacob, está enfermo, tísico, pero entiende de muchas cosas. ¿Se le puede llamar?

—¿Por qué no?—preguntó Sofía.

Miróla Rybin, arrugando los párpados, y dijo, bajando la voz...

—Yefim, llégate a su casa... y dile que venga esta noche...

Dirigióse Yefim a la choza, se puso la gorra y, sin proferir palabra ni mirar a nadie, desapareció con paso tranquilo en el bosque. Rybin meneó la cabeza señalándole, y dijo sordamente:

—¡Sufre!... Es tenaz... Pronto irá de soldado... y Jacob también... Jacob dice sencillamente que no puede ir al regimiento, y Yefim no puede tampoco; pero, de todas maneras, quiere ir... Tiene una idea... Piensa que entre los soldados pueden echarse fermentos de libertad... Yo creo que no se puede hun-

dir una pared a cabezazos. Y ellos toman en la mano una bayoneta y se van. ¿Adónde? No ven que
van contra sí mismos... Sí, Yefim padece; Ignaty le
revuelve el cuchillo en el corazón, pero tal vez sea
inútil.

—¡De ninguna manera!—dijo Ignaty en tono
sombrío, sin mirar a Rybin—. En el regimiento le
convertirán, y disparará como todos...

—No, yo no lo creo—replicó Rybin, pensatívo—.
Pero, sea como fuere, más vale evitarlo. Rusia es
grande... ¿Cómo encontrar en ella a un hombre?
Hay que conseguir un pasaporte, irse por los pueblos...

—¡Eso quiero yo hacer!—declaró Ignaty, dándose
un golpe en la pierna con un madero—. Cuando uno
está resuelto a combatir, hay que marchar sin vacilación...

La conversación fué decayendo. Abejas y avispas
revoloteaban oficiosas, y su zumbido matizaba el silencio. Gorjeaban los pájaros; en la lejanía se alzaba un cantar errante por cima de los campos..
Tras un instante de silencio, prosiguió Rybin:

—Hay que trabajar, camaradas... ¿Vosotras que-
rréis descansar, acaso? Hay camas de campaña en
la choza. Jacob, recoge hojas secas... Y tú, madre,
trae los libros... ¿En dónde están?

Sofía y Pelagia abrieron los zurrones. Inclinóse
Rybin a mirar, y dijo satisfecho:

—¡Eso es!... Buen rimero han traído. ¡No falta-
ría más! ¿Y hace mucho que anda en estos asuntos... usted?—preguntó, dirigiéndose a Sofía.

—Doce años.

—¿Y cómo se llama?

—Me llamo Ana Ivanovna. ¿Por qué?

—Porque sí. ¿Y habrá estado en la cárcel, probablemente?

—¡Sí!

—¡Ya ves!—dijo la madre en tono de reconvención—. Y tú le hablas con dureza...

Guardó él silencio un instante; después, tomando
un paquete de libros debajo del brazo, respondió:

—No os enfadéis conmigo. El campesino y el señor son como el alquitrán y el agua: no se mez-
clan; se rechazan el uno al otro...

—Yo no soy una señorona, sino un ser que piensa,
padece y gime—replicó Sofía.

—¡Bien puede ser!...—dijo Rybin—. Voy a esconder esto.

Ignaty y Jacobo se acercaron a él con las manos
tendidas.

—¡Danos!—dijo Ignaty.

—¿Son todos iguales?—preguntó Rybin a Sofía.

—No; todos, no. También va un periódico...

—¡Ah!

Precipitáronse los tres hombres a la cabaña.

—¡Es fogoso el campesino!—dijo en voz baja la
madre, siguiéndolos con mirada pensativa.

—Sí—dijo Sofía de igual modo—. Nunca vi cara
como la suya..., ¡parece la de un mártir!... Vamos
también nosotras... Me gustaría ver qué efecto hace
el periódico...

—No se enfade con él—rogó dulcemente la madre.

—¡Qué buena es su alma, Pelagia!

Viendo a las dos mujeres en el umbral de la cabaña, Ignaty levantó la cabeza y les echó una ojeada rápida; después hundiéndose los dedos entre los
cabellos rizados, se inclinó sobre el periódico, que
había colocado encima de sus rodillas.

Rybin, de pie, buscaba para su hoja un rayo de sol
que se deslizaba en la choza por una grieta de la techumbre; acercaba poco a poco el periódico al rayo
de luz, conforme lo iba leyendo, y leía moviendo
los labios. Jacob, de rodillas, apoyaba el pecho en el
borde de la cama de campaña y leía también.

Vió la madre que Sofía se daba cuenta de su entusiasmo por las palabras de verdad, y el rostro se le
iluminó con una sonrisa. Fué pausadamente a un
rincón de la choza y se sentó. Sofía, guardando silencio, le rodeó los hombros con el brazo.

—¡Tío Mijail! Aquí nos injurian a nosotros, los
campesinos—expuso Jacob, con voz baja, sin moverse.

Rybin se volvió hacia él y dijo sonriendo:

—Porque nos quieren. Los que te quieren pueden
decirte cuanto se les antoje sin molestarte.

Ignaty dió un resoplido, levantó la cabeza y se
echó a reír; luego cerró los ojos y dijo:

—Aquí está escrito: "El campesino ha dejado de
ser criatura humana." ¡Verdad, ya no lo es!

Una sombra de humillación corrió sobre su rostro sencillo y franco.

—¡Ven acá, sabio del diablo! ¡Métete en mi pellejo y menéate! A ver entonces lo que eres tú...

—Voy a acostarme un momento—díjole la madre a Sofía—. Estoy un poco cansada y el olor del alquitrán me marea... ¿Y usted?

—No.

Extendióse la madre en el lecho y pronto estuvo dormitando. Sofía, sentada junto a ella, seguía observando a los lectores; espantaba con solicitud las avispas que venían a revolotear en derredor de la faz de la madre. Pelagia, con los ojos semicerrados, lo advertía, y aquella atención le era grata.

Acercóse Rybin y preguntó:

—¿Está dormida?

—¡Sí!

Calló un instante; clavó los ojos en la cara de la durmiente, suspiró y prosiguió en voz baja:

—¡Puede que sea la primera mujer que haya seguido a su hijo en estos andares..., la primera!

—¡Vámonos..., no la estorbemos!—propuso Sofía.

—Tenemos que ir al trabajo... Ya me gustaría hablar con usted..., pero habrá que esperar a la noche. ¡Vamos, camaradas!

Salieron los tres hombres, dejando a Sofía en la choza. La madre pensó:

"¡A Dios gracias, se han reconciliado!... Ya están de acuerdo..."

Y se durmió apaciblemente, respirando el aire balsámico del bosque.

VI

AL caer de la tarde volvieron a casa los cuatro obreros, gozosos de haber dado fin a la jornada. Despertándose al ruido de las voces, la madre, sonriendo toda, salió de la choza, bostezando.

—¡Vosotros trabajando y yo durmiendo como una señorona!—dijo poniendo los ojos afectuosos en cada uno de ellos.

—¡No importa, te lo perdonamos!—dijo Rybin.

Estaba más tranquilo que a la hora de la comida: con el cansancio se había disipado su exceso de agitación.

—¡Ignaty!—dijo—. Ocúpate de la cena... Lo hacemos por turno... Hoy a Ignaty le toca darnos de comer y beber..., ¡eso!

—De buena gana le daría hoy a la vez a otro—observó Ignaty; y, prestando oído a la conversación, se puso a recoger virutas de ramas muertas para encender el fuego.

—¡A todos les interesan las visitas!—apuntó Yefim, sentándose junto a Sofía.

—¡Yo te ayudo, Ignaty!—dijo Jacob.

Penetró en la·choza, de donde trajo un pan redondo, y lo cortó en rebanadas.

—¡Chits!—murmuró Yefim—; se oye toser...

Puso atención Rybin y confirmó:

—¡Sí! ¡Ya viene!...

Y explicó, volviéndose a Sofía:

—Vais a ver un testigo... A mí me gustaría llevarle por las ciudades, exponerle en las plazas, para que el pueblo le oiga... Siempre dice lo mismo, pero es necesario que todos le oigan...

Hacíanse más profundos el silencio y la oscuridad; las voces resonaban con mayor dulzura. Sofía y la madre seguían con los ojos a los campesinos, que se movían lentos, pesados, con extraña prudencia.

Un hombre encorvado, de alta estatura, salió del bosque; caminaba apoyándose con toda su fuerza en un bastón, y se le oía el respirar ronco.

—¡Ahí está Savely!—exclamó Jacob.

—¡Aquí estoy!—dijo el hombre parándose, con un golpe de tos.

Iba vestido con un sobretodo viejo que le caía hasta los talones; del sombrero redondo y raído escapábanse en mechones canosos los cabellos amarillos y tiesos. Su cara, huesuda y lívida, estaba cubierta por una barba rubia, y llevaba la boca abierta; en sus órbitas profundas brillaban febriles los ojos como en la hondura de una cueva sombría.

Cuando Rybin le hubo presentado a Sofía, dijo el recién llagado:

—¿Parece que trajistes libros para el pueblo?

—Sí.

—Gracias... por el·pueblo... Aún no puede entender el libro de la verdad... y no puede daros las gracias...; pero yo, que sí entiendo..., os doy las gracias en su nombre...

Respiraba con rapidez, tragando el aire a sorbitos ávidos. Tenía la voz entrecortada. Los dedos descarnados de sus manos flacas corrían por el pecho, intentando abrochar el sobretodo.

—No es saludable que venga por el bosque a esta hora... Está húmedo y sofocante—observó Sofía.

—¡Ya no hay nada saludable ni perjudicial para mí!—contestó jadeante—. Sólo ha de ser bienvenida la muerte.

Daba pena oírle; y, además, toda su persona movía a compasión, pero a compasión impotente. Sentóse agachándose sobre un tonel, y dobló las rodillas con precaución, como si temiera que se le quebrasen; luego, se enjugó la frente sudorosa. Sus cabellos estaban secos, sin vida.

Empezaba a llamear la leña en el claro; todo se estremeció, balanceándose; las sombras, lamidas por las llamas, huyeron espantadas hacia el bosque; por encima de la hoguera apareció un instante la cara redonda de Ignaty, que hinchaba las mejillas. El fuego se apagó. Sintióse olor de humo; el silencio y las tinieblas volvieron a caer sobre el claro, como prestando atención a las palabras roncas del enfermo.

—Pero aún puedo serle útil al pueblo... como testigo de un gran crimen... Mírenme: tengo veintiocho años y me estoy muriendo... Hace diez años levantaba en hombros, sin esfuerzo, hasta doscientos kilos... Entonces me decía yo que con una salud así tardaría setenta años en llegar a la tumba sin un traspiés... Diez he vivido... y no puedo ir más allá...

—¡Ya salió su cantar!—dijo Rybin con voz sorda.

Reanimóse el fuego con mayor fuerza; las sombras volvieron a huir para saltar de nuevo sobre las llamas, y temblaron en torno al brasero en danza muda y hostil. La leña seca chascaba y gemía bajo el mordisco de la llama. Había rumores y cuchicheos en el follaje, agitado por una onda de aire caliente. Alegres y vivas, las lenguas de fuego, purpúreas y doradas, jugaban, abrazándose, y se levantaban soltando chispas: una hoja ardiendo se echó a volar; desde el cielo, las estrellas sonreían a las chispas atrayéndolas hacia sí.

—No es mío el cantar... Miles de personas lo cantan como suyo...; lo cantan por dentro, porque no entienden que su vida desdichada es una saludable lección para el pueblo... ¡Cuántos seres agotados o deshechos por el trabajo o la cárcel se mueren de hambre y no se quejan!... ¡Hay que gritar, hermanos, hay que gritar!

Savely se puso a toser y se inclinó más, temblando todo.

Jacob puso encima de la mesa un jarro de *kvas,* y echando un manojo de cebollas al lado, dijo al enfermo:

—¡Ven acá, Savely; te traje leche!

El enfermo meneó la cabeza, negándose; pero Jacob le tomó del brazo y le llevó hasta la mesa.

—¡Oiga! —dijo Sofía a Rybin, en tono de reconvención y en voz baja—. ¿Para qué le mandó venir? Puede morirse de un momento a otro.

—¡Verdad! - dijo Rybin—. Que muera rodeado de amigos... Le será más fácil que en soledad... Mucho sufrió en la vida: que sufra un poco más, para advertencia de los hombres... no importa. ¡Eso es!

—¡Parece como si os apartarais de él en vista de su desgracia! —exclamó Sofía.

Miróla Rybin, y contestó con aire sombrío:

—Los señores son los que se deleitan al ver a Cristo gimiendo en la cruz; nosotros estudiamos al hombre en vivo, y quisiéramos que ustedes también aprendieran a conocerlo...

El enfermo volvió a tomar la palabra:

—Al hombre se le destruye por el trabajo... y se le remata en la cárcel... ¿Por qué? Nuestro patrono, yo trabajé como un desesperado en la fábrica de Nevedov, regaló a una cantante una jofaina y un bacín, todos de oro... En aquel bacín están nuestra fuerza y nuestra vida...; las mías..., las de mil más. Para eso han servido...

—¡El hombre fué creado a imagen y semejanza de Dios! —dijo Yefim, sonriendo—. ¡Y así se le emplea!... No está mal.

—¡Hay que decirlo a gritos! —exclamó Rybin, dando palmadas sobre la mesa.

—¡Y no tolerarlo! —añadió Jacob en voz baja.

Ignaty se contentó con sonreír.

Observó la madre que los tres obreros jóvenes hablaban poco, pero escuchaban con atención insaciable de almas hambrientas. Cada vez que Rybin abría la boca, clavaban los ojos en él, como espiándole... Las palabras de Savely provocaban en ellos muecas raras. No parecía que tuviesen compasión del enfermo...

Inclinóse la madre hacia Sofía y le habló por lo bajo:

—¿Será verdad lo que cuenta?

Sofía, en voz alta, respondió:

—¡Sí, es verdad! Se dijo en los periódicos..., en Moscú fué...

—¡Y al hombre aquel no le castigaron!—dijo Rybin sordamente—. Habría que haberle castigado, sacándole a la plaza pública, cortándole en pedazos y echando a los perros su carne infame. ¡Grandes castigos habrá cuando el pueblo se levante!

—¡Qué frío!—profirió el enfermo.

Ayudóle Jacob a ponerse en pie y le llevó hasta la hoguera.

Ardía el fuego, igual y vivo. Sombras informes le rodeaban y contemplaban con asombro el juego alegre de las llamas. Sentóse Savely en un tronco y tendió al calor las manos secas y traslúcidas. Rybin le señaló con un movimiento de cabeza y dijo a Sofía:

—¡Más fuerte que un libro! Eso hay que saberlo... Cuando una máquina arranca un brazo a un hombre o le mata, siempre hay explicación; él tiene siempre la culpa. Pero que se le chupe la sangre a un hombre y luego se le eche a un lado como carroña, no tiene explicación...

—Sí...—pronunció lentamente Ignaty—, eso no tiene explicación... Yo conocí un jefe de distrito que mandaba a los campesinos que saludasen a su caballo, cuando le paseaban por el pueblo, y metía presos a los que desobedecían... ¿Para qué lo necesitaba?... Tampoco eso se explica, tampoco...

Cuando acabaron de comer pusiéronse todos en derredor del fuego; ante sus ojos las llamas iban devorando rápidamente la leña; detrás, las tinieblas envolvían cielo y bosque... El enfermo miraba al fuego, abriendo mucho los ojos; tosía sin parar y se estremecía. Hubiérase dicho que se le arrancaban del pecho trozos de vida, presurosos de abandonar el cuerpo descarnado. Los reflejos de la llama danzaban en su rostro sin animar la piel muerta. Únicamente sus ojos ardían con reflejo azulado y moribundo.

—¿Puede que te gustara más irte a la choza, eh, Savely? —preguntó Jacob inclinándose hacia él.

—¿Para qué? —contestó con esfuerzo—. Quiero quedarme aquí... Ya no me queda mucho que vivir con los hombres..., ya no me queda mucho.

Paseó la mirada en derredor, estuvo callado un instante, y prosiguió, con sonrisa pálida:

—Me siento bien, entre vosotros; os miro, y digo para mí· que quizá vosotros vengaréis a todos los maltratados..., al pueblo entero...

Nadie le contestó; empezó pronto a dormitar, dejando caer la cabeza sobre el pecho. Rybin le miró un buen rato, y dijo en voz baja:

—Viene a vernos, se sienta, y cuenta siempre lo mismo...

—¡Es fastidioso oír cómo se repite! —dijo Ignaty en voz baja—. Aunque sólo se hubiese oído la historia una vez, nunca se olvidaría... y él la remueve sin cesar.

—¡Es que para él todo está en esa historia; su vida entera, entiéndelo! —dijo Rybin con aspecto sombrío—. Y también la vida de un montón de gente. Decenas de veces he oído yo la historia, y, sin embargo, ocurre que a veces dudo. Hay horas buenas en que no se quiere creer en la villanía del hombre, ni en su locura, en que se tiene compasión de todos, del rico igual que del pobre..., porque también el rico equivoca el camino... A uno le ciega el hambre, a otro el oro... Y entonces, uno se dice: "¡Ay, hombres; ay, hermanos! ¡Sacudíos, reflexionad lealmente, reflexionad!"

Balanceóse el enfermo, abrió los ojos y se tendió en el suelo. Sin hacer ruido, levantóse Jacob, fue a buscar a la choza una pelliza corta, la echó encima de Savely y fue a sentarse de nuevo junto a Sofía.

El sordo crepitar de la leña y el rumor de las llamas mezclábanse a la voz de los hombres; y el fuego parecía una cara rubicunda, que sonriera maliciosa a las formas oscuras de su alrededor.

Empezó a hablar Sofía de las luchas de los pueblos para adquirir derecho a la vida y a la libertad, de los combates antiguos de los aldeanos en Alemania, de las desdichas de los irlandeses, de las hazañas de los trabajadores franceses.

En el bosque, revestido de terciopelo, en el reducido claro que limitaban árboles mudos, bajo la bóveda oscura del cielo, ante el hogar riente, en medio de un círculo de sombras hostiles y asustadas, iban resucitando acontecimientos que pusieron en conmoción el mundo de los ahitos, de la gente locamente ávida; los pueblos de la tierra desfilaban unos tras otros, ensangrentados, agotados por la lucha; celebrábanse los nombres de los héroes de la libertad y de la verdad...

La voz ronca de la mujer resonaba con dulzura como si hubiera salido del pasado. Iba despertando esperanzas, incitando a confiar. Escuchaban los oyentes sin decir palabra aquella música, la gran historia de sus hermanos espirituales. Miraban el rostro pálido y enflaquecido y se sonreían para responder a la sonrisa de los ojos grises. Y una luz cada vez más viva iluminaba para ellos la sagrada causa de la humanidad; cada vez se desarrollaba más en ellos el sentimiento del parentesco moral con los hermanos de toda la tierra; nacía para ellos en el mundo un corazón nuevo, y se llenaban del deseo de comprenderlo todo, de unirlo todo en él...

—Día vendrá en que todos los pueblos levanten la cabeza y exclamen: "Basta! ¡No queremos más de esta vida!"—iba diciendo Sofía, con voz sonora—. Y entonces se derrumbará el poder ficticio de los que sólo son fuertes por su avidez, y la tierra se esquivará ante sus pasos, y no sabrán ya en dónde apoyarse...

—¡Eso es lo que ocurrirá!—añadió Rybin, cabizbajo—. Si no se escatiman fuerzas, podrá lograrse todo.

Escuchaba la madre, levantando mucho las cejas y con sonrisa de asombro nervioso. Veía que todo lo que encontró chocante en Sofía, su audacia, su extremada vivacidad, había desaparecido, como fundiéndose en el torrente igual y abrasador de sus palabras. El silencio de la noche, los juegos de la llama, el rostro de la mujer joven, la llenaba de encanto; pero lo que le agradaba por encima de todo era la atención perfecta de los campesinos. Permanecían inmóviles, esforzándose por no turbar en nada el desarrollo tranquilo del discurso; hubiérase dicho que temían quebrar el hilo luminoso que los unía al mundo. De tiempo en tiempo, uno de ellos echaba con precaución un leño al fuego, y los hombres dispersaban, agitando la mano, las chispas y el humo, para impedir que llegaran hasta Sofía.

Al amanecer, Sofía calló, fatigada, y miró sonriendo las caras pensativas, con nueva serenidad, que la rodeaban.

—¡Es hora de marcharse ya!—dijo la madre.

—¡Sí!—contestó Sofía, con lasitud.

Unos de los obreros suspiró ruidosamente.

—¡Lástima que os vayáis!—declaró Rybin, con dulzura desacostumbrada—. Usted habla bien, ¡cosa grande la de unir a las gentes! Cuando se llega a entender que millones de seres quieren lo mismo que nosotros, el corazón se hace más bueno... Y hay una fuerza muy grande en la bondad.

—¡Y cuando uno obra con dulzura, le responden con violencia!—dijo Yefim, con breve sonrisa, poniéndose en pie ágilmente—. Tienen que marcharse, tío Mijail, antes de que las vean... Cuando se hayan repartido los libros entre el pueblo, las autoridades buscarán quién los trajo... Y puede que alguno se acuerde de las viajeras y hable...

—¡Gracias por tu fatiga, madre!—dijo Rybin interrumpiendo a Yefim—. Yo no dejo de pensar en Pavel, al verte... Tú elegiste el buen camino...

Apaciguado ya, sonreía con gesto amplio y amistoso. Hacía fresco; y, sin embargo, él estaba allí, sin más que la blusa, el cuello desabrochado y el pecho descubierto. La madre contempló su persona maciza y le aconsejó con solicitud:

—¡Debías echarte algo encima; hace frío!

—¡Yo, el calor lo tengo por dentro!—replicó él.

En pie, junto al hogar, los tres jóvenes conversaban en voz baja; a sus pies el enfermo seguía durmiendo, envuelto en pellizas. Palidecía el cielo, fundíanse las sombras. Temblando todas, las hojas esperaban al sol.

—Pues, ¡ea!, adiós—dijo Rybin, estrechando la mano de Sofía—. ¿Cómo la busco en la ciudad?

—¡A mí es a quien hay que ir buscando!—respondió la madre.

Lentamente, en un solo grupo, aproximáronse los obreros a Sofía y le estrecharon la mano con afectuosa torpeza. Adivinábase que cada cual estaba secretamente penetrado de gratitud y amistad, y que el sentimiento, por su novedad, los turbaba. Con una sonrisa en los ojos, secos por el insomnio, miraban a Sofía, descansando ya sobre un pie, ya sobre el otro.

—¿Quieren tomar un poco de leche antes de irse? —propuso Jacob.

—¿Queda todavía?—preguntó Yefim.

—Sí, un poco...

Ignaty dijo, lleno de confusión, rascándose la cabeza:

—No; se me ha vertido.

Y los tres se pusieron a sonreír.

Hablaban de la leche, pero la madre sentía que pensaban en otra cosa... que deseaban para Sofía y para ella todo lo bueno posible, sin saber expresarlo. Sofía estaba visiblemente conmovida, y tal era su turbación, que sólo pudo decir, en tono modesto:

—¡Gracias, camaradas!

Miráronse unos a otros, como si la palabra les hubiera hecho vacilar dulcemente.

El enfermo tuvo un acceso de tos ronca. En el fuego se apagaron unas brasas.

—¡Hasta más ver!—dijeron a media voz los campesinos; y sus saludos melancólicos fueron acompañando mucho tiempo a las mujeres.

Sin apresurarse, entraron éstas por una senda del bosque, al clarear de la aurora...

Pusiéronse a hablar de Rybin, del enfermo, de los obreros que callaban con tanta atención y habían expresado sus sentimientos de amistad agradecida con tan torpe elocuencia, prodigando mil cuidados menudos a las dos mujeres. Llegaron ellas al campo. El sol se levantaba enfrente. Invisible aún, había desplegado en el cielo un abanico transparente de rayos purpúreos; en la hierba centelleaban las gotas de rocío en chispas multicolores de gozo alacre y primaveral. Los pájaros se despertaban y animaban al amanecer con sus gritos alegres. Con crascitar afanoso, cuervos grandes se echaban a volar agitando pesadamente las alas; en los campos, sembrados desde la otoñada, iban saltarineando unos mirlos negros que lanzaban chillidos entrecortados; no se sabe dónde, una oropéndola silbaba con inquietud. Las lejanías se aclaraban y acogían al sol, borrando las sombras nocturnas en sus altozanos.

VII

La vida de la madre iba transcurriendo en calma extraña que a veces le sorprendía. Su hijo estaba en la cárcel; sabía ella que le esperaba un castigo duro. Cada vez que lo pensaba y aun en contra de su voluntad, se levantaban en su memoria las imágenes de Andrés, de Fedia y de otros más, toda una larga serie de caras conocidas. Resumiendo para ella a todos los que compartían su suerte, la figura de Pavel crecía ante los ojos de Pelagia, y pensando en el hijo, sus cavilaciones se ensanchaban y se dirigían a todas partes, aunque no se diese cuenta de ello. Dispersábanse en tenues rayos desiguales, que lo tocaban todo, tratando de iluminarlo todo, de reunirlo todo en un mismo cuadro; e impedían también que la madre se detuviera a pensar en el fastidio que experimentaba por no ver a Pavel, en el terror que le inspiraba la suerte de su hijo.

Sofía se marchó pronto. Cinco días tardó en volver, viva y alegre, para desaparecer de nuevo a las pocas horas. No volvió a presentarse hasta al cabo de quince días. Era como si anduviese por la vida en grandes círculos, subiendo alguna vez a casa de su hermano para llenarle la morada de valor y de música.

La música había llegado a ser grata, y aun indispensable, para la madre. La sentía correr por su pecho y entrar en su corazón, y entonces nacían dentro de ella oleadas de pensamiento, rápidas e intensas, y palabras leves y hermosas florecían en ella, despertadas por la fuerza de los sonidos...

Resignábase difícilmente Pelagia al desorden de Sofía, que tiraba por los rincones todo lo suyo, colillas, cenizas; y más difícilmente se acostumbraba aún a su manera atrevida de hablar. Era grandísimo el contraste con la tranquila certidumbre de Nicolás, con la gravedad benévola y constante de sus palabras. A ojos de la madre, Sofía no era más que una adolescente deseosa de que la tomaran por persona mayor, y que consideraba a los demás co-

mo objetos curiosos. Hablaba mucho de la santidad
del trabajo y aumentaba estúpidamente con su desorden el quehacer de la madre; discurría acerca de
la libertad, y, con todo, era visible que molestaba
a todos con su impaciencia irritable, con sus incesantes discusiones y su deseo de estar en primera
fila. Había muchas contradicciones en ella; tratábala la madre con prudencia continua, pero sin el
sentimiento caluroso que abrigaba para con Nicolás.

Éste, preocupado siempre, llevaba día tras día la
misma existencia regular y monótona; a las ocho
tomaba el desayuno, leía el periódico en alta voz y
comentaba las noticias importantes. Pelagia encon-
trábale rasgos comunes con los de Andrés. Así como el pequeño-ruso, su huésped hablaba sin odio de
los hombros, considerándolos a todos culpables de
la mala organización de la vida. Pero su fe en la
vida nueva no era tan ardiente como la de Andrés
ni tan luminosa. Hablaba siempre apaciblemente,
con voz de juez íntegro y severo; hasta cuando contaba cosas terribles tenía dulce sonrisa de compasión, pero entonces le brillaban los ojos con luz fría.
Al ver aquella mirada, comprendió la madre que
aquel hombre no perdonaría, no podría perdonar
nunca a nadie; y al sentir lo penosa que había de
ser para él tal firmeza, le compadecía e iba sintiendo cada vez mayor cariño por Nicolás.

A las nueve se marchaba a la oficina; la madre
arreglaba las habitaciones, guisaba de comer, se lavaba y mudaba; sentábase luego en la habitación a
mirar estampas de libros. Podía leer dedicando a
ello toda su atención; pero, al cabo de pocas páginas, se cansaba y no entendía ya el sentido de las
palabras. Por el contrario, las estampas la entrete-
nían como a una criatura; iban desarrollando a su
vista un mundo nuevo, maravilloso, y, sin embargo,
comprensible y aun tangible. Veía las ciudades inmensas, los edificios magníficos, las máquinas, los
navíos, los monumentos, las riquezas incalculables
amontonadas por los hombres, las creaciones de la
naturaleza, cuya diversidad le causaba asombro.
Ampliábase su vida hasta lo infinito, descubriéndole
cada día cosas enormes, desconocidas, mágicas, y
por lo abundante de sus tesoros y lo infinito de sus
bellezas, iba excitando cada día más el alma ham-
brienta que se despertaba. Gustábale sobre todo a

Pelagia mirar un libro de zoología; aunque escrito en idioma extranjero, sus ilustraciones eran las que le daban más neta representación de la riqueza, de la hermosura, de la inmensidad de la tierra.

—¡La tierra es grande!—le dijo un día a Nicolás.

—Sí; y, sin embargo, estrecha para la gente...

Lo que sobre todo le enternecía eran los insectos, y, en particular, las mariposas; miraba con sorpresa los dibujos que las representaban, y decía:

—¡Qué hermosura! ¿No es cierto, Nicolás? ¡Cuánta belleza así, por todas partes! Pero se esconde a nuestros ojos y pasa por delante de nosotros sin que la veamos. Corre la gente, sin saber nada, sin admirar nada, porque ni tiempo ni gana le queda. ¡Cuánto gozo podrían darse si supiesen cuán rica es la tierra y cuántas cosas de asombro hay en ella! Y todo para nosotros y cada cual es para todo. ¿No es así?

—Sí, así es—contestaba Nicolás con una sonrisa. Y le daba otros libros.

Por las noches solían llegar visitantes, entre otros Alejo Vasiliev, hombre guapo, de rostro pálido, con barba negra, taciturno y grave; Román Petrov, de facciones redondeadas y erisipeladas, que chascaba constantemente los labios con expresión de lástima; Ivan Danilov, chiquito y flaco, de barba puntiaguda, voz atiplada, agresiva, chillona y acerada como una lezna; Yegor, que se burlaba de sí mismo, de sus camaradas y de sus males, siempre en aumento. A veces, personas desconocidas para la madre llegaban de poblaciones lejanas y tenían largas entrevistas con Nicolás, siempre sobre el mismo tema: la libertad y los obreros de todos los países. Discutían, se acaloraban, hacía muchos ademanes y bebían mucho té. Entre el ruido de las voces, Nicolás componía alguna vez proclamas y se las leía a sus compañeros; sin deshacer la reunión, se copiaban en caracteres de imprenta; la madre recogía cuidadosamente los trozos de borradores hechos añicos y los quemaba.

Mientras iba sirviendo el té, asombrábase del ardor con que los camaradas solían hablar de la vida y de la suerte del obrero, del campesino, del procedimiento más provechoso y rápido para sembrar entre el proletariado ideas de verdad y libertad, levantando su espíritu. A menudo los pareceres divergían, y unos con otros se enfadaban, se acusaban mutuamente, se ofendían, y luego, vuelta a discutir.

Dábase cuenta la madre de que ella conocía la existencia de los obreros mejor que todos aquellos discutidores, de que veía más claramente la inmensidad de la tarea que habían tomado sobre sí; y ello le permitía tratar a los camaradas con la condescendencia un tanto melancólica de la persona madura que ve a los niños jugar a marido y mujer sin alcanzar lo trágico de la situación.

Involuntariamente iba comparando aquellos discursos con los de su hijo, con los de Andrés, y advertía ya la diferencia, que antes se le escapaba. Parecíale que aquí se gritaba más que en el arrabal, y decía, para sus adentros:

"Son más sabios, hablan más fuerte."

Pero solía comprobar harto a menudo que todos aquellos hombres parecían acalorarse mutuamente de propósito, que su excitación era ficticia; cada cual quería probar ante los camaradas que él era quien estaba más cerca de la verdad, que sentía más amor por ella; sentíanse molestos los otros, y, para demostrar su conocimiento de la misma verdad, discutían a su vez con aspereza y grosería. Cada cual quería saltar más arriba que el otro, y la madre se angustiaba de tristeza. Removíase las cejas, paseando una mirada de súplica sobre los asistentes, y pensaba:

"Se han olvidado de Pavel y de sus camaradas... Se han olvidado de ellos."

Escuchaba siempre con atención las discusiones que, como es natural, no comprendía, y trataba de poner en claro los sentimientos, a través de las palabras. Advirtió que cuando en el arrabal se hablaba del bien, lo consideraban en su entereza, mientras que aquí todo se fragmentaba y pulía; allí se sentía con mayor fuerza y profundidad; aquí era el dominio de los pensamientos tajantes, que lo cortaban todo en pedazos menudos. Aquí se hablaba más de la destrucción del mundo antiguo; allí soñaban con el nuevo, y por eso los discursos de su hijo y de Andrés eran más comprensibles, estaban más al alcance de Pelagia.

Un sordo descontento de los hombres iba deslizándose furtivamente en su corazón y lo inquietaba; entrábale desconfianza, sentía deseos de comprenderlo todo lo más de prisa posible, para hablar, ella también, de la vida, con palabras que su alma le iría dictando.

Advirtió igualmente que cuando llegaba un camarada obrero, Nicolás se conducía con soltura extraordinaria; en el rostro se le pintaba una expresión de dulzura; hablaba de manera distinta de la habitual, si no más grosera, por lo menos más descuidada.

"¡Hace lo posible para ponerse a nivel suyo!", pensaba.

Pero no se consolaba por ello, y veía que el obrero estaba cohibido, que la inteligencia se le enredaba, que no podía hablarle tan sencilla y libremente como a ella, mujer de su clase. Un día que Nicolás había salido de la habitación, le dijo a uno de ellos:

—¿Por qué estás cortado? No eres chiquillo que se examina.

El otro sonrió, con amplio gesto:

—Es falta de costumbre... Sea como sea..., ¡no es uno de los nuestros!

Y bajó la cabeza.

—¡No importa!—dijo la madre—. Es hombre sencillo...

El obrero le echó una mirada, se sonrieron los dos, y guardaron silencio...

Venía Sachenka en ocasiones, siempre por poco tiempo; hablaba de continuo en tono de premura, sin reírse; cuando se marchaba, no dejaba nunca de preguntar a la madre:

—¿Cómo está Pavel? ¿Bien de salud?

—Sí, a Dios gracias; está bueno y alegre.

—¡Salúdale de mi parte!—proseguía la muchacha; y desaparecía.

De tiempo en tiempo, la madre se quejaba de que retuviesen tanto a Pavel en la prisión, sin señalar fecha para el juicio; Sachenka fruncía el ceño y callaba, temblándole los labios, mientras que sus dedos se agitaban nerviosos.

A la madre le entraban ganas de decirle:

—Querida mía, ya sé que le quiere..., ya lo sé...

Pero no se atrevía; el aspecto de severidad de la muchacha, sus labios estrechos, la sequedad de sus palabras, parecía rechazar los cariños por adelanᴛado. Con una sonrisa, Pelagia estrechaba la mano que le tendía, pensando: "¡Pobrecita mía!..."

Una vez presentóse Natacha; contentísima de ver que Pelagia le daba un beso afectuoso, le anunció de repente, en voz baja, entre otras cosas:

—Mi madre se ha muerto..., se ha muerto mi pobre mamá.

Se enjugó los ojos con ademán rápido.

—La echo de menos—continuó la muchacha—. No había cumplido los cincuenta años...; hubiera podido vivir mucho tiempo aún. Pero cuando se reflexiona, se llega a pensar que la muerte es para ella más ligera, probablemente, que la vida. Estaba siempre sola y extraña a todos; nadie necesitaba de ella; mi padre le daba miedo con sus burlas continuas... ¿Se podría decir que vivía? Se vive cuando se espera algo bueno; pero ella nada tenía que esperar, a no ser ultrajes.

—¡Es verdad lo que dice, Natacha!...—declaró la madre, tras un instante de reflexión—, Se vive cuando se espera algo bueno; cuando nada se espera, ¿es esto vivir?

Y añadió, acariciando con afecto la mano de la joven:

—¿Y ahora está sola?

—¡Sí!—contestó Natacha.

Calló la madre un instante; luego, prosiguió con una sonrisa:

—¡Qué más da! Cuando uno es bueno, nunca está solo; siempre se ve rodeado...

Natacha se fué en calidad de maestra a un distrito en que había una filatura. Llevábale la madre de vez en cuando libros prohibidos, proclamas, periódicos. Era su tarea habitual. Varias veces al mes, vistiéndose de religiosa, de vendedora de encajes o de mercería, de burguesa acomodada o de peregrina, íbase por las provincias, a pie, en ferrocarril, en carreta, zurrón al hombro o maleta en mano. En los hoteles y posadas en el barco o en el vagón comportábase con tranquilidad y sencillez; era la primera en dirigir la palabra a algún desconocido, y llamaba irresistiblemente la atención con su hablar simpático y su seguridad de mujer que vió y retuvo muchas cosas.

Gustábale conversar con los desgraciados, conocer lo que pensaban de la vida, sus quejas, sus perplejidades. El corazón se le inundaba de gozo cada vez que advertía en sus interlocutores ese vivo descontento que, sin olvidar la protesta contra los golpes de la suerte, busca con ardor soluciones para los grandes problemas de la humanidad. Cada vez más amplio y diverso, abríase ante ella el cuadro de la vida y sus luchas. Por doquiera y en todo veía ella la tendencia cínica a engañar al hombre, a despojarle, a sacar de él los mayores provechos. Y veía también que todo abunda en la tierra, mientras el pueblo está en la miseria y va vegetando, casi hambriento, rodeándole innumerables riquezas. En las ciudades había templos cuajados de oro y plata, inútiles para Dios, y delante de ellos tiritaban los míseros, esperando en vano que les diesen limosna. Había ya visto el espectáculo muchas veces: iglesias opulentas, casullas sacerdotales bordadas de oro, tugurios de pobres y harapos infectos; pero entonces le parecía todo natural, y ahora consideraba tal estado de cosas como insultante para los pobres, que necesitan de la religión, bien lo sabía ella, más que los ricos.

Gracias a las imágenes, a los relatos que oyó, sabía Pelagia que Jesús fué amigo de los miserables, que se vestía sin fausto; y en las iglesias, a donde acudían los pobres a Él buscando consuelo, veíale aprisionado en ornamentos de oro y seda, desdeñosamente rozagante. frente a la mayor desnudez. Y las palabras de Rybin le volvían a la memoria:

—¡Se han servido de Dios mismo para engañarnos! Le han revestido de mentira y calumnia, para matarnos el alma...

Sin que lo echara de ver, rezaba menos, pero pensaba más en Jesús, en la gente que sin hablar de Él, aun sin conocerle, vivía según su evangelio y, semejantes a Él, consideraban la tierra como el reino de los pobres, queriendo distribuir entre los hombres. por partes iguales, todas las riquezas. Reflexionaba mucho en todo esto, profundizándolo, refiriéndolo a cuanto veía; sus pensamientos se desarrollaban, tomaban forma luminosa de oración y derramaban una claridad igual sobre la oscuridad del mundo, sobre la vida y sobre la humanidad. Y a la madre le parecía que Cristo mismo, a quien ella había amado siempre con vago amor, con un sentimiento complejo en que el temor se mezclaba estrechamente con la esperanza, la ternura y el dolor, se acercaba más a ella, se había transformado, haciéndosele más visible, con serenidad más gozosa. Ya sus ojos le sonreían más seguros, con viva fuerza interior, como si Él hubiera resucitado verdaderamente, lavado y reanimado por la ardiente sangre que vierten con generosidad, por amor de Él, los que tienen la cordura de no usar su nombre. Volvía, pues, la madre de sus viajes regocijada y entusiasmada, satisfecha de la misión cumplida.

—Es grato ir por todas partes y ver tantas cosas —le dijo una noche a Nicolás—. Comprende uno cómo se ordena la vida. El pueblo se ve rechazado, puesto aparte, pululando entre humillaciones, y se dice: "¿Por qué me apartan? ¿Por qué entre tanta abundancia, tengo hambre? ¿Por qué soy torpe, ignorante, habiendo tanta inteligencia por todos lados? ¿Y en dónde está ese Dios misericordioso, para quien no hay ricos ni pobres, de quien todos son hijos queridos?" Poco a poco, el pueblo se va rebelando contra su existencia..., siente que la injusticia acabará por aniquilarle, si él mismo no se defiende.

Cada vez sentía más honda la necesidad de hablar por sí misma, en su lenguaje, de las injusticias del vivir; a ratos le costaba trabajo resistirla...

Cuando la sorprendía Nicolás mirando grabados, le contaba cosas maravillosas. Pasmada por lo audaz de los problemas que el hombre se planteaba, interrogábale en tono incrédulo.

—¿Será posible?

Y Nicolás iba describiéndole un porvenir de magia con certidumbre inquebrantable en sus profecías.

—¡Los deseos del hombre carecen de límite; su fuerza es inagotable!—decía—. Sin embargo, el mundo, en lo tocante al espíritu, sólo se enriquece con lentitud, porque, para ser independientes, los hombres tienen que amontonar dinero, y no ciencia. Y cuando hayan desterrado la codicia, se librarán de la esclavitud del trabajo forzado.

La madre sólo rara vez alcanzaba el sentido de las palabras de Nicolás, pero era sensible en extremo a la plácida fe que las animaba.

—¡Muy pocos son los hombres libres que hay sobre la tierra, y ésta es la desdicha de la humanidad!—decía él.

En efecto, Pelagia conocía individuos que se habían libertado del odio y la rapacidad; comprendía que si el número de ellos aumentaba, la faz negra y terrible de la vida llegaría a ser más acogedora y sencilla, mejor y más luminosa.

—¡El hombre se ve obligado a la crueldad, a pesar suyo!—decía Nicolás tristemente.

La madre asentía con la cabeza y se acordaba del pequeño-ruso.

VIII

Un día Nicolás, de ordinario exactísimo, volvió de la oficina mucho más tarde de lo acostumbrado; en lugar de quitarse el abrigo, dijo vivamente, frotándose las manos:

—¿Sabe, Pelagia, que hoy un camarada nuestro se escapó de la cárcel a la hora de las visitas?... Pero no he conseguido saber quién es...

Vaciló la madre, embargada por la emoción; dejóse caer en una silla y preguntó, en un susurro:

—¡Pavel, quizá!

—¡Quizá! —contestó Nicolás alzando los hombros—. Pero, ¿cómo ayudarle a que se esconda, y en dónde encontrarle? Me estuve paseando por las calles para ver si daba con él. Es una tontería, pero hay que hacer algo; voy a salir de nuevo...

—¡Yo también!—exclamó la madre.

—¡Váyase a casa de Yegor; quizá tenga noticias! —aconsejó Nicolás, marchándose.

La madre se echó un pañolito por la cabeza; llena de esperanza, salió en seguida, después de Nicolás. Veía turbio; el corazón le daba fuertes latidos, obligándola casi a correr. Iba al encuentro de lo posible, baja la cabeza, sin ver nada en torno. "¡Tal vez esté en casa de Yegor!" Esta idea le dió impulso para avanzar. Hacía calor y Pelagia iba jadeando de fatiga. Cuando llegó a la escalera de la casa de Yegor se detuvo, sin fuerza para ir más allá; volviendo la cabeza, lanzó un breve grito de asombro: le había parecido que Vesovchikov estaba en el umbral, con las manos en los bolsillos y la sonrisa en los labios, mirándola. Pero cuando volvió a abrir los ojos, a nadie vió...

"¡Ha sido una alucinación!", se dijo, subiendo la escalera, sin dejar de prestar oído. Se oyó en el patio el sordo ruido de unos pasos lentos... La madre se detuvo en el rellano, y se asomó a mirar: de nuevo vió un rostro picado de viruelas que le sonreía.

—¡Vesovchikov! ¡Es él!—exclamó, bajando a su encuentro. Se le oprimía el corazón, indeciso.

—¡No; sube, sube!—contestó él a media voz, con un ademán.

Obedeció la madre; entró en el cuarto de Yegor, y, al verle tendido en el diván, cuchicheó, jadeando:

—¡Vesovchikov se ha escapado de la cárcel!...

—¿El picado de viruelas?—preguntó Yegor con voz ronca, levantando la cabeza.

—¡Sí, ése!... ¡Aquí está!

—¡Magnífico! Pero no quiero levantarme para recibirle...

Ya estaba dentro Vesovchikov; echó el cerrojo a la puerta y se quitó la gorra, riéndose con dulzura. Luego, se puso de codos sobre el diván. Alzóse Yegor, y dijo con voz ronca, meneando la cabeza:

—Haga el favor, no gaste cumplidos...

La boca rasgada en ancha sonrisa, acercóse el picado de viruelas a la madre y la tomó de la mano:

—¡Si no te hubiese visto, ya no me quedaba más que volverme a la cárcel! No conozco a nadie en la ciudad; si estuviese en el arrabal, ya me habrían detenido... Al caminar, iba diciéndome: "Estúpido, ¿por qué te escapaste?" ¡Y entonces vi a la madre, corriendo! Y te seguí...

—¿Cómo pudiste escapar?—preguntó Pelagia.

El joven, sentado embarazosamente en el borde del diván, dijo, tropezando con las palabras y alzando los hombros:

—No sé... La casualidad que se me ofreció... Yo me paseaba por el patio... Los criminales de derecho común se echaron sobre su carcelero..., uno que había sido guardia y le expulsaron del cuerpo por robo... Espía, trae y lleva, y hace difícil la vida a toda la gente... Entonces se armó un barullo, los vigilantes se asustaron, y silbaban, y corrían... En aquel momento veo que han dejado sin cerrar la verja; me acerco, distingo una plaza, la ciudad... Aquello me atrajo, y salí sin darme prisa..., como si soñara... A los pocos pasos que di, recobré el sentido y me pregunté adónde iba... Entonces comprobé que las puertas de la cárcel se habían cerrado ya... Me sentí incómodo..., echaba de menos a los camaradas... Bueno, era una estupidez..., yo no había pensado en la fuga...

—¡Hum!—dijo Yegor—. Pues, bueno, señor mío: usted debió volverse atrás, llamar a la puerta y pedir con cortesía que le admitieran de nuevo: "Dispensen; fué un instante de distracción..."

—¡Sí!—continuó Vesovchikov, sonriendo—. Fué una tontería, yo me hago cargo. Y, con todo, me porté mal con los camaradas... No le digo nada a nadie, y me voy... En la calle, veo pasar un entierro. Me fuí detrás del ataúd, que era de niño, con la cabeza baja, sin mirar a ninguna parte... Me quedé en el cementerio, al aire libre, y se me ocurrió una idea...

—¿Una sola?—preguntó Yegor, y añadió, con un suspiró—: Ya estaría a sus anchas...

El picado de viruelas se echó a reír, sin molestarse.

—¡Oh, no tengo ya la cabeza tan vacía como antes, no!... Y tú, Yegor, ¿sigues enfermo?

—¡Cada cual hace lo que puede!—contestó Yegor, y le acometió un acceso de tos, sacudiéndole—. ¡Continúa!

—Luego fuí al museo... Estuve paseándome, viendo las colecciones, y pensando: "¿Adónde voy yo ahora?" Estaba furioso conmigo mismo y sentía un hambre horrible... Salí de nuevo a la calle, anduve más; estaba deshecho. Veía cómo los agentes de policía examinaban con atención a los transeúntes, y me dije: "Con esta jeta pronto caeré en manos de la justicia..." Y, de pronto, la madre que pasa corriendo, que pasa junto a mí; yo me separo, doy vuelta, la sigo... ¡Y nada más!...

—¡Y yo que ni siquiera te vi!—explicó la madre en tono confuso. Examinaba atentamente a Vesovchikov y le encontraba cambiado, con ventaja para él.

—Los camaradas estarán intranquilos preguntándose que ha sido de mí...—prosiguió, rascándose la cabeza.

—Y a los guardias ¿no los echas de menos? ¡Pues

también pasarán inquietud por su parte!—observó Yegor.

Después, el enfermo abrió la boca, y removiendo los labios, como si quisiera sorber el aire, continuó:

—¡Basta de bromas! Hay que esconderte; cosa grata, pero no fácil... ¡Si pudiera tenerme en pie!...

Le dió un ahogo y se restregó el pecho con movimientos débiles.

—¡Estás muy malo, Yegor!—dijo Vesovchikov.

Suspiró la madre y paseó una mirada de inquietud por el cuartito.

—¡Eso es cosa mía!—respondió Yegor—. Abuela, no se ande con miramientos y pídale noticias de Pavel.

Otra vez se sonrió el picado de viruelas, con ancho gesto.

—¿Pavel? Ése anda bien, tiene salud. Para nosotros es como un presidente. Habla con las autoridades en nombre nuestro, y, por lo general, es el que manda... Le respetan... y con motivo...

Bebíase la madre las palabras del muchacho, y echaba alguna que otra mirada furtiva al rostro azulado y tumefacto de Yegor. Fijo como una máscara, desprovisto de expresión, parecía extrañamente achatado; sólo vivían y chispeaban alegremente los ojos.

—Si me dierais de comer... Os juro que tengo hambre—exclamó de repente el picado de viruelas.

—Abuela—dijo Yegor—, en la alacena hay pan; déselo; vaya luego por el pasillo y llame a la segunda puerta de la izquierda. Una mujer le saldrá a abrir; dígale que venga y que traiga cuanto tenga y se pueda comer...

—¿Por qué todo?—protestó Vesovchikov.

—No se inquiete, que no será mucho... Puede que nada.

Obedeció la madre. Cuando hubo llamado a la puerta indicada, dijo para sí tristemente, prestando oído: "Está moribundo..."

—¿Quién es?—preguntaron desde el interior de la vivienda.

—De parte de Yegor—contestó a media voz la madre—. Le ruega que vaya a su casa...

—Allá voy—respondieron.

Esperó Pelagia un instante y volvió a llamar. Abrióse bruscamente la puerta y apareció una mujer alta y joven, con gafas. Estirando la manga arrugada del corpiño, preguntó en tono seco:

—¿Qué desea?

—Yegor me envía...

—¡Ah! Vamos... ¡Pero si la conozco! —exclamó la mujer—. Buenos días. Esto está oscuro...

La madre, al mirarla, recordó haberla visto una o dos veces en casa de Nicolás. "En todas partes se encuentran los nuestros" —pensó.

Hízose a un lado la mujer para dejar pasar adelante a la madre.

—¿Está muy malo? —preguntó.

—Sí, está acostado. Le ruega que lleve algo de comer.

—¡Oh! Es inútil...

Cuando ambas mujeres entraron en casa de Yegor éste las acogió con un estertor...

—Lludmila, este joven acaba de salir de la cárcel sin permiso de la autoridad, el muy impertinente. Ante todo, déle de comer y escóndale donde sea por uno o dos días.

Meneó la cabeza Lludmila, y examinando con atención la cara del enfermo, dijo severamente:

—Yegor, hubiera tenido que mandarme a buscar en cuanto llegaron las visitas. Veo que ha dejado de tomar el medicamento por dos veces. ¡Qué descuido! Luego dirá, después de tomarlo, que respira mejor... ¡Véngase a casa, camarada!... En seguida van a venir a buscar a Yegor para llevárselo al hospital.

—¿Conque tengo que ir? —preguntó Yegor.

—Sí. Yo iré más tarde.

—¿Allí también?

—No diga tonterías...

Mientras hablaba, la joven había vuelto a tapar con la manta el pecho del enfermo, observado fijamente a Vesovchikov y calculado con los ojos la medicina... Hablaba con voz igual y baja, pero sonora; sus movimientos tenían amplitud; tenía pálida la cara, y sus cejas negras se juntaban casi en el arranque de la nariz. Aquella fisonomía desagradó a la madre, que la tuvo por arrogante; los ojos no brillaban ni sonreían; la voz tenía entonaciones de mando.

—¡Vamos! —continuó—. Volveré pronto. Déle a

Yegor una cucharada de sopa de esta medicina...
No le deje hablar...

Y salió, llevándose al picado de viruelas.

—¡Qué maravillosa mujer!—dijo Yegor con un suspiro—. ¡Qué admirable criatura!... En casa de ella hubiera tenido que instalarse, abuela. Trabaja mucho... Está cansadísima...

—¡No hables; toma, mejor es que bebas!—respondió afectuosamente la madre.

Sorbió el remedio y prosiguió, cerrando un ojo:

—¡Qué importa! Por mucho que me calle, me tengo que morir...

Miró a la madre, mientras que sus labios se abrían lentamente en una sonrisa. Bajó la madre la cabeza; un sentimiento agudo de piedad hacía correr sus lágrimas...

—No llore, abuela; esto es natural... El placer de vivir arrastra consigo la necesidad de morir...

La madre le puso la mano en la cabeza y dijo, bajando la voz:

—¡Cállate tú!

Pero, con los ojos cerrados, como para escuchar los estertores de su pecho, continuó él, obstinadamente:

—Es necio que me calle, abuela... ¿Qué salgo ganando? Unos minutos más de agonía, a cambio del gusto de hablar con una mujer buena... No creo que haya en el otro mundo gente tan buena como en éste...

La madre le interrumpió, agitada:

—Va a volver la señora, y me reñirá porque te dejo hablar...

—No es "señora", sino revolucionaria, camarada, un alma admirable... De todos modos ha de reñirla, abuela. Riñe siempre a todos...

Y Yegor empezó a contar la historia de su vecina, lentamente, moviendo los labios con esfuerzo. Sus ojos sonreían; Pelagia iba pensando, con inquietud, a la vista de aquel rostro azulado y húmedo:

"¡Se muere!..."

Volvió Lludmila; después de haber cerrado cuidadosamente la puerta detrás de sí, dijo a la madre:

—Es necesario en absoluto que su amigo se disfrace y se marche; vaya a buscar inmediatamente ros vestidos para él y tráigalos aquí. ¡Lástima que

Sofía está fuera! Es una especialidad para esconder personas...

—¡Mañana llega!—replicó la madre, echándose el pañolillo por los hombros.

En cuanto le daban un encargo, no pensaba más que en cumplirlo pronto y bien. Preguntó, como preocupada, frunciendo el ceño:

—¿Cómo se le viste, qué le parece?

—Lo mismo da. Saldrá de noche.

—Peor que de día; hay menos gente por la calle; le ven a uno más fácilmente, y Vesovchikov apenas tiene malicia...

Yegor soltó una carcajada ronca:

—¡Qué joven es todavía..., abuela!

—¿Podré ir a verté al hospital?—le preguntó.

Meneó él la cabeza, tosiendo. Miró Lludmila a la madre con sus ojos negros, y propuso:

—¿Quiere que le velemos por turno? ¿Sí? Bueno... Pero, ahora, váyase de prisa.

Y tomando de un brazo a la madre, con ademán afectuoso, pero autoritario, la sacó al pasillo, en donde le dijo en voz baja:

—No se moleste porque la despache así... Es una grosería, ya lo sé... Pero el hablar le sienta muy mal... y aún tengo esperanza...

Aquella explicación turbó a la madre; cuchicheó:

—¿Qué dice? No hay grosería..., usted es buena... Hasta luego; me voy...

—¡Cuidado con los espías!—recomendó la mujer, en voz baja.

Llevándose la mano al rostro, se frotó las sienes; estremeciéronse sus labios y cobró aspecto más dulce.

—¡Sí, sí!—contestó la madre, sin altivez.

Llegada a la verja, se detuvo un instante, como para arreglarse el pañuelo, y echó en derredor una mirada vigilante que nadie hubiera podido notar. Sabía distinguir, casi con seguridad, entre la multitud, a los espías. El descuido acentuado del porte, la soltura afectada de sus ademanes, la expresión de cansancio y fastidio pintada en el rostro, el centelleo tímido, confuso y mal disimulado de sus ojos huidizos y desagradablemente penetrantes, eran otros tantos rasgos que se le habían hecho familiares.

Pero aquella vez no distinguió cara alguna cono-

cida; sin darse prisa se entró por la calle, tomó
luego un coche de punto y ordenó al cochero que
la llevara al mercado. Compró vestidos para
Vesovchikov, regateando sin piedad, mientras cubría
de injurias al borracho de su marido, a quien había
de vestir de nuevo cada mes. El cuento no im-
presionó gran cosa a los comerciantes, pero a la
madre misma le satisfizo en extremo; por el camino
había ido diciéndose que la policía tendría que adivinar que el fugitivo intentaría desfrazarse, y haría
una investigación en el mercado. Volvió Pelagia a
casa de Yegor, y en seguida acompañó al picado de
viruelas hasta el otro extremo de la ciudad. Tomó
cada cual una acera; y la madre, contenta y diverti-
da, miraba al joven caminar pesadamente, gacha la
cabeza, enredándose en los largos faldones del
sobretodo amarillento, y echándose atrás el sombrero, que se le entraba hasta la nariz.

Sachenka les salió al encuentro en una calle
desierta, y la madre se volvió, después de haberse
despedido de Vesovchikov con un movimiento de
cabeza.

"Pavel está preso... Andrés también", iba pensando
con tristeza.

IX

A COGIÓLA Nicolás con una exclamación de
inquietud.

—Mire, Yegor está malísimo. Ya lo han llevado al hospital; vino Lludmila para pedirle a usted
que fuese a buscarla...

—¿Al hospital?

Después de afirmarse los lentes con un movimiento nervioso, ayudóla Nicolás a ponerse un
abrigo. Le estrechó la mano con sus dedos secos y
calientes, y le dijo con voz temblona:

—¡Mire! Llévese este bulto. ¿Está Vesovchikov en
seguridad?

—Sí; todo está arreglado.

—Yo también voy... a ver a Yegor...

Tan fatigada estaba la madre, que la cabeza se le

iba; la inquietud de Nicolás le hacía presentir un drama.

"¡Se muere!... ¡Se muere!...", decíase; y aquella sombría idea le machacaba el cerebro.

Pero cuando hubo llegado al cuartito claro y limpio del hospital, y vió a Yegor reír sordamente, sentado en medio de un montón de almohadas blancas, se tranquilizó de repente.

Sonriendo, se paró en el umbral y oyó que el enfermo le decía al médico:

—¡Una medicina es una reforma!

—No digas tonterías, Yegor—exclamó el doctor con voz preocupada.

—Y yo, que soy revolucionario, aborrezco las reformas...

Con precaución, tomó el médico la mano del enfermo y se la colocó sobre la rodilla; luego, levantándose, palpó con un dedo, mientras se daba tirones de la barba, las hinchazones de la cara de Yegor.

La madre conocía bien al doctor, uno de los mejores camaradas de Nicolás. Acercóse a Yegor que sacó la lengua en cuanto la vió. El médico volvió la cara:

—¡Ah, es usted!... Buenos días... Siéntese... ¿Qué trae ahí?

—Creo que son libros.

—¡No debe leer!—dijo el doctor.

—¡Tengo que volverme idiota!—lloriqueó Yegor.

—¡Calla!—ordenó el doctor, escribiendo unas palabras en su librito de apuntes.

Suspirillos penosos, acompañados de estertor húmedo, se escapaban del pecho de Yegor. Finas gotas de sudor le bañaban el rostro, y, a ratos, se enjugaba la frente, levantando con lentitud las manos pesadas y desobedientes. La extraña inmovilidad de sus mejillas hinchadas le deformaba la buena y ancha fisonomía, cuyas facciones habían desaparecido bajo una máscara cadavérica; los ojos, profundamente hundidos entre las tumefacciones, con su mirada clara, sonreían condescendientes.

—¡Ay, esa ciencia!... Estoy cansado... ¿Podré echarme?—preguntó.

—¡No!—respondió el médico rápidamente.

—¡Bueno, pues me echaré en cuanto te vayas!

—No se lo consienta, madre. Arréglele las almohadas... Y, sobre todo, que no hable. Se lo suplico; le sienta muy mal.

Pelagia movió la cabeza. El médico se fué con paso rápido. Echó Yegor atrás la cabeza, cerró los ojos y no hizo ya ningún movimiento; sólo se le agitaban un poco los dedos. El ancho ventanal dejaba ver las copas ondulantes de los tilos; entre el follaje polvoriento y sombrío centelleaban con vivacidad unas manchas amarillas; frías primicias del otoño naciente...

—¡La muerte se acerca a mí poco a poco, como si lo lamentara!—dijo Yegor, sin menearse ni abrir los ojos—. Se ve que le doy cierta lástima, por ser tan buen chico, de tan buen genio...

—¡Cállate, Yegor!—suplicó la madre, acariciándole suavemente la mano.

—Espere, madre; ya me voy a callar...

Jadeante, siguió articulando palabras con inmenso esfuerzo, y entrecortándolas con largas pausas:

—¡Qué gusto tenerla con nosotros, abuela!... Me gusta verla la cara..., los ojos tan despiertos..., y esa sencillez... Al verla, me pregunto: "¿Cómo acabará?" Y me entristece pensar que le esperan... la cárcel, el destierro, toda clase de abominaciones..., lo mismo que a los otros... ¿No le da miedo la cárcel?

—No—contestó ella, sencillamente.

—¡Claro está!... Y, sin embargo, la cárcel... da repugnancia... Es lo que me ha matado... Y, para ser franco, no tengo ganas de morirme...

"¡Puede que no te mueras aún!", tuvo ella tentación de decirle; pero se estuvo callada, mirándole.

—Aún hubiera podido trabajar... por el bien del pueblo... Pero, cuando ya no se puede trabajar, no es posible vivir; es demasiada tontería.

"¡Verdad; pero no es un consuelo!" Las palabras de Andrés volvieron bruscamente a la memoria de la madre, y lanzó un suspiro. Estaba cansadísima y sentía hambre. El susurro monótono y ronco del enfermo llenaba el cuarto y se arrastraba impotente por las paredes lisas. Las hojas de los tilos daban la sensación de nubes muy bajas, asombrando a los ojos con su tinte oscuro y melancólico. Todo se inmovilizaba de un modo raro en una fijeza hosca, en la espera desolada de la muerte.

—¡Qué mal me siento!—dijo Yegor.

Y calló, cerrando los ojos.

—¡Duérmete!—aconsejó la madre—. Puede que te haga bien.

Por unos instantes prestó oído a la respiración del enfermo, paseando en derredor la mirada. Invadida por tristeza glacial, empezó a adormilarse.

...La despertó un roce y se estremeció, viendo a Yegor con los ojos abiertos.

—¡Me dormí..., dispénsame!—dijo en voz baja.

—¡Y tú también, perdóname!—replicó él, con igual cuchicheo.

Por la ventana veíase caer el crepúsculo; un frío turbio oprimía los ojos; todo se había empañado de rara manera; el rostro del enfermo tenía un tinte más sombrío.

Oyóse otro roce; resonó la voz de Lludmila:

—Ahí están, a oscuras y charlando... ¿En dónde está el botón?

De repente, el cuarto se inundó de claridad blanca y desagradable. Allí estaba Lludmila, negra, alta, derecha.

Todo el cuerpo de Yegor se estremeció y se puso la mano en el pecho.

—¿Qué pasa?—exclamó Lludmila, corriendo hacia él.

Puso el enfermo en la madre una mirada fija; sus ojos parecían grandísimos, y brillaban con fuego extraño.

—Espera...—susurró.

Abriendo mucho la boca, levantó la cabeza y tendió un brazo adelante... La madre le tomó la mano con precaución y le miró, conteniendo el aliento. Con movimiento convulsivo y vigoroso, echó él la cabeza atrás, y dijo en voz alta:

—No puedo más..., se acabó...

Una ligera sacudida contrajo el cuerpo; la cabeza rodó débilmente hasta el hombro, y, en los ojos, muy abiertos, la luz de la lámpara que estaba sobre el lecho se reflejó con triste brillo...

—¡Amigo mío!—susurró la madre.

Lludmila se alejó lentamente de la cama; se paró junto a la ventana, mirando a lo lejos, y dijo con voz extraña y sonora, que la madre no le conocía:

—Se ha muerto...

Inclinóse, se apoyó en el marco, y empezó a hablar con voz temblorosa:

—Se ha muerto..., tranquilo, valiente..., sin quejarse...

Y, de pronto, como si le hubiesen dado un golpe en la cabeza, se dejó caer sin fuerza, de rodillas; se cubrió la cara con las manos y sollozó sordamente.

Después de poner en cruz sobre el pecho de Yegor los brazos pesados, y de colocarle la cabeza, que conservaba extraño calor, en la almohada, la madre se acercó a Lludmila, se inclinó hacia ella y le acarició suavemente el cabello abundante, mientras ella misma enjugaba sus lágrimas. Lentamente fué volviendo la mujer los ojos, dilatados de manera anormal, hacia la madre, y cuchicheó con labios trémulos:

—Hace mucho que le conocí... Estuvimos juntos en el destierro, en las mismas cárceles... A veces el tormento se hacía insoportable, abominable; muchos de nosotros perdían valor..., otros se volvían locos...

Un espasmo violento le contrajo la garganta; se dominó con esfuerzo, y acercando a la cara de la madre la suya, dulcificada por un matiz de ternura y dolor, que la rejuvenecía, continuó en murmullo rápido, con sollozos sin lágrimas:

—Y él, él estaba siempre alegre, siempre; sin cansarse, bromeaba, reía, escondía con valor su padecimiento..., esforzándose siempre para reanimar a los débiles... Era tan bueno, tan sensible, tan cariñoso... En Siberia, la inacción desmoraliza y saca a relucir los malos instintos... ¡Cómo sabía él luchar contra ellos!... ¡Qué camarada era, si le hubiese visto!... Su vida particular fué difícil, lastimosa..., pero yo sé que nadie le oyó jamás una queja..., nadie..., jamás. Yo, por ejemplo, fuí su amiga íntima..., debo mucho a su corazón; me dió de su mente todo lo que podía... Estaba cansado, solitario; y, con todo, nunca pidió nada en cambio, ni caricias, ni solicitud...

Acercóse al muerto, inclinóse hasta él y le besó la mano.

—¡Camarada, camarada querido —dijo en voz baja y desolada—, te doy gracias de todo corazón!... ¡Adiós! Trabajaré como trabajaste tú..., sin cansarme..., sin dudar..., toda la vida..., por los que sufren... ¡Adiós! ¡Adiós!

Unos sollozos violentos la sacudieron; jadeando

toda, apoyó la cabeza en la cama, a los pies de Yegor. La madre lloraba lágrimas abundantes que le quemaban las mejillas. Intentaba ella contenerlas; hubiera querido consolar a Lludmila con una caricia particular y fuerte, hablarle de Yegor con buenas palabras de amor y tristeza. A través de sus lágrimas, miraba el rostro hinchado del muerto, sus ojos cerrados, sus labios ennegrecidos, cuajados en leve sonrisa... Todo estaba silencioso, en una claridad deprimente.

Entró el doctor a pasitos presurosos, como solía; se paró bruscamente en medio de la habitación; con rápido gesto se metió las manos en los bolsillos y preguntó, con voz nerviosa y sonora:

—¿Hace mucho tiempo?

Nadie le contestó. Vacilando sobre sus piernas, y enjugándose la frente, acercóse a Yegor, le apretó la mano y se apartó.

—No hay que extrañarse... Teniendo como tenía el corazón... hubiera podido ocurrir hace seis meses... por lo menos..., eso es...

Su voz aguda, de tranquilidad forzada y sonoridad sin motivo, se quebró de repente. Recostándose en la pared, se pasó por la barba los dedos ágiles, mirando a las dos mujeres y al muerto con ojos inquietos.

—¡Uno más!...—dijo por lo bajo.

Levantóse Lludmila, se acercó a la ventana y la abrió. La madre, alzando la cabeza, miró en derredor, suspirando. Un instante después, el doctor. Lludmila y ella estaban junto al ventanal; apretados uno contra otro, miraban el rostro sombrío de la noche de otoño. Por encima de los árboles, las estrellas centelleaban prolongándose hasta la lejanía infinita del cielo...

Lludmila tomó del brazo a la madre y apoyó, sin hablar, la cabeza en su hombro. El médico se limpiaba los lentes con el pañuelo. Fuera, el ruido nocturno de la ciudad suspiraba, cansado; la frescor helaba los rostros y agitaba los cabellos. Lludmila iba sintiendo escalofríos; el llanto le corría por la cara. Por el corredor del hospital sonaban sonidos sordos, arrugados, asustados, rumores de pies presurosos, gemidos, susurros de desolación. Inmóviles junto a la ventana, Lludmila, la madre y el médico miraban a las tinieblas, callando...

Pelagia sintió que estaba allí de sobra, desprendiendo suavemente su brazo de la opresión de la joven, se dirigió a la puerta, no sin haberse inclinado delante del muerto.

—¿Se va?—preguntó el médico en voz baja y sin volverse.

—¡Sí!

En la calle, pensó en Lludmila: "¡Ni siquiera sabe llorar bien!"—se dijo, recordando sus lágrimas parcas.

Las últimas palabras de Yegor la hicieron suspirar.

Caminando a pasos lentos, evocaba sus ojos vivos, sus bromas, sus opiniones acerca de la vida.

—Para los buenos, la existencia es penosa y la muerte ligera... ¿Y yo, cómo me moriré?

Luego, se imaginó a Lludmila y al médico, de pie junto a la ventana, en la habitación blanca, con demasiada luz, y los ojos empañados de Yegor; e invadida por un sentimiento de compasión que la oprimía, suspiró profundamente y echó a andar más de prisa, impulsada por un presentimiento vago.

—"¡Hay que ir adelante!", pensó, obedeciendo al ímpetu de valor entristecido que le subía del corazón...

X

LA madre se pasó el día siguiente organizando el entierro de Yegor. Por la noche, cuando tomaba el té con Nicolás y Sofía, presentóse Sachenka, asombrosamente bulliciosa y animada... Tenía las mejillas coloradas y chispeantes los ojos; a la madre le pareció que la muchacha estaba henchida de una esperanza lisonjera. Aquel estado espiritual, radiante, hizo irrupción ruidosa y tumultuosa en la melancólica corriente de los recuerdos, sin mezclarse con ella; era como una claridad viva que estallara de pronto en las tinieblas, turbando el estrecho círculo. Nicolás, dando un golpe, con aire pensativo, en la mesa, exclamó:

—¡Hoy está toda transformada, Sachenka!...

—¿De veras? ¡Puede que sí!—contestó con risa breve y dichosa.

La madre le dirigió una mirada de reconvención muda. Sofía observó, acentuando las palabras:

—Estábamos hablando de Yegor...

—¿Qué hombre más bueno, verdad?—exclamó Sachenka—. Siempre le vi con la sonrisa y la broma en los labios... ¡Trabajaba tan bien! Era un artista de la revolución. ¡Poseía el pensamiento revolucionario, como un gran maestro! ¡Qué sencillez, qué fuerza para describir al hombre de la mentira, de la injusticia, de la violencia!... Yo le debo mucho.

Hablaba a media voz, llenos los ojos de un sonreír pensativo, que no llegaba a apagar en su mirada el fuego de alegría tan visible y tan incomprensible para todos. Ocurre alguna vez que un pesar se trueca en deleite, que se hace de él juguete de tortura que roe el corazón. Nicolás, Sofía y la madre no querían dejar que su tristeza se disipara ni abandonarse al sentimiento de alegría traído por Sachenka; sin conciencia de ello, defendían su derecho melancólico a alimentarse del dolor e intentaban meter a la muchacha en el círculo de sus preocupaciones...

—¡Y ahora está muerto!—insistió Sofía, mirando con atención a Sachenka.

La joven paseó una mirada interrogadora sobre los presentes y bajó la cabeza.

—¿Está muerto?—repitió en voz alta—. Se me hace difícil resignarme a tal idea...

Anduvo arriba y abajo por la habitación, y parándose de pronto, prosiguió con voz rara:

—¿Qué quiere decir: "está muerto"? ¿Quién está muerto? Mi estimación por Yegor, mi cariño al camarada, el recuerdo de la obra de su pensamiento, ¿están muertos acaso? La idea que yo me hice de él, la de un hombre valeroso y leal, ¿está aniquilada? ¿Todo eso está muerto? Para mí, todo eso, lo mejor de él, no morirá nunca..., lo sé... ¡Me parece que nos damos demasiada prisa en decir que un hombre está muerto! Muertos están sus labios, pero sus palabras viven en el corazón de los vivos.

Conmovidísima, volvió a sentarse, apoyó los codos en la mesa y continuó, más dulcemente:

—Puede que esté diciendo tonterías, pero, camaradas, ya lo veis, ¡yo creo en la inmortalidad de la gente buena!...

—¿Le ha sucedido algo venturoso?—preguntó Sofía, sonriendo.

—Sí—contestó Sachenka, meneando la cabeza—. ¡Algo muy venturoso, creo yo! Me he pasado la noche hablando con Vesovchikov... Antes no le quería; le encontraba demasiado grosero, demasiado ignorante... Y, además, así era... Había en él una rudeza, una irritación vaga y continua para con todos; se colocaba siempre en el centro de todo, con insistencia fatigosa, y hablaba sin cesar de sí mismo. Tenía algo que atacaba a los nervios, algo vil...

Sonrió y paseó en torno una mirada radiante:

—Ahora, habla de sus camaradas. Y hay que oírle pronunciar la palabra, con amor tan tierno, tan dulce, que no lo puede uno repetir como él. Se ha encontrado a sí mismo, ve su fuerza, sabe lo que le falta... y, sobre todo, ha nacido en él un verdadero sentimiento de camaradería, un inmenso amor que sale sonriente al encuentro de todo lo penoso de la existencia.

Escuchaba Pelagia a Sachenka, maravillada de ver el gozo de la joven, habitualmente tan sombría. Pero, a la vez, una sensación de celos se le iluminaba en el fondo del alma: "¿Y qué es de Pavel en todo esto?"

—No piensa más que en sus camaradas—continuó Sachenka—, ¿y saben lo que me está persuadiendo a intentar? La evasión de sus compañeros..., ¡sí! Él dice que es facilísimo.

Levantó Sofía la cabeza y dijo en tono animado:

—¿Y usted qué opina, Sachenka? ¡Es buena idea!

La taza de té que tenía la madre en su mano empezó a temblar. La dejó sobre la mesa. Frunció Sachenka el ceño, y, conteniendo su excitación, estuvo callada un instante, y luego con voz seria, pero con sonrisa radiante, prosiguió, titubeando:

—Cierto que si las cosas son de veras como él las pinta..., debemos intentarlo; es deber nuestro.

Se puso colorada, se dejó caer en una silla y calló.

"¡Querida, querida!", pensó la madre sonriendo. También se sonrió Sofía; Nicolás lanzó una risita breve y contempló a la muchacha con bondad. Entonces Sachenka levantó la cabeza y echó una mirada severa en derredor; pálida, con los ojos chispeantes, dijo en tono seco:

—Os reís... Ya entiendo por qué. Pensáis que estoy interesada personalmente en el éxito de la evasión, ¿no es así?

—¿Y por qué, Sachenka?—preguntó hipócritamente Sofía.

Levantándose, se acercó a la muchacha. La madre juzgó la pregunta ociosa, humillante para Sachenka; suspiró y miró a Sofía, como reconviniéndola.

—¡Pero si yo no quiero ocuparme en eso!—exclamó Sachenka—. Ni tomar parte en la discusión, si consideráis el proyecto...

—¡Calla, Sachenka!—dijo tranquilamente Nicolás.

La madre se dirigió hacia la joven y le acarició dulcemente el cabello. Sachenka se apoderó de la mano de Pelagia, y, levantando la cara, adonde afluía la sangre, la miró confusa. Tomó Sofía un asiento, y colocándose junto a Sachenka, le rodeó los hombros con el brazo, y le dijo, contemplándola fijamente, con sonrisa de curiosidad:

—¡Qué rara eres!...

—Sí, creo que acabo de decir tonterías, pero no me gustan las sombras...

Interrumpióla Nicolás, diciendo en tono grave y preocupado:

—Si la evasión es posible, hay que prepararla; no cabe vacilación... Pero, ante todo, hay que saber si los camaradas encarcelados están de acuerdo...

Sachenka bajó la cabeza.

—¡Como si pudieran dejar de consentir!—dijo la madre suspirando—. Pero yo no creo que sea posible...

Sus compañeros guardaron silencio.

—Es necesario que yo vea a Vesovchikov—dijo Sofía.

—Bueno. Mañana le diré dónde y cuándo puede usted verle—respondió Sachenka a media voz.

Acercóse Nicolás a la madre, que estaba lavando las tazas, y le dijo:

—Pasado mañana va a la cárcel..., habrá que llevarle una esquela a Pavel. Ya comprende que hay que saber...

—¡Ya entiendo, ya entiendo!—replicó vivamente la madre—. Yo se la daré...

—¡Me marcho!—declaró Sachenka; y después de

estrechar vigorosamente la mano de sus camaradas, se fué sin añadir más.

Sofía le puso la mano en el hombro a la madre y le preguntó con una sonrisa:

—¿Le gustaría tener una hija así, Pelagia?

—¡Ay, Dios! ¡Si pudiera verlos juntos, aunque no fuese más que un día!—exclamó la madre, a punto de llorar.

—Sí..., es bueno que cada cual tenga un poco de dicha... Cuando nuestra felicidad es demasiado grande, también es de calidad inferior...

Sentóse al piano Sofía y se puso a tocar una tonada melancólica.

XI

A L día siguiente por la mañana, unas decenas de hombres y de mujeres hallábanse junto a la verja del hospital esperando que sacasen el ataúd de su camarada. En torno de ellos rondaban cautos los espías, que iban captando cada exclamación y grabándose en la memoria caras, gestos, palabras; en la otra acera un grupo de agentes de policía, revólver al cinto. La imprudencia de los espías, las sonrisas irónicas de los polizontes, que ponían ostentación en el aparato de su fuerza, irritaban a la muchedumbre. Unos escondían su cólera y bromeaban, otros miraban al suelo con aire sombrío para no ver el insultante espectáculo; otros más, incapaces de reprimir su furia se mofaban de la administración, temerosa de gente sin más armas que la palabra. Un cielo de otoño azul y pálido, iluminaba la calle, pavimentada de piedras grises y redondas, salpicada de hojas caídas, que el viento levantaba para arrojarlas a los pies de los transeúntes.

La madre estaba entre la multitud; mientras iba contando las caras conocidas, decíase con tristeza:

"¡No sois muchos..., no sois muchos!..."

Abrióse la verja. Sacaron a la calle la tapa del féretro, adornada con coronas de cintas rojas. Silenciosos, los hombres se quitaban el sombrero, todos a una; hubiérase dicho que sobre las cabezas echaba a volar una bandada de pájaros negros. Un oficial de policía de alta estatura, con espeso bigote oscuro como valla en un rostro escarlata, rodeado de agentes y soldados, lanzóse hacia la multitud, atropellando sin miramiento a la gente, y exclamó con voz ronca y autoritaria:

—¡Les ruego que quiten las cintas!

Hombres y mujeres le rodearon en círculo compacto, hablando todos a la vez, gesticulando, atropellándose unos a otros. Ante los ojos turbados de la madre se agitaron confusamente rostros pálidos y excitados de labios que temblaban; gruesas lágrimas de humillación corrieron por las mejillas de una mujer...

—¡Abajo la violencia!—exclamó una voz juvenil, que murió solitaria en el ruido de la discusión.

En su corazón, la madre sentía hervir la amargura; dirigióse al vecino, joven pobremente vestido, y le habló:

—Ni siquiera se deja a las gentes enterrar a un camarada como les da la gana...

Crecía la hostilidad, y la tapa del féretro vacilaba por encima de las cabezas; jugaba el viento con las cintas, envolviendo cabezas y rostros; oíase el chasquido nervioso y seco de la seda.

La madre, invadida por el terror frío de una revuelta posible, dirigía frases rápidas a media voz a los que tenía cerca:

—¡Qué más da!... Si ha de ser así... hay que quitar las cintas..., hay que ceder... ¿Qué se saca?...

Una voz áspera y sonora se oyó, dominando el tumulto:

—Exigimos que nos dejen acompañar a la última morada a un camarada a quien atormentasteis...

Alguien, sin duda una muchacha, entonó, con voz aguda y fina:

Caisteis como víctimas, en la lucha...

—Les ruego que quiten las cintas... ¡Jakovlev, córtelas!

Oyóse el ruido de un sable al salir de la vaina. Cerró la madre los ojos, esperando un grito. Pero el ruido se apaciguó; gruñían los hombres, mostrando los dientes como lobos acosados. Luego, baja la cabeza, silenciosos, abrumados por el sentimiento de su impotencia, pusiéronse en marcha, llenando la calle con el ruido de sus pasos.

Delante, la tapa del ataúd, despojada, se cernía en el aire, con las coronas deshechas; los agentes de policía marchaban después, balanceándose a un lado y otro, sobre sus caballos. La madre iba por la acera; no podía ver el ataúd, a causa de la muchedumbre que lo rodeaba; crecía sin cesar el número de los manifestantes, que ocupaban todo lo ancho de la calzada. Detrás de la muchedumbre alzábanse los contornos iguales y grises de los jinetes; a cada lado, agentes de policía, con la mano en la empuñadura del sable; y la madre echaba de ver rostros de espías, cuyos ojos penetrantes iban escrutando las caras.

—¡Adiós, camaradas, adiós!—cantaban dulcemente dos bellas voces.

—¡Silencio!—gritó alguien—. ¡A callar, amigos! ¡A callar, por ahora!

Había en esta exclamación tanta rudeza, sugeridora de avisos amenazantes, que la muchedumbre obedeció.

Interrumpióse el canto fúnebre y se apaciguó el ruido de las voces; sólo resonaban los pasos ensordecidos, levantando un rumor que se alzaba por encima de las cabezas, volaba por el cielo transparente, sacudía el aire como el eco del primer trueno que retumba en una tempestad aún lejana. El viento, cada vez más frío, echaba con animosidad polvo y barro a las caras, hinchaba las vestiduras, enredábase entre las piernas, golpeaba los pechos..

Aquellas exequias silenciosas, sin sacerdotes ni cantos fúnebres, aquellos rostros pensativos de sonrisas oscuras, aquel rumor de pasos decididos, todo hacía nacer en la madre un sentimiento punzante de angustia; su pensamiento giraba con lentitud, revistiendo sus impresiones con palabras melancólicas:

—¡No sois muchos..., luchadores de la libertad, no sois muchos! ¡Y, sin embargo, os temen!

Parecíale que enterraban, no al Yegor que ella conocía, sino algo habitual, que sentía próximo e indispensable. Un sentimiento áspero de inquietud le invadía el corazón: no estaba de acuerdo con los que acompañaban a Yegor.

"Bien sé—pensaba—que Yegor no creía en Dios, ni todos éstos tampoco..."

Pero no lograba dar forma cabal a su pensamiento, y suspiraba, como para aliviarse el alma de un peso:

"¡Oh señor, señor... Jesucristo!... ¿Será posible que a mí también me entierren de este modo?"

Llegaron al cementerio. Dieron muchos rodeos por entre las tumbas, hasta que llegaron a un emplazamiento vacío, sembrado de crucecitas blancas. Agrupóse la muchedumbre en derredor de una fosa y se hizo el silencio. Aquel austero silencio de los vivos entre las sepulturas era presagio de algo terrible, que puso un estremecimiento en el corazón de la madre. Quedóse paralizada en la espera. Entre las cruces aullaba y silbaba el viento; sobre el ataúd unas flores marchitas palpitaban tristemente...

Los de la policía, en acecho, estaban alineados y atentos a la persona del jefe. Un joven alto, de cabeza descubierta, pálido, con cejas oscuras y largo cabello, negro también, se colocó junto a la fosa. En el mismo instante se oyó la voz ronca del oficial de policía.

—¡Señores!

—¡Camaradas!—comenzó el joven alto, con voz firme y sonora.

—¡Hagan el favor!—gritó el oficial—. Declaro que no se autoriza ningún discurso...

—No diré más que unas palabras—contestó apaciblemente el joven—: ¡Camaradas! ¡Juremos sobre el sepulcro de nuestro maestro y amigo que no olvidaremos nunca sus enseñanzas; juremos que cada uno de nosotros trabajará toda la vida, sin cansancio, para aniquilar la fuente de todos los males de nuestra patria, la fuerza malhechora que la oprime, la autocracia!

—¡Detenido!—gritó el oficial.

Pero un estallido de exclamaciones cubrió su palabra.

—¡Abajo la autocracia!...

Apartando la multitud a codazos, los agentes de policía se precipitaron sobre el orador, estrechamente rodeado, que no dejaba de gritar:

—¡Viva la libertad! ¡Vivamos y muramos por ella!

Echaron a un lado a la madre; en su terror, agarróse a una cruz y cerró los ojos, esperando el golpe. Un torbellino impetuoso de sonidos discordes la ensordeció; vaciló la tierra bajo sus pies; el viento y el terror le cortaron el respiro. Los silbidos de los polizontes rasgaban el aire; resonaba ronca una voz de mando; unas mujeres lanzaban gritos histéricos; chascaba la madera de los cierres; el pisotear de la gente sobre el suelo resonaba sordamente... Mucho tiempo duró... Pelagia no podía tener ya los ojos cerrados; su espanto era grandísimo... Miró en torno, y lanzando una exclamación, echó a correr, tendiendo los brazos. No lejos de allí, en un sendero estrecho, entre tumbas, los de la policía, que cercaban al joven alto, se defendían contra la multitud que los atacaba. Centelleaban en el aire los sables desnudos con resplandor blanco y frío, levantándose por encima de las cabezas y bajándose con rapidez. Bastones, trozos de valla surgían y desaparecían luego; los gritos de la muchedumbre amotinada se cruzaban en torbellino salvaje; veíase de tiempo en tiempo la cara pálida del joven alto; su voz fuerte retumbaba por encima de la tormenta de cólera:

—¡Camaradas! ¿Por qué os sacrificáis en vano?

Le obedecieron. Tirando lejos los garrotes, apartáronse los manifestantes unos de otros; la madre seguía adelante, arrastrada por fuerza invencible. Vió a Nicolás, con el sombrero derribado hasta la nuca, rechazar a los que gritaban, ebrios de cólera, y le oyó palabras de reconvención:

—¡Os habéis vuelto locos!... ¡Calmaos, vaya!

Le pareció que tenía una mano enteramente roja.

—¡Váyase, Nicolás!—gritó, lanzándose hacia él.

—¿Adónde va corriendo? Le van a dar un golpe...

A su lado, agarrándola por el hombro, vió a Sofía, sin nada a la cabeza y con el pelo suelto; sostenía a un muchacho, casi un niño, que se limpiaba con la mano las tumefacciones del rostro y murmuraba, temblándole los labios:

—¡Dejadme!... No es nada...

—Cuídele..., llévele a casa, a la nuestra... Tome un pañuelo para vendarle la cara—dijo vivamente Sofía.

Y poniendo la mano del joven en la de la madre, huyó dando un consejo último:

—¡Márchense de prisa!... Si no, los detienen...

Salían los manifestantes del cementerio por todas las puertas; detrás, los polizontes marchaban pesadamente por entre las tumbas; molestos por los faldones de sus capotes, echaban juramentos y blandían los sables. El muchacho iba siguiéndolos con los ojos.

—¡Vamos de prisa!—dijo la madre con dulzura, enjugándole el rostro.

Escupió él sangre, murmurando:

—No pase cuidado..., no me duele... Me dió golpes con la empuñadura del sable... en la cara y en la cabeza... Y yo le di con el bastón... una buena paliza... ¡Cómo aullaba!

—¡De prisa!—repitió la madre, dirigiéndose con rapidez a un portillo practicado en la tapia del cementerio. Parecíale a Pelagia que dos agentes los estaban esperando detrás, escondidos allá en el campo, y que en cuanto los viesen, a su compañero y a ella, se precipitarían sobre los dos, a golpes. Pero, cuando abrió la puertecita con cautela y miró al campo, revestido enteramente con el tejido gris del crepúsculo otoñal, el silencio y la soledad que reinaban la calmaron de repente.

—¡Espere! Voy a vendarle la cara—propuso.

—¡No, si no me avergüenzo de mis heridas!

Vendó la madre rápidamente las llagas; llenábala de compasión la vista de la sangre fresca y roja; cuando sintió en los dedos la caliente humedad, sintióse sacudida por un estremecimiento de terror. Luego condujo al herido a campo traviesa, sin hablar, llevándole del brazo. Libertó él de las vendas la boca y dijo, con una sonrisa en la voz:

—¿Por qué me lleva así, arrastrando, camarada? Ya puedo ir solo...

Pero la madre le sentía vacilar, inseguro sobre sus pies. Con voz cada vez más débil, él hablaba, y le hacía preguntas sin aguardar las respuestas:

—Me llamo Ivan; soy hojalatero... Y usted... ¿quién es? Tres éramos en el círculo de Yegor..., tres de mi oficio; entre todos, once... Le queríamos mucho...

En una calle, tomó la madre un coche de alquiler, hizo subir en él a Ivan, y cuchicheó:

—¡Cállese, ahora!

Para mayor seguridad, volvió a taparle la boca con la venda. Llevóse él la mano a la cara, pero no consiguió libertarse los labios; la mano volvió a caer sin fuerza sobre la rodillas. Sin embargo, no dejaba de murmurar, a través del pañuelo:

—¡No se me olvidarán esos golpes, amiguitos de la policía!... Antes de Yegor, cuidaba de nosotros un estudiante... Nos enseñaba economía política... Era muy severo... y aburrido... Preso está...

Rodeó la madre a Ivan con el brazo y apoyó en su pecho la cabeza del joven. De repente, pareció más pesado y calló. Helada de miedo, la madre miraba con temor a todos lados; parecíale que de cada esquina iba a salir un polizonte para echar mano a Ivan y matarle.

—¿Está bebido?—preguntó el cochero con una sonrisa volviéndose desde su puesto.

—Sí, más de lo razonable—contestó ella suspirando.

—¿Es hijo tuyo?

—Sí, es zapatero... Yo, cocinera...

—Oficio fastidioso..., es verdad.

Después de largar un latigazo al caballo, el cochero se volvió otra vez y continuó, bajando la voz:

—Sabes que hubo ahora mismo un barullo en el cementerio... Enterraban a uno de esos políticos, de esos hombres que van contra las autoridades... Y sus amigos le acompañaban... Empezaron a gritar: "¡Abajo las autoridades que arruinan al pueblo!..." La policía les dió una tunda... Dicen que hay muertos... Pero también a la policía le han sacudido...

Calló el cochero y meneó la cabeza como desalentado, para continuar después con voz rara:

—Molestan a los muertos..., despiertan a los cadáveres...

Saltaba el coche, rechinando sobre el pavimento; la cabeza de Ivan se balanceaba dulcemente sobre el pecho de la madre, El cochero, volviéndose hacia donde estaban, continuó, pensativo:

—Hay agitación en el pueblo..., salen desórdenes de la tierra..., sí. Anoche, los guardias entraron en casa de un vecino, hicieron no sé qué hasta la amanecida, y luego se marcharon, llevándose a un herrero... Dicen que para llevarle una noche de éstas a la orilla del río y ahogarle en secreto. Y era hombre inteligente, sin embargo, el herrero...

—¿Cómo se llama?—preguntó la madre.

—¿El herrero? Savyl, de apellido Evchenko. Es

muy joven, pero ya entendía de casi todo, y el entender parece que está prohibido... A veces venía a nuestra parada, y decía: "¡Qué vida lleváis vostros, los cocheros!" Verdad, le decíamos; peor vida que los perros, sí.

—¡Para!—dijo la madre.

Con el sobresalto volvió Ivan en sí y empezó a gemir débilmente...

—¡Ya está mal el chico!—observó el cochero.

Vacilando, atravesó Ivan el patio, poniendo con dificultad un pie tras otro, mientras decía:

—No es nada... Puedo andar...

XII

YA estaba de vuelta Sofía. Agitada y afanosa, acogió a la madre con un cigarrillo en los labios. Colocó al herido en un diván y le vendó hábilmente la cabeza, mientras daba órdenes; el humo del cigarrillo la hacía pestañear:

—¡Doctor! Aquí están... ¿Se cansó, Pelagia? ¿Tuvo miedo, no? Pues, ea, descanse ahora... Nicolás, dale pronto té y una copa de oporto a la madre...

Azorada por los sucesos, respiraba Pelagia con dificultad y experimentaba una dolorosa sensación de pinchazo en el pecho:

—No se inquieten por mí—murmuró.

Con espanto en todo su ser, pedía calma cariñosa, un poco de atención...

Salió Nicolás de la pieza contigua; una venda le envolvía la mano; el médico venía tras él, despeinado, como un erizo. Corrió a Ivan, se inclinó sobre él y mandó:

—Agua, mucha agua..., trapos limpios..., algodón en rama...

Iba ya la madre a la cocina, pero Nicolás la cogió por un brazo y le dijo con afecto, llevándosela al comedor:

—No se lo dice a usted, sino a Sofía. Bastantes emociones ha pasado ya, ¿no es cierto, amiga?

La madre contestó a su mirada de compasión con un sollozo que no alcanzó a contener, exclamando:

—¡Ay, era espantoso!... A sablazos con la gente..., a sablazos...

—También yo estaba allí—dijo Nicolás meneando la cabeza y echándole una copa de vino caliente—. Los dos bandos se sobreexcitaron un poco... Pero no se preocupe... La policía no dió más que de plano; no hay más que un herido grave, según creo...; cayó cerca de mí..., yo lo saqué de entre el barullo...

El rostro y la voz de Nicolás, la claridad y el calor que reinaban en la pieza, tranquilizaron a Pelagia. Echó una mirada de agradecimiento a su huésped y preguntó:

—¿También a usted le ha tocado?

—Creo que por culpa mía... Sin querer, vine a rozar no sé qué con la mano y me despellejé. Tómese el vino..., hace frío y su traje no es de mucho abrigo.

Tendió ella las manos a la copa y se vió los dedos llenos de sangre coagulada; con ademán instintivo dejó caer el brazo sobre las rodillas; tenía húmeda la falda. Abriendo mucho los ojos, levantando las cejas, se miró a hurtadillas los dedos; la cabeza le dió vueltas; un pensamiento le martilleaba el cerebro:

—Esto es..., esto es..., esto es lo que le espera a Pavel, un día...

Entró el médico; iba en mangas de camisa, con los antebrazos al aire. A la pregunta muda de Nicolás, contestó con su vocecita débil:

—La herida de la cara es insignificante; pero hay fractura del cráneo; tampoco de mucha gravedad... El chico es vigoroso..., pero ha perdido mucha sangre... Vamos a llevarle al hospital...

—¿Por qué? Dejadle aquí—exclamó Nicolás.

—Sí; le dejaremos hoy y tal vez mañana. Pero en seguida sería preferible que estuviese en el hospital. No me queda tiempo para visitas. ¿Te encargas tú del relato de lo ocurrido en el cementerio?

—Por supuesto—dijo Nicolás.

Levantóse la madre sin ruido y se dirigió a la cocina.

—¿Adónde va?—exclamó Nicolás alarmado—: ¡Ya se las arreglará sola Sofía!

Echóle ella una mirada y respondió, estremeciéndose, con una sonrisa extraña e involuntaria:

—Estoy cubierta de sangre..., ¡estoy cubierta de sangre!

Mientras se mudaba en su habitación iba pensando en la calma de aquella gente, en la facultad que tenía de no detenerse demasiado en el horror de los acontecimientos. Aquella reflexión la hizo volver en sí y rechazar del corazón el espanto. Cuando volvió al cuarto en que estaba el herido, Sofía se inclinaba sobre él, diciendo:

—¡Qué tontería, camarada!

—Pero os voy a servir de estorbo—replicó él con voz débil.

—Mejor es que se calle.

Pasóse la madre detrás de Sofía y le puso la mano en el hombro; miró, sonriendo, la cara pálida del herido, y empezó a contar el miedo que le dió en el coche su acceso de delirio. Escuchábala Ivan con los ojos brillantes de fiebre; rechinaba los dientes y exclamaba de vez en cuando, confuso:

—¡Ay, qué tonto soy!

—Bueno, le dejamos—declaró Sofía arreglándole la colcha—. ¡A descansar!

Pasaron ambas mujeres al comedor, en donde conversaron mucho rato con Nicolás y el médico, en voz baja, sobre los acontecimientos del día. Ya se consideraba el drama aquél como asunto lejano; se miraba con seguridad a lo porvenir, se preparaba la tarea del día siguiente. Si los rostros expresaban fatiga, los pensamientos estaban alerta. Agitábase nervioso el doctor en su silla, esforzándose por hacer sorda su voz, flaca y aguda:

—¡Propaganda, propaganda! No es bastante ya; los obreros jóvenes tienen razón: hay que llevar la agitación a un terreno más vasto... ¡Os digo que los obreros tienen razón!

Nicolás replicó, con aspecto sombrío:

—En todas partes se quejan por la insuficiencia de los libros, y aún no hemos logrado crear una buena imprenta... Lludmila está agotada, caerá enferma si no le encontramos colaboradores...

—¿Y Vesovchikov?—preguntó Sofía.

—No puede vivir en la ciudad... Tendrá trabajo en la imprenta nueva..., pero todavía nos falta alguien...

—¿Podría yo servir?—propuso la madre con timidez.

Miráronla un instante los tres camaradas.

—¡Es buena idea!—exclamó Sofía bruscamente.

—No, es demasiado difícil para usted, Pelagia—dijo Nicolás con voz seca—. Tendría que irse a vivir fuera de la ciudad, no podría ver a Pavel; y en general...

Replicó ella, suspirando:

—No' sería grande la privación para Pavel..., y a mí también las visitas me parten el corazón... Prohiben hablar de todo..., yo estoy como una idiota delante de mi hijo..., sin cesar nos espían...

Los acontecimientos recientes la tenían cansada, y ya que se le presentaba ocasión para alejarse de los dramas de la ciudad, se agarraba a ella con todas sus fuerzas.

Pero Nicolás dió un cambio a la conversación:

—¿En qué estás pensando?—le dijo al médico.

Éste respondió en tono preocupado:

—Estoy pensando en que somos pocos... Es absolutamente necesario trabajar con más energía... Hay que decidir a Pavel y Andrés para que se fuguen... Los dos son demasiado preciosos para tenerlos así en la inacción...

Nicolás frunció el ceño y meneó la cabeza con ademán dubitativo, echando una ojeada a la madre. Comprendió ella que les cohibía su presencia para hablar de su hijo, y se fué a su cuarto, ligeramente irritada contra los que tan poco se preocupaban por sus deseos.

Se acostó, y, sin cerrar los ojos, mecida por el susurro de las voces, fué dejándose invadir por la inquietud. Incomprensible, llena de alusiones amenazadoras parecíale la jornada que acababa de transcurrir; pero aquel género de reflexiones se le hacía penoso y las apartó de su cerebro, para ponerse a pensar en Pavel. Hubiera querido verle en libertad, y, al mismo tiempo, le espantaba tal idea; sentía que todo en derredor de ella se agitaba, que la situación se ponía cada vez más tirante, y que eran inminentes choques violentos. La paciencia del pueblo había dejado paso a una expectativa nerviosa; la irritación iba creciendo a ojos vistas, y traducién dose en palabras ásperas; de todo se desprendía u·

soplo nuevo, un soplo de agitación... Discutíase animadamente cada proclama en el mercado, en las tiendas, entre sirvientes y artesanos; en la ciudad, cada detención despertaba un eco tímido, inconscientemente simpático, a veces; comentábanse las causas. La madre oía, pronunciadas más a menudo por la gente del pueblo, palabras que antes la llenaban de susto: "socialistas, política, rebelión". Las repetían irónicamente, pero la ironía disimulaba mal el deseo de instruirse; con cólera, pero en la cólera se escondía el miedo; pensativamente, con matices de esperanza y de amenaza... En anchos círculos, lentamente, la agitación iba propagándose por la vida oscura y estancada; despertábase el pensamiento dormido; no se trataba ya de los acontecimientos cotidianos con la calma habitual y la fuerza de antes. La madre lo echaba de ver más claramente que sus compañeros, porque conocía mejor que ellos el rostro desolado de la vida; lo tenía más cerca y veía formarse en él arrugas de reflexión y de ira, vaga sed de algo nuevo, que a la vez le producía regocijo y temor. Regocijo, porque todo lo consideraba como obra del hijo suyo; temor, porque sabía que, en cuanto saliera de la cárcel, iría al puesto más peligroso, a la cabeza de sus camaradas..., y que tendría que perecer.

Sentía Pelagia a menudo agitarse en sus adentros las grandes ideas indispensables a la humanidad, y experimentaba el deseo de hablar de la verdad, pero nunca lograba realizarlo. Sus pensamientos, sordos y mudos, la abrumaban. A ratos, la imagen de su hijo adquiría a sus ojos las proporciones gigantescas de un héroe de leyenda; resumía en él todas las expresiones fuertes y leales que había oído, todos sus afectos, todo lo grande y luminoso que conocía.

Contemplábale entonces con entusiasmo mudo; orgullosa, enternecida, llena de esperanza, decía entre sí:

"¡Todo saldrá bien!... ¡Todo!"

Su amor materno se inflamaba, apretándole el corazón hasta hacerlo sangrar, pero impedía que el amor de la humanidad creciera y lo consumía; y en el lugar de tan alto sentimiento, no quedaba más que una idea, chica y desoladora, que palpitaba tímidamente en las cenizas grises de la inquietud.

—¡Perecerá!... ¡Perecerá!...

Se durmió con sueño duro, muy tarde; pero se despertó muy temprano, con los huesos rotos y la cabeza pesada.

XIII

A L mediodía estaba en el despacho de la cárcel; con ojos turbios, examinaba la cara barbuda de Pavel, sentado frente a ella, acechando el instante en que pudiera darle la esquela que apretaban fuertemente sus dedos.

—¡Yo estoy bien, y todos lo mismo!—dijo Pavel a media voz—. ¿Y tú, cómo vas?

—¡Muy bien!... Yegor se ha muerto...—contestó ella, maquinalmente.

—¿Es verdad?—exclamó Pavel, bajando la cabeza.

—La policía estuvo en el entierro; se armó barullo, detuvieron gente—continuó ella con sencillez.

El subdirector de la cárcel hizo chascar los labios finos, en señal de aburrimiento, y refunfuñó, levantándose:

—No hable de eso... Está prohibido..., ya lo sabe. Se prohíbe hablar de política... ¡Ay, Dios!

Levantóse la madre también y declaró en tono de inocencia, como para disculparse:

—No hablaba de política, hablaba del barullo. Y es cierto que hubo una pelea... Uno hasta salió con la cabeza rajada...

—¡Lo mismo da! ¡Haga el favor de callarse! Es decir, de permanecer muda en todo lo que no se refiera personalmente a usted, a su familia o a su casa...

Dándose cuenta de la falta de claridad en sus explicaciones, sentóse a la mesa, y añadió en tono de cansancio y desolación, ordenando sus documentos:

—Yo soy el responsable...

Echóle la madre una ojeada, deslizó vivamente la esquela en la mano de Pavel y suspiró con alivio:

—Verdaderamente, no sé de qué hablar...

Pavel se sonrió:

—Yo tampoco...

—¡Entonces son inútiles las visitas!—observó el

funcionario con irritación—. No saben de qué ha blar, y vienen, y nos molestan...

—¿Cuándo será el juicio?—preguntó la madre al cabo de un momento.

—Vino el procurador un día de éstos, y dijo que pronto sería...

Cambiaron palabras sin interés. Veía la madre que Pavel la miraba con cariño. No había cambiado; era como siempre, todo calma y ponderación; sólo la barba le había crecido vigorosamente y le envejecía; tenía más blancas las muñecas. Quiso ella darle gusto, hablándole de Vesovchikov; sin cambiar de voz, en el mismo tono con que decía nonadas, continuó:

—He visto a tu ahijado...

Clavó Pavel en ella los ojos con expresión interrogadora. Para evocar el rostro picado de viruelas del joven, la madre se daba con el dedo golpecillos en las mejillas...

—Anda bien, es chico robusto y despierto; pronto tendrá quehacer... ¿Te acuerdas? Siempre estaba pidiendo una tarea penosa.

Habíala entendido Pavel; meneó la cabeza y contestó, con los ojos iluminados por alegre sonrisa:

—¡Cómo..., vaya si me acuerdo!

—Pues... eso es—dijo ella con satisfacción.

Estaba contenta de sí y emocionada por la alegría de su hijo. Cuando se fué, le estrechó él la mano vigorosamente:

—¡Gracias, mamá!.

Un sentimiento de éxtasis subió a la cabeza de la madre como vapor de embriaguez; sentía el corazón de su hijo muy cerca del suyo. No tuvo fuerzas para contestarle con palabras, y se hubo de contentar con estrecharle la mano, sin hablar.

Cuando estuvo de vuelta en casa, encontróse con Sachenka. La joven había tomado la costumbre de ir allá el día en que la madre iba a ver al preso. Nunca le preguntaba acerca de Pavel; si Pelagia no hablaba espontáneamente de su hijo, Sachenka la miraba con fijeza, y nada más. Pero aquel día la acogió con una pregunta inquieta:

—Bueno, ¿y qué hace?

—Está bien.

—¿Le dió la esquela?

—¡Por supuesto!

—¿La leyó?

—¡No! ¿Cómo la iba a leer?

—Es verdad... Se me olvidaba—dijo lentamente la joven—. Esperemos una semana más:... ¿Qué le parece? ¿Estará conforme?

Miró fijamente a la madre.

—Sí... No sé... ¡creo que sí!—respondió la madre—. ¿Por qué no ha de evadirse? Si no hay peligro...

Sachenka meneó la cabeza y dijo en tono seco:

—¿No sabe qué se le puede dar de comer al enfermo? Dice que tiene hambre...

—Se le puede dar de todo..., de todo. ¡Voy en seguida!

Se fué a la cocina; Sachenka la siguió lentamente. La madre se inclinó a la hornilla. para tomar una cacerola.

—Espere—dijo la joven en voz baja.

Palideció su cara, dilatáronse sus ojos con angustia, y sus labios trémulos murmuraron vivamente:

—Quería preguntarle... Ya lo sé. ¡No querrá! ¡Convénzale!... Dígale que nos es necesario..., que no podemos prescindir de él..., que tengo miedo de que enferme..., que tengo mucho miedo... Ya ve, aún no han señalado día para el juicio...

Hablaba con dificultad. El esfuerzo le daba rigidez; no miraba a la madre; tenía la voz desigual, como cuerda muy tirante que se rompe de pronto. Bajos los párpados de fatiga, la joven se mordió los labios, y chascaron las coyunturas de sus dedos contraídos.

A la madre le conmovió aquel acceso de emoción, pero se hizo cargo; turbada, llena de tristeza, abrazó a Sachenka y respondió en voz baja:

—¡Hija..., no oye a nadie más que a sí mismo..., a nadie!

Guardaron ambas silencio un instante, estrechamente abrazadas. Sachenka, desprendiéndose con dulzura, dijo estremecida:

—¡Sí..., tiene razón! Es una tontería... Son mis nervios...

Y volviendo a su gravedad de pronto, concluyó, con sencillez:

—¡Pero... hay que dar de comer al herido!...

Sentada luego a la cabecera de Ivan, le preguntó, en tono de amistosa solicitud:

—¿Le duele mucho la cabeza?

—No, mucho, no... Sólo que... todo es vago.
toy débil!—respondió Ivan, lleno de confusión, tirando de las ropas del lecho hasta cubrirse la barbilla y pestañeando, como si la luz tuviese demasiada fuerza. Como advirtiese que el joven no se decidía a comer en presencia suya, levantóse Sachenka
y se fué a la habitación.

Incorporóse Ivan, la siguió con la mirada y dijo,
guiñando un ojo:

—Es tan bonita...

Tenía los ojos claros y alegres, los dientes chicos y apretados; aún estaba mudando la voz.

—¿Cuántos años tiene?—le preguntó pensativa la
madre.

—Diecisiete.

—¿En dónde están sus padres?

—En el campo... Yo llevo siete años aquí... Dejé
el pueblo al salir de la escuela... Y usted, camarada, ¿cómo se llama?

A la madre le divertía y le conmovía que la lla-
maran así. Preguntó, sonriendo:

—¿Para qué lo quiere saber?

Tras un instante de silencio, el joven, azorado,
explicó:

—Mire, un estudiante de nuestro círculo..., es decir, uno que nos hacía lecturas..., nos habló de la
madre de Pavel Vlasov, ya sabe, el que organizó la
manifestación del primero de mayo..., el revolucionario Vlasov.

Meneó ella la cabeza y prestó atención.

—¡Él ha sido el primero en desplegar el estandarte de nuestro partido!—declaró con altivez el joven; y su sentimiento repercutía en el corazón de
la madre—. Yo no estuve allí... Queríamos también
ir en manifestación, pero fracasamos: éramos pocos. En cambio, este año... será otra cosa. ¡Ya
verá!...

Jadeaba de emoción, deleitándose con la idea de
los acontecimientos futuros; prosiguió, agitando su
cuchara:

—Pues le hablaba de la madre de Vlasov..., se ha
hecho también del partido, desde que detuvieron a
su hijo... Dicen que es una vieja asombrosa...

Pelagia se sonrió con amplio gesto; sentíase a la
vez halagada y un tanto confusa. Iba a decirle que

era la madre de Pavel, pero se contuvo y pensó con tristeza y con cierta ironía: "¡Ay, vieja tonta de mí!..."

—Pero, coma... ¡Así se curará más pronto para dedicarse a hacer cosas buenas!—dijo con repentina emoción, inclinándose hacia él—. La causa del pueblo necesita brazos jóvenes y robustos, corazones puros, espíritus leales..., ésa es la fuerza que le hace vivir, y por ella serán vencidos todo el mal y toda la infamia...

Abrióse la puerta, dejando entrar el frío húmedo de otoño, y apareció Sofía, contenta, con las mejillas muy coloradas.

—Los espías me persiguen como los arruinados a una rica heredera, ¡palabra de honor! Tengo que marcharme... Bueno, Ivan, ¿cómo se encuentra? ¿Bien? Pelagia, ¿qué dice Pavel?... Sachenka, ¿está aquí?

Mientras encendía un pitillo, iba preguntando sin aguardar respuesta. Acariciaba a la madre y al joven con la mirada de sus ojos grises. Considerábala la madre, y pensaba, con sonrisa interior:

"Pues yo también me voy volviendo criatura humana... y buena, por añadidura..."

Inclinándose de nuevo a Ivan, dijo:

—¡A curarse, muchacho!

Y se fué al comedor, en donde Sofía le iba diciendo a Sachenka:

—Ya tiene preparados trescientos ejemplares... Se mata a trabajar... ¡Qué heroísmo! ¡Mire, Sachenka, es una felicidad vivir entre gentes así, ser camarada suyo, trabajar con ellos!...

—¡Sí!—contestó la joven en voz baja.

Por la noche, Sofía dijo:

—Madre, tendrá que hacer otro viaje al campo...

—Con gusto... ¿Cuándo hay que salir?

—Dentro de tres días... ¿Está dispuesta?

—Sí.

—Pero no ha de ir a pie—aconsejó Nicolás a media voz—. Alquilará caballos de posta y tomará otro camino, por el distrito de Nikolsky...

Calló. Tenía un aspecto sombrío que le sentaba mal a su rostro. Sus facciones tranquilas esbozaron una mueca rara y fea.

—¡Es mucho rodeo!—observó la madre—. Y los caballos cuestan caros...

—Mire...—prosiguió Nicolás—; yo, en general, soy opuesto a tales viajes. Hay cierta agitación por allí... Hubo detenciones, encerraron a un maestro de escuela... Hay que ser prudente... Más valdría esperar un poco...

—¡Bah!—declaró la madre sonriendo—. ¿No dice que ya no dan tormento en la cárcel?

Tecleando sobre la mesa, Sofía observó:

—Es importantísimo para nosotros que la distribución de folletos y proclamas no sufra interrupción... ¿No le da miedo ir allá, Pelagia?—preguntó bruscamente.

La madre se sintió ofendida.

—¿Tuve alguna vez miedo? Ni la primera me asusté..., y ustedes...

Sin acabar la frase, bajó la cabeza. Siempre que le preguntaban si tenía miedo, si podía hacer esto o aquello, si le sería cómodo algo, advertía que los camaradas querían algo de ella y la ponían aparte, la trataban como no se trataban ellos entre sí.

Cuando llegaron los días de los más sonados acontecimientos, asustóse un tanto al principio, por la rapidez de los incidentes, por la abundancia de las emociones, pero arrastrada por el ejemplo y movida por las ideas que la dominaban, pronto se le llenó el corazón de una ardiente sed de trabajo. De tal humor estaba en aquella ocasión y por lo mismo le fué tanto más desagradable la pregunta de Sofía.

—Es inútil preguntar si tengo miedo... o cosas así—prosiguió, suspirando—. ¿Por qué lo había de tener?... Los que poseen algo son los que temen... Y yo, ¿qué poseo? Nada más que a mi hijo... Temía por él..., temía que le atormentaran, y a mí de igual modo... Pero si ya no dan tormento, lo demás, ¿qué importa?

—¿No se disgustó conmigo?—exclamó Sofía.

—No... Sólo que a los demás, usted nunca les pregunta si tienen miedo...

Quitóse Nicolás vivamente las gafas, volvió a ponérselas y miró con fijeza a su hermana. El silencio embarazoso que siguió, llenó de agitación a Pelagia; levantándose con actitud azorada iba a hablar, pero Sofía le tomó dulcemente la mano y dijo en voz baja:

—¡Dispénseme!... ¡Nunca más lo haré!

La promesa hizo reír a la madre; momentos después, los tres hablaban afectuosamente, pero con visible preocupación, del viaje al campo.

XIV

A PENAS amaneció, ya estaba la madre en el coche dando tumbos por la carretera empapada por las lluvias de otoño. Soplaba viento húmedo; el barro volaba en mil salpicaduras; el postillón, sentado a un costado del carricoche, vuelto a Pelagia, iba quejándose en voz gangosa y pensativa:

—Se lo dije a mi hermano: ¡vamos a repartir! Y hemos empezado a repartir...

De repente, fustigó al caballo de la izquierda, gritando con rabia:

—¡Andarás, bestia cochina!

Las pingües cornejas de otoño saltarineaban graves por los campos desnudos; silbando, el viento les salía al encuentro; presentaban ellas el costado a las ráfagas que les erizaban las plumas y las hacían vacilar; cedían entonces a la fuerza, echándose a volar con batir de alas inseguras.

—En suma, que yo salí perjudicado..., y he visto que ya no había nada que hacer—continuó el postillón.

Aquellas palabras resonaron como en sueños a los oídos de la madre; iba naciendo en su corazón un pensamiento mudo, y su memoria le ponía delante, en desfile, toda la serie de acontecimientos ocurridos en los últimos años. En otro tiempo, parecíale la vida algo creado no se sabe dónde, muy lejos, nadie sabía por quién ni para qué; ahora, muchas cosas de ella hacíanse ante sus ojos, con intervención suya. Y un vago sentimiento iba creciendo en su interior: era perplejidad, era tristeza dulce, contento y desconfianza de sí misma...

En derredor, todo caminaba con lento movimiento; nubes grises volaban pesadamente por el cielo, adelantándose las unas a las otras; por ambos lados del camino huían los árboles mojados, balan-

ceando sus copas desnudas; los campos se exten-
dían en círculos; unas lomitas avanzaban para quedarse luego atrás: hubiérase dicho que aquella jornada turbia salía al encuentro de algo lejano todavía e indispensable.

La voz gangosa del postillón, el tintineo de los
cascabeles, el silbido húmedo y el resbalar del viento se fundían en un arroyo sinuoso y palpitante,
que fluía por encima de los campos con fuerza uniforme y despertaba pensamientos...

—Hasta en el cielo halla estrechez el rico... Siempre ocurre así... Mi hermano empezó a mostrarse
avaro..., es amigo de las autoridades...—continuaba
el cochero, siempre en su asiento al costado del carricoche.

Llegado al final del viaje, desenganchó las caballerías y dijo a la madre en tono desesperado:

—Bien podrías darme cinco copecas... para echar
un trago...

Asintió ella a su petición, y, en el mismo tono,
haciendo sonar las dos moneditas en el hueco de la
mano, declaró él:

—Tres para aguardiente, y dos para comprar
pan...

Por la tarde, fatigada y arrecida, llegó la madre
al poblachón de Nikolsky; se fué a la posada, pidió
té, y, sentándose junto a la ventana, contempló la
placita, cubierta de una alfombra reciente de hierba pisoteada, el edificio de la administración comu-
nal, un caserón gris y sombrío, de techo medio de-
rrumbado... Sentado en los escalones de entrada,
un campesino calvo, de luenga barba, fumaba su
pipa.

Corrían las nubes en masas oscuras, amonto-
nándose unas sobre otras... Reinaba el silencio, y
un hastío pesado se desprendía de todo aquello; hubiérase dicho que la vida, oculta quién sabe dónde,
callaba.

De repente, un suboficial de cosacos llegó al galope hasta la plaza; paró su alazán ante la escalerilla de la administración y dijo algo, gritando al
campesino, mientras agitaba el látigo. Sus voces
traspasaban los vidrios, pero la madre no llegó a entender las palabras... Levantóse el campesino, señaló con la mano hacia el horizonte, echó pie a tierra
el suboficial, vaciló, y echando las bridas al hombre

y apoyándose pesadamente en el pasamanos, desapareció dentro del edificio.

Hubo otra vez silencio. Por dos veces el alazán hirió con el casco la tierra blanda... Una chiquilla, de mirada cariñosa, carita redonda y corta trenza redonda echada sobre el hombro, entró en la habitación donde estaba Pelagia. Apretando los labios, sostenía una bandeja grande y desportillada, cargada de loza. Saludó con un movimiento de cabeza.

—¡Buenos días, guapa!—dijo amistosamente la madre.

—¡Buenos días!

Mientras iba colocando en la mesa platos y tazas, la chiquilla anunció de pronto, con expresión animada:

—¡Acaban de coger a un bandido!... Le traen aquí.

—¿Qué clase de bandido?

—No sé...

—¿Qué ha hecho?

—No sé; sólo he oído decir que echaron mano a uno... El guardia ha salido corriendo de la administración para ir en busca del comisario, y ha dicho: "¡Ya le cogieron, ahora le traen!"

Miró la madre por la ventana y vió llegar a unos campesinos. Caminaban unos lentos, reposados; otros, apresurados, se abrochaban las pellizas al acercarse. Paráronse todos ante la escalerilla del edificio y volvieron los ojos a la izquierda... Pero permanecían extrañamente silenciosos...

La chiquilla echó también una ojeada a la calle y salió de la habitación dando un ruidoso portazo. Se estremeció la madre, y escondió lo mejor que pudo su maleta debajo de un banco; echándose después un pañuelo por la cabeza, salió vivamente de la casa, reprimiendo una incomprensible comezón de escapar, que la invadía de repente.

Cuando llegó a la puerta de la posada, un frío agudo la hirió en los ojos y en el pecho; se sofocó, se le entumecieron las piernas: en medio de la plaza vió a Rybin, que avanzaba, atados a la espalda los brazos, entre dos guardias; en torno a la escalerilla de la alcaldía, multitud de aldeanos esperaban silenciosos.

Aturdida, sin darse cuenta de lo que estaba viendo, la madre no quitaba los ojos de Rybin. Hablaba él, y oía ella el sonido de su voz, pero las palabras volaban sin despertar eco en el vacío tembloroso y oscuro de su corazón...

Volvió la madre en sí, recobrando el aliento. Un campesino de barba rubia, la miraba fijamente con sus ojos azules. Tosió ella, se restregó la garganta con las manos debilitadas por el terror, y preguntó con esfuerzo:

—¿Qué pasa?

—Mírelo—contestó el aldeano volviendo la cara. Otro campesino se le acercó, poniéndose a su lado.

Detuviéronse los guardias ante la multitud que iba sin cesar en aumento, permaneciendo callada; de pronto, la voz de Rybin resonó, enérgica:

—Oisteis hablar de unos papeles que dicen la verdad sobre nuestra vida de campesinos... Pues por esos papeles me tienen preso... Yo soy el que los repartió entre la gente...

Muchos se apiñaron en torno a Rybin... Su voz tranquila, mesurada, causó alivio a la madre.

—¿Oyes?—preguntó el camarada del campesino de ojos azules, dándole con el codo.

Sin contestar, levantó él la cabeza y volvió a mirar a la madre. El otro campesino también; más joven que el primero, tenía rostro flaco y pecoso y barbita negra... Los dos hombres se apartaron un poco...

—¡Tienen miedo!—dijo para sí la madre.

Puso más atención. Desde lo alto de su escalera de entrada veía distintamente la cara ennegrecida y tumefacta de Rybin; distinguía el brillo de sus ojos; hubiera querido que él también la viese, y se levantó de puntillas, alargando el cuello.

Contemplábale la gente con expresión triste, con desconfianza, callando. Sólo entre las últimas filas de la multitud oíase rumor de conversaciones.

—Campesinos, hermanos—dijo Rybin con voz plena y firme—, tened confianza en esos papeles... Yo voy a morir, tal vez por causa de ellos; me han pegado, me han atormentado, querían obligarme a decir de dónde los sacaba, volverán a golpearme..., ¡lo soportaré todo!..., porque en esos papeles se encuentra la verdad..., y la verdad debe ser más querida para nosotros que el pan..., que la vida...

—¿Por qué dirá eso?—preguntó uno de los dos campesinos.

El hombre de los ojos azules contestó con lentitud:

—¡De qué le puede servir!... No se muere dos veces..., y ya está condenado...

Los agricultores permanecían mudos, echando miradas furtivas y rastreras; todos estaban como apabullados por algo invisible y opresivo.

El suboficial apareció de pronto en la puerta de la administración; titubeando, aulló con voz vinosa:

—¿Qué hace ahí toda esa gente? ¿Quién habla?

Precipitóse a la plaza, cogió a Rybin por los cabellos, le sacudió atrás y adelante, y gritó:

—¿Eres tú el que habla, hijo de perra..., eres tú?

La muchedumbre se agitó, empezando a refunfuñar. Presa de angustia violenta, bajó la cabeza la madre. Uno de los campesinos suspiró. Y la voz de Rybin volvió a resonar:

—¡Míralo, buena gente!

—¡Calla!

Y el suboficial le dió un puñetazo en la oreja. Rybin vaciló y luego se encogió de hombros.

—Os atan las manos y os atormentan como quieren...

—¡Guardias! ¡Lleváosle!... ¡Y dispersaos vosotros!

Saltando delante de Rybin como perro atado frente a un trozo de carne, el suboficial le tiraba puñetaños a la cara, al vientre, al pecho...

—¡No le pegues!—gritó una voz entre la muchedumbre.

—¿Por qué le pegas?—preguntó otra.

—¡Vamos!—dijo el campesino de los ojos azules a su compañero, meneando la cabeza.

Sin apresurarse, cruzaron la plaza, mientras que la madre les seguía con mirada simpática. Suspiró ella con alivio. El suboficial subió de nuevo pesadamente al rellano de la escalerilla y empezó a aullar furioso, blandiendo el puño:

—¡Traedlo aquí, os digo!...

—¡No!—replicó una voz sonora. La madre comprendió que era la del campesino de ojos azules—. No se puede consentir... Si le meten ahí dentro, le darán de golpes hasta matarle... Y dirán que nosotros tenemos la culpa, que le hemos matado nosotros... No hay que consentirlo...

—¡Campesinos!—exclamó Rybin—. ¿No estáis

viendo cómo vivís? ¿No estáis viendo que os despojan, que os engañan, que se os beben la sangre?... Todo descansa en vosotros; sois la fuerza mayor de la tierra..., toda su fuerza... ¿Y cuáles son vuestros derechos? ¡No tenéis más derecho que el de reventar de hambre!

De repente los campesinos empezaron a gritar, interrumpiéndose unos a otros:

—¡Dice bien el hombre!

—¡Que llamen al comisario de policía rural! ¿Dónde se mete?

El suboficial fué a buscarle.

—¡Vaya! ¡Si está borracho!

—No vamos a reunir nosotros a las autoridades...

La muchedumbre se agitaba cada vez más.

—¡Habla! ¡No dejaremos que te peguen!

—¿Qué hiciste, di?

—Que le desaten las manos...

—No, hermanos, no...

—¿Por qué no?... ¿Qué importancia tiene?

—Reflexionad y no hagáis tonterías.

—¡Me duelen las manos! —dijo Rybin dominando el tumulto con su voz sonora y mesurada—. ¡Hermanos! ¡No me escaparé!... ¡No puedo huir de la verdad, porque vive en mí!...

Desprendiéronse de la multitud algunas personas y se alejaron, meneando la cabeza; unos cuantos reían... Pero, sin cesar, gente excitada, mal trajeada, que se había vestido apresuradamente, iba llegando por todas partes... Bullían en derredor de Rybin, como espuma negra. De pie, en medio de todos, como una capilla en un bosque, el preso levantó los brazos por encima de su cabeza, clamando:

—¡Gracias, gracias, buena gente! ¡Tenemos que desatarnos las manos unos a otros! ¿Quién nos ayudará, si no nos ayudamos nosotros mismos?

Levantó de nuevo la mano, toda ensangrentada:

—Ésta es mi sangre; corre por la verdad...

Bajó la madre sus escalones, pero desde la plaza no podía ver a Rybin y volvió a subir unos cuantos. Le ardía el pecho, y dentro de él palpitaba no sé qué vagamente gozoso...

—¡Campesinos! Buscad esos papeles, leedlos, no creáis a las autoridades y a los sacerdotes, que llaman impíos y rebeldes a los que os traen la verdad... La verdad anda en silencio por la tierra, bus-

ca asilo en el corazón del pueblo... Para las autoridades es peor que hierro y llama... La verdad es
vuestra mejor amiga; para las autoridades, enemiga
jurada, y por eso se esconde...

Otras exclamaciones volvieron a resonar entre la
muchedumbre.

—¡Oíd, hermanos!

—¡Ay, pobre, estás perdido!

—¿Quién te entregó?

—¡El sacerdote!—contestó uno de los guardias.

Dos campesinos lanzaron una pedrea de injurias.

—¡Atención, camaradas!—advirtió una voz.

XV

LLEGABA el comisario de policía rural; era un
hombretón robusto, carirredondo. Llevaba la
gorra derribada sobre la oreja; alta una punta del bigote y baja la otra, con lo que se le torcía
el rostro, ya desfigurado por una sonrisa muerta y
estúpida. En la mano izquierda llevaba un sable corto, y agitaba el brazo derecho. Oíase el ruido de sus
pasos firmes y pesados. La muchedumbre se apartaba delante de él. En las fisonomías mostróse una expresión de aniquilamiento sombrío. Apaciguóse el
tumulto, desapareciendo como si se lo hubiese tragado la tierra. Sintió la madre temblar la piel de
su frente; le subió a los ojos un vapor cálido. Otra
vez tuvo comezón de mezclarse con la turba; inclinóse y se quedó quieta, en espera angustiosa.

—¿Qué pasa?—preguntó el comisario deteniéndose delante de Rybin y mirándole de arriba abajo—.
¿Por qué no tiene las manos atadas? A ver, por
qué: agarrotadle...

Tenía la voz aguda y resonante, pero incolora.

—Atadas las tenía..., el pueblo se las desató—dijo
uno de los guardias...

—¿Quién? ¿El pueblo? ¿Qué pueblo?

Miró el comisario a la gente que le rodeaba en
semicírculo, y continuó con la misma voz blanca y
uniforme:

—¿Quién es el pueblo?

Con la empuñadura del sable tocó en el pecho al campesino de ojos azules:

—¿Eres tú el pueblo, Chumakov? ¿Y quién más? ¿Tú, Mishin?

Y tiró a otro campesino de la barba.

—¡Dispersaos, canallas!... Si no, os... Ya os enseñaré yo...

No había en su voz irritación ni amenaza, y tampoco en su fisonomía; hablaba con calma perfecta y golpeaba a los campesinos con ademanes seguros e iguales. Retrocedían los grupos cuando se acercaba; agachábanse las cabezas, volvíanse las caras.

—¡Bueno! ¿A qué esperáis?—preguntó a los guardias—. Agarrotadle...

Después de una pedrea de insultos cínicos, volvió a mirar a Rybin y le gritó:

—¡Eh, tú! ¡Manos a la espalda!

—No quiero que me las aten...—replicó Rybin—, No voy a huir..., no voy a defenderme... ¿Para qué me vais a atar?

—¿Cómo?—preguntó el comisario, avanzando sobre él.

—¡Bastante atormentasteis ya al pueblo, fieras! —replicó Rybin levantando la voz—. ¡Días de sangre han de venir pronto también para vosotros!

Parose delante de él el comisario y le contempló agitando el bigote. Retrocedió después un paso y silbó con voz llena de asombro:

—¡Ah, ah, ah! Hijo de perra..., ¿qué palabras son ésas?

Y bruscamente, con toda su fuerza, golpeó a Rybin en la cara.

—¡No se mata la verdad a puñetazos!—gritó Rybin, avanzando hacia él—. ¡Y no tienes derecho a pegarme!

—¿Que no tengo derecho?—aulló el comisario, arrastrando las palabras.

Y otra vez alargó el brazo para abofetear a Rybin; pero éste se agachó tan a punto, que el comisario, con el ímpetu que llevaba, a poco se cae. Alguien resopló ruidosamente entre la multitud. La voz furiosa de Rybin repitió:

—¡Te digo que no tienes derecho a pegarme, demonio!

Miró el comisario en derredor. Silenciosos y sombríos, rodeábanle los hombres en círculo compacto...

293

—¡Nikita!—gritó—. ¡Eh, Nikita!

Un campesino bajo y fornido, que vestía pelliza corta, se desprendió de la muchedumbre. Miraba fijamente al suelo, bajando la cabezota despeinada.

—¡Nikita!—dijo el comisario sin apresurarse y estirándose el bigote—. ¡Dale una buena bofetada!

Dió el aldeano un paso adelante, se detuvo frente a Rybin y levantó la cabeza. Rybin, a quema ropa, le disparó estas palabras verdaderas y duras:

—¡Vean, buenas gentes, cómo este bruto nos ahoga con nuestras propias manos!... Miren..., y reflexionen...

Lentamente, alzó el brazo el campesino y dió a Rybin un ligero golpe en la cabeza.

—¿Eso te dije que hicieras, canalla?—dijo el comisario.

—¡Eh, Nikita!—le gritaron desde la muchedumbre—, no te olvides de Dios!

—¡Zúrrale, te digo!—grito el comisario, dando un empujón al campesino.

Echóse éste atrás, un solo paso, y contestó en actitud hosca, bajando la cabeza:

—¡No, no lo haré!

—¿Cómo?

La cara del comisario se contrajo; dió con el pie en el suelo y se precipitó sobre Rybin, lanzando palabrotas. El golpe resonó sordamente. Vaciló Rybin y agitó el brazo; en una segunda acometida, el comisario le tiró al suelo y se puso a darle patadas en la cabeza, en el pecho, en los costados.

La muchedumbre, lanzando gritos hostiles, se puso en movimiento y avanzó contra el comisario; pero éste dió un salto hacia un lado y desenvainó.

—¡Ah! ¿Qué es eso? ¿Os rebeláis? ¡Ah! ¿Conque sí?...

Le temblaba la voz, volviéndose más aguda y rechinando como si se le hubiese roto... Al mismo tiempo que la voz, pareció perder toda la fuerza; metida la cabeza en los hombros, enarcó la espalda y, paseando en derredor unos ojos vacíos, retrocedió, tanteando con precaución el suelo, detrás de sí. Gritaba con voz ronca e inquieta, mientras cedía:

—Muy bien..., ahí está..., yo me voy. Pero, ¿y luego? Sabedlo bien, es un criminal político; lucha contra nuestro zar, fomenta perturbaciones... ¿Lo entendéis? Va contra su majestad el **emperador**...... ¡y

le estáis defendiendo! ¿Sabéis que sois todos rebe.
des?... ¿Eh?...

Inmóvil, fija la mirada, sin pensamiento ni fuerza,
tal como en una pesadilla, sucumbía la madre al
peso del terror y la piedad. Como abejorros, le zumbaban en el oído los clamores irritados de la muchedumbre; la voz temblona del comisario, los mur-
mullos, formaban un torbellino en su cabeza.

—¡Si es culpable, que le juzguen!

—¡Y que no le peguen!

—Perdónele vuestra nobleza.

—¡Es verdad! No tiene derecho a pegarle...

—¿Se puede consentir tal cosa? Entonces todos
van a ponerse a pegar a los otros... ¿y qué pasará?

—¡Brutos! ¡Perseguidores!

La gente se dividía en dos grupos: unos rodeaban
al comisario, gritando y exhortándole; otros, menos
en número, permanecían junto al herido, discurriendo en voz baja y pesarosa. Algunos hombres le ayu-
daron a levantarse; los guardias se disponían a atar-
le de nuevo las manos.

—¡Esperad, demonios!—les gritaban.

Rybin se enjugó el barro y la sangre que le cubrían el rostro y miró en torno suyo, callado. Su
mirada resbaló por la faz de la madre, e hizo un
movimiento instintivo. Se volvió, pero instantes
después los ojos del preso tornaron a posarse en
ella. Le pareció a Pelagia que se erguía, que levantaba la cabeza, que temblaban sus mejillas ensan-
grentadas...

"¡Me ha reconocido!... ¿Será posible que me haya reconocido?"

Y vibrando de gozo angustiado y punzante, le hizo seña con la cabeza. Pero advirtió en seguida que
el campesino de ojos azules, colocado junto a Rybin.
la contemplaba ,y aquella mirada despertó en ella
la conciencia del peligro...

"¿Qué estoy haciendo?... Me detendrán también..."

Cuchicheó el campesino unas palabras al oído de
Rybin, que meneó la cabeza y dijo con voz entrecortada, pero distinta y valerosa:

—¡Qué más da! No estoy solo en la tierra... ¡Nunca pondrán presa del todo a la verdad! Se acorda-
rán de mí en todas partes por donde pasé... ¡Eso!
Destruyeron el nido, ¿qué importa? Ya no había allí
amigos ni camaradas...

"Habla para mí!", pensó la madre.

—El pueblo sabrá formar otros nidos para la verdad, y vendrá el día en que las águilas se echen a volar libremente..., ¡en que el pueblo rompa sus lazos!

Una mujer trajo un cubo de agua, y, sin dejar de lamentarse, lavó la cara del preso. Su voz quejumbrosa y flaca, mezclándose con las palabras de Rybin, no dejaba a la madre entender lo que éste decía. Un grupo de campesinos, con el comisario de la policía rural al frente, se adelantó; alguien dió la orden:

—¡Un carro para llevar al preso a la ciudad!... ¡Eh! ¿Quién lo presta?

Luego, el comisario gritó con voz cambiada, y como vejada:

—Puedo golpearte, pero tú a mí, no; ¡tú no tienes derecho, imbécil!

—¡Ah! ¿Y quién eres? ¿Dios?—replicó Rybin.

Unas exclamaciones ahogadas sofocaron la respuesta.

—¡No discutas, tío! ¡Es un jefe!

—¡No se enfade vuestra nobleza!

—¡Calla, estrafalario!

—¡Ahora te llevarán a la ciudad!...

—Allí se respeta más la ley...

Los gritos de la muchedumbre se hacían conciliadores, suplicantes; mezclábanse en un estrépito confuso, quejumbroso, en que no resonaba nota ninguna de esperanza. Los guardias cogieron a Rybin por el brazo, le llevaron hasta la escalerilla de la administración y penetraron con él en el edificio. Poco a poco, los campesinos se fueron dispersando; vió la madre que el hombre de ojos azules se encaminaba hacia ella, mirándola a hurtadillas. Le temblaron las piernas; un sentimiento de impotencia desolada y de aislamiento le oprimía el corazón, causándole náuseas...

"No debo irme—pensaba—. ¡No debo!"

Agarróse vigorosamente a la balaustrada y esperó.

De pie en el rellano de la administración, el comisario hablaba gesticulando, en tono de reprimenda, con voz de nuevo blanda e indiferente:

—¡Imbéciles, hijos de perro! ¡No entendéis de nada y os metéis en un asunto así!... ¡Un negocio de estado!... ¡Idiotas! Debierais agradecerme mi bondad, inclinaros ante mí hasta el suelo. ¡Si quisiera, iríais todos a presidio!

Unos veinte campesinos le oían, descubiertos...

Iba cayendo la noche, bajaban las nubes... El hombre de los ojos azules se acercó a la madre y dijo suspirando:

—¡Cuántas historias!...

—¡Sí!—replicó ella en voz baja.

Miróla él con expresión franca y preguntó:

—¿Cuál es su oficio?

—Compro encajes a las mujeres que los fabrican... y tela también.

Acaricióse el campesino lentamente la barba, y dijo luego, con voz de hastío, mirando en dirección al pueblo:

—Nada de eso hay entre nosotros...

Contemplóle la madre de arriba abajo, y esperó el instante preciso para volverse a la posada. La cara del hombre era pensativa y correcta de facciones; sus ojos tenían expresión melancólica. Alto y ancho de hombros, iba vestido con un chaquetón lleno de remiendos, una camisa de indiana, limpia, un pantalón rojizo, de paño burdo; en los pies, sandalias de cáñamo.

Sin saber por qué, la madre lanzó un suspiro de alivio. De repente, obedeciendo a un instinto que se adelantaba a su pensamiento, le preguntó, en un impulso del que se sorprendió ella misma:

—¿Puedo pasar la noche en tu casa?

En seguida sus músculos, su cuerpo todo, se pusieron en tensión. Pensamientos agudos le atravesaban rápidamente el cerebro:

"Voy a perder a Nicolás... Ya no veré más a Pavel... durante mucho tiempo..., ¡me pegarán!"

El hombre contestó, sin apresurarse, mirando al suelo, cruzándose el chaquetón sobre el pecho:

—¿Pasar la noche? Sí..., ¿por qué no? Sólo que mi choza no es una maravilla...

—No estoy hecha a mimos—respondió la madre.

—¡Bueno!—asintió el campesino, lanzándole una mirada de frente, escrutadora.

En el anochecer, sus ojos tenían un resplandor frío y su rostro parecía muy pálido. La madre dijo a media voz:

—Bueno, voy contigo en seguida... Llevarás mi maleta.

—¡Claro está!...

Encogióse él de hombros, volvió a cruzarse la chaqueta y murmuró:

—¡Mire, ahí va el séquito!...

Apareció Rybin en el rellano de la escalerilla de la administración; le habían vuelto a atar las manos y llevaba la cabeza y la cara envueltos en algo gris. Su voz resonó en el crepúsculo glacial:

—¡Hasta más ver, buena gente! Buscad la verdad, buscadla; creed a los que os traen la palabra buena... No escatiméis fuerza para defender a la verdad...

—¡Calla, perro!—gritó el comisario—. ¡Guardia, arrea los caballos!

—...¿Qué podéis echar de menos? ¿Cuál es vuestra existencia?

El carro echó a andar. Sentado entre dos guardias, aún gritó Rybin con voz sorda:

—...¿Por qué os morís de hambre? Trabajad para conseguir la libertad..., el pan y la verdad han de venir con ella... ¡Adiós, buenas gentes!

El ruido precipitado de las ruedas, las pisadas de los caballos, las invectivas del comisario de policía, se mezclaban a su voz, cortándola y sofocándola.

Volvió la madre a la casa, sentóse a la mesa junto al samovar, tomó un pedazo de pan, lo examinó y lo dejó lentamente en el plato. No tenía hambre. De nuevo experimentaba en el hueco del estómago una sensación desagradable, que la agotaba, vaciaba de sangre su corazón y le daba náuseas.

—¡Me ha visto!—decíase tristemente, harto débil para reaccionar—. Me ha visto..., adivinó...

Su pensamiento iba más allá, fundíase en un abatimiento penoso, en una sensación viscosa de náusea...

El silencio tímido, agazapado detrás de la ventana, en sustitución del estrépito, demostraba que en el pueblo los habitantes se habían quedado temerosos y como apabullados; aguzaba más todavía la sensación de aislamiento que experimentaba la madre y le llenaba el alma de una oscuridad fría y gris, como ceniza...

Asomó la chiquilla a la puerta, parándose en el umbral, y preguntó:

—¿Quiere que le traigan una tortilla?

—No..., ya no tengo gana... Me asustaron los gritos...

La niña se acercó a la mesa y fué contando, animada, pero a media voz:

—¡Qué fuerte daba el comisario!... Yo estaba muy cerquita de él y lo vi todo... Le rompió todos los dientes al hombre..., escupió sangre, sangre espesa y negra. No se le veían los ojos... El suboficial está aquí... borracho, y no deja de pedir vino... Dice que había toda una banda... y que el barbudo era su jefe... Han agarrado a tres, y otro se ha escapado... También detuvieron a un maestro de escuela que estaba con ellos... No creen en Dios... y exhortan a las gentes para el saqueo de las iglesias..., eso es lo que hacen... Hay campesinos que sentían compasión por el de las barbas; otros decían que hay que acabar con él... ¡Ay, es que hay mucha gente mala entre nuestros campesinos!

Iba escuchando atentamente la madre esta relación entrecortada y rápida; esperaba distraer su inquietud, disipar la agobiadora angustia de la espera. La chiquilla, encantada con tan buena oyente, charlaba con creciente vivacidad, comiéndose las palabras:

—Padre dice que todo proviene de la miseria, todo. Hace dos años que la tierra no da nada..., todo está desbaratado. Por eso se ven ahora campesinos así. ¡Es una calamidad! En las reuniones gritan, se pegan... Últimamente, cuando se vendió la hacienda de Vasiukov porque no había pagado sus atrasos, le dió un cachete al estarosta. "¡Ahí tienes mis atrasos!", le dijo...

Pasos pesados resonaron detrás de la puerta. La madre se levantó, apoyando en la mesa las manos. Entró el campesino de ojos azules y preguntó, sin quitarse la gorra:

—¿Dónde está su equipaje?

Levantó sin esfuerzo la maleta, la zarandeó, y dijo...

—¡Está vacía!... María, acompaña a la viajera a casa...

Y salió sin mirar a nadie.

—¿Pasa la noche en el pueblo? —preguntó la chiquilla.

—Sí. Busco encajes... Los compro...

—Aquí no los encontrará..., los hacen en Tinekov

y en Darino, pero en este pueblo, no—explicó María.

—Mañana iré...

Pagó el té y dió tres copecas a la chica, que se quedó encantada. En la calle, haciendo chascar los pies descalzos sobre la tierra húmeda, le propuso:

—Si quiere, me iré yo de prisa a Darino, y diré a las mujeres que le traigan aquí los encajes... Vendrán ellas, y no necesitará ir allí... Son doce kilómetros...

—No, bonita, es inútil—respondió la madre, caminando a su lado.

El aire frío la despejó. Lentamente, se iba formando en ella una decisión vaga, confusa, pero que le satisfacía; tal resolución iba desarrollándose con fuerza, y, para apresurar su resultado, la madre se preguntaba sin cesar:

—¿Qué haré?... Obrar abierta, francamente...

Había caído ya la noche, húmeda y glacial. Las ventanas de las chozas relucían con claridad empañada, rojiza, inmóvil. El ganado mugía descuidadamente en el silencio. Oíanse aquí y allá breves exclamaciones... Una melancolía aplastante envolvía el pueblo...

—¡Aquí es!—dijo la chiquilla—. Mal albergue escogió... Este campesino es muy pobre...

A tientas buscó la puerta, la abrió y gritó con voz viva:

—¡Tatiana! Aquí tienes a tu huéspeda...

Luego echó a correr. Su voz siguió resonando en la oscuridad:

—¡Adiós!

XVI

PARÓSE la madre en el umbral y miró, resguardándose los ojos con la mano. La choza era pequeña y reducida, pero de una limpieza que se echaba de ver inmediatamente. Una mujer joven salió de detrás de la estufa, saludó callada y desapareció. En un rincón había sobre una mesa una lámpara encendida. Allí estaba sentado el amo de la casa, tecleando en el borde de la mesa y mirando fijamente a la madre.

—¡Entre!—le dijo al cabo de un momento—. ¡Tatiana, vete a llamar a Pedro, corre!

Salió la mujer rápidamente, sin echar siquiera una ojeada a la madre. Ésta, sentada en un banco frente al campesino, paseó la mirada en derredor. Su maleta no estaba a la vista. Un silencio pesado llenaba la choza; sólo la lámpara dejaba oír un breve chisporroteo. La faz preocupada y recogida del hombre vacilaba en rasgos mal definidos.

—Bueno, habla... Habla pronto...

—¿En dónde está mi maleta?—preguntó de repente Pelagia, con voz fuerte y severa, sin darse cuenta de lo que hacía.

Encogióse de hombros el campesino, y respondió, pensativo:

—¡No está perdida!

Y añadió con expresión hosca, bajando la voz:

—De propósito dije que estaba vacía delante de la muchacha... ¡No es verdad! Contiene cosas que pesan mucho...

—¿Y... qué?—preguntó la madre.

Levantóse él, se le acercó, inclinándose, y preguntó en voz baja:

—¿Conocías a aquel hombre?

Tembló la madre, pero respondió con firmeza:

—¡Sí!

Le pareció que aquella respuesta breve la iluminaba por dentro y lo alumbraba todo en lo exterior.

Sonrió el campesino.

—Ya vi que le hizo seña... Y él contestó... Le pregunté al oído si conocía a aquella mujer que estaba de pie en el rellano de la posada...

—¿Y qué dijo?—interrogó vivamente la madre.

—¿Él? Dijo: "Somos muchos..." Sí... Dijo: "Somos muchos..."

Echó una mirada de interrogación a su huésped y continuó, volviendo a sonreír:

—¡Es una gran fuerza, ese hombre!... Es valiente... Dice lo que quiere...: Le pegan..., le injurian... ¡y no cede!

Su voz mal segura, sus facciones indeterminadas, sus ojos francos y claros tranquilizaban cada vez más a la madre. Su agotamiento y su inquietud se disipaban para abrir paso a una compasión aguda y honda con respecto a Rybin. Con ira súbita y amarga que no pudo contener, gritó en tono desolado:

—¡Monstruos.... bandidos!...

Y rompió a sollozar.

Apartóse de ella el campesino, meneando la cabeza, como pesaroso.

—Sí... ¡El gobierno se ha echado enemigos temibles!

Y, de pronto, volviendo al lado de la madre, dijo en voz baja:

—Mire... Supongo que en la maleta hay periódicos... ¿Tengo razón?

—¡Sí!—contestó sencillamente Pelagia, enjugándose las lágrimas.... A él se los traía...

Frunció el campesino el ceño, se agarró la barba toda con la mano y se mantuvo en silencio, fijos los ojos en un rincón:

—También los hemos recibido nosotros..., folletos y libros... Yo no tengo mucha instrucción, pero un amigo mío sí... y también mi mujer lee...

Calló el campesino, reflexionó y siguió luego:

—Y ahora, ¿qué va a hacer con todo eso..., lo de su maleta?

Miróle la madre y díjole en tono provocativo:

—¡Os la dejaré!...

No pareció él sorprenderse, ni protestó, repitiendo solamente:

—¿A nosotros?

De repente cuchicheó, prestando oído, alargando el cuello en dirección de la puerta:

—¡Vienen!

—¿Quién?

—Los nuestros..., probablemente...

Entró la mujer, seguida por el campesino pecoso. Éste tiró a un rincón la gorra, y, acercándose al amo de la casa, preguntó:

—¿Bueno, y qué?

Meneó el otro afirmativamente la cabeza.

—¡Esteban!—dijo la mujer—. Quizá la viajera tenga hambre...

—No, gracias, amiga—contestó la madre.

El segundo campesino se volvió hacia ella y empezó a hablar con voz rápida y quebrada:

—Déjeme presentarme yo mismo... Me llamo Pedro Rabinin, de apodo Lezna. Entiendo un poco de sus asuntos... Sé leer y escribir, y no soy un imbécil, que digamos...

Tomó la mano que la madre le tendía y la sacudió, mientras iba diciendo a Esteban:

—Pues, mira, Esteban. La mujer del señor de aquí es una buena señora, verdad. Pero dice que todo esto son tonterías, extravagancias..., que son estudiantes y galopines los que se entretienen poniendo en agitación al pueblo. Y, sin embargo, los dos hemos visto hoy que a un hombre serio le han detenido; y ahora ver aquí a una mujer que ya no es joven ni tiene humos de señora, y anda en lo mismo... ¡No se enfade! ¿Cómo se llama?

Hablaba de prisa, pero claro, sin tomar aliento, temblándole febrilmente la barbilla; sus ojos, rodeados de arrugas, escrutaban el rostro y el cuerpo de Pelagia. Harapiento, el pelo en desorden, parecía salir de una pelea en que había vencido al contrario, mostrándose lleno aún de la gozosa excitación de la victoria. Le agradó a la madre por su vivacidad y sobre todo porque, desde el principio, habló sencilla y francamente. Contestóle con una mirada amistosa. Volvió él a sacudirle la mano y se echó a reír con una risita seca, dulce y entrecortada.

—El asunto es honrado, ya lo estáis viendo, Esteban. ¡Y es bonito, además!... Te lo dije: el pueblo empieza a trabajar para sí mismo... La señora no dirá verdades que podrían perjudicarla... Pero el pueblo quiere adelantar sin rodeos, sin que le inquieten pérdidas o perjuicios, ¿entiendes? La vida es mala para él, todo se le vuelve pérdida, no sabe de qué lado volverse, porque de todas partes le gritan: "¡Alto!"

—Ya lo veo—dijo Esteban, con un movimiento de cabeza, y añadió—: Está intranquila por su maleta.

—¡No pase inquietud! ¡Todo está en orden, madre! Su maleta está en mi casa... Hace un poco, cuando me habló Esteban de usted y me dijo que también andaba en esto y que conocía al hombre, le dije yo: "Cuidado, Esteban; nada de charlar, que es demasiado grave." Y usted, madre, en seguida adivinó también que éramos de los suyos. Se conoce en seguida la cara de las personas honradas, porque no se ven muchas por la calle, ¡ay, no!... ¡Su maleta la tengo en casa!

Sentóse al lado de ella, y continuó, con un ruego en la mirada:

—Y si quisiera vaciarla, ya la ayudaremos con gusto... Necesitamos libros...

—¡Quiere dárnoslos todos!—exclamó Esteban.

—¡Muy bien está eso, madre! Ya los emplearemos bien...

Se levantó bruscamente y se echó a reír, y después, yendo y viniendo a zancadas por la habitación, continuó, satisfecho:

—¡Puede decirse que es un caso asombroso..., aunque sea muy sencillo! Se rompe por un lado y se compone por otro... No está mal... Muy bien está el periódico, madre, y hace su efecto: abre los ojos a la gente... A los señores no les gusta... Yo trabajo en casa de una propietaria, a siete kilómetros de aquí, soy carpintero... Buena mujer, hay que confesarlo..., nos da libros..., bastantes estúpidos a veces..., los leemos y nos instruímos... En general, le guardamos agradecimiento... Pero, cuando yo le enseñé el periódico, se enfadó: "Déjate de esas cosas, Pedro—me dijo—. Lo hacen muchachos idiotas y no han de traeros más que miserias..., la cárcel..., Siberia... Todo eso puede pasaros si seguís leyendo esos periódicos."

—Diga, madre... Y el otro..., ese hombre, ¿es pariente suyo?

—No—respondió Pelagia.

Echóse Pedro a reír sin ruido, muy satisfecho, no se sabe por qué. Le pareció a la madre injusto tratar a Rybin como a un extraño:

—No es de mi familia—dijo—, pero le conozco hace mucho tiempo..., y le respeto como si fuera mi hermano...

No daba con la expresión que buscaba, y aquello le dolía tanto, tanto que no pudo contener sus sollozos. Un silencio sombrío llenaba la choza. Pedro apoyó la cabeza en el hombro, como si algo escuchara. Esteban, de codos en la mesa, seguía tecleando. Su mujer, de espaldas a la estufa, estaba en la sombra. La madre sentía sus ojos fijos en ella; a veces echaba una ojeada al rostro de Tatiana, redondo, curtido, de nariz recta, de barbilla cortada en ángulo agudo, y cuyos ojos verdosos tenían expresión vigilante y atenta.

—Un amigo, por consiguiente—prosiguió Pedro—.

¡Muy fuerte, sí! Se estima muy alto..., como hay que hacerlo... Eso es un hombre, ¿verdad Tatiana?... ¿Qué dices?...

—¿Casado?—interrumpió Tatiana; y los delgados labios de su boquita se apretaron con fuerza.

—¡Viudo!—replicó tristemente la madre.

—¡Por eso tiene tanto valor!—declaró Tatiana, con voz profunda y baja—. Un hombre casado no se portaría así..., tendría miedo...

—¿Y yo? Estoy casado, y no obstante...—exclamó Pedro.

—¡Basta!—dijo la mujer, sin mirarle y torciendo la boca—. ¿Qué haces tú? Hablar mucho y leer de vez en cuando un libro... Por mucho que andes cuchicheando con Esteban por los rincones, no es más feliz la gente.

—Hay muchos que me escuchan...—replicó en voz baja el aldeano, ofendido—. Haces mal en hablar así... Yo soy una especie de levadura...

Esteban miró a su mujer, sin soltar palabra, y bajó otra vez la cabeza.

—¿Por qué se casan los campesinos?—preguntó Tatiana—. Necesitan una obrera, según dicen..., para trabajar, ¿en qué?

—¿No tienes tú quehacer bastante?—dijo Esteban.

—¿De qué sirve este trabajo? Se sigue viviendo en la miseria, al día... Nacen los hijos..., no queda tiempo para cuidarlos..., por el trabajo ese..., que ni pan da siquiera...

Acercóse a la madre, sentóse a su lado y continuó obstinadamente, sin tristeza ni lamento en la voz:

—Dos tuve yo... Se quemó el uno en el samovar..., dos años tenía..., y el otro nació muerto... por ese trabajo maldito... ¿Es una felicidad para mí? Digo que los campesinos hacen mal en casarse..., se atan las manos y se acabó... Si estuvieran libres, lucharían abiertamente por la verdad, como el hombre ése que tú conoces... ¿No digo bien, madre?

—¡Sí!—dijo Pelagia—. Sí, querida; de otro modo, en la vida no se puede vencer...

—¿Tiene marido?

—Murió... Tengo un hijo...

—¿En dónde está? ¿Viven juntos?

—¡Está en la cárcel!—contestó la madre.

Sintió dentro del corazón una altivez apacible que se mezclaba con la tristeza que le solían producir tales palabras.

—Ya es la segunda vez que le encierran, porque ha comprendido la verdad divina y ha ido sembrando abiertamente, sin ahorrar esfuerzo... Es joven, guapo..., es inteligente... Suya fué la idea del periódico y, gracias a él, se ocupó Rybin en distribuirlo, aunque Rybin tenga dos veces su edad... Pronto van a juzgar a mi hijo por todo eso..., y después, cuando vaya a Siberia, se fugará y volverá para poner de nuevo manos a la obra... Ya hay mucha gente así, y el número aumenta sin cesar; lucharán todos hasta morir por la libertad, por la verdad...

Olvidándose de toda prudencia, pero sin mencionar nombres, contó cuanto sabía del trabajo de zapa que iba llevándose a cabo para libertar al pueblo. Al exponer el tema, grato a su corazón, iba poniendo en sus palabras toda la fuerza, todo el exceso del amor que brotó en ella tan tarde, a consecuencia de los golpes de la vida.

Su voz era igual; encontraba ya las palabras fácilmente, y, como perlas multicolores y brillantes, las ensartaba con rapidez en el hilo sólido del deseo de purificar su corazón del lodo y la sangre de la jornada. Los campesinos habían echado raíces en el lugar donde su palabra los encontró, sin hacer un movimiento, y la observaban, graves; ella oía la respiración jadeante de la mujer sentada a su lado, y la atención de los oyentes fortificaba su creencia en las cosas que decía y prometía...

—Todos los agobiados por la injusticia y la miseria, el pueblo entero, han de ir al encuentro de los que perecen por ellos en la cárcel o en el cadalso. Ningún interés personal tienen en juego, explican dónde está para todos el camino que lleva a la felicidad, y dicen abiertamente que el camino es difícil. No arrastran a nadie por la fuerza; pero, cuando uno entra en sus filas, no las deja ya, porque ve la razón que tienen, que aquel camino es el bueno, que no hay otro...

Sentía la madre una dulzura al realizar, por fin, su deseo: hablar ella misma de la verdad a las gentes.

—El pueblo puede caminar sin temor con amigos así; no se cruzarán de brazos antes que el pueblo haya formado una sola voz: "¡Yo soy el amo, yo mismo haré las leyes, las mismas para todos!"

Cansada, por fin, calló Pelagia. Tenía la apacible certeza de que sus palabras no se desvanecerían sin dejar rastro... Los campesinos la miraban como si aún estuviesen escuchándola. Pedro había cruzado los brazos sobre el pecho y plegado los párpados; en sus mejillas pecosas temblaba una sonrisa... Con un codo en la mesa, Esteban inclinaba hacia adelante todo el cuerpo, alargando el pescuezo... Una sombra que se le posaba en el rostro le daba aspecto más duro. Sentada junto a la madre, Tatiana, con los codos en las rodillas, se miraba las puntas de los zapatos...

—¡Ah, eso es!—murmuró Pedro.

Sentóse en el banco con precaución, sacudiendo la cabeza.

Esteban se irguió lentamente, echó una ojeada a su mujer y extendió el brazo, como si hubiera querido agarrar algo...

—Si hay que ponerse a la obra—comenzó en tono pensativo—, hay que hacerlo de veras, con toda el alma...

Intervino tímidamente Pedro:

—Sí..., sin mirar atrás...

—¡El asunto está bien planteado!—continuó Esteban.

—En toda la tierra...—añadió Pedro.

XVII

Recostada en la pared, echada atrás la cabeza, oía Pelagia las reflexiones de los dos hombres. Levantóse Tatiana, miró en derredor y volvió a sentarse. Sus ojos verdes tenían brillo seco cuando echó unas miradas despectivas a los dos hombres.

—¡Se ve que ha pasado muchas desgracias!—dijo de pronto, dirigiéndose a la madre.

—¡Sí!

—Habla bien... Sus palabras van derechas al corazón... Uno dice al escucharle: "¡Dios mío, si pudiera ver, aunque fuese una vez tan sólo, gente así, vida tan hermosa!" ¿Cómo vivimos nosotros? Como borregos... Yo sé leer y escribir..., leo libros..., pienso mucho, a veces los pensamientos no me dejan dormir en toda la noche... ¿Y con qué resultado? Si no reflexiono, sufro inútilmente, y si reflexiono, lo mismo... ¡Todo, además, es pura pérdida!... Así los campesinos trabajan y se descrisman por un pedazo de pan, y nunca tienen nada..., con lo cual se irritan, beben, se pelean..., y vuelta a trabajar... ¿Qué han conseguido? Nada...

Hablaba la mujer, con ironía en los ojos y en la voz, grave y amplia, deteniéndose a ratos, como para cortar sus frases, tal como una hebra de hilo. Guardaron silencio los hombres. El viento rozaba las vidrieras, movía rumor en el bálago de la techumbre; por momentos, soplaba con suavidad en la chimenea. Un perro aullaba. Como de mala gana, raras gotas de lluvia seguían golpeando los vidrios. Temblaba la luz de la lámpara, empañándose y poniéndose de pronto a brillar otra vez, viva e igual.

—¡Por eso viven los hombres! ¡Y, es curioso, me parece que ya lo sabía, pero nunca oí nada semejante ni se me ocurrieron ideas así..., no!

—¡Hay que cenar, Tatiana, y apagar el fuego! —interrumpió Esteban con voz cansada y lenta—. La gente pensará: "Los Chumakov tuvieron encendido hasta muy tarde." Por nosotros, no importa..., pero, por nuestra visitante, tal vez sea imprudente...

Levantóse la mujer y se puso a trajinar en derredor de la estufa.

—¡Sí!—dijo Pedro con una sonrisa—. ¡Ahora se trata de poner cuidado! Cuando se haya repartido otra vez el periódico...

—No hables por mí...—declaró Esteban—. Pero si me prenden, no será mucha desgracia... La vida de un campesino no tiene valor...

La madre sintió súbita compasión de él. Empezaba a serle más simpático. Ya que habló, sentíase desembarazada del innoble fardo de la jornada, estaba contenta de sí misma y llena de un sentimiento de benevolencia.

—¡Hace mal en hablar así!—dijo—. El hombre no ha de tasarse en el precio que le pongan los que juzgan sólo por apariencias y no quieren más que su sangre. ¡Usted mismo tiene que estimarse, desde dentro, no para sus enemigos, sino para sus amigos!

—¿En dónde están nuestros amigos?—exclamó el campesino—. ¡Nunca los vi!

—¡Te digo que el pueblo tiene amigos!

—Los tendrá, pero no aquí..., ¡y ésa es la desgracia!—dijo pensativamente Esteban.

—Bueno, pues tenéis que hacéroslos, vosotros...

Reflexionó Esteban y respondió en voz baja:

—Sí, eso habría que hacer...

—Sentaos a la mesa—dijo Tatiana.

Durante la cena, Pedro, que parecía agobiado por los discursos de la madre, habló con nueva vivacidad:

—Mire, madre, es preciso que se vaya temprano, para que no la vean... Váyase al pueblo vecino..., no a la ciudad..., tome un coche.

—¿Por qué? ¡Voy a llevarla yo mismo!—dijo Esteban.

—¡No! Si sucediera algo, preguntarían si pasó la noche en tu casa... ¡Sí! "¿En dónde estuvo?" "La llevé al pueblo vecino." "¡Ah, sí! Pues, ea..., ¡a la cárcel!" ¿Entendiste?... ¿Y qué prisa tiene uno en ir a la cárcel? Cada cosa a su tiempo... Pero si dices que durmió en tu casa, y alquiló caballos, y se volvió a marchar, no hay nada que hacer... No responde uno de los viajeros. ¡Por cada pueblo pasan tantos!

—¿En dónde aprendiste a tener susto, Pedro? —preguntó Tatiana con ironía.

—¡Hay que saber de todo!—contestó él, dándose un golpe en la rodilla—. ¡Hay que saber ser valiente. y también hay que saber temer! ¿Te acuerdas del escribano del pueblo, cómo estuvo molestando a Baguanov, por causa de este periódico? Pues ahora Baguanov no tocaría un libro por mucho dinero que le diesen... ¡Así es! Créame, madre, a mí no me asusta preparar una jugarreta; todos lo saben en el pueblo... Yo repartiré libros y hojas de la mejor manera..., ¡todos los que hagan falta! La gente es poco instruída y espantadiza entre nosotros, eso es la verdad; pero la vida es tan dura, que el hombre tiene que abrir los ojos para ver bien lo que pasa. Y el libro le contesta con sencillez: "¡Esto es lo que pasa! ¡Reflexiona, mira!" A veces, el ignorante ve

mejor que el hombre instruído..., sobre todo, si éste
es de los que se atracan. ¡Yo conozco el país y veo
muchas cosas! Se puede vivir, pero hace falta in-
genio y bastante agilidad, si no quiere uno dejarse
ahorcar a la primera... También las autoridades se
dan cuenta de que algo ha cambiado; parece como
si el campesino produjera frío; no se suele sonreír
y ya no es amable..., por lo general, quiere prescindir de las autoridades... Últimamente, en Smoliako-
vo, aldehuela de las cercanías, fueron a cobrar los
impuestos, y los aldeanos corrieron en busca de
las estacas... El comisario les gritó: "¡Ah, brutos!
¿Os rebeláis contra el zar?" Había allí un aldeano,
llamado Spivakin, que contestó: "¡Váyase al diablo
con su zar! ¿Qué es un zar que le arranca a uno del
cuerpo la última camisa?" Así andan las cosas, madre. Por supuesto, a Spivakin le detuvieron y en la
cárcel está... Pero se recuerdan sus palabras y hasta los chiquillos las repiten..., ¡gritan, viven!

Hablaba, sin comer; hablaba, con un cuchicheo
rápido; sus ojos, negros y astutos, brillaban con vivacidad. Gratificaba generosamente a la madre con
innumerables observaciones menudas de la vida al-
deana, como si fuesen vaciando un talego de monedas de cobre.

Por dos veces le dijo Esteban:

—¡Come!

Pedro tomaba un pedazo de pan, una cucharada,
y volvía a deshacerse en palabras, como un jilgue-
rillo en canciones. Al cabo, después de cenar, se levantó bruscamente, declarando:

—¡Es el momento de irse a casa!...

Se acercó a la madre y le sacudió la mano.

—¡Adiós, madrecita! Quizá no nos volvamos a
ver... Tengo que decirle cuán grato me ha sido co-
nocerla y escucharla..., ¡sí, muy grato! ¿Hay algo
más que libros en la maleta? ¿Un chal de lana?
Muy bien..., un chal de lana, ¿lo oyes, Esteban?
¡Adiós! ¡Salud!

Cuando se hubieron marchado, preparó Tatiana
un lecho para la madre; fué a buscar vestidos sobre la estufa y en el desván, y los arregló encima
del banco.

—¡Es chico listo!—dijo la madre.

La joven le contestó, con una ojeada furtiva:

—Es ligero..., suena, suena, pero no se le oye a distancia...

—¿Y su marido?—preguntó la madre.

—Buen hombre..., no bebe y nos llevamos bien... Sólo que es flojo de carácter...

Se irguió, para continuar, tras un silencio:

—¿Qué se ha de hacer ahora? ¡Levantar al pueblo! ¡Es evidente! Todos lo piensan..., pero cada cual para sí..., y hay que decirlo en alta voz..., es necesario que alguien se decida...

Sentóse y preguntó, de pronto:

—Dice usted que hasta señoritas jóvenes y ricas se ocupan en esto, que van a hacer lecturas a los obreros... ¿No les asusta ni les da repugnancia?

Y después de escuchar atentamente la contestación de la madre, lanzó un suspiro profundo, y prosiguió, bajando los párpados y balanceando la cabeza:

—Una vez leí en un libro que la vida no tiene sentido... ¡Lo comprendí en seguida! Yo sé lo que esta vida es: tiene uno ideas, pero sin ilusión, y van dispersas, dispersas, como borregos estúpidos sin pastores..., van dispersas...; no hay nada ni nadie que las junte..., ¡no se sabe qué hacer! Esto es una vida sin sentido. Yo querría huir de ella, sin mirar siquiera hacia atrás... ¡En cuanto se comprende un poco, se es tan desgraciado!...

Veía la madre aquel dolor en el brillo de los ojos verdes de la mujer joven, en su rostro enflaquecido; lo oía resonar en su voz. Quiso consolarla y apaciguarla...

—Pero usted, querida, ya sabe lo que hay que hacer...

Tatiana la interrumpió dulcemente:

—Hay que saber cómo hacerlo... Ya tiene lista la cama..., ¡acuéstese!

Y fué hacia la estufa, grave y reconcentrada... Sin desvestirse, la madre se tendió; le dolían los huesos, quebrantados por la fatiga; lanzó un débil gemido. Tatiana apagó la lámpara. Cuando la choza se hubo llenado de tinieblas, resonó de nuevo su voz baja e igual:

—No reza... Tampoco yo creo que haya Dios ni milagros. Todo eso se lo inventaron para meternos miedo, porque somos como bestias...

La madre se agitó inquieta en su yacija; por la

ventana, mirábanla las infinitas tinieblas, y en el silencio giraban en torno suyo voces, rumores apenas perceptibles. Murmuró con voz temerosa:

—Por lo que hace a Dios, no sé qué decir..., pero creo en Jesucristo, creo en sus palabras: "Ama al prójimo como a ti mismo..."; sí, en eso creo...

Y, de repente, añadió, con perplejidad:

—Pero si Dios existe, ¿por qué nos tiene abandonados? ¿Por qué su poder misericordioso no nos protege? ¿Por qué permite que el mundo se divida en dos clases? ¿Por qué consiente los sufrimientos humanos, las torturas, las humillaciones, el mal y las ferocidades de toda especie?

Tatiana permaneció en silencio. En la sombra, distinguía la madre los contornos vagos de su figura erguida, dibujada en gris sobre el fondo negro de la estufa. La mujer estaba inmóvil. Pelagia cerró los ojos, toda angustiada.

De súbito resonó una voz fría, gimiente:

—Nunca perdonaré la muerte de mis hijos a Dios ni a los hombres..., ¡nunca!

La madre se sentó, incorporándose; lo profundo de tal dolor la traspasaba:

—¡Es joven, todavía puede tener hijos!—replicó dulcemente.

Tras un silencio, la mujer susurró:

—¡No! El médico me dijo que nunca más los tendría.

Un ratón corrió por el suelo. Un chasquido seco y ruidoso desgarró la inmovilidad del silencio, y otra vez se oyeron, distintos, los roces y el rumor de la lluvia sobre la paja, acariciada por unos dedos menudos y temblorosos. Caían las gotas de lluvia tristemente sobre la tierra, rimando el curso de aquella lenta noche de otoño...

En somnolencia pesada, oyó la madre resonar fuera, y luego en el corredor, unos pasos sordos. Abrióse la puerta dulcemente, y una exclamación ahogada se dejó oír:

—Tatiana..., ¿te has acostado?

—No.

—¿Y "ella", duerme?

—Creo que sí...

Hízose una claridad, que tembloteó y se ahogó en las tinieblas. Acercóse el campesino a la yacija de la madre y arregló la pelliza que se había echado

sobre las piernas. Aquella atención dejó profundamente conmovida a Pelagia; cerrando de nuevo los
ojos. se sonrió.

Esteban se desnudó sin ruido y trepó al desván.
Prestando atención y oído a las oscilaciones pere-
zosas del silencio soñoliento, la madre permanecía
inmóvil; ante ella, en la oscuridad, dibujóse el rostro ensangrentado de Rybin...

Un leve cuchicheo salió del desván...

—Mira, fíjate en la gente que se entrega a la obra,
gente ya de edad, con mil penas pasadas, con mil
trabajos: parecía llegado el momento del reposo,
pero ellas, mira lo que hacen... Y tú, Esteban..., tú
eres joven, inteligente..., ¡ay!

La voz espesa y húmeda del hombre contestó:

—No puede uno meterse sin reflexión en un asunto así... Espera un poco... Ya sé yo ese cantar...

Murieron los sonidos para empezar de nuevo. Esteban dijo:

—Mira lo que hay que hacer: lo primero, hablar
aparte con cada aldeano. Así, por ejemplo, con
Alesha Makov... Es instruído, audaz, está irritado
contra las autoridades..., y tambíen con Sergio Cho-
rin, campesino juicioso..., y con Kniazev, que es
honrado y tiene valor. Bastan para empezar... Después, cuando seamos una pequeña banda, allá veremos. Hay que saber cómo se puede encontrar de
nuevo a esta mujer... Acercarse a su gente de que
habla... Voy a tomar el hacha e irme a la ciudad...
Tú dirás que salí a ganar dinero cortando leña...
Hay que tomar precauciones... Tiene razón cuando
dice que el hombre mismo debe fijar su propio valor... Y cuando se trata de un asunto como éste, hay
que estimarse en muy alto precio, si hay que llevarlo a cabo... Mira ese campesino, Rybin... Ni ante
Dios mismo cedería, y menos ante un comisario...
Se mantiene firme, como si estuviese clavado en el
suelo hasta las rodillas... ¿Y Nikita, eh? Le ha dado
vergüenza..., es un verdadero milagro... ¡Ay! Si el
pueblo en coro se entrega a la obra, arrastrarán consigo al mundo...

—¡En coro! ¡Golpean delante de vosotros a un
hombre, y vosotros ahí os estáis, con los brazos
cruzados!

—¡Espera! Di más bien: "¡A Dios gracias, no
sois vosotros los que le habéis golpeado, al pobre!"

¡Porque a veces obligan a los campesinos a pegar al preso! ¡Y obedecen! Puede que lloren de lástima dentro de su corazón, pero, aún así, pegan... ¡No se atreven a negarse cuando se les pide una ferocidad, por miedo de que los castiguen a ellos! Os mandan que seáis lo que quieran: un cerdo, un lobo..., un hombre, no..., está prohibido... Y de los que desobedezcan, ya verán cómo se deshacen... ¡No, hay que arreglárselas para ser muchos y rebelarse todos a la vez!

Continuó por mucho tiempo; unas veces su cuchicheo era tan bajo que la madre casi no le entendía; otras, hablaba con voz sorda y espesa. Entonces, su mujer le decía:

—¡Bajito! ¡Vas a despertarla!

Durmióse profundamente la madre; como nube abrumadora, el sueño cayó sobre ella y la envolvió, arrebatándole...

Despertóla Tatiana cuando ya un alba gris miraba con sus ojos vacíos por las ventanas de la choza; sobre el pueblo, en un silencio frío, cerníase y moría la voz de cobre de la campana.

—Le hice té; bébaselo, que si no, tendrá frío en el carro...

Alisándose la barba revuelta, informábase Esteban con aspecto oficioso de dónde podría hallar en la ciudad a la madre; a Pelagia, la cara del campesino le pareció mejor acabada, más simpática que la víspera... Mientras tomaba el té, exclamó alegremente:

—¡Qué raro es todo esto!

—¿Qué?—preguntó Tatiana.

—Este encuentro... Cosa tan sencilla...

—En la causa del pueblo todo tiene sencillez extraordinaria...—dijo Pelagia en tono pensativo y seguro.

Marido y mujer se despidieron de ella sin hacer demasiado gasto de palabras, pero manifestando, con mil atenciones menudas, una solicitud sincera...

Cuando la madre estuvo de nuevo en el coche, pensó que aquel campesino trabajaba con prudencia, como un topo, sin ruido y sin descanso. Y le seguía sonando en el oído la voz descontenta de su mujer; los ojos verdes de ésta seguían brillando con fulgor seco y ardiente; mientras viviese, su dolor vengativo y feroz de madre que llora por sus hijos viviría también...

Pelagia pensó en Rybin, en su cara, en su sangre, en sus ojos ardientes, en sus palabras, y otra vez se le apretó el corazón y tuvo el amargo sentimiento de su impotencia contra las fieras. Y todo el tiempo, hasta que llegó a la ciudad, estuvo viendo dibujarse en el fondo mate del día gris la silueta robusta de Rybin, con su barba negra, su camisa desgarrada, y sus manos atadas a la espalda, sus cabellos despeinados, su cara iluminada por la cólera y la fe en su misión... Pensaba también en los pueblos innumerables, en las poblaciones que aguardaban en secreto la llegada de la verdad, en los millares de personas que trabajaban silenciosamente, sin saber por qué durante toda la vida, sin esperar nada.

Reflexionando en el éxito de su viaje, experimentaba en el fondo de sí misma una alegría dulce y palpitante, y trataba de no pensar más en Esteban ni en su mujer.

Vió de lejos los campesinos y las casas de la ciudad, y sentimiento grato le reanimó el corazón inquieto, apaciguándolo; por su memoria desfilaron los rostros preocupados de los que, día tras día alimentaban la llama del pensamiento y esparcían sus chispas por el mundo. Y el alma de la madre se llenó del deseo tranquilo de dar a esas criaturas todas sus fuerzas y todo su amor de madre.

XVIII

DESPEINADO, con un libro en la mano, Nicolás le abrió la puerta.

—¡Ya!—exclamó, lleno de gozo—. ¡Qué bien!... ¡Estoy contento!

Sus ojos pestañeaban amistosos detrás de los lentes; ayudó a Pelagia a quitarse el abrigo, y le dijo, mirándola con afecto:

—Vinieron anoche a registrar aquí; yo me preguntaba: ¿por qué? Temí que le hubiese ocurrido a usted algo... Pero no me prendieron... Y me tranquilicé. Si la hubieran detenido, no estaría yo en libertad...

La condujo al comedor, continuando animadamente:

—Sin embargo, me han echado de la oficina... No lo siento... Estaba ya harto de registrar nombres de campesinos que no tienen caballos... Otra cosa tengo que hacer...

Por el aspecto de la habitación, hubiérase dicho que una mano vigorosa, en un acceso estúpido de violencia, había sacudido por fuera los muros de la casa, hasta dejarlo todo sin pies ni cabeza. Los retratos estaban por el suelo, arrancado y colgando en jirones el papel de la paredes; habían levantado una tabla del entarimado; veíase una contraventana hecha añicos; ante la hornilla, las cenizas derramadas.

En la mesa, junto al samovar apagado, vajilla sucia, jamón y queso en un papel, unos zoquetes de pan, libros y carbón. Sonrióse la madre. Nicolás parecía confuso.

—Yo he completado el desorden..., pero, no importa, madre, no importa. Creo que van a volver, y por eso no he recogido nada. Bueno, ¿qué tal hizo su viaje?

La pregunta le hirió a la madre pesadamente en el pecho; de nuevo surgió ante ella la imagen de Rybin; sentíase culpable por no haber hablado con él en seguida. Se acercó a Nicolás y empezó el relato, procurando mantenerse tranquila sin olvidar nada:

—¡Le prendieron!...

Estremecióse Nicolás.

—¿Sí? ¿Cómo?

Impúsole silencio la madre con un ademán y prosiguió, como si tuviera delante el rostro mismo de la justicia y se fuera a quejar por el suplicio de aquel hombre. Nicolás, recostado en su silla, iba poniéndose pálido, se quitó los lentes, los dejó en la mesa, se pasó la mano por la cara, como para quitar una telaraña invisible. Se le aguzaron las facciones; los pómulos se le marcaban de modo extraño y le temblaban las aletas de la nariz. Era la primera vez que Pelagia le veía en aquel estado, y no sin cierto susto.

Cuando acabó el relato, levantóse él en silencio,

anduvo dando zancadas, con los puños en los bolsillos, y luego murmuró, apretando los dientes:

—Debe ser hombre notable... ¡Qué heroísmo! Padecerá mucho en la cárcel; los que son como él lo pasan muy mal...

Luego, parándose delante de la madre, añadió con voz sonora:

—Ya se ve: todos esos comisarios y oficiales no son más que instrumentos, garrotes que le sirven a un pillo inteligente, amaestrador de animales... ¡Pero al animal hay que matarle, en castigo de haberse dejado transformar en fiera! ¡Yo hubiera matado a ese perro rabioso!...

Hundía cada vez más los puños en los bolsillos, tratando inútilmente de reprimir una emoción que se le iba comunicando a la madre. Los ojos se le habían estrechado y parecían hojitas de navaja. Con voz fría y furiosa, continuó, echando a andar nuevamente:

—¡Hay que ver, qué horrible! Un puñado de hombres estúpidos, golpean, ahogan y oprimen a todo el mundo para defender su funesto poder sobre el pueblo... Aumenta la ferocidad, y la crueldad se hace ley de la vida... ¡Reflexione! Unos pegan y se portan como brutos, porque tienen la impunidad asegurada, porque sienten por dentro la necesidad voluptuosa de atormentar, ese mal repugnante de los esclavos a quienes permiten manifestar sus instintos serviles y sus hábitos bestiales en toda su fuerza. Otros están envenenados por la venganza; los terceros, idiotizados a golpes, se vuelven ciegos y mudos... ¡Pervierten al pueblo, al pueblo entero!

Detúvose, y se cogió la cabeza con las manos.

—Se embrutece uno sin querer en esta vida feroz!—continuó en voz baja.

Luego, se dominó. Los ojos le brillaban con resplandor firme; miró casi tranquilo a la madre, cuyo rostro estaba inundado de lágrimas.

—No tenemos tiempo que perder, Pelagia... ¿En dónde tiene la maleta?...

—En la cocina—respondió.

—La casa está rodeada de espías y no podemos sacar un bulto así de periódicos sin que lo noten..., no sé dónde esconderlos... Creo que los guardias volverán esta noche..., y no quiero que la detengan... Por lástima que dé, vamos a quemar todo eso...

—¿Qué?—preguntó la madre.

—Todo lo que hay en la maleta...

Comprendió ella y aunque estuviera muy triste, el orgullo que sentía por haber logrado su empresa dió nacimiento a una sonrisa en su rostro.

—¡En la maleta no hay nada, ni una hoja de papel!—dijo, animándose poco a poco; y refirió el final de sus aventuras. Oíala con inquietud Nicolás, al principio, y después con asombro; por último, exclamó, interrumpiéndola:

—¡Es sencillamente maravilloso! ¡Tiene una suerte que asombra!

Se agitó, confuso, y prosiguió, apretándole la mano:

—Me conmueve su confianza en el pueblo... ¡Tiene usted un alma tan hermosa!... La quiero más que quise a mi propia madre...

Tomóle ella sus brazos, y, entre sollozos de felicidad, acercó los labios a la cabeza de Nicolás.

—¡Puede que haya dicho una tontería!—murmuró él, conmovido y desconcertado por la novedad del sentimiento que experimentaba...

Pensaba la madre que él se sentía profundamente dichoso, y su mirada le iba siguiendo con afectuosa curiosidad; hubiera querido saber el porqué de tal arrebato.

—En general..., ¡todo es maravilla!—declaró él, frotándose las manos con una risita cariñosa—. Mire, todos estos días, he vivido extrañamente bien... Todo el tiempo lo pasé con obreros, leyéndoles; hemos conversado; los he observado... ¡Y he amontonado en el corazón sensaciones tan asombrosamente puras y sanas! ¡Qué buena gente! ¡Claros, como días de mayo! Hablo de los obreros jóvenes; son robustos, sensitivos, con sed de comprenderlo todo... ¡Cuando uno los ve, piensa que Rusia será la democracia más brillante de la tierra!

Tenía el brazo levantado, como para prestar juramento; después de callar un instante, prosiguió:

—Usted sabe que yo era funcionario en una administración; se me agrió el carácter entre números y papelotes... Un año de tal vida bastó para mutilarme... Porque yo estaba acostumbrado a vivir entre el pueblo, y cuando me separo de él, no me encuentro a gusto... Con todas mis fuerzas tiendo a la vida popular... Y ahora ya puedo volver a vivir libremente, ya puedo reunirme otra vez con los obreros, enseñarles lo que sé... Entiéndalo: me pondré junto a la cuna del pensamiento recién nacido, ante el rostro de la energía creadora naciente. Es asombrosamente sencillo y hermoso, terriblemente excitante... Se vuelve uno joven y firme, se recobra la serenidad, se vive íntegramente...

Echóse a reír con alegría; y la madre compartía su felicidad.

—¡Y además, usted es un ser excesivamente bueno!—declaró Nicolás—. Lleva en sí una fuerza tan grande y tan dulce..., atrae los corazones con tal poder... Pinta a los hombres de modo tan perfecto. ¡Sabe verlos tan bien!

—Veo su existencia y me hago cargo, amigo...

—Todos la quieren..., y es tan maravilloso querer a una criatura humana..., tan bueno... ¡Si supiera!

—¡Usted es de los que resucitan a los seres de entre los muertos, usted!—murmuró la madre con calor, acariciándole la mano—. Amigo, yo reflexiono, veo que hay mucho que hacer, que se necesita mucha paciencia... Y no quiero que se desanimen... Déjeme continuar... Decía yo que la mujer, la mujer del campesino...

Sentóse Nicolás junto a ella, desviando el rostro lleno de alegría y atusándose el pelo; pero pronto volvió los ojos a Pelagia, escuchando con avidez su relato.

—¡Qué suerte asombrosa!—exclamó—. Lo más probable hubiera sido que la prendiesen, pero no... ¡En efecto, hasta el campesino se mueve, al parecer! Lo cual, por supuesto, no debe sorprender a nadie. Y a esa mujer, como si la viera... Adivino su corazón lleno de ira... Tiene razón al decir que su dolor no ha de extinguirse nunca... Necesitamos gente que se ocupe especialmente del campo... ¡Gente! Nos falta... en todas partes. La vida exige millares de brazos...

—Tendría que estar libre Pavel..., y también Andrés...—dijo ella en voz baja.

La miró él un instante y bajó la cabeza.

—Mire, madre, voy a decirle la verdad, aunque sea para hacerla sufrir: conozco bien a Pavel y estoy seguro de que se negará a evadirse. Quiere que le juzguen, quiere mostrar hasta dónde llega..., y no desperdiciará la ocasión. ¡Será inútil!... Ya volverá de Siberia.

La madre suspiró en voz baja.

—¿Qué hacer?... Mejor que yo sabe él lo que hay que decidir...

Levantóse Nicolás bruscamente, otra vez invadido por la alegría, y dijo, inclinando la cabeza:

—Gracias a usted, madre, he vivido hoy los minutos mejores... los mejores de mi vida, tal vez... Gracias... Vamos a darnos un beso...

Abrazáronse en silencio.

—¡Qué gusto!—dijo él en voz baja.

Dejó la madre caer el brazo, sonriéndose con aspecto dichoso.

—¡Hum!—prosiguió Nicolás, mirándola a través de sus lentes—. ¡Si el campesino viniera pronto! Hay que escribir un articulito acerca de Rybin y distribuirlo por las aldeas... No le perjudicará, ya que ha obrado abiertamente, y traerá provecho a la causa del pueblo... Voy a escribirlo en seguida. Lludmila lo imprimirá mañana... Sí, pero, ¿cómo mandar las hojas?

—Yo iré a llevarlas...

—No, gracias—exclamó vivamente Nicolás—. ¿No cree que Vesovchikov podría encargarse?

—¿Quiere que se lo diga?

—Inténtelo, y explíquele lo que hay que hacer.

—¿Y qué me tocará entonces a mí?

—¡No pase cuidado!

Se puso a escribir; mientras desembarazaba la mesa, mirábale la madre y veía temblar la pluma que iba trazando en el papel largas series de palabras.

A veces, la nuca del joven se estremecía; echaba la cabeza atrás y cerraba los ojos. Pelagia se iba sintiendo conmovida.

—¡Castíguelos!—murmuró—. ¡No tenga compasión de esos asesinos!

—¡Ea, ya está!—dijo él, levantándose—. Escóndase este papel... Pero, mire; si los guardias vienen, también la registrarán...

—¡Que el diablo cargue con ellos!—replicó, tranquila.

Por la noche se presentó el médico.

—¿Por qué se agitan así, de repente, las autoridades?—preguntó yendo y viniendo por la habitación—. Siete registros han hecho esta noche... ¿En dónde está el enfermo?

—Ayer se marchó—dijo Nicolás—. Hoy es sábado, y no podía faltar a la sesión de lectura, ¿sabes?...

—Es necio ir a una conferencia cuando se está con la cabeza rota...

—Eso intenté demostrarle, pero en vano...

—Se moría por fanfarronear delante de los camaradas—dijo la madre—, y hacerles ver que había vertido ya su sangre por la causa.

El doctor le echó una ojeada, tomó aspecto feroz y dijo, apretando los dientes:

—¡Qué sanguinarios sois!

—Bueno, amigo; tú ya no tienes quehacer aquí y nosotros esperamos visitas; ¡vete! Madre, déle el papel...

—¿Otro?—preguntó el médico.

—¡Toma y llévatelo a la imprenta!

—Bueno. Lo llevaré. ¿Nada más?

—Sí... Hay un espía delante de la casa...

—Le he visto... Y en mi casa otro. ¡Bueno, hasta más ver! ¡Hasta más ver! ¡Oh, cruel mujer! ¿Sabéis, amigos, que el barullo del cementerio, en definitiva, resultó excelente negocio? Toda la población habla de ello, y así se emociona la gente y se la obliga a reflexionar... Tu artículo estaba muy bien y salió en el momento oportuno. Siempre dije que más vale buena pelea que mal arreglo...

—Bueno, vete.

—¡No estás nada amable! ¡La mano, madre! El muchacho hizo una estupidez. ¿Sabes dónde vive? Nicolás le dió las señas.

—Hay que ir a verle mañana... Buen chico, ¿verdad?

—Sí..., corazón excelente...

—No hay que perderle de vista, que no es tonto —dijo el médico marchándose—. Esos mozos precisamente son los que han de formar el verdadero proletariado culto, los que han de venir en lugar nuestro, cuando nosotros nos vayamos a ese lugar en que, probablemente, no hay diferencias de clase...

—Muy charlatán te has vuelto, amigo...

—Estoy contento; por eso charlo... Me voy, me voy... ¿De modo que crees que irás a la cárcel? Te deseo que descanses allí...

—Gracias; no estoy cansado.

La madre escuchaba, feliz al verlos preocuparse por el herido.

Cuando se hubo marchado el doctor, Nicolás y Pelagia se sentaron a la mesa, para esperar a sus huéspedes nocturnos. Durante mucho rato, en voz baja, habló Nicolás de los camaradas que vivían en el destierro, de los que se habían escapado y seguían trabajando con falsos nombres. Las paredes desnudas de la habitación devolvían el sonido ahogado de su voz, como si pusieran en duda esas historias asombrosas de héroes modestos y desinteresados que sacrificaron sus fuerzas a la gran obra de la renovación humana. Una sombra tibia envolvía a la madre; el corazón se le llenaba de amor hacia esos desconocidos, que iba compendiándose dentro de su imaginación en un ser solo e inmenso, henchido de fuerza varonil e inagotable. Lentamente, pero sin parar, caminaba por la tierra aquel ser, arrancando el moho secular de la mentira, descubriendo a los ojos de los hombres la verdad simple y neta de la vida, que prometía a todos libertarlos de la avidez, del odio, de la falsedad, los tres monstruos que tenían sojuzgado y atemorizado al mundo entero... Esta visión suscitaba en el corazón de Pelagia una impresión semejante a la que experimentaba en otros tiempos al ponerse de rodillas ante las santas imágenes, para terminar con una oración de agradecimiento jornadas que le habían parecido menos trabajosas que las demás. Ahora se olvidaba de su pasado, y el sentimiento que le inspiraba se hacía más amplio, luminoso y alegre, le llagaba más adentro del alma; vivía y se inflamaba cada vez más.

—¡No vienen los guardias!—exclamó Nicolás, interrumpiéndose.

La madre le miró y dijo, tras un silencio:

—¡Váyanse al diablo!

—¡Por supuesto!... Estará atrozmente cansada, madre; tiene que recogerse. Sin embargo, es robusta, y soporta admirablemente todas estas preocupa-

ciones, todas estas inquietudes. Sólo se la ha puesto
blanco el pelo, muy de prisa... Vaya a descansar,
vaya...

Se estrecharon la mano y se separaron.

XIX

L A madre se durmió en seguida con sueño tranquilo; a la madrugada la despertaron unos
golpes violentos, dados en la puerta de la cocina. Llamaban tercamente. Aún estaba oscuro. Vistiéndose con premura, corrió la madre a la cocina
y preguntó, sin abrir la puerta:

—¿Quién va?

—¡Yo!—contestó una voz desconocida.

—¿Quién?

—¡Abra!—repitió la voz, baja y suplicante.

Descorrió la madre el cerrojo y empujó la puerta. Entró Ignaty, exclamando gozoso:

—¡Ah, no me he equivocado! Aquí era...

Iba cubierto de barro hasta la cintura, tenía el
rostro lívido, grandes ojeras; el pelo rizado se le
escapaba de la gorra en desorden.

—¡Han ocurrido desgracias allá!—cuchicheó, cerrando la puerta.

—Ya lo sé...

Quedóse asombrado el obrero y preguntó, con un
guiño:

—¿Cómo?... ¿Por quién?

Contó la madre brevemente el encuentro que
tuvo.

—¿Y a tus otros dos compañeros, los han detenido también?

—No estaban allí; estaban en el consejo de revi-
sión. Detuvieron a cinco, contando a Rybin.

Dió un resoplido y continuó, sonriendo:

—Y yo me quedé libre... Me estarán buscando
probablemente... ¡Que me busquen. No vuelvo allá
por nada del mundo... Aún quedan seis o siete muchachos y una chica con los que se puede contar...

—¿Cómo pudiste escapar?—preguntó la madre.

—¿Yo?—exclamó Ignaty, sentándose en un banco

y mirando en derredor—. Vinieron los guardias, de noche, derechos a la fábrica... Un minuto antes, el guarda forestal llegó corriendo, dió unos golpes en la ventana y dijo: "¡Cuidado, chicos que vienen a buscaros!"

Echóse a reír Ignaty, se enjugó la cara con el faldón de la chaqueta y prosiguió:

—Al tío Rybin no se le desconcierta así como así... ¡Bien lo ha demostrado!... Me dijo en seguida: "Ignaty, corre a la ciudad... ¿Te acuerdas de aquellas dos mujeres que vinieron?" Escribió algo a toda prisa, y me dió un empujón. Yo me precipité fuera de la choza y me escondí entre los matorrales, a rastras, y oí que los guardias venían. ¡Eran muchos, por todas partes iban llegando! Rodearon la fábrica... Yo estaba en un seto..., pasaron por delante de mí. Luego me levanté, y anduve, anduve; anduve un día y dos noches, sin parar. Cansancio traigo para una semana. Tengo rotas las piernas.

Veíasele satisfecho de sí mismo; una sonrisa le iluminaba los ojos oscuros; temblábanle los labios espesos y rojos.

—¡Voy a hacerte el té en seguida!—dijo vivamente la madre tomando el samovar—, ¡Entre tanto, lávate y te sentirás mejor!

—Voy a darle la esquela...

Levantó la pierna con dificultad, la dobló, puso el pie en el banco con muchas muecas y quejidos y empezó a desatar la tira de lona que le rodeaba los pies.

Presentóse Nicolás en el umbral. Ignaty, azorado, bajó el pie; intentó levantarse, pero vaciló y cayó pesadamente sobre el banco, apoyándose con ambas manos en él.

—¡Ay, qué cansado estoy!...

—¡Buenos días, camarada!—dijo Nicolás amistosamente, con un movimiento de cabeza—. ¡Espere, voy a ayudarle!

Arrodillóse ante el obrero y se puso a desenvolver rápidamente la tira sucia y mojada.

—Hay que frotarle los pies con alcohol, le sentará bien—dijo la madre.

—¡Eso!—afirmó Nicolás.

Dió un resoplido Ignaty, lleno de confusión.

Nicolás encontró, por fin, la esquela; la estiró, la miró y se la tendió a la madre:

—¡Tome! ¡Es para usted!

—¡Lea!

Acercándose a la cara el pedazo de papel gris y arrugado, leyó Nicolás:

"Madre, no dejes de la mano el asunto, dile a esa señora que no se olviden de seguir escribiendo sobre nuestras cosas, por favor. Adiós.

Rybin."

—¡Buen hombre!—dijo tristemente la madre—. Le agarran por el pescuezo y aún piensa en los demás.

Lentamente, dejó caer Nicolás el brazo que sostenía la esquela, y dijo a media voz:

—¡Es maravilloso!

Mirábalos Ignaty, moviendo poco a poco los dedos fangosos del pie descalzo. La madre, escondiendo el rostro bañado en lágrimas, acercóse a él con un barreño de agua; se sentó en el suelo para agarrar la pierna del hombre.

—¿Qué va a hacer?... Es inútil..., es...

—¡Dame el pie en seguida!...

—Voy a traer alcohol—dijo Nicolás.

El hombre seguía escondiendo la pierna debajo del banco y murmuraba:

—No quiero..., eso no está bien...

Sin contestar, la madre empezó a desatarle las tiras de lona del otro pie. La cara redonda de Ignaty se puso larga de asombro. La madre empezó a lavarle.

—¿Sabes—dijo con voz estremecida—que pegaron a Rybin?...

—¿De veras?—exclamó Ignaty, espantado.

—Sí, cuando le llevaron a Nikolsky, ya le habían molido a golpes; y allí, el suboficial y el comisario le dieron de puñetazos, de patadas... Iba cubierto de sangre...

—¡Ah, eso ya lo saben hacer!—respondió el obrero, y un temblor le sacudió los hombros—. Les tengo miedo como al diablo... Y los campesinos, ¿no le pegaron también?

—Uno solo, por orden del comisario. Los demás

se portaron bien, y hasta se opusieron a que le pegaran...

—Sí...; los campesinos empiezan a enterarse...

—Los hay que son inteligentes, en aquel pueblo...

—¿En dónde no los hay? ¡Los hay en todas partes! Y tiene que haberlos; lo difícil es encontrarlos. Se esconden por los rincones, royéndose el corazón, cada uno para consigo... No tienen valor para reunirse...

Trajo Nicolás una botella de alcohol, echó unos carbones en el samovar y salió sin decir nada. Después de haberle seguido con mirada curiosa, Ignaty preguntó en voz baja a la madre:

—¿Es el amo?

—En la causa del pueblo no hay amos; sólo hay camaradas...

—¡Es asombroso!—dijo el obrero sonriendo, perplejo e incrédulo.

—¿Qué?

—Todo...: en un lugar, te dan bofetadas...; en otro, te lavan los pies... ¿No hay un término medio?

Abrióse de par en par la puerta del cuarto y Nicolás respondió:

—En medio están los que lamen las manos de la gente que golpea y chupan la sangre de los ofendidos... ¡Ahí está el medio!

Miróle Ignaty con deferencia, y dijo, después de una pausa:

—Eso... es la verdad...

—Pelagia—dijo Nicolás—, estará cansada..., déjeme a mí.

El hombre retiró las piernas con inquietud...

—¡Ya está!—contestó ella, levantándose—. ¡Bueno, Ignaty, ponte de pie ahora!

Alzóse él, apoyándose ya en un pie, ya en otro, descansando en el suelo con fuerza, y declaró:

—¡Parecen nuevecitos!... ¡Gracias..., muchas gracias!

Tras un minuto de silencio cuchicheó, mirando al barreño lleno de agua sucia:

—No sé cómo voy a daros las gracias...

Pasaron los tres al comedor, en donde almorzaron. Ignaty refirió con voz grave:

—Yo fuí el que repartió los periódicos; me gusta mucho andar. Rybin me dijo: "¡Vete a llevarlos! Si te cogen, de nadie más sospecharán..."

—¿Hay mucha gente que los lea?—preguntó Nicolás.

—Todos los que saben leer...

Nicolás exclamó, pensativo:

—¿Cómo nos las arreglaríamos para que la hoja, a propósito de la detención de Rybin, llegara en seguida al campo?

Ignaty puso atención.

—Hoy me ocuparé yo en ello. ¿Tenemos ya hojas?—preguntó.

—¡Sí!

—Démelas, y yo las llevo—propuso Ignaty, chispeándole los ojos, restregándose las manos—. Yo sé adónde y cómo hay que llevarlas... ¡Déme!

La madre se sonreía sin mirarle.

—Pero estás cansado y tienes miedo; acabas de decir que no querías volver nunca por allá...

Ignaty hizo chascar los labios, y atusándose el pelo con su manaza, dijo en tono serio y apacible:

—Estoy cansado..., pero, bueno, ya descansaré... Lo del miedo, es verdad... Decís que pegan a la gente hasta hacer sangre..., y nadie tiene gana de que le estropeen... Ya me las arreglaré, iré de noche..., ¡ya encontraré medio! Déme, y esta noche misma me voy...

Calló un instante, fruncido el entrecejo.

—Me iré al bosque y me esconderé; luego, avisaré a los camaradas, diciéndoles: "Venid y servíos." Es lo mejor que puede hacerse... Si yo mismo repartiera los papeles y me agarran, sería una lástima por los periódicos... Tan pocos hay, que es preciso cuidarlos mucho.

—¿Y qué vas a hacer del miedo?—preguntó nuevamente la madre.

El sólido mocetón de cabeza rizosa la divertía por la sinceridad que resonaba en cada expresión suya, por su cara redonda y su aspecto obstinado.

—El miedo es el miedo, y los negocios son los negocios—replicó, enseñando los dientes—. ¿Por qué os burláis de mí? ¡Hay que ver!... ¿No hay motivos para asustarse?... Pero, si es necesario, se pasa por el fuego... Cuando se trata de un asunto así... hay que...

—¡Ay!... ¡Ay, niño!—exclamó involuntariamen

te la madre, abandonándose al sentimiento de alegría que él despertaba en ella.

Sonrió el mozo, con azoramiento.

—¡Pues, sí..., yo, un niño!

Nicolás, que no había dejado de contemplarle
amistosamente, tomó la palabra:

—No ha de ir allá...

—Pues, ¿qué debo hacer? ¿Adónde tengo que ir?
—preguntó Ignaty, inquieto.

—Otro será el que vaya, y usted le explicará por
menudo lo que tenga que hacer... ¿Quiere?

—¡Bueno!—contestó Ignaty de mala gana, después de un instante de vacilación.

—Le daremos documentos y le encontraremos
una plaza de guarda forestal.

—Pero si los campesinos vienen a coger leña o
de caza furtiva..., ¿qué hace uno? ¿Los detiene? Lo
que es eso, no...

Echóse a reír la madre, y también Nicolás, con
lo que se turbó y apesadumbró de nuevo el campesino.

—¡Pierda cuidado!—dijo Nicolás—. No tendrán
ocasión... ¡Créame!

—¡Entonces ya es otra cosa!—dijo Ignaty, tran-
quilizándose y sonriendo a Nicolás con expresión
confiada y gozosa—. Me gustaría ir a la fábrica, dicen que allí hay gente bastante inteligente...

Parecía como si le ardiese en el ancho pecho una
hoguera desigual todavía, y se fué apagando sin dejar ver más que el humo de la perplejidad y la inquietud.

Levantóse de la mesa la madre y fué a la ventana,
diciendo en tono pensativo:

—¡Ay, qué rara es la vida!... Reír cinco veces al
día y llorar otras tantas... ¡Es agradable! ¿Acabas-
te, ya Ignaty? ¡Vete a dormir!

—¡No, no quiero!

—¡Vete a dormir, te digo!

—¡Qué severa! Bueno, ya me voy. Gracias por el
té, por el azúcar..., por la amistad.

Se tendió en el lecho de la madre y murmuró, rascándose la cabeza:

—Ahora, en vuestra casa, todo va a oler a alquitrán... ¡Hacéis mal... en mimarme así! No tengo
sueño... Sois buenos... Yo no entiendo ya nada... Parece que estamos a cien kilómetros del pueblo...

Qué bien estaba eso del medio que dijo... En medio, los que lamen las manos... de los que pegan a los otros... ¡Diablo!...

Y de pronto, con un sonoro ronquido, se durmió, altas las cejas, entreabierta la boca...

XX

YA de noche, muy tarde, hallábase Ignaty en un sótano, sentado frente a Vesovchikov, y le decía, cuchicheando:

—Cuatro golpes, en la ventana de en medio...

—¿Cuatro?—preguntó el picado de viruelas, en tono de preocupación.

Y dió tres golpes en la mesa, con el dedo doblado, contándolos:

—Uno, dos, tres; y otro luego, pasado un instante...

—Ya entiendo...

—Le abrirá un campesino pelirrojo, y le preguntará: "¿Busca a la comadrona?" Le contesta: "Sí, de parte del propietario." Nada más. Ya entenderá él de qué se trata.

Se acercaron las dos cabezas; uno y otro, robustos y altos, hablaban ahogando la voz; cruzados los brazos sobre el pecho, la madre los miraba, de pie junto a la mesa. Todas aquellas señas misteriosas, aquellas preguntas y respuestas convenidas, la hacían sonreír; pensaba:

"Son todavía unos niños."

En la pared lucía una lámpara, iluminando las sombrías manchas de humedad, las estampas recortadas de los periódicos; por el suelo veíanse cubos abollados, desperdicios de cinc; por la ventana, distinguíase en el cielo oscuro una estrella grande y centelleante. Olor de herrumbre, de pintura al óleo y de humedad llenaba la habitación.

Vestía Ignaty un grueso gabán de paño velludo que le gustaba mucho; la madre le veía cómo acariciaba con amor una manga, y torcía, esforzándose, el ancho cuello para admirarse mejor. Y un pensamiento golpeaba el corazón de Pelagra.

"¡Hijos..., queridos hijos!..."

—¡Bueno!—dijo Ignaty poniéndose en pie—. A ver si se acuerda: primero a casa de Muratov; preguntar por el abuelo...

—Me acordaré—respondió Vesovchikov.

Pero Ignaty no parecía resuelto a creerle, y le volvió a repetir cada señal y cada consigna; por último, le tendió la mano.

—¡Ahora, ya no hay más! ¡Adiós, camaradas! ¡Saludos de mi parte! Dígale: "Ignaty está bueno y sano." Son gente buena, ya verá...

Contemplóse con expresión satisfecha, se pasó la mano por el gabán y preguntó a la madre:

—¿Puedo irme ya?

—¿Sabrás el camino?

—¡Seguro!... ¡Hasta más ver, camaradas!

Se fué, altos los hombros, el pecho saliente, sobre la oreja el sombrero nuevo, metidas las manos en los bolsillos. Sobre la frente y las sienes le temblaban alegres unos rizos claros e infantiles.

—¡Por fin tengo ya tarea!—dijo Vesovchikov aproximándose a la madre—. Me aburría..., me preguntaba para qué salí de la cárcel... No hago más que estar escondido... En la cárcel aprendía... ¡Pavel nos llenaba el cerebro que daba gusto! Y también Andrés nos zarandeaba... Bueno, madre, ¿qué hay decidido de la evasión? ¿La preparan?

—¡Pasado mañana lo sabré!—contestó ella; y repitió, con un involuntario suspiro:

—Pasado mañana...

El picado de viruelas prosiguió, acercándosele y poniéndole su manaza en el hombro:

—Diles a los jefes que es facilísimo..., te escucharán. Míralo tú; éste es el muro de la cárcel, junto al farol. En frente, un solar; a la izquierda el cementerio; a la derecha la calle, la ciudad. Un farolero va a limpiar el farol en pleno día; coloca la escala junto al muro, sube, engancha en lo alto de la pared los anillos de una escalera que se desarrollará hacia el interior del patio, y ya está. En la cárcel se sabe la hora; se les pide a los presos de derecho común que armen jaleo, o lo arma uno mismo; entre tanto, los que se designan suben por la escalera y no hay más quehacer. Se van tranquilamente a la ciudad, porque primero irán a buscarlos por el cementerio, por los solares...

Gesticulaba vivazmente exponiendo su plan, que le parecía sencillo, claro y hábil. La madre había conocido al muchacho pesado y torpe; parecíale raro ver aquella cara picada de viruelas tan animada y móvil. Antes, los ojos estrechos de Vesovchikov lo miraban todo con irritación y desconfianza; ahora, se diría que otros los habían reemplazado: eran ovales y brillaban con fuego igual y sombrío, que convencía y turbaba a la madre.

—Reflexiona, que tiene que ser de día... ¡Sí, de día! ¿Quién va a pensar que un preso ha de escaparse de día, ante los ojos de toda la cárcel?

—¿Y si disparan contra ellos?—preguntó la madre, estremeciéndose.

—¿Quién? Soldados no hay; y los carceleros emplean el revólver para clavar clavos...

—¡Casi es demasiado sencillo!

—¡Ya verás! ¡Tiene que ser como yo estoy diciendo! ¡Díselo tú a los otros! Yo lo tengo ya todo preparado, la escala de cuerda, los ganchos... He hablado a mi patrón..., que hará de farolero...

Alguien se movía, tosiendo detrás de la puerta, con un ruido de chatarra.

—Ahí viene el patrón—exclamó el picado de viruelas.

Un baño de cinc asomó por el vano de la puerta y una voz ronca dijo:

—¡Entra, demonio!

Vióse luego una cabeza redonda y barbuda, de pelo gris, expresión bondadosa y ojos saltones.

Vesovchikov ayudó al hombre a entrar la bañera; luego, el recién llegado, hombretón de espalda encorvada, tosió, hinchando las raras mejillas, escupió, y dijo, con la misma voz ronca:

—¡Buenas noches!

—¡Ea, pregúntale!—exclamó el joven.

—¿Qué? ¿Qué quieren preguntarme?

—A propósito de la evasión...

—¡Ah!—dijo el anciano, limpiándose el bigote con los dedos negros.

—Mire, Jacob, no cree que sea fácil de organizar...

—¡Ah! ¿No cree? Si no cree, es que no quiere. Pero como nosotros dos lo queremos, creemos que es muy fácil—replicó tranquilamente el hombre.

Plegándose en ángulo recto, tuvo un golpe de tos y se estuvo luego un buen rato en medio de la pieza, dando resoplidos y restregándose el pecho. Con los ojos desencajados, miró a la madre.

—¡Pero si no soy yo la que tiene que decidirlo! —observó ésta.

—¡Habla con los demás, diles que todo está dispuesto! ¡Ay, si pudiese yo verlos, ya los convencería!—exclamó el picado de viruelas.

Extendió los brazos en amplio ademán, y los cruzó luego, como si abrazara quién sabe qué; en su voz resonaba ardoroso un sentimiento cuya energía dejaba llena de asombro a la madre.

—¡Hay que ver cómo ha cambiado!—pensó; y luego, en voz alta:

—Pavel y sus camaradas tienen que decidir...

Pensativo, el picado de viruelas agachó la cabeza.

—¿Quién es ese Pavel?—preguntó, sentándose, el viejo.

—Mi hijo.

—¿Y de apellido, se llama...?

—Vlasov.

Meneó él la cabeza, sacó la bolsa de tabaco del bolsillo y dijo cargando la pipa:

—Ya he oído ese nombre. Mi sobrino le conoce. También mi sobrino está en la cárcel; se llama Evchenko. ¿Le conoce? Yo me llamo Gadun. Pronto estarán todos en la cárcel; entonces los viejos nos quedaremos tranquilos y felices. El guardia me prometió mandar a mi sobrino a Siberia... ¡Y lo hará, el maldito!

Se puso a fumar, escupiendo al suelo de vez en cuando.

—¡Ah! ¿No quiere?—continuó dirigiéndose al joven—. Es cosa de ella... El hombre es libre... Si está cansado, se sienta; si se cansa de estar sentado, echa a andar... Si le despojan, que se calle; si le pegan, que lo sufra con paciencia. Si le matan, que caiga... Es muy cierto... Pero yo sacaré a mi sobrino... Yo le sacaré...

Sus frases cortas, semejantes a ladridos, llenaron de perplejidad a la madre; las últimas palabras del anciano excitaron sus celos.

En la calle, caminando entre el viento frío y la lluvia, pensaba en Vesovchikov.

—¡Cómo ha cambiado..., hay que ver!

Y acordándose de Gadun, meditó, casi piadosamente:

—Al parecer, no soy yo sola quien vive la vida nueva...

Luego se alzó en su corazón la imagen del hijo:

—¡Si por lo menos él consintiera!...

XXI

EL domingo siguiente, cuando se despidió Pavel en el locutorio de la prisión, sintió ella en la mano una bolita de papel. Aquello la hizo estremecerse, y echó sobre su hijo una mirada interrogadora y suplicante; pero no obtuvo respuesta alguna de Pavel. Sus ojos azules tenían, como de costumbre, la sonrisa tranquila y firme que tan bien conocía.

—¡Adiós!—le dijo, suspirando.

De nuevo le tendió Pavel la mano, dando a su rostro expresión acariciadora.

—¡Adiós, mamá!

Esperó, reteniendo la mano del hijo.

—No te preocupes..., no te enfades...—prosiguió él.

Aquellas palabras y el pliegue obstinado de la frente dieron a la madre la respuesta esperada.

—¿Por qué dices eso?—murmuró, bajando la cabeza—. ¿Qué hay en todo eso?...

Salió vivamente, sin mirarle, para no revelar con sus lágrimas sus sentimientos. Por el camino parecíale sentir dolor en la mano que apretaba la esquela de su hijo; el brazo le pesaba como si le hubiesen dado un golpe en el hombro. En cuanto llegó a casa, entregó a Nicolás la bolita de papel. Mientras iba mirando cómo estiraba el papel, fuertemente apretado, recobró un tanto la esperanza. Pero Nicolás le dijo:

—¡Ya lo sabía! Mire lo que ha escrito: "Camaradas, no nos evadiremos, no podemos evadirnos... Ninguno de nosotros consiente en ello. Perderíamos nuestra propia estimación. Ocupaos antes del campesino recién apresado. Merece vuestra solicitud; es digno de vuestros esfuerzos. Aquí padece mucho. Todos los días tiene pelea con las autoridades. Ha pasado ya veinticuatro horas en el calabozo. Le atormentan sin descanso. Todos intercedemos por él. Consolad a mi madre, cuidadla. Contadle esto y lo comprenderá todo. *Pavel*."

Pelagia levantó la cabeza y dijo con voz firme:

—¿Contarme qué? Lo comprendo.

Volvióse Nicolás de súbito, sacó el pañuelo del bolsillo, y sonándose con estrépito, murmuró:

—Me he resfriado...

Se tapó los ojos con la mano, so pretexto de colocarse bien los anteojos, y continuó, yendo y viniendo por la habitación:

—Mire..., después de todo, nos habría salido mal...

—¡Qué importa! ¡Que le juzguen!—dijo la madre, mientras se le llenaba el pecho de angustia vaga.

—Acabo de recibir carta de un camarada de Petersburgo...

—También podrá escaparse de Siberia, ¿no es verdad?

—¡Claro!... Mi camarada me escribe que pronto será el juicio; el veredicto ya se conoce: deportación para todos... Ya lo ve... Los muy viles hacen una infame comedia de la justicia... Fíjese en que el juicio se hace en Petersburgo, antes del veredicto...

Detúvose para tomar aliento.

—Y tampoco atormentará inútilmente a los demás... A mí me quiere. Ya veis que ha pensado en mí. Que ha escrito: "Consoladla", ¿eh?

Su corazón daba fuertes latidos; la excitación le producía como mareo.

—¡Su hijo tiene un alma grande!—exclamó Nicolás, con voz de extraña resonancia—. Yo le quiero y le estimo mucho...

—¿Por qué no hablamos de Rybin?—propuso la madre.

Hubiera querido ponerse en acción inmediatamente, salir andando hasta caerse de fatiga y luego dormirse, satisfecha de su jornada de labor.

—¡Sí, en efecto!—respondió Nicolás, sin cesar en sus paseos—, ¿Qué haríamos?... Sería necesario que Sachenka...

—Va a venir..., viene cada vez que sabe que he visto a Pavel...

Baja la cabeza y como pensativo, sentóse Nicolás

junto a la madre, en el sofá; se mordía los labios y jugaba con su perilla.

—¡Lástima que no esté aquí mi hermana!... Se hubiera ocupado en la evasión de Rybin...

—¡Si se pudiera preparar en seguida, mientras Pavel está aún aquí!... ¡Se pondría tan contento! —exclamó la madre.

Calló, para continuar luego súbitamente, en voz baja y lenta:

—No comprendo..., no comprendo por qué se niega..., si puede ser...

Sonó un campanillazo. Levantóse Nicolás bruscamente. La madre y él se miraron.

—¡Es Sachenka! —dijo por lo bajo el joven.

—¿Cómo decírselo? —preguntó la madre en el mismo tono.

—Sí..., es difícil.

—Siento lástima de ella...

Repitióse el campanillazo con menos fuerza; hubiérase dicho que la persona que estaba a la puerta vacilaba también. Nicolás y la madre fueron a abrir, a un tiempo; pero, al llegar a la puerta de la cocina, retrocedió Nicolás, cuchicheando:

—Vale más que sea usted...

—¿Se niega a evadirse? —preguntó la joven con firmeza, en cuanto abrió la madre.

—¡Sí!

—¡Ya lo sabía! —dijo sencillamente Sachenka.

Pero se puso pálida. Desabrochóse a medias el abrigo e intentó quitárselo, sin conseguirlo. Entonces prosiguió:

—¡Hace viento, llueve; qué tiempo abominable!... ¿Está bien de salud?

—Sí.

—Contento y bien de salud... Como siempre —dijo Sachenka a media voz, examinándose la mano.

—Nos ha escrito que hay que preparar la fuga de Rybin —anunció la madre, sin mirarla.

—¿De veras? ¡Hay que poner en ejecución el proyecto! —dijo la joven, con lentitud.

—¡Soy de la misma opinión! —declaró Nicolás, apareciendo en el umbral—. ¡Buenos días, Sachenka!

La joven le tendió la mano y preguntó:

—¿Qué obstáculo existe? Todos reconocen que el

plan es ingenioso, ¿verdad? Yo sé que todos son de ese parecer...

—Pero, ¿quién va a encargarse de organizarlo? Todos tienen tarea...

—Yo—dijo vivamente la muchacha, poniéndose en pie—. Yo tengo tiempo...

—Sea; pero hacen falta otros colaboradores...

—¡Bueno!... Ya los encontraré..., voy ahora mismo...

—¿Por qué no descansa?—propuso la madre.

Sonrió la joven, y respondió, dulcificando la voz:

—No se inquiete por mí..., no estoy fatigada...

Les apretó la mano en silencio y se fué, otra vez fría y severa...

La madre y Nicolás se acercaron a la ventana y la siguieron con los ojos; atravesó el patio y desapareció detrás de la verja.

Nicolás se puso a silbotear; luego, se sentó a la mesa y tomó la pluma.

—¡Se ocupará del asunto y en ello encontrará alivio!—dijo la madre a media voz.

—¡Es evidente!—replicó Nicolás; y, volviéndose hacia la madre le preguntó, con su rostro de bondad iluminado por una sonrisa—: Esa copa no tocó a sus labios, madre... ¿Nunca suspiró por el hombre querido?

—¡Qué idea!—exclamó ella, agitando la mano—. ¿Suspirar yo? Sólo tenía miedo de que me obligaran a casarme con uno o con otro...

—¿Ninguno le gustaba?

Reflexionó ella y contestó:

—No me acuerdo, amigo mío... Es probable que hubiera uno que me gustase más que los otros... ¿Cómo podía no ser así?... Pero no me acuerdo.

Mirándole, concluyó, con tristeza penosa:

—Tanto me pegó mi marido, que todo lo que pasó antes está borrado de mi alma...

Salió un momento la madre; cuando volvió, Nicolás le dijo con mirada afectuosa, como para acariciar sus recuerdos con palabras tiernas y cariñosas:

—Pues, mire..., yo también he tenido una historia... como la de Sachenka. Quise a una muchacha, a una criatura exquisita: era la estrella que me guiaba... Veinte años hace que la conozco y que la quiero..., la quiero ahora, todavía, a decir verdad...

La quiero siempre lo mismo..., con toda mi alma, con gratitud...

La madre veía sus ojos iluminados por una llama viva y cálida. Había apoyado la cabeza en los brazos, que descansaban en el respaldo de su sillón, y miraba a lo lejos, no se sabe adónde; todo su cuerpo, flaco y esbelto, pero robusto, parecía tendido hacia adelante, como un tallo vuelto hacia la luz del sol.

—Pero, entonces..., cásese —aconsejó la madre.

—¡Oh! Cinco años hace que está casada...

—¿Por qué esperó tanto tiempo? Ella, ¿no le quería?

Contestó él, después de un instante de reflexión:

—Creo que me quería..., ¡hasta estoy seguro! Pero, mire, no tuvimos suerte: cuando ella estaba libre, yo estaba en la cárcel, y cuando yo estaba en libertad, la que estaba en la cárcel era ella. ¡Estábamos en la misma situación que Sachenka y Pavel! Al cabo, la enviaron a Siberia por diez años... ¡Terriblemente lejos! Yo quise seguirla..., pero a los dos nos dió vergüenza... Y me quedé... Allí conoció ella a un camarada mío, muy buen muchacho. Se fugaron juntos..., y ahora viven en el extranjero...

Se quitó Nicolás los lentes, enjugándolos, miró los cristales al trasluz y empezó de nuevo a frotarlos.

—¡Ay, amigo querido! —dijo cariñosamente la madre, balanceando la cabeza.

Le tenía lástima, y, a la vez, veía en él algo que obligó a Pelagia a sonreír con buena sonrisa maternal. Nicolás cambió de actitud, volvió a tomar la pluma, sacudiéndola al compás de las palabras, y dijo:

—La vida de familia disminuye las energías del revolucionario; sí, las disminuye siempre. Nacen criaturas, escasea el dinero, hay que trabajar para ganarse el pan... Y el verdadero revolucionario tiene que desarrollar su energía sin cansarse, lo cual exige tiempo. Si nos retrasamos, vencidos por la fatiga o seducidos por la posibilidad de un triunfo pequeño, casi hacemos traición a la causa del pueblo...

Su voz era firme, y aunque la cara se le había puesto pálida, brillaba en sus ojos una energía igual y sostenida.

Otra vez resonó un violento campanillazo, interrumpiendo el discurso de Nicolás. Era Lludmila, con las mejillas rojas de frío. Mientras se quitaba las galochas, dijo con voz irritada:

—Ya han fijado día para el juicio: será dentro de una semana.

—¿Seguro?—gritó Nicolás desde su cuarto.

Corrió la madre a él, sin saber si la turbaba la alegría o el temor. Lludmila fué tras ella y continuó con su voz baja e irónica:

—Sí. El sustituto del fiscal Chostak acaba de redactar el acta de acusación. En el tribunal dicen abiertamente que el veredicto ya está dado. ¿Qué significa ésto? ¿Teme el gobierno que los funcionarios traten a sus enemigos con dulzura? Después de haber pervertido a sus servidores con tanto celo y durante tanto tiempo, ¿no está seguro de su servilismo?

Sentóse Lludmila en el sofá, restregándose las mejillas huecas; los ojos, sin brillo, estaban llenos de desprecio, en tanto que su voz se encolerizaba por momentos.

—¡No gaste la pólvora en salvas, Lludmila!—le dijo Nicolás—. El gobierno no la oye...

Las ojeras de la mujer hiciéronse más profundas y negras, cubriéndose el rostro con una sombra amenazadora; continuó, mordiéndose los labios:

—Contra el gobierno voy. Que me mate: está en su derecho, soy su enemiga. Pero que no corrompa a la gente para que defienda su poder; que no me obligue a despreciarlos, que no envenene mi alma con su cinismo...

Miróla Nicolás a través de sus lentes, arrugando los párpados y meneando la cabeza. La joven continuaba discurriendo, como si tuviese delante a los que odiaba. Escuchaba atentamente sus palabras la madre, pero no las comprendía; iba repitiéndose maquinalmente las mismas palabras:

—El juicio... dentro de una semana..., el juicio...

No podía representarse lo que sucedería, ni cómo tratarían los jueces a Pavel. Pero sentía la proximidad de algo despiadado, cuya crueldad y ferocidad nada de humano tenían. Sus pensamientos le dejaban el cerebro turbado, le velaban los ojos con un vaho azuloso y la sumían como en una fría viscosidad que le daba temblor, le producía náuseas, se le infiltraba en la sangre y le llegaba al corazón, ahogando todo valor en ella.

XXII

Dos días pasó entre aquella nube de perplejidad y angustia. Al tercero, llegó Sachenka y le dijo a Nicolás:

—Todo está listo. Será hoy, a la una...

—¿Ya?—preguntó él, asombrado.

—¡No hay mucha complicación! Yo no tenía que hacer más que procurarme vestidos para Rybin y encontrar sitio para esconderle... De los demás Gadun se encarga... Rybin sólo tendrá que andar unos cien pasos. Vesovchikov, disfrazado, por supuesto, saldrá a su encuentro y le dará un gabán y una gorra, diciéndole adónde tiene que ir... ¡Yo esperaré a Rybin, para llevármele!

—Muy bien... ¿Quién es Gadun?—preguntó Nicolás.

—Ya le conoce. En su casa daba usted lecturas a los cerrajeros...

—¡Ah, ya recuerdo!... Un viejo raro...

—Es plomero, fué soldado... Es limitadísimo, con un odio inagotable a la violencia y a todos los opresores. Tiene algo de filósofo—dijo pensativamente Sachenka, mirando por la ventana.

La madre escuchaba en silencio; poco a poco, iba madurando un pensamiento dentro de ella.

—Gadun quiere que se fugue su sobrino, Evchenko, aquel herrero que estimaba usted tanto por su limpieza y arreglo, ¿se acuerda?

Movió la cabeza Nicolás.

—Lo tiene todo arreglado a la perfección—continuó Sachenka—, sólo que yo empiezo a dudar del éxito... Los presos pasean todos a la misma hora y, en cuanto vean la escala, muchos querrán fugarse...

Cerró ella los ojos y calló; la madre se acercó a ella.

—...Se estorbarán mutuamente.

Los tres hallábanse en pie junto a la ventana, la madre detrás de Nicolás y Sachenka. Su conversación rápida iba despertando cada vez más en Pelagia un vago sentimiento...

—¡Yo iré!—dijo de pronto.

—¿Por qué?—preguntó Sachenka.

—¡No, no, amiga! ¡Le ocurriría algo! ¡No!—aconsejó Nicolás.

Los miró la madre y repitió, más bajo, con insistencia:

—¡Sí, yo iré!

Nicolás y la joven cambiaron una mirada. Sachenka se encogió de hombros y dijo:

—Es comprensible...

Luego, volviéndose a la madre, la tomó del brazo, se inclinó hacia ella y declaró con voz sencilla y cordial...

—Sin embargo, le advierto que es inútil que espere...

—¡Querida!—exclamó la madre, atrayéndola hacia sí con mano temblorosa—, lléveme consigo..., no la molestaré... Es necesario que yo vea... No creo que sea posible..., ¡una evasión!

—¡Vendrá!—dijo simplemente la joven a Nicolás.

—¡Eso es cosa suya!—respondió él, bajando la cabeza.

—Pero no podremos quedarnos juntas, madre. Váyase al campo, por los jardines. Desde aquí se ven los muros de la cárcel... Si no, le preguntarían lo que hace en aquellos lugares...

Pelagia contestó, con seguridad:

—¡Ya encontraré respuesta.

—No olvide que los vigilantes de la prisión la conocen—dijo Sachenka—. Si la ven por allí...

—¡No me verán!—exclamó la madre.

Súbitamente se inflamó, animándola, la esperanza que siempre había llevado consigo sin sospecharlo:

—Acaso..., él también...—pensó, vistiéndose con premura.

Una hora más tarde se hallaba en el campo, cerca de la cárcel. Soplaba un viento vivo, que le hinchaba las faldas, arrastrándose por el suelo helado, haciendo temblar el viejo cerramiento de un jardín, hiriendo con violencia el muro bajo de la cárcel, cayendo en el patio, que barría de gritos, levantados

al cielo por su soplo irresistible. Corrían algunas
nubes, dejando entrever a ratos la profundidad azul.
Detrás de la madre extendíase la ciudad; delante,
el cementerio. A la derecha, a unos veinte metros,
alzábase la cárcel. Cerca del cementerio, dos soldados que sacaban a pasear a un caballo, caminaban
con· pasos pesados, silbando y riendo...
Obediente a un impulso instintivo, la madre se
acercó a aquellos hombres y les gritó:
—Soldados, ¿no habéis visto mi cabra? ¿No vino
por aquí?
—No, no la hemos visto—contestó uno de ellos.
Lentamente, se alejó dejándolos atrás y dirigiéndose hacia la tapia del cementerio, mirando siempre
a hurtadillas. Sintió de pronto que las piernas le
flaqueaban, se ponían pesadas, como si el hielo las
hubiese pegado al suelo; en la esquina de la cárcel, un farolero, encorvado al peso de una escalerilla, apareció corriendo, como los del oficio. Pesta-
ñeó de espanto Pelagia y miró hacia donde estaban
los soldados; daban patadas en el suelo, sin caminar, y el caballo daba vueltas en derredor de ellos.
Luego, vió que el hombre había colocado ya la escalera contra la pared, subiéndose a ella sin prisas... Hizo un movimiento con la mano, bajó rápidamente y desapareció por la esquina de la cárcel.
Latía con fuerza el corazón de la madre y los segundos transcurrían lentos... Apenas se veía la escalera entre las manchas de barro y los desconcha-
dos que dejaban asomar los ladrillos... De repente,
apareció en lo alto del muro la cabeza negra de
Rybin; después, todo su cuerpo. Pasó al otro lado
y se dejó caer... Una segunda cabeza, tocada con
gorra de pelo, surgió; rodó por el suelo una pelota
negra y desapareció a la vuelta del edificio. Rybin
se puso en pie, miró en derredor, meneó la cabeza...
—¡Escapa, escapa!—murmuró la madre, golpeando con el pie la tierra.
Le zumbaban los oídos; llegaban gritos hasta
ella; una tercera cabeza, ésta rubia, emergió en lo
alto de la tapia. Agarrándose el pecho con las manos, miraba la madre, petrificada... La cabeza rubia
e imberbe se levantó como para arrancarse del cuerpo y luego desapareció detrás de la tapia. Los gritos
se hacían cada vez más bulliciosos e impetuosos; el
viento los arrastraba por el espacio con los trinos

agudos de los silbidos... Rybin corrió a lo largo del muro y salvó un terreno que separaba la cárcel del caserío de la ciudad. A la madre le pareció que iba muy despacio y que levantaba demasiado la cabeza; de seguro, los que se cruzaran con él no olvidarían sus facciones.

—¡De prisa..., más de prisa!—cuchicheó .

En el patio de la cárcel se oyó un chasquido seco...; luego, ruido ligero de vidrios rotos. Apoyado en el suelo con toda su fuerza, tiraba el soldado del caballo hacia sí; el otro, llevándose el puño a la boca, gritaba no se sabe qué en dirección de la cárcel, y luego tendía el oído y volvía la cabeza de aquel lado.

La madre, crispada, seguía mirando; sus ojos, que lo vieron todo, no daban crédito a nada. Se había figurado que una evasión era terrible y complicadísima, y ya estaba hecha, demasiado rápida y sencillamente para que pudiese tener plena conciencia de haberla presenciado. En la calle ya no se veía a Rybin. Un hombre de alta estatura, vestido con un gabán largo, y una chiquilla, eran los únicos transeúntes... Por la esquina de la cárcel aparecieron tres vigilantes; corrían, apretados uno contra otro, tendido el brazo hacia adelante. Uno de los soldados se precipitó a su encuentro; el otro seguía al caballo, empeñado en dar brincos, que le esquivaba, saltando. A la madre le pareció que todo oscilaba en derredor suyo. Los silbidos desgarraban el aire con trino incesante y desesperado... Pelagia se dió cuenta entonces del peligro que corría. Estremeciéndose, siguió a lo largo de la tapia del cementerio, sin perder de vista a los guardias; lanzáronse éstos hacia la otra esquina de la cárcel, y desaparecieron, así como los soldados... Vió al subdirector, que bien conocía, tomar el mismo rumbo, con el uniforme desabrochado... Sobrevinieron algunos agentes, se formó un gentío...

El viento, atorbellinándose, corría, como satisfecho, trayendo a oídos de Pelagia jirones de frases confusas.

—¡Aún está ahí!

—¿La escalera?

—¡Váyase al diablo! ¿Qué le pasa?...

Otra vez resonaron silbidos. Aquel tumulto encantó a la madre; apresuró el paso, diciéndose:

"¡De modo que era posible!... ¡Hubiera podido, si quisiera!..."

De repente, al volver de la tapia, tropezó con dos agentes de policía, acompañados de un guardia municipal.

—¡Alto!—exclamó éste, jadeante—. ¿Has visto por aquí un hombre... con barba? ¿No corría por aquí?

Señaló ella el campo, y respondió tranquilamente:

—¡Sí, por allí se fué!...

—¡Yegurov! ¡Corre..., silba!—aulló el guardia—. ¿Hace rato?

—Hará un minuto...

Pero su voz quedó apagada por un silbido. Sin esperar respuesta, el guardia echó a correr por entre montones de barro helado, agitando las manos en dirección de los jardines. Baja la cabeza, silbato en boca, los agentes de policía echaron tras él...

Siguióles la madre un momento con la vista y se volvió a casa. Sin pensar en nada concreto, echaba de menos algo; tenía en el corazón amargura y despecho... Cuando llegó cerca de la ciudad, le cortó el paso un coche de alquiler. Levantó la cabeza y vió en el coche a un joven de bigote rubio, de rostro pálido y fatigado, que la miró también. Sentábase de medio lado, y quizá por eso tenía el hombro derecho más alto que el izquiero...

Nicolás recibió a la madre con un suspiro de alivio...

—¿Viene sana y salva? Bueno, ¿y qué tal resultó?...

—Parece que ha salido bien...

Esforzándose para recordar los pormenores más chicos, hizo el relato de la evasión, como si fuera repitiendo una historia inverosímil.

—¡Vea, tenemos suerte!—dijo Nicolás, frotándose las manos—. ¡Pero qué miedo me hizo usted pasar! ¡No puede imaginárselo!... Por el juicio, no pase cuidado, madre... ¡Cuanto más pronto sea, más cerca estará el día de la liberación de Pavel, créalo! Tal vez pueda hasta evadirse en el camino de Siberia... En cuanto al juicio, poco más o menos, ha de ser así...

Empezó a describir al tribunal. Escuchaba la madre, adivinando en él algún temor y el deseo de tranquilizarla...

—¿Se figura que hablaré a los jueces, que les iré a pedir algo?—dijo.

Levantóse él bruscamente, agitó la mano y exclamó, dándose por ofendido:

—¿Qué está diciendo? Nunca lo pensé.

—¡Tengo miedo, es verdad! ¡Tengo miedo, y no sé por qué!

Calló, dejando vagar la mirada por la habitación.

—Hay momentos en que me figuro que se van a burlar de Pavel, que le insultarán, diciéndole: "¡Eh, campesino, hijo de campesino! ¿Qué has inventado ahí?" Y Pavel es orgulloso..., y les contestará... O es Andrés el que se burlará de ellos... ¡Los nuestros son todos tan ardientes, tan leales!... Y es lo que me digo: "Si sucediese cualquier cosa, si uno perdiese la paciencia..., le sostendrían los demás..., y los condenarían..., para que nunca los volviésemos a ver."

Nicolás, sombrío, dándose tirones de la barba, permanecía en silencio.

—¡No puedo quitarme estas ideas de la cabeza! —continuó la madre en voz baja—. ¡Un juicio es terrible! Se pondrían a examinarlo todo, a pesarlo..., ¡buscarán dónde está la verdad! ¡Es verdaderamente espantoso!... Lo que asusta, no es el castigo, sino el juicio..., la valoración de la verdad... No sé cómo decirlo...

XXIII

SIGUIÓ en aumento constante el terror en la mente de Pelagia durante los tres días que la separaban del juicio, y, llegado el momento, llevaba consigo al tribunal un peso que la doblaba en dos.

Reconoció en la calle a unos antiguos vecinos del arrabal, se inclinó en silencio para contestar a su saludo y se abrió presurosa camino a través de la muchedumbre sombría. Fué tropezando en los corredores y luego en la sala con las familias de los acusados. Hablaban ahogando la voz; cambiaban conceptos que ella no entendía. Del barullo se desprendía un sentimiento punzante que se le comunicaba a la madre, dejándola más oprimida.

—Siéntate—dijo Sizov, haciéndole lugar en el banco junto a él.

Obedeció, arreglándose los pliegues de la falda, y miró en torno... Vió vagamente tiras verdes y carmesíes, manchas, hilos amarillos y delgados que rehuían.

—¡Tu hijo llevó a la ruina al mío!—dijo en voz baja una mujer sentada cerca de ella.

—¡Cállate, Natalia!—interrumpió Sizov con aire hosco.

Levantó la madre los ojos hacia la mujer: era la madre de Samoilov. Un poco más allá estaba el padre, hombre calvo, de rostro regular, adornado con una barba roja en abanico. Arrugando los párpados, miraba hacia adelante; le temblaba la barba...

De los altos ventanales caía en la sala una luz igual y turbia; copos de nieve resbalaban por las vidrieras. Entre las ventanas veíase un retrato inmenso del zar, en espeso marco dorado, con reflejos crasos. De una y otra parte lo cubrían un tanto los pliegues rígidos de las pesadas cortinas que caían de las ventanas. Delante del retrato, una mesa cubierta de paño verde ocupaba casi todo el ancho de la sala; a la derecha, detrás de un enrejado, dos bancos de madera; a la izquierda, dos filas de sillones carmesíes. Unos ujieres, de verdes cuellos y botones dorados, iban y venían a paso de lobo. En el aire avieso temblaban cuchicheos sofocados; un vago olor de farmacia venía quién sabe de dónde. Colores y centelleos cegaban la vista, y en el pecho penetraban los olores del local a compás de la respiración; sentíase en el corazón el ahogo de temor turbio.

De pronto, alguien empezó a hablar en voz alta; todos se pusieron pie, se estremeció la madre y se levantó también, agarrándose al brazo de Sizov.

En el ángulo izquierdo abrióse una alta puerta, dando paso a un viejecillo de anteojos, todo vacilante. Unas delgadas patillas le tembloteaban en la boca. Los pómulos salientes y la barbilla se apoyaban en el alto cuello del uniforme; hubiérase dicho que, debajo, no había cuello de hombre. Sostenía al anciano un joven alto, con rostro de porcelana, redondo y sonrosado; tras ellos caminaban tres personajes revestidos con uniformes de mucho relumbrón y tres señores de paisano.

Deliberaron largamente en derredor de la mesa, sentándose luego. Cuando todos estuvieron colocados, uno, de faz rasurada, con el uniforme desabrochado, habló al anciano con aspecto negligente, moviendo con pesadez los labios hinchados. El anciano escuchaba. Rígido e inmóvil, veía la madre dos manchitas incoloras detrás de los cristales de sus anteojos.

Junto a un estrecho pupitre, en el extremo de la mesa, un hombre alto y calvo hojeaba papeles, tosiendo.

El anciano se bamboleó hacia delante y empezó a hablar. Pronunció con claridad la primera palabra, pero las demás parecían resbalar en sus labios delgados y grises.

—Declaro...

—¡Mira!—susurró Sizov, empujando ligeramente a la madre y poniéndose en pie.

Detrás del enrejado abrióse una puerta y dió paso a un soldado, con la espada desnuda al hombro, y luego a Pavel, Andrés, Fedia Mazin, los hermanos Gusev, Bukin, Samoilov y otros cinco jóvenes que la madre no conocía. Sonreíase Pavel, y Andrés saludó a la madre con un movimiento de cabeza. Sus sonrisas, sus caras y gestos animados, hicieron menos altivo el silencio y más luminosa la sala; el brillo craso del oro de los uniformes pareció dulcificarse; un soplo de seguridad, un vapor de fuerza viva llegaron hasta el corazón de la madre y lo sacaron de su entorpecimiento. Tras ella, en los bancos donde hasta allí había esperado la multitud, agobiada, un rumor sordo y contenido respondió al saludo de los acusados.

—¡No tienen miedo!—oyó cuchichear a Sizov; a su derecha la madre de Samoilov rompió a sollozar.

—¡Silencio!—gritó una voz severa.

—Les prevengo...—dijo el anciano.

Pavel y Andrés sentábanse juntos; luego, venían Mazin, Samoilov y los hermanos Gusev, todos en el primer banco. Andrés se había recortado la barba, dejándose crecer el bigote, cuyas puntas caían hasta juntarse, dando parecido con la de un gato a su cabeza redonda. Su fisonomía ostentaba una expresión nueva: era sombría. Mazin tenía el labio superior adornado con rayas oscuras y la cara más gruesa: Samoilov seguía tan rizoso como antes. Ivan Gusev conservaba su amplia sonrisa.

—¡Fedia! ¡Fedia!—suspiró Sizov bajando la cabeza.

La madre respiraba más fácilmente. Prestaba oído a las preguntas indistintas del anciano, que interrogaba a los acusados sin mirarlos, inmóvil la cabeza sobre el cuello del uniforme. Pelagia escuchaba las respuestas breves y apacibles de su hijo. Parecíale que el presidente y los jueces no podían ser gente mala y cruel. Examinaba los rasgos de sus fisonomías, intentando adivinarles los sentimientos, y sentía que una esperanza nueva le nacía en el corazón.

Indiferente, el hombre de la máscara de porcelana daba lectura a un documento; su voz mesurada iba llenando la sala de un aburrimiento que estremecía al público. En voz baja, y animadamente, cuatro abogados conversaban con los presos; tenían todos ademanes netos y vigorosos, y parecían grandes pájaros negros.

A la derecha del anciano, un juez ventrudo, de ojillos anegados en grasa, llenaba todo el sillón con su cuerpo; a la izquierda estaba un hombre encorvado, de bigote rojo y cara paliducha. Apoyaba con lasitud la cabeza en el respaldo del sillón; semicerrados los párpados, reflexionaba. El fiscal tenía también aspecto fatigado, aburrido e indiferente. Detrás de los jueces varios personajes ocupaban los sillones; un hombre robusto y alto se acariciaba la mejilla, con aspecto pensativo; el mariscal de la nobleza, de cabellos grises, faz rubicunda y luenga barba, dejaba vagar la mirada de sus ojazos dulces; el síndico de la bailía, molesto visiblemente por su panza enorme, esforzábase por esconderla bajo un faldón de la blusa, que se le escurría siempre.

—Aquí no hay criminales ni jueces—proclamó la voz firme de Pavel—. ¡No hay más que cautivos y vencedores!...

Hízose un silencio. Durante unos segundos, el oído de la madre no percibió sino el chirriar precipitado y fino de la pluma sobre el papel y los latidos de su propio corazón.

El presidente del tribunal parecía también escuchar algo, y esperar. Sus colegas se agitaron. Entonces, dijo:

—Sí... ¡Andrés Najodka!... ¿Reconoce usted...? Alguien cuchicheó:

—¡Levántese!... ¡Levántese!

Alzóse Andrés poco a poco y miró al viejo de arriba abajo, retorciéndose el bigote.

—¿De qué puedo reconocerme culpable?—dijo encogiéndose de hombros al pequeño-ruso, con su voz cantarina y prolongada—. Ni maté ni robé. Lo que no admito es esta organización de la vida que fuerza a los hombres a despojarse y asesinarse mutuamente.

—¡Conteste sí o no!—dijo el anciano con esfuerzo, pero en voz clara.

La madre sintió que detrás de ella zumbaba una excitación; los vecinos cuchicheaban y se revolvían como para desprenderse de una telaraña que parecían tejer las palabras grises del hombre de porcelana.

—¿Oyes como contestan?—dijo Sizov al oído de la madre.

—Sí.

—¡Fedia Mazin, responda!

—No quiero—dijo Fedia netamente, levantándose.

Tenía la cara roja de emoción y le brillaban los ojos.

Sizov lanzó una "¡ah!" sofocado.

—No quise defensor..., no quiero decir nada... Considero ilegítimo nuestro juicio... ¿Quiénes sois? ¿Os dió el pueblo derecho para juzgarnos? ¡No, no os lo dió! ¡Yo no os conozco!

Sentóse y escondió la cara inflamada tras el hombro de Andrés.

El juez gordo se inclinó hacia el presidente cuchicheando. El juez de cara pálida echó una mirada oblicua a los acusados y tachó algo con lápiz, en el papel que tenía delante. El síndico de la bailía meneó la cabeza y agitó los pies, con precaución. El mariscal de la nobleza conversaba con el fiscal; el alcalde prestaba atención y sonreía, rascándose la cara.

Otra vez el presidente habló con voz opaca.

Los cuatro abogados escuchaban atentos; los acusados cuchicheaban entre sí; Fedia seguía escondiéndose y sonreía con azoramiento.

—¿Has visto?... ¡Habló mejor que los otros!

—murmuró Sizov al oído de la madre—. ¡Ah, pí-
caro!

Sonrió la madre, sin comprender... Todo lo que
iba pasando no era para ella más que el prefacio,
inútil y forzoso, de algo terrible, que dejaría aplas-
tados con frío terror a todos los asistentes. Pero las
respuestas apacibles de Andrés y Pavel tenían tanta
firmeza e intrepidez como si se hubieran pronunciado en la casita del arrabal y no ante jueces. La salida ardiente y juvenil de Fedia le pareció diverti-
da. Un sentimiento de audacia y frescor iba naciendo en la sala; y por los movimientos de los que estaban detrás advertía la madre que no era ella la
única en experimentarlo.

—¿Su parecer?—preguntó el viejo.

El fiscal de la cabeza calva se levantó, agarrándose con una mano al pupitre; fué pensando con rapidez, citando números. No había nada terrible en
su voz. Pero, al oírle, sintió Pelagia en el corazón
como una puñalada; la vaga sensación de algo hostil; y le pareció que iba creciendo poco a poco hasta ser masa inabarcable. Contemplaba la madre a los
jueces, pero no los entendía; contrariamente a lo
que esperaba, no mostraban irritación contra Pavel y Fedia, no empleaban términos hirientes; encontraba que ninguna pregunta de las que les dirigían podía tener importancia para ellos; interro-
gábanles como de mala gana y ponían esfuerzo en
oír las respuestas. Nada les interesaba; lo sabían
todo por anticipado.

Ahora, un guardia estaba delante de ellos y hablaba con voz de bajo.

—Todos designan a Pavel Vlasov como principal
instigador.

—¿Y Andrés Najadka?—preguntó el juez gordo
con negligencia.

—¡También!

Uno de los abogados se puso en pie, y dijo:

—¿Puedo...?

El anciano hizo una pregunta:

—¿No hay objeción en contra?

Parecíale a la madre que los jueces estaban todos
enfermos. Una lasitud mórbida se desprendía de
sus actitudes, de su voz, de su cara. Veíase que todo les repugnaba: los uniformes, la sala, los guardias, los abogados, la obligación de permanecer en

sus sillones, de interrogar, de escuchar. Rara vez Pelagia había visto gente de posición elevada.; desde hacía unos años, ninguna; y consideraba las facciones de los jueces como algo enteramente nuevo, incomprensible, pero no tan tremendo como misterioso.

Hablaba a la sazón el oficial de cara amarilla tan conocido suyo; hablaba de Andrés y de Pavel, arrastrando las palabras con énfasis... La madre decía para 'sí, escuchándole:

"¡Qué sabrás tú, muñeco!"

Ya no tenía compasión ni temores por los que estaban detrás del enrejado; no sentía miedo por su parte; su lástima no quería emplearla en ellos; pero todos le inspiraban asombro y un sentimiento de amor que le oprimía el corazón con dulzura.

Jóvenes y robustos, estaban sentados aparte, junto a la pared, y casi no se mezclaban en la conversación monótona de testigos y jueces, en las discusiones de los abogados y el fiscal. A veces, uno de ellos tenía una sonrisa de desprecio y decía unas palabras a sus camaradas. Casi todo el tiempo se lo pasaban Andrés y Pavel hablando en voz baja con uno de los defensores; la madre le había visto en su casa el día antes, y Nicolás le llamó "camarada". Mazin, más animado e inquieto que los otros, prestaba oído a su conversación. De tiempo en tiempo, Samoilov cuchicheaba algo al oído de Ivan Gusev. Miraba la madre, comparaba, reflexionaba, sin poder darse cuenta todavía de la sensación de hostilidad que le iba invadiendo, ni hallar términos con que expresarla...

Sizov la empujó con el codo ligeramente; se volvió hacia él; parecía a la vez satisfecho y algo preocupado; cuchicheó:

—Fíjate en la seguridad que tienen esos pillastres ¿eh? Todo unos señores, ¿no es verdad? Y, sin embargo, los juzgan..., para enseñarles a meterse en lo que no les importa...

Repitió la madre involuntariamente:

—Los juzgan...

En la sala, los testigos iban deponiendo con voces incoloras y precipitadas; los jueces seguían preguntando, indiferentes y tristones. El juez gordo bostezaba, tapándose la boca con la mano hinchada; su colega del bigote bermejo se había puesto más pálido todavía; levantaba a veces el brazo y apoyaba con fuerza un dedo en la sien; miraba al techo sin ver nada. De tiempo en tiempo, el fiscal escribía una nota con lápiz, y luego volvía a cuchichear con el mariscal de la nobleza. El alcalde tenía las piernas cruzadas y tecleaba en su pantorrilla, gravemente fija la mirada en el tejemaneje de sus dedos. Posado el vientre sobre las rodillas, y sujetándolo prudentemente con ambas manos, el síndico del bailío inclinaba la cabeza; parecía ser el único que escuchaba el murmullo monótono de las voces, con el anciano hundido en el sillón e inmóvil como una veleta cuando ha parado el viento.

Aquello duró mucho, y otra vez el fastidio entumeció a la concurrencia.

Dábase cuenta la madre de que la implacable justicia, que desnuda fríamente el alma, la examina, ve y aprecia con ojos incorruptibles y lo pesa todo con mano leal, no había hecho todavía su aparición en aquella magnífica sala. Nada había en ella que la asustara como manifestación de fuerza o de majestad. Caras exangües, ojos apagados, voces cansadas, la diferencia opaca de un frío atardecer de otoño: esto era lo que en derredor advertía.

—Declaro... —dijo el anciano claramente; y después de haber ahogado el resto de la frase entre sus labios tenues, se levantó.

Un rumor, unos suspiros, unas exclamaciones sofocadas, unos accesos de tos, unos ruidos de pies llenaron la sala. Se llevaron a los acusados; menearon ellos la cabeza, sonriendo, en dirección de sus parientes y amigos; Ivan Gusev, sin esforzarse mucho, no se sabe a quién:

—¡No te dejes intimidar, camarada!...

La madre y Sizov salieron a los pasillos.

—¿Vienes a tomar el té en la cantina? —preguntó el anciano obrero con solicitud; tenemos hora y media por delante...

—¡No, gracias!

—¡Bueno, pues yo tampoco voy!... ¿Viste a los muchachos, eh? Hablan como si ellos solos fuesen los verdaderos hombres, y los demás nada. ¿Oíste a Fedia, eh?

Gorra en mano, el padre de Samoilov se acercó a ellos, con sonrisa triste, y preguntó:

—¿Qué dicen de mi hijo? No quiere abogado, se

niega a contestar... A él se le ha ocurrido... Tu hijo estaba por los abogados, Pelagia..., ¡el mío ha declarado que no los quería! Entonces, cuatro más le han imitado...

Su mujer estaba con él. Abría y cerraba frecuentemente los ojos, limpiándose la nariz con la punta del pañuelo. Samoilov reunió su barba en la mano y continuó:

—¡Ése es otro asunto! Cuando uno mira a esos diablos, se dice que han hecho lo que han hecho inútilmente, que han roto su vida para nada, y, de repente, se pone uno a pensar que tienen razón... Se acuerda uno de que en la fábrica el número de ellos aumenta sin cesar; de tiempo en tiempo los prenden, pero nunca los prenden a todos, como no se pescan jamás todos los peces de un río. Y uno se pregunta de nuevo: "¿Si estarán ellos en lo cierto?"

—¡Difícil de entender es el asunto para nosotros! —dijo Sizov.

—Sí, es verdad—asintió Samoilov.

Intervino la mujer, después de dar un resoplido.

—Ya tienen salud, esos malditos jueces...

Y continuó, con una sonrisa en la cara marchita:

—No te enfades, Pelagia, porque antes te dije que Pavel tenía la culpa de todo... ¡Hablando francamente, no se sabe quién es más culpable! Ya oíste lo que los espías y los guardias dijeron de nuestro hijo...

Estaba orgullosa, a ojos vistas, de su hijo, tal vez sin darse cuenta; pero la madre conocía aquel sentimiento y lo acogió con sonrisa de agrado.

—¡El corazón de los jóvenes está siempre más cerca de la verdad que el de los viejos!—dijo en voz baja.

Paseábase la gente por los pasillos, reuniéndose en grupos y conversando sordamente, pensativa y animada. Nadie se mantenía apartado; veíase en todas las caras la necesidad de hablar, de interrogar, de escuchar. En el estrecho pasadizo, entre las dos paredes blancas, iban y venían los grupos, como si, empujados por un huracán, trataran de hallar un apoyo firme y seguro.

El hermano mayor de Bukin, grandullón de faz gastada, gesticulaba volviéndose vivamente a todos lados. Declaró:

—Nada tiene que ver en este asunto el síndico de la bailía; no es éste su lugar.

—¡Calla, Constantino!—le exhortaba su padre, viejecillo que paseaba en derredor miradas tímidas.

—¡No! ¡Quiero hablar! Dicen que el año pasado mató a su dependiente... por causa de su mujer... ¿Qué juez es ése, vamos a ver? Vive con la viuda del dependiente... ¿Qué se deduce de esto?... Además, todos saben que es un ladrón...

—¡Ay, Dios!... ¡Constantino!...

—¡Tienes razón!—dijo Samoilov—. ¡Tienes razón! Para juez, no es honrado...

Bukin, que había oído, se acercó vivamente, trayendo consigo todo un grupo; rojo de excitación, se puso a hablar, agitando los brazos:

—Cuando se trata de crímenes o de robos, se juzga por jurados: gente ordinaria, campesinos, burgueses. Y a los que están contra el gobierno, el gobierno los juzga... ¿Puede ser eso?

—¡Constantino!... Pero, vamos a ver, ¿están contra el gobierno? Tú, ¿qué dices?

—¡No, espera! ¡Fedia Mazin tiene razón! Si tú me ofendes, y yo te doy una bofetada, y tú me juzgas, de seguro resultaré ·yo culpable; pero, ¿quién ha insultado a quién? ¡Tú! ¡Tú!

Un guardia ya viejo, de nariz deforme y pecho adornado con medallas, separó a la muchedumbre y dijo a Bukin, amenazándole con un dedo:

—¡Eh!... ¡No grites! ¿En dónde estás? ¿Es esto la taberna?

—Permítame, guardia..., ya lo entiendo. Óigame: si yo le pego, y usted me devuelve los golpes, y yo le juzgo, ¿cómo se figura...?

—¡Vas a irte de aquí!—dijo el guardia con severidad.

—¿Adónde? ¿Por qué?

—A la calle. Para que no chilles más...

Bukin miró en torno suyo, y dijo a media voz:

—Para ellos, lo esencial es que uno se calle...

—¿Aún no lo sabías?—replicó el anciano con rudeza.

Bukin bajó la voz.

—Y además, ¿por qué el público no puede asistir al juicio y sí sólo los parientes? Si juzgan con justicia, pueden hacerlo delante de todos, ¿por qué han de tener miedo?

Samoilov repitió, pero con más fuerza

—Eso es verdad: este tribunal no satisface a la conciencia...

Hubiera querido la madre repetirle lo que le dijo Nicolás a propósito de la ilegalidad del juicio; pero no lo había entendido bien y se le olvidaron en parte las palabras. Para ver si las recordaba, se apartó del gentío y vió que la observaba un joven de bigote rubio. Tenía la mano derecha metida en el bolsillo del pantalón, con lo cual el hombro izquierdo parecía más bajo que el otro; y aquella particularidad le pareció conocida a la madre. Pero el hombre le volvió la espalda, y, preocupada con sus recuerdos, ella le olvidó en seguida.

Un instante después, su oído percibió un fragmento de conversación en voz muy baja:

—¿Aquélla? ¿La de la izquierda?

Alguien respondió más alto, con alegría:

—¡Sí!

Echó una mirada en derredor. El de los hombros desiguales estaba a su lado y hablaba con el vecino, un mocetón de barba negra, calzado con botas altas y vestido con un gabán corto.

Estremecióse; a la vez le acometió el deseo de hablar de las creencias de su hijo. Hubiera querido oír las objeciones que podían hacerle, adivinar la decisión del tribunal por las frases de los que la rodeaban.

—¿Es así como se juzga?—comenzó a media voz, con prudencia, dirigiéndose a Sizov—. No lo entiendo... Los jueces tratan de saber lo que hizo cada cual, pero no preguntan por qué lo hizo... Díganme si esto es justo. Y son todos viejos... Para juzgar a los jóvenes, hacen falta jóvenes...

—Sí—comenzó Sizov—. Es muy difícil de entender para nosotros este asunto..., ¡mucho, muy difícil!

Y, pensativo, meneó la cabeza.

El guardia abrió la puerta de la sala, gritando:

—¡Que pasen los parientes!... Enseñen las tarjetas...

Una voz rezongona dijo lentamente:

—Piden la entrada..., como en el circo...

Sentíase a la sazón una irritación general y sorda, una vaga cólera; los curiosos manifestaban más desenvoltura que antes, metían ruido, discutían con los guardias.

XXIV

SENTÓSE Sizov en su banco, refunfuñando.
—¿Qué tienes?—preguntó la madre.
—¡Nada! El pueblo es tonto..., no sabe nada... Vive a tientas...

Sonó una campanilla. Alguien anunció con indiferencia:
—¡El tribunal!

Nuevamente pusiéronse todos de pie, como al principio; los jueces entraron en el mismo orden y tomaron asiento. Se dió entrada a los acusados.
—¡Atención—cuchicheó Sizov—. Va a hablar el fiscal...

La madre, alargando el cuello, inclinó todo el cuerpo hacia adelante y se quedó paralizada, en espera de lo terrible.

De pie, vuelta la cara a los jueces, el fiscal, después de lanzar un suspiro, empezó a hablar, agitando en el aire la mano derecha. No entendió la madre sus primeras palabras; la voz era fácil y espesa, y ya fluía con rapidez, ya se hacía más lenta. Las palabras se tendían, volaban, se arremolinaban como enjambre de moscas negras sobre un terrón de azúcar. Pero Pelagia no veía en ellas nada amenazador ni terrible. Frías como la nieve, grises como la ceniza, iban desgranándose y llenando la sala de fastidio, de algo horripilante como un polvillo fino y seco. Aquel discurso, abundante de palabras y pobre de ideas, no llegaba sin duda hasta Pavel y sus camaradas, que no se inquietaban por ellas en absoluto y seguían conversando apaciblemente entre sí; ya se sonreían, ya se enfurruñaban, para disimular la sonrisa.
—¡Miente!—cuchicheó Sizov.

La madre no hubiera podido decir si mentía. Escuchaba al fiscal y se daba cuenta de que los acusaba a todos sin tomarla directamente con nadie.

Citaba a Pavel y se ponía a hablar de Fedia; cuando los había ya confundido, mezclaba con ellos a Bukin; era como si metiera a todos los acusados en un caso y los encerrara dentro, apretándolos unos contra otros. Pero el sentido externo de sus palabras no satisfacía a la madre; ni la turbaba ni la conmovía; sin embargo, seguía en espera de lo terrible, buscándolo obstinadamente bajo aquellas palabras, en el rostro del fiscal, en sus ojos, en su voz, en la mano blanca que balanceaba lentamente en el aire. Sentía ella que estaba allí lo espantoso, lo indefinible, lo inasequible, y de nuevo se le apretaba el corazón.

Miró a los jurados; el discurso los aburría visiblemente. Las caras amarillas, grises, inanimadas, no tenían expresión ninguna; eran como manchas cadavéricas e inmóviles. Aquellas caras, de hinchazón enfermiza o demacradas en exceso, empañaban cada vez más el cansancio que invadía la sala. El presidente no hacía un movimiento, clavado en una actitud rígida; en ocasiones, las manchas grises de detrás de sus lentes fundíanse sobre la cara. Ante aquella indiferencia glacial, aquella frialdad, la madre se preguntaba con angustia:

"¿Están verdaderamente juzgando?"

De repente, la requisitoria del fiscal se interrumpió como de improviso, el magistrado se inclinó ante los jueces y se sentó, frotándose las manos. El mariscal de la nobleza le hizo una seña amistosa, poniendo los ojos en blanco. Le tendió la mano el alcalde y el síndico se contempló sonriente la barriga.

Veíase que los jueces no estaban satisfechos con el fiscal, porque no hicieron un movimiento.

—¡Perro tiñoso!—refunfuñó Sizov.

—Tiene la palabra...—dijo el viejecillo, acercándose un papel a la cara—, tiene la palabra el defensor de... Fedosiev, Markov, Zagarov...

Levantóse el abogado que vió la madre en casa de Nicolás. Tenía el rostro ancho y la expresión bondadosa; le chispeaban los ojillos; parecía tener bajo las cejas rubias dos puntas de acero que cortaban algo en el aire, como tijeras. Empezó a hablar sin apresurarse, con voz sonora y neta; pero la madre no le pudo escuchar, porque Sizov le dijo por lo bajo:

—¿Entiendes lo que dice? Dice que son unos locos. unos calaveras peleadores. ¡Quiere hablar de Fedia!

Ella no contestó, agobiada por decepción tan cruel.

Crecía su humillación, oprimiéndole el alma. En aquel instante comprendió por qué esperaba justicia, por qué pensaba asistir a una discusión leal y y severa entre la verdad de su hijo y la de los jueces. Figurábase que los jueces interrogarían a Pavel con detenimiento y atención acerca de su vida; que examinarían con ojos perspicaces todos los pensamientos y acciones de su hijo, todas sus jornadas; y, cuando vieran su rectitud, dirían con voz fuerte: "Este hombre tiene razón."

Pero no ocurría nada semejante; parecía que acusados y jueces estuviesen a cien leguas unos de otros, ignorándose mutuamente. Fatigada por la tensión de la expectativa, Pelagia no seguía ya los debates; ofendida, pensaba:

—¿Así es como se juzga? El juicio...

La palabra le pareció vacía y sonora: resonaba como un vaso de arcilla rajado.

—¡Bien hecho!—murmuró Sizov, aprobando con la cabeza.

—¡Parecen como muertos, los jueces!—suspiró la madre.

—¡Ya se reanimarán!

Mirándolos, advirtió, en efecto, en sus caras, una sombra de inquietud. Era otro abogado el que hablaba, un hombre bajo, de fisonomía puntiaguda, pálido e irónico. Los jueces le interrumpieron.

El fiscal se levantó bruscamente, y con voz rápida e irritada profirió la palabra "acta" y conferenció con el viejecito. Escuchábalos el abogado, inclinando respetuosamente la cabeza; luego volvió a tomar la palabra.

—¡Espulga, espulga!—aconsejó Sizov—. ¡Busca dónde está el alma!...

En la sala crecía la animación; abríase paso un ímpetu belicoso. El abogado atacaba a los jueces por todas partes, pinchándoles la vieja epidermis con frases cáusticas. Los jueces parecieron apretarse más estrechamente unos con otros, hinchándose ensanchándose, para resistir los papirotazos con toda la masa de su cuerpo muelle y desplomado.

Contemplábalos la madre; parecía como si se inflaran cada vez más, como si temieran que los golpes del abogado hiciesen resonar en su pecho un eco perturbador de su indiferencia.

Levantóse Pavel, y de súbito se hizo el silencio. La madre echó todo el cuerpo adelante. Pavel dijo con calma:

—Como hombre de partido, no reconozco más tribunal que el de mi partido; no hablo para defenderme, sino para satisfacer el deseo de mis camaradas que tampoco han querido defensor... Voy a intentar explicaros lo que no habéis entendido... El fiscal ha calificado de rebelión contra las autoridades supremas nuestra salida con el estandarte de la democracia socialista y ha hablado constantemente de nosotros como de rebeldes contra el zar. Debo declarar que para nosotros el zar no es toda la cadena que ata el cuerpo del país; no es más que el primer eslabón de que debemos libertar al pueblo...

El silencio se había hecho todavía más profundo al sonido de aquella voz firme; la sala parecía ensancharse y Pavel retroceder, alejándose del auditorio; adquiría luminosidad, relieve mayores. A la madre le invadió una sensación de frío.

Agitáronse pesadamente, con inquietud, los jueces. El mariscal de la nobleza murmuró unas palabras al juez displicente; movió éste la cabeza y se dirigió al viejecillo, al oído del cual hablaba, por el otro lado, el juez de traza enfermiza. El presidente, oscilando en su sillón de derecha a izquierda, dijo algo a Pavel, pero su voz se fundió en el curso amplio e igual de la exposición hecha por el joven.

—Somos socialistas. Esto quiere decir que somos enemigos de la propiedad particular, que desune a los hombres, los arma unos contra otros y crea una rivalidad de intereses inconciliables; que miente cuando intenta disimular o justificar esta hostilidad y pervierte a todos los hombres valiéndose de la mentira, la hipocresía y el odio... Nosotros estimamos que la sociedad que considera al hombre únicamente como medio de enriquecerse es antihumana, que nos es hostil; no podemos admitir su moral de dos caras, su cinismo desvergonzado y la crueldad con que trata a las individualidades que se le oponen; queremos luchar y lucharemos contra todas las formas de sometimiento físico y moral del hombre empleadas por esta sociedad, contra todos los métodos que fraccionan al hombre, en pro vecho de la codicia... Nosotros, los obreros, somos los que todo lo crean con su trabajo, desde las máquinas gigantescas hasta los juguetes de niño. Y nos vemos privados del derecho de luchar por nuestra dignidad humana; cada cual se arroga el derecho de transformarnos en instrumentos para alcanzar su propósito; queremos tener libertad bastante para que nos sea posible, con el tiempo, conquistar el poder. ¡El poder para el pueblo!

Sonrióse Pavel y se pasó lentamente la mano por el cabello; el fuego de sus ojos azules ardió con más brillo.

—Le ruego... que se ciña al tema—dijo el presidente, con voz neta y fuerte.

Volvíase hacia Pavel con todo el pecho y le miraba; a la madre le pareció que en el ojo izquierdo, empañado, lucía un resplandor ávido y malévolo. Todos los jueces tenían la mirada fija en el joven; sus ojos parecían pegarse a él, adherirse a su cuerpo para chuparle la sangre y reanimarse los miembros gastados. Pavel, firme y resuelto, tendió hacia ellos el brazo y continuó con voz distinta:

—Somos revolucionarios y lo seremos en tanto que los unos no hagan más que oprimir a los otros. Lucharemos contra la sociedad cuyos intereses te néis orden de defender; y no habrá reconciliación posible entre nosotros hasta que venzamos. ¡Por que venceremos nosotros, los oprimidos! Vuestros mandatarios no son tan fuertes como se figuran. Las riquezas que amontonaron y que protegen, sacrificando millones de seres desgraciados, esa fuerza que les da poder sobre nosotros, hacen surgir entre ellos fluctuaciones hostiles y los arruinan física y moralmente. La defensa de vuestro poder exige una tensión de espíritu constante; y, en realidad, vosotros, nuestros amos, sois todos más esclavos que nosotros, porque vuestros espíritus están sometidos, mientras que nosotros no estamos sometidos sino físicamente. Vosotros no podéis libertaros del yugo de los prejuicios y de los hábitos que os matan moralmente; a nosotros nada nos impide ser interiormente libres. Y nuestra conciencia crece y se desarrolla sin parar; se inflama cada vez más y arrastra consigo los mejores elementos moralmente sanos, aun los de vuestro medio... Advertid que

ya no tenéis a nadie que pueda luchar en nombre de
vuestro poderío con pensamientos; habéis agotado
ya todos los argumentos capaces de protegeros contra el asalto de la justicia histórica; no podéis crear
ya nada nuevo en el dominio intelectual; sois esté-
riles de espíritu. Nuestras ideas, las nuestras, se
desarrollan con fuerza creciente; penetran en las
masas populares y las organizan para la lucha por
la libertad, lucha encarnizada, lucha implacable. Os
será imposible detener este movimiento, como no
sea sirviéndoos de la crueldad y del cinismo. Pero
el cinismo es evidente y la crueldad irrita al pueblo.
Las manos que hoy empleáis para estrangularnos,
estrecharán mañana nuestras manos en apretón fra-
terno. Vuestra energía- es la energía mecánica pro-
ducida por el aumento del oro; os une en grupos
destinados a devorarse mutuamente. Nuestra energía es la fuerza viva y sin cesar creciente del sentimiento de solidaridad que une a todos los oprimidos. Cuanto hacéis es criminal, porque no pensáis
más que en sojuzgar al hombre; nuestro trabajo libertar al mundo de monstruos y fantasmas, creados
por vuestra mentira, por vuestra codicia y vuestro
odio. Pronto la masa de nuestros obreros y de nuestros campesinos estará libre y creará un mundo libre, armonioso e inmenso. ¡Y así ha de ser!

Calló Pavel un instante y luego repitió, aún con
mayor fuerza:

—¡Así ha de ser!

Cuchicheaban los jueces, con gestos raros, sin
apartar los ojos de Pavel. La madre decíase que con
aquellas miradas ensuciaban el cuerpo ágil de su
hijo; del que envidiaban la salud, la fuerza y la
frescura. Los acusados habían seguido atentos las
palabras de su camarada; estaban más pálidos, pero una llama de alegría les chispeaba en los ojos.
La madre había devorado las palabras de su hijo,
que se le grababan en la memoria.

En varias ocasiones el viejecillo interrumpió a
Pavel, explicándole quién sabe qué; hasta tuvo una
vez una sonrisa triste. Oíale Pavel en silencio y volvía a tomar la palabra con voz áspera, pero tranquila, que reclamaba la atención. Aquello duró mucho
tiempo; al cabo, el presidente gritó unas palabras,
con el brazo tendido hacia el joven. Éste contestó,
con voz ligeramente irónica:

—Termino. No quería ofenderos personalmente; antes al contrario, como asistente forzoso a esta comedia que llamáis juicio, casi os tengo lástima. A pesar de todo, sois hombres y a nosotros nos humilla siempre el ver a unos hombres rebajarse de manera tan vil, al servicio de la violencia, perder hasta un extremo tal la conciencia de su dignidad humana..., hasta cuando son hostiles a nuestros designios...

Sentóse sin mirar a los jueces. La madre contuvo la respiración para contemplar a aquellos de quienes dependía la suerte de su hijo, y esperó.

Andrés, radiante, estrechó con vigor la mano de Pavel. Samoilov, Mazin, todos, se volvieron a él; sonrió un tanto azorado por el entusiasmo de sus camaradas, miró al banco en donde sentábase Pelagia y le hizo una seña con la cabeza, como para preguntar: "¿Está bien así?"

Le contestó ella con un profundo suspiro de alegría y se estremeció, inundada por una ardiente ola de amor.

—¡Ea!... ¡El juicio va a empezar!—cuchicheó Sizov—. Buenos los ha dejado, ¿eh?

Meneó ella la cabeza sin responder, dichosa de que su hijo hubiese hablado con tanto valor, y más aún, quizá, de que hubiese terminado. Una pregunta le daba golpes en el cerebro:

—¡Hijos míos! ¿Qué va a ser de vosotros ahora?

Lo que su hijo acababa de decir no era nuevo para ella, que conocía sus opiniones; pero allí, delante del tribunal, era donde había llegado a sentir por primera vez la fuerza avasalladora y extraña de sus teorías. Impresionábale la calma del joven; en su pecho, el discurso de Pavel se mezclaba con la convicción firme de la victoria y del buen derecho de su hijo, que irradiaba dentro de la madre como una estrella.

XXV

Pensaba ella que los jueces empezarían a discutir duramente con él, a replicarle iracundos, a exponer argumentos.

Pero entonces se levantó Andrés, y mirando de arriba abajo al tribunal, comenzó:

—Señores defensores...

—¡Lo que tiene delante es el tribunal, y no la defensa!—le gritó el juez enfermo, con voz fuerte e irritada.

Veía la madre por la cara de Andrés que éste iba a bromear; le temblaba el bigote; tenían sus ojos una expresión felina y dulce, bien conocida de ella. Se restregaba vigorosamente la cabeza con sus manos largas y lanzó un suspiro...

—¿Es posible?—preguntó meneando la cabeza—. Yo creí que no había tal cosa, que no erais jueces, sino defensores y nada más...

—¡Le ruego que vaya al fondo de la cuestión! —dijo el vejete, con sequedad.

—¿Al fondo? Bueno. Quiero creer que en realidad sois jueces, a saber, personas independientes, leales...

—El tribunal no necesita de su opinión...

—¿Cómo? ¿No necesita de tales elogios?... ¡Hum!... Sin embargo, continuaré... Sois hombres que no admiten diferencia ninguna entre amigos y enemigos, seres libres. Así, tenéis ahora dos partidos ante vosotros: uno se queja de haberse visto despojado y maltratado; y el otro contesta que tiene derecho a despojar y maltratar, porque tiene un fusil...

—¿Tiene algo que decir tocante a la cuestión? —preguntó el viejecillo levantando la voz y la mano temblona.

Estaba contenta la madre viéndole irritado. Pero no le agradaba el procedimiento de Andrés, en desacuerdo con el discurso de Pavel. Pelagia hubiera querido que se entablara una discusión seria y grave.

Miró al anciano el pequeño-ruso, sin contestar, y dijo gravemente:

—¿De la cuestión?... ¿Y para qué voy a hablar? Ya os ha dicho mi camarada cuanto tenéis que saber. Otros os dirán lo que falte, cuando llegue el momento...

El vejete se levantó del sitial y dijo:

—¡Le retiro la palabra!... Gregorio Samoilov...

Apretando los labios con fuerza, el pequeño-ruso se dejó caer perezosamente en el banco; a su lado, Samoilov se puso en pie, sacudiendo sus rizos...

—El fiscal nos ha llamado salvajes, enemigos del progreso...

—¡No hable sino de lo referente a la cuestión!

—Es lo que hago... Nada puede ser indiferente para las personas honradas... Y ruego que no se me interrumpa. ¿Os las dais así de hombres cultos?

—¡No estamos aquí para discutir con ustedes! ¡Volvamos a la cuestión!—gritó el viejo, enseñando los dientes.

Las bromas de Andrés habían molestado visiblemente a los jueces, y como borrado algo en ellos. En sus caras grises iban apareciendo manchas rojas, y en sus ojos lucían chispas frías y verdes. El discurso de Pavel los había irritado, pero su tono enérgico les reprimió la cólera, forzándolos al respeto. El pequeño-ruso aniquiló su ten con ten y dejó al desnudo sin esfuerzo lo que disimulaba. Crispadas las facciones, cuchicheaban entre sí; sus gestos se hacían más precipitados, revelando su rabia.

—Educáis espías, pervertís mujeres y muchachas, colocáis al hombre en situación de ladrón y asesino, le envenenáis con aguardiente, le dejáis que se pudra en la cárcel... Guerras internacionales, mentira, libertinaje, embrutecimiento de la nación entera: ¡a eso llamáis civilización! ¡Sí, somos enemigos de esa civilización!

—Le ruego...—gritó el anciano, temblándole la barbilla.

Samoilov, todo colorado, chispeantes los ojos, gritó más que él:

—Pero amamos y respetamos la otra civilización, aquella cuyos creadores fueron apresados por vosotros, o que volvisteis locos...

—¡Le retiro la palabra!... ¡Fedia Mazin!

El jovencito se levantó bruscamente, como lezna

que sale de un agujero, y exclamó con voz entrecortada:

—¡Lo..., lo juro!... Sé que me vais a condenar...

Sofocado, palideció; no se veían más que ojos en su cara; añadió, con el brazo tendido:

—¡Palabra de honor! Enviadme a donde queráis..., ¡me ecaparé! Volveré... a trabajar siempre por la causa del pueblo..., por la libertad del país... ¡Toda la vida!... ¡Palabra de honor!...

Sizov lanzó un grito ahogado. Todos los asistentes, conmovidos por vaga excitación, se agitaban con rumores sordos y extraños. Lloraba una mujer; alguien tosía y se sofocaba. Los guardias contemplaban a los detenidos con asombro estúpido y echaban ojeadas furiosas a la multitud. Los jueces se agitataron; el anciano gritó:

—¡Ivan Gusev!

—No hablaré.

—¡Vasili Gusev!

—No quiero hablar.

—¡Fedor Bukin!

Rubio y como descolorido, se levantó pesadamente y dijo con lentitud, sacudiendo la cabeza:

—¡Vergüenza os debía de dar!... ¡Yo, que no soy más que un ignorante, comprendo lo que es la justicia!

Levantó el brazo por encima de la cabeza y calló, semibajos los párpados, como si mirase algo a lo lejos.

—¿Qué está diciendo?—exclamó el anciano, con asombro exasperado, recostándose en el sillón.

—¡Ah! Vosotros...

Bukin se dejó caer en el banco con aspecto sombrío. En sus palabras, desprovistas de sentido, latía algo inmenso e importante, a la vez que un vituperio entristecido e ingenuo. Todos tuvieron esta impresión, y los mismos jueces prestaron oído, como para captar un eco más neto del discurso. En los bancos reservados al público, todo calló y no se oía más que un leve rumor de llanto. Luego, el fiscal se sonrió, encogiéndose de hombros; el mariscal de la nobleza tosió, y otra vez la sala se llenó de cuchicheos que se alzaron, serpenteando.

Inclinóse la madre hacia Sizov y le preguntó:

—¿Hablarán los jueces?

—No..., todo ha terminado... No falta más que e' veredicto.

—¿Y nada más?

—No.

Ella no lo creía. La madre de Samoilov agitábase ansiosa en el banco, dando con el codo y el hombro a Pelagia, y preguntándole en voz baja al marido:

—Pero, ¿cómo? ¿Es posible?

—Ya lo ves.

—¿Qué harán con nuestro hijo?

—¡Calla! ¡Déjame!

Dejábase sentir en el público que algo se había roto, aniquilado, cambiado. Los ojos deslumbrados pestañeaban, como si un foco ardiente se hubiera encendido delante de ellos. Sin alcanzar la grandeza del sentimiento que acababa de nacer en ellos bruscamente, los curiosos se apresuraban a fragmentarlo en sensaciones evidentes, accesibles y fútiles. El hermano de Bukin decía a media voz, sin disimulo:

—¡Dispensen!... ¿Por qué no los dejan hablar? ¡El fiscal ha dicho cuanto quería, y habló todo el tiempo que quiso!

Cerca del banco estaba en pie un funcionario que, moviendo los brazos, murmuraba:

—¡Silencio, silencio!

El padre de Samoilov se echó hacia atrás, y, protegido por la espalda de su mujer, siguió pronunciando con voz sorda frases entrecortadas:

—Evidentemente..., admitamos que sean culpables... Hay que dejar que se expliquen... ¿Contra quién iban? Contra todo... Me gustaría comprender..., a mí también me interesa... ¿En dónde está la verdad? Quisiera comprender..., hay que dejarlos que se expliquen...

—¡Silencio!—exclamó el funcionario, amenazándole con el dedo.

Sizov meneaba la cabeza con expresión triste.

La madre no quitaba ojo de los jueces; veía crecer su excitación, que hablaban entre sí, pero no podía comprender lo que estarían diciendo. El rumor frío y resbaladizo de sus voces le rozaba la cara, haciéndole temblar las mejillas y le provocaba un sabor desagradable. Parecíales que hablaban todos del cuerpo de su hijo y de sus camaradas, de aquellos cuerpos fuertes y desnudos, de sus músculos y de sus miembros, henchidos de sangre roja, de fuerza viva. Aquellos cuerpos debían excitar en ellos una envidia impotente y mala, una avidez ardiente de agotados y enfermos. Hacían chascar los labios y se lamentaban de no tener aquellos músculos, capaces de trabajar y enriquecer, de gozar y crear. Ahora, tales cuerpos iban a salir de la circulación activa de la vida, renunciaban a ella, no podrían ya poseerlos, aprovechar su fuerza ni devorarlos. Por eso los muchachos inspiraban a los viejos jueces la animosidad vengativa y desolada de una fiera débil que ve carne fresca, pero carece ya de energía para apresarla.

Y cuanto más miraba la madre a los jueces, tanto más iba acentuándose este pensamiento grosero y raro. Parecíale que no disimulaban su rapacidad ni su rabia de hambrientos, capaces tiempo atrás de tragar mucho. Ella, mujer y madre, para quien el cuerpo del hijo había sido siempre y a pesar de todo, más querido que su alma, sentía espanto de las miradas mortecinas que resbalaban por la cara de su hijo, palpaban el pecho, los hombros, los brazos, se rozaban con la piel abrasadora como para buscar la posibilidad de reanimarse, de calentar la sangre de sus venas endurecidas, de sus músculos gastados de hombres casi muertos. Parecíale a Pelagia que su hijo sentía esos tocamientos húmedos y que la miraba estremeciéndose.

Fijaba el joven en la madre los ojos un tanto cansados, tranquilos y afectuosos. Por momentos, le sonreía, meneando la cabeza.

—¡Pronto estaré libre!—decía aquella sonrisa, acariciando el corazón de Pelagia.

De repente, los jueces se pusieron en pie todos a una; la madre siguió instintivamente su movimiento.

—¡Se van!—observó Sizov.

—¿Para condenarlos?—preguntó la madre.

—Sí...

Su tensión de espíritu se disipó de pronto; una lasitud agobiadora le invadió todo el cuerpo; en su frente brotaron perlas de sudor. Un sentimiento de desengaño cruel y de humillación impotente brotó en su corazón, transformándose con rapidez en un abrumador desprecio para los jueces y su juicio. Le acometió un dolor de sienes; se frotó la frente con la palma de la mano y miró en derredor; los parientes de los acusados acercábanse a la reja y la sala se iba llenando con el rumor sordo de las conversaciones. Acercóse ella también a Pavel; después de estrecharle la mano, rompió a llorar, llena a la vez de pena y de alegría. Pavel le dijo palabras cariñosas; Andrés se reía y bromeaba.

Lloraban todas las mujeres, más por costumbre que de pena. No sentían ese dolor que entontece con un golpe estúpido, asestado bruscamente sobre la cabeza. Teníase conciencia de la triste necesidad de separarse de los hijos; pero ese dolor se confundía y anegaba en las impresiones que suscitó la jornada. Miraban los padres a sus hijos con un sentimiento en que se mezclaba, extrañamente, la desconfianza que les inspiraba la juventud y la conciencia de su propia superioridad, con una especie de respeto por los hijos. Preguntándose con tristeza cómo iban a seguir viviendo, miraban los ancianos con curiosidad a la nueva generación que discutía audazmente la posibilidad de una vida diferente y mejor. No sabían expresar sus sentimientos, por falta de costumbre; las palabras fluían abundantes de las bocas, pero no se hablaba más que de cosas corrientes, de vestidos y ropa blanca, de cuidados que había que tener; aconsejaban a los condenados que no irritaran inútilmente a los superiores.

—¡Todos se cansan!—decíale Samoilov a su hijo—. ¡Nosotros, lo mismo que ellos!

Bukin, el mayor, agitaba la mano exhortando al otro:

—¡Ésta es su justicia! ¡Y tener que acatarla!...

Contestó el mozo:

—¡Cuídame bien al pájaro!... ¡Con lo que yo le quería!...

—¡Ahí estará aún cuando vuelvas!

Sizov tenía cogido de la mano al sobrino y le decía lentamente:

—¡De modo que así lo has hecho..., Fedia..., así!...

Fedia se inclinó y le dijo cuchicheando algo al oído con sonrisa de astucia. El soldado que estaba junto a ellos se sonrió también, pero en seguida volvió a su aspecto grave, refunfuñando.

Como los demás, hablaba la madre de ropa blanca y de salud, en tanto que dentro del corazón se le atropellaban preguntas referentes a Pavel, a Sachenka, a sí misma. Y por debajo de sus palabras, desarrollábase lentamente el sentimiento del amor inmenso que guardaba para su hijo, el deseo de agradarle, de estar cerca de su corazón. La espera de lo terrible ya no existía, sin haber dejado detrás más que un estremecimiento desagradable, cuando Pelagia volvía a pensar en los jueces.

Sentía nacer dentro de sí una gran alegría luminosa, pero no la llegaba a comprender y le ocasionaba turbación. Vió que el pequeño-ruso hablaba con todos, y dándose cuenta de que necesitaba más que Pavel una palabra de cariño, le habló:

—¡No me ha gustado el juicio!

—¿Por qué, madrecita?—exclamó Andrés—, Es un molino viejo, pero aún da tarea...

—No, es espantoso..., y lo incomprensible es que no se va buscando la verdad—dijo vacilando.

—¡Ah! ¿Eso quería?—exclamó Andrés—. Pero, ¿cree que se ocupa alguien de la verdad?

Pelagia lanzó un suspiro:

—Yo pensé que sería terrible..., más terrible que en la iglesia..., que se celebraría el culto de la verdad...

—¡Madre, nosotros sabemos en dónde se da culto a la verdad!—dijo en voz baja Pavel, como si le pidiera algo.

—¡También lo sabe la madrecita!— añadió el pequeño-ruso.

—¡El tribunal!

Todos se precipitaron a sus puestos.

Apoyada una mano en la mesa, el presidente escondió la cara detrás de un papel y empezó a leer con voz rezongona y débil:

—"El Tribunal..., después de haber deliberado..."

—¡Es la condena!—dijo Sizov prestando atención.

Hízose el silencio. Todos se habían puesto en pie, fijos los ojos en el vejete. Seco y erguido, parecía un bastón en el que se apoyara mano invisible. También estaban de pie los jueces; el síndico de la bailía, inclinando la cabeza hacia el hombro, clavaba los ojos en el techo; el alcalde se cruzaba de brazos; el mariscal de la nobleza se atusaba la barba. El juez de aspecto enfermizo, su colega ventrudo y y el fiscal miraban hacia los acusados. Detrás de los jueces, por encima de sus cabezas, mostrábase el zar, con uniforme rojo; un insecto se arrastraba por su rostro blanco e indiferente; temblaba una telaraña.

—..."Condenados a deportación en Siberia..."

—¡La deportación!—dijo Sizov lanzando un suspiro de solaz—. ¡Por fin esto se acabó, a Dios gracias! Hablaban de trabajos forzados. No es tan terrible, madre. ¡No es nada!

—Ya lo sabía—dijo Pelagia por lo bajo.

—Aun así... Ahora, ya es seguro... ¡Vaya usted a saber, con estos jueces!

Volvióse hacia los condenados, cuando ya se los llevaban, y dijo en alta voz:

—¡Hasta más ver, Fedia!... ¡Hasta la vista, todos! ¡Que Dios os ayude!

La madre hizo una seña con la cabeza a Pavel y a sus camaradas. Hubiera querido echarse a llorar, pero una especie de vergüenza la contuvo.

XXVI

AL salir del tribunal, se quedó asombrada la madre viendo que ya la noche había caído sobre la ciudad; en las calles, los faroles estaban encendidos; las estrellas chispeaban en el cielo. La gente se reunía, formando pequeños grupos, en los alrededores del palacio de justicia; con el aire glacial, la nieve rechinaba bajo los pies; voces juveniles se interrumpían mutuamente. Un hombre, cubierto con un capuchón gris, se acercó a Sizov y preguntó con voz rápida:

—¿Qué sentencia?

—Deportación.

—¿Para todos?

—Para todos.

—Gracias.

El hombre se alejó.

—¡Ya lo estás viendo!—dijo Sizov a la madre—. A todos les interesa...

De pronto se vieron rodeados por una decena de muchachos y muchachas; empezaron a llover exclamaciones que atraían a otras personas hacia el grupo. Detuviéronse Sizov y la madre. Querían conocer el veredicto, saber cómo se habían comportado los presos, quién había pronunciado un discurso y acerca de qué; en todas las preguntas vibraba la misma nota de curiosidad, ávida y sincera.

—¡Es la madre de Pavel Vlasov!—dijo uno.

Bruscamente todos callaron.

—¡Déjeme estrecharle la mano!

Una mano firme se apoderó vigorosamente de la de Pelagia. La voz continuó, trémula de emoción:

—¡Su hijo será un ejemplo de valor para todos nosotros!

—¡Viva el obrero ruso!—gritó una voz vibrante.

—¡Viva la revolución!

—¡Abajo la autocracia!

Multiplicábanse las exclamaciones, cada vez más violentas; estallaban, cruzándose; de todos lados, la gente acudía y se apretujaba en derredor de Pelagia y de Sizov. Cortaron el aire los silbatos de los agentes de policía, pero sin conseguir dominar los rumores. El anciano reía. A la madre todo aquello le parecía un sueño hermoso. Se sonreía, estrechaba manos, saludaba; lágrimas de felicidad le apretaban la garganta; doblábansele de cansancio las piernas; pero su corazón, lleno de alegría triunfante, reflejaba las impresiones como el claro espejo de un lago.

Muy cerca de ella, una voz clara exclamó en tono enervado:

—¡Camaradas! ¡Amigos! El monstruo que devora al pueblo ruso nuevamente ha saciado hoy su apetito...

—¡Vámonos, madre!—dijo Sizov.

En aquel momento apareció Sachenka. Tomó del brazo a la madre y la llevó a la otra acera, diciendo:

—Venga... Tal vez la policía caiga sobre la muchedumbre para pegarnos a nosotros... O para hacer detenciones... ¡Bueno! ¿Deportaciones? ¿A Siberia?

—¡Sí, sí!...

—¿Y él que hizo? ¿Habló? Pero yo ya lo sé. Es muy fuerte y más sencillo que los otros..., y más severo también, la verdad. Es tierno y sensible, pero le azora manifestar sus sentimientos... Es firme y recto como la verdad misma... Es grande, y en él está todo..., ¡todo! Pero en muchos casos él mismo se contiene..., temeroso de no dárselo todo a la causa del pueblo... ¡Bien lo sé yo!...

Aquellas palabras de amor, que se exhalaban en

un murmullo apasionado, calmaron a Pelagia y re- animaron sus fuerzas desfallecientes.

—¿Cuándo irá a reunirse con él?—preguntó a la joven, en voz baja y afectuosa, atrayéndola a sí.

Mirando fijo hacia adelante, con seguridad, Sa- chenka contestó:

—¡En cuanto haya encontrado alguien que se en- cargue de mi tarea! Porque pronto me llegará la vez de comparecer ante el tribunal... Me mandarán también a Siberia... Entonces, diré que deseo ir des- terrada al mismo sitio que él...

Detrás de ambas mujeres resonó la voz de Sizov.

—¡Y le saludarás de mi parte!... Yo me llamo Sizov... Ya me conoce..., soy el tío de Fedia Mazin...

Detúvose Sachenka, se volvió y le tendió la mano.

—Conozco a Fedia. Me llamo Sachenka.

—¿Y de apellido?

Echándole una ojeada, respondió:

—No tengo familia; ya no tengo padre.

—¿Ha muerto?

—¡No, vive!—declaró ella, con excitación. Y algo resonó en su voz y apareció en sus rasgos que reve- laba obstinación, tenacidad—. Es un terrateniente, jefe de distrito; ahora, roba a los campesinos..., ¡y les pega!

—¡Ah!—dijo Sizov, arrastrando la voz, y después de un silencio, prosiguió, examinando a la joven con el rabillo del ojo:

—¡Bueno, adiós, madre! Me voy por aquí... Vente a tomar el té y a charlar..., cuando quieras... Hasta más ver, señorita... Ya es dura para con su padre... Por supuesto, eso es cosa suya...

—Si su hijo fuese un hombre vano, pernicioso pa- ra los demás, ¿lo diría?—exclamó Sachenka con pa- sión.

—Sí, lo diría—respondió el anciano, después de vacilar un instante.

—Por consiguiente, querría más a la verdad que a su propio hijo; pues yo la quiero más que a mi padre...

Sizov meneó la cabeza, y dijo luego, con un sus- piro:

—¡Ah! ¿Conque es astuta? Si para todo tiene respuesta, pronto estarán vencidos los viejos... Ya sabe atacar... Hasta más ver. Le deseo todo el bien posible... Pero tenga un poco más de ternura para la gente, ¿eh? ¡Que Dios la acompañe! ¡Adiós, Pelagia! Si ves a Pavel, dile que oí su discurso..., que no lo entendí todo..., y hasta me dió miedo en ocasiones, pero que es verdad lo que dice.

Se quitó la gorra y desapareció, sin apresurarse, por una esquina.

—¡Debe de ser un hombre bueno!—observó Sachenka, siguiéndole con mirada sonriente.

A la madre le pareció que en el rostro de la muchacha había una expresión más dulce y mejor que de costumbre...

Cuando llegaron a la casa, sentáronse en el sofá, apretadas una contra otra; la madre habló nuevamente del proyecto de Sachenka. Altas las cejas espesas, con aspecto pensativo, miraba a la joven a lo lejos con sus ojazos soñadores; en su rostro pálido se leía una meditación apacible.

—Más tarde, cuando tengáis hijos, yo iré también a cuidarlos. Y no viviremos peor allá que aquí... Pavel encontrará trabajo; es muy hábil.

Examinando a la madre con ojos encantadores, preguntó Sachenka:

—¿No tiene gana de ir a reunirse en seguida con él?

Pelagia contestó, suspirando:

—¿Para qué? No haría más que estorbarle, si quisiera huir... Y además, él no lo permitiría...

Sachenka murmuró:

—No, en efecto...

—Por otra parte, yo tengo que hacer—añadió la madre con cierto orgullo.

—¡Sí, es verdad!—replicó Sachenka, pensativa—. Y eso está muy bien...

Estremecióse súbitamente, como si se hubiera desprendido quién sabe de qué peso; luego, dijo sencillamente, a media voz:

—No se quedará en Siberia... Se evadirá... Es seguro...

—Pero..., entonces, ¿qué será de usted?... ¿Y del niño, si lo hay?

—No sé. Allá veremos. No tendrá que inquietarse por mí. Libre será de hacer lo que quiera, en cualquier momento; yo no soy más que su camarada... Ya sé que me parecerá terrible separarme de él..., pero sabré resignarme... No le estorbaré en nada, ¡no!

Sintió la madre que Sachenka era capaz de hacer lo que decía. Llena de compasión para la muchacha, la tomó en sus brazos:

—¡Querida!... Cuánto tendrá que sufrir... —dijo.

Sonrió Sachenka dulcemente; se estrechó contra Pelagia con todo el cuerpo y un rubor le subió a las mejillas.

—Aún falta mucho para eso..., pero no creo que me haya de ser penoso el sacrificio... Sé lo que hago y con qué puedo contar... Seré dichosa, si él lo es conmigo... Mi deseo y mi deber consiste en acrecentar su energía, en darle toda la felicidad que yo pueda darle, ¡mucha felicidad! ¡Le quiero mucho..., y sé que él me quiere! Haremos cambio de sentimientos, nos enriqueceremos mutuamente cuanto podamos; y, si es necesario, nos dejaremos como buenos amigos...

Con sonrisa feliz, dijo la madre lentamente:

—Iré a estar con vosotros... Acaso me destierren también...

Por mucho tiempo las dos mujeres, estrechamente enlazadas y sin hablar, pensaron en el que amaban... El silencio, la tristeza, una dulzura tibia las rodeaban...

Llegó Nicolás, fatigadísimo.

—¡Sachenka, váyase antes que sea demasiado tarde! —dijo rápidamente quitándose el abrigo—. Desde por la mañana me siguen dos espías tan abiertamente que se huele la dentención... Tengo un presentimiento... En alguna parte ha de haber ocurrido una desgracia... A propósito, aquí está el discurso de Pavel... Se ha resuelto imprimirlo... Lléveselo a Lludmila; ruéguele que lo componga lo antes posible... ¡Muy bien habló Pavel, madre!... ¡Tenga cuidado con los espías, Sachenka! Espere: llévese también estos papeles... Déselos al doctor, por ejemplo...

Mientras hablaba, iba frotándose vigorosamente una contra otra las manos heladas; luego, acercándose a la mesa, abrió unos cajones de los que sacó documentos; con premura, los hojeó, rasgó unos, hizo un montón con otros, preocupado y con el pelo revuelto.

—No hace mucho, sin embargo, que hice un expurgo, y ya tengo otra vez este paquete enorme... ¡Diablo! Madre, sería mejor que no se quedara a dormir aquí, ¿qué le parece? Es fastidioso presenciar una comedia de éstas, y los guardias son muy capaces de llevársela también..., cuando es absolutamente necesario que vaya usted al campo para repartir el discurso de Pavel...

—¡Vaya! ¿Por qué habían de detenerme?—dijo la madre—. Y puede que usted se equivoque y no vengan...

Nicolás replicó, lleno de seguridad, agitando la mano:

—Tengo bastante olfato... Además podría usted ayudar a Lludmila... Váyase, antes que sea demasiado tarde...

Feliz ante la idea de cooperar a la impresión del discurso de su hijo, Pelagia respondió:

—Siendo así me marcho... Pero no porque tenga miedo...

—Ahora no tengo miedo de nada... ¡Gracias a Dios! Ahora ya sé...

—¡Maravilloso!—exclamó Nicolás, sin mirarla—. ¡Ah! Dígame dónde están mi ropa y mi maleta; usted se cuida de todo con sus manos y yo soy absolutamente incapaz de dar con mis prendas personales; voy a prepararme; los guardias se verán desagradablemente sorprendidos...

Iba quemando Sachenka pedazos de papel en la estufa; cuando se hubieron consumido, tuvo cuidado de mezclar sus cenizas con las del combustible.

—¡Váyase, Sachenka!—dijo Nicolás estrechándole la mano—. ¡Hasta la vista! No se olvide de enviarme libros si sale algo nuevo e interesante... Hasta la vuelta, querida camarada... Y, sobre todo, sea prudente...

—¿Piensa estar mucho tiempo en la cárcel?—preguntó Sachenka.

—¡El diablo lo sabe! Bastante tiempo, sin duda... Tienen que echarme en cara distintas cosas... Madre, salga con Sachenka... Seguir a dos personas es más difícil...

—¡Bueno!—dijo la madre—. Ya me visto...

Había observado a Nicolás con atención, sin descubrir en él nada anormal, a no ser la preocupación que le velaba la mirada buena y dulce. No manifestaba emoción ninguna. Igualmente atento para todos, afectuoso y mesurado, tranquilo y solitario siempre, llevaba la misma existencia misteriosa p dentro de sí y delante de los demás. Así le quería la madre, con cariño prudente que parecía dudar de sí mismo. Y ahora sentía por Nicolás una compasión indecible, pero se dominaba, sabiendo que si él lo advertía, llegaría a turbarse y se encontraría un poco ridículo, como de costumbre; Pelagia no quería verle en tal aspecto.

Una vez vestida, entró en el cuarto. Nicolás estrechaba la mano de Sachenka y decía:

—¡Perfecto! Estoy seguro de que será tan bueno para él como para usted... Un poco de dicha personal nunca perjudica..., pero, mire, no está bien que sea demasiada, para que no pierda valor... ¿Está ya pronta, madrecita?

Se acercó a ella, sujetándose las gafas.

—Bueno, hasta más ver..., dentro de tres, de cuatro..., o de seis meses. Pongamos seis. ¡Es mucho tiempo!... ¡Se pueden hacer tantas cosas en seis meses! Cuídese, de verdad, se lo ruego. Y un beso ahora...

Echando los brazos robustos al cuello de Pelagia, la miró a los ojos y dijo riéndose:

—Creo que estoy enamorado de usted... No hago más que besarla...

Sin hablar, le besó ella en la frente y en las mejillas; tenía las manos temblorosas. Las dejó caer para que él no lo notara.

—¿Se va?... ¡Maravilloso! ¡Tenga cuidado, sea prudente! Mire, envíe un chico mañana por la mañana aquí; uno hay en casa de Lludmila. Así verá lo que pasa... ¡Bueno, hasta más ver, camarada! Todo va bien... ¡Que todo vaya bien!

En la calle, Sachenka dijo en voz baja:

—Con la misma sencillez morirá, si hace falta..., dándose un poco de prisa, como ahora... Y cuando la muerte llegue hasta él, se sujetará los lentes, dirá: "¡Maravilloso!"; y a morir...

—Yo le quiero mucho—susurró la madre.

—A mí me deja asombrado... Quererle..., no. Le tengo estimación. Es seco, aunque con cierta bondad y a veces hasta con ternura, pero no hay bastante humanidad en él... Creo que nos siguen... Separémonos... No vaya a casa de Lludmila, si se siente vigilada...

—¡Ya lo sé!—dijo la madre.

Pero Sachenka volvió a insistir:

—No vaya a su casa... Véngase entonces a la mía.
¡Hasta la vista!'

Volvióse vivamente y desanduvo su camino.

La madre le gritó:

—¡Hasta la vista!

XXVII

Unos minutos más tarde, Pelagia se estaba calentando junto a la estufa en el cuarto de Lludmila. Vestida de negro, iba y venía ésta lentamente por la reducida habitación, llenándola con el roce de sus faldas y el acento de su voz autoritaria. En la estufa chascaba la leña y silbaba, al aspirar el aire del recinto; la voz igual de la mujer resonaba:

—Las personas son infinitamente más tontas que malas. No saben ver más que lo que tiene cerca, lo que está a su alcance inmediato... Y todo lo próximo es mezquino; lo lejano sólo tiene valor. En realidad, sería una ventaja para todos que la vida fuera más fácil y las personas más inteligentes... Pero, para lograrlo, hay que renunciar por el momento a vivir con tranquilidad.

Se quedó plantada, de pronto, junto a la madre, y prosiguió, más bajo, en tono de excusa:

—Veo a muy poca gente... Cuando alguien viene a casa, me pongo a discursear... ¿Verdad que es ridículo?

—¿Y por qué?

—Esforzábase Pelagia por adivinar dónde imprimía Lludmila sus folletos, pero nada extraordinario veía en derredor. En el cuarto, con tres ventanas a la calle, había un sofá, una biblioteca, una mesa, sillas y una cama junto a la pared; en un rincón, el lavabo; en otro, la estufa; en las paredes, fotografías. Todo nuevo, sólido y limpio; y sobre todo, el perfil monacal del ama de la casa proyectaba una sombra fría. Se presentía en aquella habitación algo misterioso y oculto. Miró la madre a las puertas; había entrado por una que daba a un estrecho vestíbulo; cerca de la estufa había otra, alta y estrecha.

—¡Vine para tratar de negocios!—dijo confusa, sintiéndose observada por Lludmila.

—Ya lo sé. Nadie viene a casa con otro motivo.

Le pareció a la madre que algo extraño vibraba en la voz de su huéspeda; tenía una sonrisa en las comisuras de los labios finos; sus pupilas empañadas lucían detrás de los anteojos. Desvió la madre la vista y le tendió el discurso de Pavel.

—Tenga; le piden que lo imprima lo antes posible...

Y empezó a referir los preparativos hechos por Nicolás en previsión de su arresto.

Sin decir nada, Lludmila se sujetó el documento en el cinturón y se sentó en una silla; los reflejos del fuego se agitaban sobre su cara impasible.

—¡Cuando los guardias vengan a casa, dispararé contra ellos!—declaró—. Tengo derecho a defenderme ante la violencia, y debo luchar contra ella, ya que invito a otros a que lo hagan.

El rojo de las llamas desapareció de su rostro, que apareció otra vez severo y un tanto altivo.

"Penosa debe de ser tu vida", pensó de repente la madre, cobrándole afecto.

Lludmila se puso a leer el discurso de Pavel, primero de mala gana; luego, cada vez más inclinada sobre el papel, iba tirando vivamente al suelo las cuartillas ya leídas. Acabada la lectura se puso en pie, se irguió y se acercó a la madre.

—¡Muy bien está! Esto es lo que me gusta... Es claro.

Inclinada la cabeza reflexionó un instante.

—No quise hablarle de su hijo; no le he visto nunca y no me agradan las conversaciones tristes... ¡Ya sé lo que se pasa cuando se ve salir para el destierro a un ser querido!... Dígame si es bueno tener un hijo así.

—¡Ah, muy bueno!

—¿Y terrible?

Pelagia contestó, sonriendo apaciblemente:

—No, ahora ya no...

Con su mano morena, Lludmila se atusó los cabellos, peinados en bandas lisas, y se volvió hacia la ventana; una sombra ligera y caliente le palpitaba en las mejillas.

—Vamos a imprimir esto... ¿Me ayuda?

—¡Claro está!

—Voy a componerlo en seguida... Échese; la jornada ha sido dura para usted y estará cansada. Échese en la cama; yo no duermo y puede que la llame esta noche para que me ayude. Antes de dormirse, apague la luz.

Echó dos leños más al fuego y salió por la puerta angosta que se abría junto a la estufa, cerrándola cuidadosamente detrás. Pelagia la siguió con los ojos; maquinalmente, iba pensando en su huéspeda, mientras se desvestía:

"Es severa..., y padece..., ¡pobre!"

El cansancio le daba mareos a la madre; pero su corazón estaba extrañamente tranquilo; a sus ojos, todo se iluminaba con luz dulce y acariciadora. Pelagia conocía ya la calma que sigue a las grandes emociones; antes le causaba inquietud, pero a la sazón le ensanchaba el alma, volviéndola a afirmar en un sentimiento fuerte y grande. Apagó la luz, se tendió en el lecho frío, se apelotonó bajo la manta y se durmió en seguida, con sueño profundo.

Cuando abrió los ojos, la luz helada y blanca de un día claro de invierno llenaba la habitación; tendida sobre el sofá, con un libro en la mano, Lludmila miraba a la madre con una expresión de ternura que la transformaba.

—¡Ay, Dios mío!—exclamó Pelagia, llena de confusión—. ¡Cuánto tiempo he dormido! ¿Es tarde?

—¡Buenos días!—replicó Lludmila—. ¡Pronto serán las diez, levántese y almorzaremos!...

—¿Por qué no me despertó?

—Intenciones tuve; pero se sonreía con tanto gusto al dormir...

Con un movimiento del cuerpo robusto y ágil, se levantó, se acercó a la cama, se inclinó sobre la faz de la madre, y ésta vió en los ojos empañados de su huéspeda algo familiar, próximo y comprensible.

—...que no quise despertarla... Tenía sueños bonitos, sin duda...

—¡No, no soñé nada!

—Peor, entonces... Pero me gustó su sonrisa... ¡Era tan apacible, tan dulce!

Lludmila se echó a reír, con risa aterciopelada y baja.

—Me puse a pensar en usted, en su vida... Porque su existencia ha sido dura...

Se puso pensativa la madre, moviendo las cejas.

—¡No lo sé!—dijo con titubeo—, A ratos me parece que sí..., ¡pero no es verdad! Y hay tantas cosas..., tantas, asombrosas y serias..., que se suceden con tal rapidez...

Le iba subiendo al corazón y llenándola de imágenes y pensamientos la ola de excitación que tan bien conocía. Se sentó en la cama, y se apresuró a revestir con palabras sus ideas.

—Todo se encaminaba al mismo fin, como el fuego cuando arde una casa, que va siempre a lo alto. Allí se abre una brecha; aquí, brilla cada vez más violento, cada vez más luminoso... ¡Hay tantas cosas difíciles, si usted supiera! Los pobres sufren, los molestan, los espían, les pegan, los golpean cruelmente..., y acaban por esconderse y vivir como monjes... ¡Hay muchas alegrías que les están vedadas..., y todo ello es duro!

Lludmila levantó la cabeza vivamente y echó a la madre una mirada profunda.

—¡No habla usted de sí misma!—dijo en voz baja.

—¿Que no?...—dijo Pelagia vistiéndose—. ¿Puede uno quedarse a un lado cuando siente cariño por esto, cuando aquello le toca al corazón, cuando se pasa temor y se tiene lástima de todos..., y todo choca dentro del pecho..., atraído por todas partes?... ¿Cómo quedarse a un lado? ¿Adónde ir?

Vestida a medias, quedóse un instante pensativa en el centro de la habitación. Le pareció de pronto que ya no era la misma que tanto se inquietó y alarmó por su hijo; aquella personalidad ya no existía, se había desprendido y alejado de ella. Pelagia se escuchó a sí misma, deseosa de saber lo que le pasaba por dentro, y temerosa de despertar otra vez el antiguo sentimiento de ansiedad.

—¿En qué piensa?—preguntó Lludmila, cariñosamente.

—¡No lo sé!

Quedáronse calladas, se miraron y sonrieron; luego Lludmila salió del cuarto, diciendo:

—¿Cómo andará mi samovar?

Miró la madre por la ventana; fuera, irradiaba la luz de un día frío; en su corazón también había claridad, pero, además, calor. Hubiera querido hablar de todo, larga y gozosamente, con un vago sentimiento de gratitud para cuanto se le había entrado en el alma. Sintió deseo de rezar, como no lo había experimentado en mucho tiempo. Se acordó de un rostro juvenil, y en su memoria exclamó una voz delgada: "Es la madre de Pavel Vlasov..." Chispearon los ojos tiernos y alegres de Sachenka, perfilóse el contorno negro de Rybin, sonrió la cara firme y bronceada de Pavel, pestañeaba Nicolás con aspecto confuso... De repente todas aquellas caras fueron sacudidas por un suspiro leve y profundo; se mezclaron y confundieron en una nube transparente y multicolor, que envolvía el corazón en un sentimiento apacible.

—¡Tenía razón Nicolás!—dijo Lludmila, entrando de nuevo—. Le han detenido, no cabe duda, y ha vuelto anunciándome que hay agentes de policía ocultos en el patio: uno ha visto detrás del portal. Los espías rondan la casa, el chico los conoce...

—¡Ay!—dijo sencillamente la madre, meneando la cabeza—. ¡Pobre Nicolás!...

—En estos tiempos últimos daba muchas conferencias a los obreros de la ciudad; le tenían señalado; hubiera debido desaparecer mucho antes—continuó Lludmila con expresión sombría y tranquila—. Sus camaradas le decían que se fuera, y no los escuchó. A mi parecer, en casos así, no se exhorta a la gente, se la obliga a la fuerza...

Un muchacho joven de pelo negro, tez sonrosada, nariz aguileña y buenos ojos azules, apareció en el umbral de la puerta.

—¿Hay que traer el samovar?—preguntó con voz sonora.

—¡Sí, haz el favor, Sergio! Es mi discípulo... ¿No lo vió nunca?

—No.

Alguna vez se lo he enviado a Nicolás.

Parecíale a la madre que Lludmila estaba transformada, que era más sencilla, menos remota. En los movimientos ágiles de su cuerpo armonioso había mucha hermosura y fuerza, que atenuaban un tanto la expresión severa de su faz pálida. Sus ojeras se habían agrandado durante la noche. Advertíase en ella un esfuerzo continuo, como si hubiese una cuerda tirante en su alma.

El chico trajo el samovar.

—Sergio, ésta es Pelagia Vlasov, madre del obrero condenado ayer...

El niño se inclinó calladamente, estrechó la mano

de la madre, salió, volvió trayendo pan y se sentó a la mesa. Mientras servía el té, Lludmila le aconsejó a Pelagia que no se volviese a su casa antes de saber a quién espiaba la policía.

—Puede que sea a usted... La interrogaran, de seguro...

—¡Qué importa!—replicó Pelagia—. Si me detienen, no será desgracia muy grande... Sólo me gustaría que antes se distribuyera el discurso de Pavel...

—Ya está compuesto. Mañana habrá ejemplares suficientes para la ciudad y los arrabales..., y también para el distrito. ¿Conoce a Natacha?

—¡Ya lo creo!

—Pues, bueno, hay que llevárselos...

El chico leía un periódico y no parecía escuchar; pero, a veces, levantaba los ojos a la cara de la madre. Cuando ella sorprendía la mirada, sentíase agradablemente conmovida. La mujer joven habló de Nicolás otra vez, sin lamentarse de su detención; y el tono le pareció naturalísimo a la madre. Pasaba el tiempo más rápido que en los días anteriores; era ya cerca del mediodía cuando terminó el almuerzo.

XXVIII

DE pronto llamaron vivamente a la puerta. El niño se levantó y echó una mirada interrogadora al ama de casa

—¡Abre, Sergio! ¿Quién podrá ser?

Con expresión tranquila, se metió la mano en el bolsillo y dijo a la madre:

—Si son los guardias, póngase en aquel rincón... Y tú, Sergio...

—¡Ya lo sé!—contestó el chico en voz baja, desapareciendo.

Sonrióse la madre. Todos aquellos preparativos no le causaban emoción alguna; no tenía el presentimiento de una desgracia.

El que entró fué el médico y dijo precipitadamente:

—Han detenido a Nicolás... ¡Ah! ¿Está usted

aquí madre? ¿No estaba en la casa cuando se le llevaron?

—No; me mandó él aquí.

—¡Hum!... No creo que le sea muy útil... Esta noche unos muchachos han hecho con gelatina quinientas copias del discurso de Pavel... Buen trabajo claro y legible. Quieren distribuirlas en la ciudad esta tarde; yo no soy de tal parecer: para la ciudan son preferibles las hojas impresas; las otras hay que mandarlas a cualquier parte...

—¡Yo se las llevaré a Natacha! ¡Démelas!—exclamó la madre con vivacidad.

Tenía muchas ganas de poner en circulación lo antes posible el discurso de Pavel de inundar la tierra con las palabras de su hijo; miró al doctor con ojos atentos casi suplicantes.

—No sé si es prudente que usted emprenda tal misión ahora—dijo indeciso, sacando el reloj—. Son las once y cuarenta y tres... El tren sale a las dos y cinco; llegará a las cinco y cuarto, y estará allí por la noche, no muy tarde... Además, lo esencial no es eso...

—No, lo esencial no es eso—replicó Lludmila, fruncido el ceño.

—Pues, ¿qué?—preguntó la madre acercándose a ellos—. Lo esencial es que todo se haga bien... ¡y yo sé cómo arreglármelas!

La joven se quedó mirándole con fijeza y declaró, enjugándose la frente:

—Hay peligro...

—¿Por qué?—exclamó la madre.

—¡Vea por qué!—dijo el médico con voz precipitada y desigual—: Usted ha desaparecido de su casa una hora antes de que detuviesen a Nicolás; ha ido a la fábrica, en donde tan bien la conocen. Después de su llegada, han aparecido en la fábrica unas hojas revolucionarias. Todo ello se le apretará al cuello como nudo corredizo...

—¡No me verán!—afirmó la madre, animándose—. Si me detienen cuando vuelva y me preguntan en dónde estuve...—se interrumpió y, luego, dijo—: ¡Ya sabré contestar! De la fábrica iré al arrabal, directamente; conozco allí a un hombre. Sizov... Diré que inmediatamente después del juicio estuve en casa de Sizov, impulsada por la pena... él también sufre: uno de los condenados con Pa-

vel es sobrino suyo... ¡Y diré que estuve todo 1
tiempo en su casa!... Y él lo confirmará... ¡Ya veréis!

— ¿Qué le hemos de hacer? ¡Vaya!—dijo de mala
gana el doctor.

Lludmila, en silencio, iba y venía meditabunda
por la habitación; se le había ensombrecido la cara; tenía las mejillas hundidas; se le veían los
músculos del cuello, en tensión, como si bruscamente la cabeza se le hubiera vuelto más pesada y se
fuese a caer involuntariamente sobre el pecho. El
consentimiento forzado del doctor hizo suspirar a
Pelagia.

—¡Todos me cuidáis!—dijo sonriendo—. Pero no
os cuidáis vosotros.

—¡No es verdad!—repuso el doctor—. ¡Nos cui-
damos, tenemos que cuidarnos! ¡Y nunca vitupera-
remos bastante a los que se exponen inútilmente!
De modo que le llevarán las hojas a la estación...

Explicóle lo que tendría que hacer; y añadió, mirándole a la cara:

—¡Le deseo buen resultado! Está satisfecha, ¿verdad?

Y se marchó, descontento. Cuando la puerta se
cerró tras él, Lludmila se acercó a la madre y le
dijo:

—Es usted una mujer valiente... La comprendo...

La tomó del brazo y ambas se pusieron a dar paseos por la habitación.

—También yo tengo un hijo. Ya cumplió doce
años, pero vive con su padre. Mi marido es fiscal
sustituto; puede que ya sea fiscal... El niño está
con él. Me digo a menudo en qué parará...

Tembló su voz húmeda, y prosiguió, pensativa
otra vez, cuchicheando:

—Le educa un enemigo encarnizado de los que
quiero yo, de los que considero como los mejores
de la tierra. Y mi hijo puede llegar a ser también
mi enemigo... No puedo traerle a mi lado, porque
vivo con un falso nombre. ¡Hace ocho años que
no le veo!... ¡Cuánto tiempo, ocho años!

Se detuvo junto a la ventana y continuó, mirando
al cielo pálido y desierto:

—Si estuviese conmigo, sería yo más fuerte. Aunque se muriera, me sentiría aliviada...

Después de un instante de silencio, agregó en voz alta:

—Entonces, sabría sólo que está muerto, que no puede ser el mortal enemigo de lo que está todavía más alto que el amor materno, de lo más precioso que hay en la vida...

—¡Querida!—dijo dulcemente la madre, oprimido de lástima el corazón.

—¡Dichosa usted!—prosiguió Lludmila, sonriéndose—. Es maravilloso ver a una madre y a un hijo andar juntos... ¡Y es raro!

—¡Sí, es bueno!—exclamó Pelagia, y continuó, bajando la voz, como para confiar un secreto—: ¡Es otra vida! ¡Usted, Nicolás, todos los que trabajan por la verdad, están con nosotros! Y así es como la gente toda se aproxima, unos a otros..., yo lo entiendo así..., no las palabras, pero todo lo demás, ¡sí lo entiendo!... ¡Todo!

—¡Ah! ¡Es así!—dijo la joven—. ¡Es así!

La madre le puso la mano en el hombro y continuó:

—¡Los hijos van adelante en el mundo! Yo lo entiendo así: van adelante en el mundo, en toda la tierra, por todas partes, van hacia un mismo fin... Los corazones elegidos, los espíritus leales, van al asalto, sin volver los ojos atrás, sin mirar detrás de sí a cuanto es malo y sombrío; adelante, adelante... Los jóvenes y robustos ponen toda su fuerza en una causa: ¡la de la justicia! Quieren triunfar del dolor; tomaron las armas para aniquilar las desdichas de la humanidad; quieren vencer al horror, y han de vencerlo... "Nosotros encenderemos un nuevo sol", me dijo uno, ¡y lo encenderán! "¡Juntaremos en uno todos los corazones rotos!" me dijo otro. ¡Y lo harán!

Levantó el brazo hacia el cielo:

—¡Allí hay un sol!

Y golpeándose el pecho, vino a concluir:

—¡Y aquí encenderán otro, más brillante que el del cielo, el sol de la felicidad humana que iluminará eternamente la tierra, la tierra entera y a los que en ella habitan, con la luz del amor que cada ser habrá de sentir por todos, en todas partes!

Iba evocando palabras de oraciones olvidadas ya, para inflamar su fe nueva; su corazón las iba lanzando como chispas.

—Los hijos que van por el camino de la razón y de la verdad sienten amor por todo, crean un cielo nuevo, guardan el fuego incorruptible que brota del alma, del fondo mismo del corazón. Y así es como se nos da una vida nueva, en el amor apasionado de los hijos por el mundo entero. ¿Quién podría apagar este amor? ¿Quién? ¿Hay fuerza superior a ésta? ¿Quién podría dominar? ? La tierra la engendró y la vida entera quiere su victoria..., ¡la vida entera!

Apartóse de Lludmila la madre y se sentó, jadeante y fatigada por la emoción. La joven se alejó también, dulcemente, con precaución, como si temiera quebrar algo. Con paso ágil atravesó la pieza, mirando fijamente a lo lejos desde lo profundo de sus ojos sin brillo. Parecía más delgada aún, más erguida, más alta. Su rostro descarnado y severo tenía expresión concentrada, y sus labios se apretaban nerviosamente. El silencio tranquilizó en seguida a la madre. A media voz, en tono tímido, hizo una pregunta:

—¿Habré dicho quizá cosas que no se deben decir?

Lludmila se volvió vivamente, la echó una mirada de espanto y exclamó con vivacidad:

—No, así es, así es... Pero no volvamos sobre ello... Quédese como acaba de decirlo..., quédese así...—y continuó más tranquila—: Hay que marcharse pronto... La estación está lejos.

—¡Sí, en seguida! ¡Qué contenta estoy, si supiera! ¡Voy a llevar la palabra de mi hijo, su sangre! ¡Como si fuera mi alma!

Sonrió, pero su sonrisa no encontró más que un reflejo pálido en el rostro de Lludmila. Dábase cuenta la madre de que tanto dominio de sí enfriaba su propia alegría; de pronto le acometió el deseo de comunicar a aquella alma severa su ardor, de abrazarla, para que se pusiera al unísono con su corazón materno. Tomó de la mano a Lludmila y dijo, estrechándosela con fuerza:

—¡Querida! ¡Qué bueno es saber que en la vida hay luz para todos los hombres y que con el tiempo ya la verán, fundirán sus almas en ella y se pondrán todos a arder con esta llama inextinguible!

Estremecíase su cara bondadosa; sus ojos se iluminaban y sus cejas se ponían en movimiento como para prestar alas al resplandor de sus pupilas. Sentíase embriagada de grandes pensamientos, en los que ponía todo el ardor de su corazón, todo lo que había experimentado; y encerraba en los cristales firmes y vastos de las palabras luminosas las ideas que florecían e irradiaban sin descanso en aquel corazón otoñal, alumbrado por el sol de la fuerza creadora.

—¡Es como si nos hubiera nacido un nuevo Dios! ¡Todo para todos, todos para todo, toda la vida en uno solo y en cada uno toda la vida! ¡Y cada cual para la vida entera! ¡Así lo entiendo yo; para eso estáis en la tierra, lo veo! ¡En verdad, sois todos camaradas, todos de la misma familia, porque sois hijos de la misma madre: la verdad! ¡La verdad os engendró y vivís por su fuerza!

Pelagia tomó aliento y continuó con un amplio ademán, como de abrazo:

—Y cuando yo he pronunciado dentro de mí la palabra "camaradas", los oigo avanzar. Vienen de todas partes, en muchedumbre. ¡Oigo un ruido resonante y jubiloso, como si sonaran todas las campanas de las iglesias de la tierra!

Había logrado su propósito: la cara de Lludmila se animó, sus labios temblaron; una tras otra, grandes lágrimas transparentes rodaron de sus ojos empañados.

La madre la cogió entre sus brazos; tuvo una risa silenciosa, en el dulce orgullo de la victoria de su corazón...

Cuando las dos mujeres se separaron, Lludmila miró a Pelagia de frente y preguntó en voz baja:

—¿Sabe que da gusto estar con usted?

Y se contestó a sí misma:

—¡Sí! Es como estar sobre una montaña muy alta, al amanecer...

XXIX

En la calle el aire seco y glacial envolvía el cuerpo, se agarraba a la garganta, picoteaba la nariz y sofocaba la respiración.

De repente, la madre se detuvo y miró a su alrededor: muy cerca, en la esquina de la calle, había un cochero con gorra de pelo; más allá caminaba un hombre de espalda encorvada, metida la cabeza en los hombros; un soldado corría y saltaba, frotándose las orejas.

"¡Le habrán mandado a comprar algo en la tienda!", pensó.

Escuchaba con satisfacción el ruido sonoro y juvenil de la nieve que crujía bajo su andar. Pronto estuvo en la estación; el tren aún no se había formado, pero había ya mucha gente en la sala de espera de tercera clase, llena de humo y de suciedad. El frío tenía confinados allí a los obreros del ferrocarril; cocheros y gente mal vestida, sin oficio ni beneficio, estaban también calentándose. Había asimismo viajeros: algunos campesinos, un mercader acomodado con pelliza, un sacerdote con su hija, de cara pálida, cinco o seis soldados y unos atareados burgueses. Fumaban, hablaban, bebían aguardiente o té. Cerca del mostrador, alguien reía a carcajadas; nubes de humo se cernían sobre las cabezas. Rechinaba la puerta al abrirse, y cuando la cerraban con estrépito temblaban resonantes los vidrios. Un olor de tabaco y de salazón hería violentamente la nariz.

Sentóse la madre junto a la puerta, muy a la vista, y esperó.

Cuando alguien entraba, caía sobre ella un soplo de aire frío; la sensación era grata y ella lo respiraba a plenos pulmones. Personas pesadamente vestidas, cargadas con paquetes, iban apareciendo; agarrábanse a la puerta, de modo torpe; juraban, tiraban al suelo la carga o la dejaban en un banco, y luego sacudían la escarcha del cuello de su gabán y de las mangas y se limpiaban refunfuñando la barba y el bigote.

Un joven, con una maleta amarilla, entró, y dirigiendo en torno suyo una ojeada rápida, se fué derecho hacia la madre:

—¿A Moscú?—preguntó a media voz.

—¡Sí! ¡A casa de Tania!

—¡Tenga!

Colocó la maleta al lado de ella, en el banco; sacó un pitillo, lo encendió rápidamente y salió por otra puerta, después de haber levantado ligeramente la gorra. Acarició la madre con su mano el cuero frío de la maleta y apoyó en ella el brazo; satisfecha, se puso a examinar el público. Un momento más tarde se levantó y fué a sentarse a otro banco, más próxima a la salida. Llevaba la maleta con facilidad; alta la cabeza, miraba las caras que iban pasando ante sus ojos.

Un hombre, vestido con gabán corto, hundida la cabeza en el cuello levantado, tropezó con ella y se apartó, sin decir nada, llevándose la mano a la gorra. A la madre le pareció que ya le había visto y se volvió: él la estaba mirando de reojo. Su mirada clara traspasó a Pelagia e hizo temblar la mano que sostenía la maleta, como si la carga se hiciera bruscamente más pesada.

"¿En dónde le he visto?", se preguntó, para desechar la sensación desagradable que le subía del pecho a la garganta, llenándole la boca de amargor seco. Un deseo irresistible de volverse y mirar otra vez se apoderó de la madre; el hombre seguía en el mismo lugar; se apoyaba ya en un pie, ya en otro, y parecía indeciso. Tenía pasada la mano derecha por entre los botones de su gabán, la otra en el bolsillo, con lo cual su hombro derecho parecía más alto que el izquierdo...

Sin apresurarse, Pelagia se acercó a su banco, sentándose poco a poco, con precaución, como si temiera rasgar algo dentro de sí. Despierta por un agudo presentimiento de desgracia, su memoria le ofreció dos instantáneas de aquel hombre: databa la primera del día de la evasión de Rybin, y la segunda de la víspera. En el tribunal vió al lado de aquel individuo al agente de policía a quien ella dió indicaciones falsas acerca del camino que Rybin tomó. ¡La conocían, la vigilaban, no cabía duda!

"¿Me han cogido?", se preguntó.

Y se contestó, estremeciéndose:

"Puede que todavía... No, estoy presa; no hay nada que hacer... "

Miró en torno suyo y no vió nada sospechoso. Una tras otra, como chispas, las ideas iban inflamándose y apagándose en su cerebro.

"¿Dejar la maleta?... ¿Escapar?"

Pero en seguida brilló, más vivaz, otra chispa:

"La palabra de mi hijo..., ¡arrojarla así..., en manos semejantes!"

Apretó la maleta contra su cuerpo.

"Si la agarrase y echara a correr..."

Sus pensamientos le parecían extraños a ella; era como si alguien se los fuese metiendo a la fuerza en el cerebro. Eran como quemaduras que roían dolorosamente su cabeza y su corazón, alejándola de sí misma, de Pavel, de todo lo que ya se había confundido con su corazón. Sentía que una fuerza hostil la oprimía obstinadamente, agobiaba sus hombros y su pecho, la aplastaba, sumergiéndola en un terror frío. Las venas de las sienes se le hincharon, y un sofoco le subió hasta la raíz del pelo.

Entonces, con un solo esfuerzo vigoroso que la solivantó toda entera apagó dentro de sí todas aquellas vislumbres débiles, cobardes y astutas, diciéndose con autoridad: "¡No avergüences a tu hijo!"

Sus ojos tropezaron con una mirada tímida y desolada. Le cruzó por la memoria la imagen de Rybin. Aquellos breves instantes de vacilación parecían haberlo vuelto a afirmar todo en ella.

Su corazón latía más regularmente.

"¿Qué va a suceder?", se preguntaba, mirando en derredor.

El espía había llamado a un guardia y le decía alguna cosa por lo bajo, señalándola con la vista. El guardia examinó a la madre y retrocedió. Acercóse otro guardia, prestando oído a la conversación. Era un viejo robusto, de pelo gris, con barba corrida. Hizo una seña al espía con la cabeza y se acercó al banco en que estaba sentada la madre; el espía desapareció de pronto.

El viejo avanzaba sin apresurarse, escrutando atentamente con ojos irritados el rostro de Pelagia. Ella se arrinconó en el extremo del banco.

"¡Con tal que no me pegue!... ¡Con tal que no me pegue!..."

Paróse junto a ella y, después de un silencio, preguntó con voz severa:

—¿Qué miras?

—Nada...

—Bueno está... ¡Ladrona! ¡Eres vieja y te dedicas a ese oficio!...

A la madre le pareció que aquellas palabras eran un bofetón. Irritadas y roncas, dolían, como si desgarraran las mejillas y sacaran los ojos...

—¿Yo? ¿Ladrona yo? ¡Mientes!—gritó con toda la fuerza de sus pulmones.

Todo lo que le rodeaba empezó a dar vueltas en el torbellino de su indignación; tenía el corazón aturdido por el amargor de la injuria. Tomó la maleta, que se abrió.

—¡Mira! ¡Miren todos!—exclamó levantándose y agitando por encima de su cabeza un paquete de proclamas. A través del zumbido de sus oídos, oía las exclamaciones de la gente que acudía por todos lados.

—¿Qué hay?

—Ése es el agente de policía secreta...

—¿Qué pasa?

—Dicen que ha robado...

—¿Esa mujer?

—Y grita...

—¡Ay, ay! ¡Tiene aspecto tan respetable!

—¿A quién han detenido?

—¡Yo no soy ladrona!—repitió la madre a toda voz, calmándose poco a poco, a la vista de los curiosos que la rodeaban en círculo compacto.

—Ayer condenaron a unos presos políticos..., mi hijo entre ellos..., Vlasov. Pronunció un discurso, ¡es éste! Yo iba a llevarlo para que la gente lo lea y reflexione acerca de la verdad...

Como alguien sacara con precaución una de las hojas que ella tenía en la mano, agitó las otras y las arrojó a la muchedumbre.

—¡No hay peligro de que nadie te felicite por el reparto!—exclamó una voz temerosa.

—¡Cuidado! ¿Qué va a pasar?—dijo otra voz.

Pelagia veía que se apoderaban de los papeles, que los escondían en los bolsillos, en el pecho. Recobró ánimo. Tomaba una porción de hojas de la maleta y las echaba a derecha e izquierda, a las manos ávidas y prontas.

—¿Sabéis por qué han condenado a mi hijo y a todos los que estaban con él? ¡Voy a decíroslo! ¡Creed a mi corazón de madre! Ayer condenaron a unas personas porque os traían a todos la verdad santa... Ayer supe que esta verdad ha triunfado... Nadie puede luchar contra ella..., ¡nadie!

La muchedumbre, que guardaba un silencio asombrado, se hacía cada vez más densa, rodeando a la madre con un anillo de cuerpos vivientes.

—La pobreza, el hambre y la enfermedad, ¡ese es el trabajo que quieren darnos! Todo está en contra nuestra. Día tras día nos reventamos a trabajar, sufrimos hambre y frío, siempre en el lodo y el engaño; ¡y otros se atracan y divierten al precio de nuestra labor!... Como perros a su cadena, estamos atados a la ignorancia; no sabemos nada, y en nuestra pereza, lo tememos todo. ¡Nuestra vida es una noche, una noche oscura! Una espantosa pesadilla. ¿No es verdad?

—¡Sí!—respondieron sordamente algunas voces.

—¡Ciérrale la boca!

Vió la madre detrás del gentío al espía, acompañado de dos guardias, y se dió prisa en distribuir los últimos paquetes; pero, cuando su mano llegó a la maleta, sintió el contacto de otra mano.

—¡Tomadlo todo, tomadlo todo!—dijo inclinándose—. Para transformar esta vida, para libertar a todos los hombres, para resucitarlos de entre los muertos, como yo resucité, han llegado gentes, hijos de Dios, que van sembrando por la vida la santa verdad. Trabajan en secreto, porque ya sabéis que nadie puede decir la verdad sin verse perseguido, estrangulado, metido en la cárcel, mutilado. La verdad de la vida y la libertad son enemigos irreconciliables y eternos de los que nos gobiernan, de los que nos oprimen. Son niños, seres puros y luminosos los que os traen la verdad. Gracias a ellos, llegará a nuestra penosa existencia, nos calentará y nos animará, librándonos de la opresión de las autoridades y de todos los que vendieron su alma. ¡Creedlo!

—¡Bravo por la vieja!—gritaron.

Alguien se echó a reír.

—Dispérsense—aullaron los guardias, separando brutalmente a la multitud. Los grupos retrocedían refunfuñando, aprisionando en su masa a los guardias y entorpeciéndoles el paso, quizá sin querer. La mujer de cabellos grises, ojos francos y aspecto de bondad, los atraía; desprendidos unos de otros, aislados en la vida, confundíanse ya en un todo, caldeados por el ardor de aquellas palabras que muchos estaban esperando, sin duda, desde tiempo atrás. Los más próximos a la madre permanecían callados. Pelagia veía clavados en ella sus miradas atentas y sentía en la cara su aliento tibio.

—¡Súbete al banco!—le gritaron.

—¡Márchate, anciana!

—¡Van a prenderte!

—¡Ah, qué insolencia!

—¡Habla pronto, que vienen!

—¡Hagan sitio! ¡Circulen!—gritaban los guardias, acercándose.

Muchos ya, separaban a la muchedumbre con mayor violencia todavía; las gentes, atropelladas, empujábanse unas a otras... Le parecía a la madre sentir en derredor suyo un hervidero, y que aquel gentío estaba dispuesto a comprenderla y creerla. Hubiera querido decir apresuradamente cuanto sabía, enunciar todos los pensamientos poderosos que le subían armoniosamente, sin esfuerzo, del fondo mismo del corazón; pero su voz le fallaba, y sólo se escapaban de su pecho sonidos roncos, desgarrados, temblones.

—¡La palabra de mi hijo es la palabra pura de un hijo del pueblo, de un alma íntegra! Reconoceréis a los íntegros por su audacia; son intrépidos, y se sacrifican por la verdad, cuando ésta lo exige.

Unos ojos juveniles se clavaban en ella, con entusiasmo y terror a la vez...

Le dieron un golpe en el pecho, se tambaleó y cayó sobre el banco. Por encima de las cabezas agitábanse las manos de los guardias, que agarraban a los asistentes por la nuca o el hombro, los echaban a un lado, arrancaban gorras y las tiraban a lo lejos. Ennegreciéronse y vacilaron las cosas en derredor de Pelagia, pero dominó su fatiga y se siguió valiendo un poco aún de la voz que le quedaba.

—¡Pueblo, recoge tus fuerzas en una fuerza única!

La manaza roja de un guardia descargó sobre su cuello y la sacudió.

—¡Calla!

Fué a dar de nuca en la pared; durante un momento, su corazón estuvo envuelto en un vaho de vapor ardiente, pero aquel vapor fué disipado en seguida por el fuego de la llama interior.

—¡Marcha!—dijo el guardia.

—...¡No tengáis miedo ninguno! No hay sufrimiento peor que los de toda nuestra vida...

—¡Cállate, digo!—gritó el guardia, cogiéndola por un brazo y tirando de ella.

Otro guardia se apoderó del otro brazo.

—...No hay sufrimiento más amargo que el que, día tras día, devora el corazón y seca el pecho...

El espía se precipitó a su encuentro, y levantando el puño ante la cara de la madre, gritó con voz aguda:

—¡A callar, canalla!

Los ojos de Pelagia se agrandaron y chispearon; le tembló la mandíbula. Pegando los pies a una losa resbaladiza, gritó:

—¡No se puede matar a una alma resucitada!

—¡Perra!

Tomando impulso, el espía, de cerca, le dió una bofetada.

—¡Bien empleado le está a esa carroña vieja!—gritó una voz.

Algo negro y rojo cegó un momento a la madre; el sabor salado de la sangre le llenó la boca.

Una explosión de exclamaciones la reanimó:

—¡No hay derecho a pegarle!

—¡Camaradas!

—¿Qué es eso?

—¡Ah, bribón!...

—¡Arréale!

—¡A la razón no se la ahoga en sangre!...

La empujaban por la espalda, por el cuello, le daban golpes en la cabeza, en el pecho; vacilaba y se desmayó en el torbellino oscuro de los gritos, de los aullidos, de los silbidos. Algo espeso y ensordecedor penetraba en sus oídos, le llenaba la garganta y la ahogaba. El suelo se hundía bajo sus piernas, que se doblaban; su cuerpo temblaba bajo las quemaduras del dolor; pesada, debilitada, iba la madre vacilando. Pero advertía en derredor muchos ojos chispeantes con el fuego atrevido que conocía bien y era grato a su corazón.

La empujaron hacia la puerta.

Desprendió una de sus manos y se agarró al quicio:

—...No ahogarán a la verdad ni en mares de sangre...

Le dieron un golpe en la mano.

—...¡No amontonaréis más que rencores, locos de vosotros! Rencor y odio que os ahogarán...

El guardia la agarró por la garganta, con un apretón cada vez más violento.

Dijo ella, en un estertor:

—¡Desgraciados!...

Un sollozo prolongado le contestó, entre el gentío...

FIN DE
"LA MADRE"

ÚLTIMOS TÍTULOS PUBLICADOS